国家哲学社会科学基金项目（12BZW033）阶段性成果
江苏省哲学社会科学基金项目（09ZWC009）
江苏省高校哲学社会科学基金项目（08SJD7500005）
江苏省淮阴师范学院高级别科研项目培育基金（11HSGJBS07）资助

淮上文丛

许芳红 ◎ 著

NANSONG QIANQI SHICI ZHI
WENTI HUSHEN YANJIU

南宋前期诗词之文体互渗研究

中国社会科学出版社

图书在版编目(CIP)数据

南宋前期诗词之文体互渗研究/许芳红著. —北京：
中国社会科学出版社，2012.10
　ISBN 978-7-5161-1329-5

　Ⅰ.①南… 　Ⅱ.①许… 　Ⅲ.①诗词研究—中国—南宋
Ⅳ.①I207.2

中国版本图书馆 CIP 数据核字(2012)第 199700 号

出 版 人	赵剑英	
责任编辑	郭晓鸿	
特约编辑	张　剑	
责任校对	吕　宏	
责任印制	戴　宽	

出　　版	中国社会科学出版社	
社　　址	北京鼓楼西大街甲 158 号 (邮编 100720)	
网　　址	http://www.csspw.cn	
	中文域名:中国社科网　　010-64070619	
发 行 部	010-84083685	
门 市 部	010-84029450	
经　　销	新华书店及其他书店	

印　　刷	北京君升印刷有限公司	
装　　订	廊坊市广阳区广增装订厂	
版　　次	2012 年 10 月第 1 版	
印　　次	2012 年 10 月第 1 次印刷	

开　　本	710×1000　1/16	
印　　张	19.75	
插　　页	2	
字　　数	305 千字	
定　　价	50.00 元	

凡购买中国社会科学出版社图书,如有质量问题请与本社联系调换
电话:010-64009791

《淮上文丛》总序

悠悠长淮，孕育古代淮阴灿烂的文明；浩浩运河，兼收南北文化的精华。

当四五万年前的下草湾文化、六七千年前的青莲岗文化印制出人类在淮阴活动的足迹时，在这片热土上诞生了第一个古国——徐国。徐国的建立者是淮夷，淮夷是东夷部族的一支。中华民族以华夏（炎黄）部族、东夷部族、苗蛮部族和北狄部族为主体。

在传说时代，东夷诞生了伟大的英雄后羿。后羿是弓箭的发明者。按照美国民俗学家摩尔根的说法，发明弓箭是人类进入高级蒙昧社会的标志，是人类进入文明社会的必然阶段（参见摩尔根《古代社会》，商务印书馆1977年版，第9页）。后羿敢于挑战太阳，作为后羿的传人，淮夷自然有不屈不挠的英雄品质，或许是因为这样的原因，他们在血与火的洗礼中建立了熠熠发光的徐国。尚武是人类生存的第一需要，也是人类自我发展的第一个品质。这一血脉流淌千年，汩汩不息，浸入了淮阴人的灵魂。于是，在古代淮阴大地上出现了项羽、韩信等彪炳史册的大军事家。

尚文是人类精神活动的需要。我是谁？当人类带着生存上的困惑追问这一问题时，精神上的诉求已悄然地提到了议事日程。在发现下草湾、青莲岗文化的过程中，我们何尝感受不到先民们传达出来的审美要求呢？这是一方充满了创造力的文化大邦。走出淮阴，为民族文化添上绚丽的一笔，是一代又一代淮阴人的梦想。从这里出发，我们的先民们开创了淮阴灿烂与辉煌的文明。正是有了这一深厚的文化底蕴和传承，才在这片神奇的土地上孕育了汉代辞赋大家枚乘、枚皋父子，南朝文学家鲍照、宋代诗词家张耒、南宋画家龚开、明代小说家吴承恩、清代画家边寿民（扬州八怪之一）、清代女弹词家邱心如……当枚乘《七发》开一代新风时，有多少赋家为此竞折腰。由模仿《七发》创"七林"体，散体大赋成为一代文学之胜，是枚乘高举起辞赋革新的大旗。

淮河是淮阴的母亲河，像黄河、长江哺育中华民族一样，淮河也哺育了淮阴。这条奔流不息的大河托起了淮阴人永远挺立的脊梁。淮阴是"浮在水上"的土地，淮阴有四分之一的面积是水（古代的水面更大）。从空中俯视淮阴，那烟波浩渺的洪泽湖如同振翼高飞的天鹅……淮阴水网密布，五龙口汇聚了柴米河、六塘河、盐河、古黄河、运河等波光粼粼的大河，赋予淮阴比江南水乡更秀美的风光。

还是谈谈大运河吧。大运河是淮阴走向繁荣的大动脉。自隋炀帝开挖大运河以后，淮阴成了隋炀帝游幸江都的必经之地。淮阴运河古已有之，早在公元前486年，吴王夫差为了北上争霸，在长江与淮河之间开挖了古运河邗沟。隋炀帝以洛阳为中心向东南开挖大运河，连接邗沟通往江都。元代以后，北方运河淤积，遂废弃不用。从此，杭州到北京的运河成为中国最繁忙，同时也是最有价值的人工河流。

运河的作用太大了。当时，全国的政治中心在大都（今北京），可是，天下取之不竭的财富又在江浙。"苏湖熟，天下足。"要想用最经济的手段把江南钱财运往北京，唯一的办法就是通过"漕运"。漕者，槽也。平地开挖的大运河如同马槽状。通过水路征调沿途各地的粮食、布帛、食盐、茶叶、铸钱等入京，给大运河带来了前所未有的繁荣景象。

漕运是封建王朝的生命线，元、明、清三代的国家财政收入有一半以上靠漕运实现。为了保障国家财政，明清两代在淮阴设置了漕运总督府（旧址在今淮安市楚州区）和河运总督府（旧址在今淮安市清浦区）。漕运总督府与河运总督府相隔仅二十多里，同属一地，一个地方有两个总督府，在明清两代极为罕见，故淮阴又有"运河之都"的称谓。

在这条黄金水道上，淮阴扮演了重要的角色。淮阴地处京杭大运河的中部，素有"九省通衢"之称。淮阴最为重要的水陆码头是清江浦。当时，小小的清江浦约三十万户人家，以一户五口计算，人口超过百万。清江浦一时名声大振，"南船北马舍舟登陆处"遂成为清江浦的美誉。此外，古镇河下也是十分繁忙的水陆码头。漫步在河下镇青石铺成的小街上，不时地可以听到明代状元沈坤抗击倭寇的故事，吴承恩撰写《西游记》的故事……这是一方乐土，开启乾嘉学派的大师阎若璩客居在这里，为发现甲骨文作出杰出贡献的刘鹗、罗振玉寓居在这里……当我们走进刘鹗、罗振玉的故居时，完全可以感受到他们守着青灯黄卷奋笔疾书的形象。

翻过历史，走入近代。面对民族深重的危机，淮阴人又书写了新的一页。为抗击英国入侵者，关天培勇守虎门炮台；为辛亥革命的成功，南社英俊少年周实流尽了最后一滴血；还有一代伟人周恩来，为救国救民高唱着"大江歌罢掉头东，邃密群科济世穷。面壁十年图破壁，难酬蹈海亦英雄"的雄浑诗篇，走出了淮阴。历史的烟云从我们的眼前滚滚而过，我们感受着淮阴，读解着淮阴，淮阴为中华民族的文化历史书写了重重的一笔。

出于对乡贤的敬仰，我们——淮阴师范学院中国古代文学学科的同仁有志于发扬光大淮阴优秀的文化传统，决定将我们的学术成果奉献给这座历史文化名城。"淮水东南第一州，山围雉堞月当楼。"（白居易《赠楚州郭使君》）这一富有诗情画意的诗句既道出了我们对淮阴的深厚感情，也是我们将这套丛书取名为"淮上文丛"的原因。

需要交代的是，淮阴师范学院坐落在文化名城淮阴的中心，中国古代文学学科于2004年被批准为江苏省普通高校重点建设学科。近半个世纪以来，淮阴师范学院中国古代文学学科先后出现了于北山、周本淳等知名学者，他们的

《陆游年谱》《范成大年谱》《杨万里年谱》，《诗话总龟》（校点）、《唐音癸签》（校点）、《震川先生集》（校点）等至今为学术界津津乐道。

薪火相传。近年来，淮阴师范学院中国古代文学学科在继承老一辈学者辨彰学术、考镜源流传统的基础上，在秦汉文史、唐宋文学、元明清文学等领域取得了一些可喜的成绩，使学科逐步形成了自己的特色。"书轨新邦，英雄旧里。"（宋苏轼《淮阴侯庙记》）踵先贤之履，续淮阴之新章，是我们淮阴师范学院中国古代文学学科人的心愿。

张　强

2006 年 7 月 10 日

目　录

《淮上文丛》总序 ……………………………………………… （1）

绪论 ……………………………………………………………… （1）

第一节　文体互相影响论 ……………………………………… （1）

第二节　诗词互相影响论 ……………………………………… （6）

第三节　研究概况及选题的价值和意义 …………………… （11）

第一章　宋代诗词互渗之现象论 …………………………… （14）

第一节　诗词互渗现象鸟瞰 ………………………………… （14）

第二节　词学视野下的陆游诗歌 …………………………… （34）

第三节　词学视野下的姜夔诗歌 …………………………… （48）

第四节　诗学视野下的姜夔词 ……………………………… （68）

第二章　南宋前期诗词互渗之题材论 ……………………… （101）

第一节　从诗词题材构成解读看诗词互渗 ………………… （103）

第二节　在诗词的具体对比中看诗词互渗 ………………… （113）

第三节　从诗词相同题材的对比解读看诗词互渗 ………… （135）

结语 ·· (167)

第三章　南宋前期诗词互渗之艺术论 ······················ (169)

　　第一节　比兴 ·· (170)

　　第二节　典故 ·· (186)

第四章　南宋前期诗词互渗之风格论 ······················ (218)

　　第一节　诗对词的风格之影响 ···························· (219)

　　第二节　词对诗的风格之影响 ···························· (233)

第五章　南宋前期诗词互渗之身份论 ······················ (246)

　　第一节　诗人兼词人的陆游 ······························ (247)

　　第二节　"以词名家"的辛弃疾 ·························· (261)

　　第三节　诗词兼擅的姜夔 ································· (268)

第六章　南宋前期诗词互渗之文化论 ······················ (274)

　　第一节　宋代文人的淑世情怀 ···························· (275)

　　第二节　宋人喜"通"求"变" ························ (278)

　　第三节　宋人重"格"讲"韵" ························ (286)

参考文献 ·· (293)

致谢 ·· (305)

绪　　论

第一节　文体互相影响论

文体是文学存在的形式，是各种文学形式互相区别的外观表现形态，文体决定着人们对文学的欣赏和把握。文体的萌芽，可以追溯到先秦时代，比如《尚书》就已有典、谟、誓辞、诰言、诏令、训辞等不同文体。《周礼·大祝》也有"六辞"之说："作六辞以通上下亲疏远近。一曰辞，二曰命，三曰诰，四曰会，五曰祷，六曰诔。"① 同时，古人也开始论述到一些文体的性质，比如《礼记·祭统》论"铭"时说："夫鼎有铭，铭者，自名也。自名以称扬其先祖之美，而明著之后世者也。"② 到了汉代，尤其是东汉时期，传统的文章体制大体已经形成。刘师培在《中国中古文学史》中言："文章各体，至东汉而大备。汉、魏之际，文家承其体式，故辨别文体，其说不淆。"③ 比如《后

---

① （清）阮元校刻：《十三经注疏》，中华书局 1980 年版。
② 同上。
③ 刘师培：《中国中古文学史》，上海古籍出版社 2000 年版，第 20 页。

汉书》记载冯衍"所著赋、诔、铭、说、《问交》、《德诰》、《慎情》、书记说、自序、官录说、策五十篇"。① 班固"所著《典引》、《宾戏》、《应讥》、诗、赋、铭、诔、颂、书、文、记、论、议、六言,在者凡四十一篇"② 等等,从中可见,当时文体已非常丰富。同时,汉代人也开始讨论文体风格,比如扬雄就明确认识到赋的本质在于"丽",《汉书·扬雄传》载:"雄以为赋者,将以风也,必推类而言,极丽靡之辞,闳侈钜衍,竞于使人不能加也。"③ 至魏晋南北朝时期,人们则表现出更为明确自觉的文体观念。曹丕第一次从理论上全面地论述了文体的风格,他说:"夫文本同而末异,盖奏议宜雅,书论宜理,铭诔尚实,诗赋欲丽。"④ 至西晋,人们对文体的认识更加明晰准确。陆机的《文赋》把文章分为十体,并指出了不同文体的风格特征:"诗缘情而绮靡,赋体物而浏亮,碑披文以相质,诔缠绵而凄怆。"⑤ 对文体的表现对象和艺术特征表述得更为到位。傅玄则在《七谟序》、《连珠序》、《拟四愁诗序》诸文中,说明了七体、连珠、七言诗几种文体得名由来、发展源流,概括出了其体制特点。挚虞的《文章流别志论》则专门研究文体。因此,至刘勰时,文体分类已完全成熟。他在《文心雕龙》中列出了 33 种文体,即诗、乐府、赋、颂、赞、祝、盟、铭、箴、诔、碑、哀、吊、杂文、谐、隐、史传、诸子、论、说、诏、策、檄、移、封禅、章、表、奏、启、议、对、书、记等。同时,他还指出了各种文体的特征,其《定势》云:"章表奏议,则准的乎典雅;赋颂歌诗,则羽仪乎清丽;符檄书移,则楷式于明断;史论序注,则师范于核要;箴铭碑诔,则体制于宏深;连珠七辞,则从事于巧艳。比循体而成势,随变而立功者也。"⑥ 刘勰对文体分类及文体特征的论述,在比较中区别了各种文体的不同,

---

① (南朝宋)范晔:《后汉书》卷二八下,中华书局 1965 年版,第 1003 页。
② (南朝宋)范晔:《后汉书》卷四〇下,中华书局 1965 年版,第 1386 页。
③ (汉)班固:《汉书》卷八七《扬雄传》,中华书局 1964 年版,第 3575 页。
④ (魏)曹丕:《典论·论文》,郭绍虞编《中国历代文论选》,上海古籍出版社 1979 年版,第 60 页。
⑤ (晋)陆机:《文赋》,李善注《文选》卷一七,中华书局 1977 年版,第 241 页。
⑥ (梁)刘勰:《文心雕龙》,周振甫注释,人民文学出版社 1981 年版,第 339 页。

阐明了文学的本体特征和本质属性，确立了文学的独立价值，标志着人们固定的文体观念已完全形成。

至唐时，人们谈文论艺时已开始强调守体制，《文镜秘府论·论体》称："词人之作也，先看文之大体。"① 至宋时，文体的内容和形式都日趋复杂，对文体的辨别也越来越难，建立在文体基础上的辨体理论则得到了进一步发展。黄庭坚《书王元之〈竹楼记〉后》谓："荆公评文章，常先体制而后文之工拙"；② 张戒《岁寒堂诗话》亦云："论诗文当以文体为先，警策为后。"③ 到了明代，人们对文体的分类辨体愈益精微细致，也更加严格。徐师曾《文体明辨序》说："盖自秦汉而下，文愈盛，故类愈增。类愈增，故体愈众。体愈众，故辩当愈严。"④ 倪思提出："文章以体制为先，精工次之"。⑤ 李东阳亦云："言之成章为文，文之成声则为诗，诗与文同谓之言，亦各有体而不相乱。"⑥ 胡应麟则说："诗与文体迥不类：文尚典实，诗贵清空；诗主风神，文先道理。"⑦ 此时，"文章自有体裁，凡为某体，务须寻其本色，庶几当行"⑧ 的观念遂深入人心，"文章之有体裁，犹宫室之有制度，器皿之有法式也"⑨ 成为人们的共识。清代依然延续了明人的辨体观念，如黄宗羲就言："诗降而为词，词降而为曲。非曲易于词，词易于诗也，其间各有本色，假借不得。"⑩ 薛雪在《一瓢诗话》中也言："得体二字，诗家第一重门限。"⑪ 他们均认为得体方

① 遍照金刚：《文镜秘府论》，人民文学出版社 1975 年版，第 151—152 页。
② （宋）黄庭坚：《书王元之〈竹楼记〉后》，《豫章黄先生文集》卷二六，四部丛刊初编本，上海书店 1989 年版，第 293 页。
③ （宋）张戒：《岁寒堂诗话》，陈应鸾《岁寒堂诗话校笺》，巴蜀书社 2000 年版，第 65 页。
④ （明）徐师曾：《文体明辨序》，吴讷《文体明辨序说》，人民文学出版社 1962 年版，第 78 页。
⑤ （明）吴讷：《诸儒总论作文法》，《文章明辨序说》，第 14 页。
⑥ （明）李东阳：《鲍翁家藏集序》，《怀麓堂集》卷六四文后稿四，文渊阁《四库全书》本。
⑦ （明）胡应麟：《诗薮》外编卷一，上海古籍出版社 1958 年版，第 125 页。
⑧ （明）胡应麟：《诗薮》内编卷一，第 20 页。
⑨ （明）徐师曾：《文体明辨序》，吴讷《文体明辨序说》，第 77 页。
⑩ （清）黄宗羲：《胡子藏院本序》，《黄宗羲全集》，浙江古籍出版社 1990 年版。
⑪ （清）薛雪：《一瓢诗话》"复古通变"条，《原诗》、《一瓢诗话》、《说诗晬语》合订本，人民文学出版社 1979 年版，第 102 页。

能正本清源，确保当行本色。综上所述可见，在人们观念中，文体决定着文学作品的表达形式、结构方式及形式特征，具有模型和范型的意味，具有相当的稳定性与传承性，彼此之间存在一定的界限，不可随便逾越。

然而，"设文之体有常，变文之数无方，……文辞气力，通变则久，此无方之数也，名理有常，体必资于故实；通变无方，数必酌于新声；故能骋无穷之路，饮不竭之泉。……文律运周，日新其业，变则堪久，通则不乏。"① "作者须知复变之道，反古曰复，不滞曰变。若惟复而不变，则陷于相似之格。"② 在文体的发展过程中，某一文体一旦定型，则也是僵化的开始，本身开始限制自我发展。文体若拘守一格，不能汲取新的因子与质素，则会在沿袭中逐渐丧失生命力。文体发展常常需要借助于不同文体之间的交叉与渗透，借助新的质素使某一文体突破原有传统范式，给予自身以新的活力，使自身达到一种新的面貌。因而"文章之体可辨别，而不堪执着"，③ 文体也往往得力于一些名家名篇的破体，而得以恢宏。④ 文学史就是一部尊体与破体、复古与新变、突破旧的文体规范与树立新的文体规范的文学演变发展之历史。所以，金人王若虚在《滹南遗老集》卷三七《文辨》中谈及文体时说：

> 或问文章有体乎？曰："无"。又问无体乎？曰："有"。然则果何如？曰"定体则无，大体须有"。⑤

"大体须有"，故应辨体；"定体则无"，故可破体，这是一种辨证的文体观念。具体而言，"辨体"与"破体"的关系正如顾尔行在《刻文体明辨序》中所说：

---

① （梁）刘勰：《文心雕龙·通变》，见周振甫注释，人民文学出版社 1981 年版，第 330—331 页。
② （唐）皎然：《诗式》，李壮鹰《诗式校注》，人民文学出版社 2003 年版，第 330 页。
③ 钱钟书：《管锥篇》第三册，中华书局 1979 年版，第 889 页。
④ 同上书，第 890 页。
⑤ （金）王若虚：《滹南遗老集》卷三七，商务印书馆 1965 年版。

文有体，亦有用。体欲其辨，师心而匠意，则逸辔之御也；用欲其神，拘挛而执泥，则胶柱之瑟也。《易》曰："拟议以成其变化。"得其变化，将神而明之，会而通之，体不诡用，用不离体。①

他认为创作者与批评者要认真辨明文体的体制，只有明辨文体才能驾驭文体，但若拘执于文体而不知变通，则如"胶柱鼓瑟"拘泥死板。辨体而不受文体束缚，破体又不失去文体本色，从心所欲而不逾距，才是创作中文体运用的最高境界。此也可谓是对"辨体"与"破体"关系的最佳说明。其实，在古代，创作上早就存在不合文体的现象，刘孝绰《昭明太子集序》就曾指出："孟坚之颂，尚有似赞之讥；士衡之碑，犹闻类赋之贬。"②刘氏对班固、陆机的破体之作也持肯定态度，他认为"（因为）属文之体，鲜能周备"，所以，"深于文者，兼而善之，能使典而不野，远而不放，丽而不俭，独擅众美。"充分肯定破体对文体之美的贡献。文学史中，类似破体现象可谓层出不穷，如盛唐诗歌重性情、趣味，"其妙处透彻玲珑，不可凑泊"，③但自韩愈以散文笔法为诗后，再经欧阳修、苏轼、黄庭坚等人的"以文字为诗，以才学为诗，以议论为诗"④的努力，遂形成了宋代诗歌以精骨思理见长的一代风貌，使宋诗与唐诗分庭抗礼，自立门户，自成风貌。再比如原先以体物图貌、铺采摛文为主的大赋，发展到了宋代，受委婉曲折、流畅自如的宋代散文的影响，则形成了文赋。陈善在《扪虱新话》上集卷一云："以文体为诗，自退之始；以文体为四六，自欧公始。"⑤赋也因欧阳修融入了古文体制而达至新的艺术境界，故

---

① （明）徐师曾：《文体明辨序》，吴讷《文体明辨序说》，第75页。
② 严可均辑：《全梁文》卷六〇，商务印书馆1999年版，第672页。
③ （宋）严羽：《沧浪诗话》，郭绍虞《沧浪诗话校释》，人民文学出版社1961年版，第24页。
④ （宋）严羽：《沧浪诗话》，第26页。
⑤ （宋）陈善：《扪虱新话》上集卷一，上海书店1990年版。

宋人认为"本朝四六，以欧公为第一。"①

古人云："和实生物，同则不继。以他平他谓之和，故能丰长而物归之。若以同裨同，尽乃弃矣。"② 不同文体之间的相互渗透正是"会通兼容相异之'他'，……经过彼此之融合渗透、相济为用，而达成补充、容受、调节、谐和，遂诞育和合化成之文学结晶。"③ 只有不同文体之间的相互摩擦激荡渗透，才能移花接木，相资为用，打破各种文体的疆界，才能推陈出新，使文体保持永久的生命力与永恒的艺术魅力。

第二节　诗词互相影响论

诗歌与词为中国古代两种极重要的文体，诗歌自《诗经》时代即已普遍存在，经过千年的发展成长，于唐时大盛。至唐代，无论是内容还是形式都已发展到极致，但唐诗整饬严密的形式与节奏错落的音乐始终不能完美相合，尤其是繁声促节的燕乐兴起后，整齐的诗歌更显力不从心，于是，在诗歌与音乐的漫长磨合中，长短错落的词遂呱呱落地，一种新的抒情诗体式诞生。词与诗虽同属于诗歌系统，它们却有各自不同的本体性质和特征。王国维认为："词之为体，要眇宜修，能言诗之所不能言，而不能尽言诗之所能言，诗之境阔，词之言长。"④ 缪钺则认为"诗显而词隐，诗直而词婉，诗有时质言而词更多比兴，诗尚能敷畅而词尤贵蕴藉。"⑤ 诗词同源异流，"诗庄"而"词媚"，它们各自呈现出不同的文体表现形态，适应着人们的情感表达需要。但正如前文所

---

① （宋）吴子良：《林下偶谈》卷二，文渊阁《四库全书》本。
② 上海师范大学古籍整理组校点：《国语》卷一六，上海古籍出版社 1978 年版，第 515—516 页。
③ 张高评：《宋诗特色研究》，长春出版社 2002 年版，第 11 页。
④ 王国维：《人间词话》，《蕙风词话》《人间词话》合订本，人民文学出版社 1960 年版，第 226 页。
⑤ 缪钺：《缪钺说词》，上海古籍出版社 1999 年版，第 4 页。

论，每一文体，都处在稳定和变革、规范和反规范之中，诗词也是如此，它们在发展过程中，并不是互不干扰，而是或明或暗地在互相影响着，双方以自己所长补对方之所短，相济为用，在保持原有文体之独立体征的同时，又恰到好处地吸收了对方的优点，赋予对方以新的特征，使诗词面貌多样化。在二者的相互影响中，诗歌无疑占据着主导地位，唐宋词发展成长的历史就是不断诗化的历史，诗歌以其正统身份强势地影响着词的发展走向。这也是宋代及后来的词学、词话著作所谈论的最主要的文学命题之一。诸如：

（小山词）寓以诗人句法，清壮顿挫，能动摇人心。①

退之以文为诗，子瞻以诗为词，如教坊雷大使之舞，虽极天下之工，要非本色。②

或曰："长短句中诗也。"妄谓："东坡移诗律作长短句。"③

苏子瞻，学际天人，作为小歌词，直如酌蠡水于大海，然皆句读不葺之诗尔，又往往不协音律。④

语意极似刘梦得楚蜀间诗也。⑤

黄鲁直间作小词，固高妙，……自是著腔子唱好诗。⑥

陈无己所作数十首，号曰《语业》，妙处如其诗。⑦

至于托物寄情，弄翰戏墨，融取乐府之遗意，铸为毫端之妙词。⑧

---

①　（宋）黄庭坚：《小山词序》评晏几道词，《彊村丛书》本。

②　（宋）陈师道：《后山诗话》评苏轼词，何文焕辑《历代诗话》，中华书局 1981 年版，第 309 页。

③　（宋）王灼：《碧鸡漫志》卷二引述时人对东坡词的看法，岳珍《碧鸡漫志校正》，巴蜀书社 2000 年版，第 34、37 页。

④　（宋）李清照：《词论》评苏轼词，胡仔《苕溪渔隐丛话后集》卷三三，人民文学出版社 1962 年版，第 254 页。

⑤　（宋）黄庭坚：《跋秦少游〈踏莎行〉》，《山谷题跋》卷九，《丛书集成初编》本。

⑥　（宋）魏庆之：《诗人玉屑》卷二一引《复斋漫录》晁补之语评黄庭坚词，上海古籍出版社 1978 年版，第 467 页。

⑦　（宋）王灼：《碧鸡漫志》卷二，岳珍《碧鸡漫志校正》，第 34 页。

⑧　（宋）陈应行：《于湖先生雅词序》评张孝祥词，《影刊宋金元明本词》，中国书店 1981 年版。

于湖紫微张公之词，同一关键。……所谓骏发踔厉，寓以诗人句法者也。①

元祐诸公，嬉弄乐府，寓以诗人句法，无一毫浮靡之气。②

辛稼轩、刘改之豪气词，非雅词也，于文章余暇，戏弄笔墨为长短句之诗耳。③

（张辑）有词二卷，名《东泽绮语债》，朱湛卢为序，称其得诗法于姜尧章。④

东坡词如老杜诗，以其无意不可入，无事不可言也。⑤

然诗道冥心孤诣，自是北宋巨擘。……其《诗话》谓"曾子开、秦少游诗如词"，而不自知词如诗。⑥

从这些评论中，我们可以看到"以诗为词"已成为宋代词人互评、自评以及后人对宋代词人的普遍评论。可见，"以诗为词"虽发轫于苏轼偶然的创作行为，但逐渐并最终形成了一种共同的创作倾向。

"以诗为词"的内涵非常丰富，其中包括以诗歌题材入词、以作诗之手法、技巧作词等这些属于"艺"的层面因素的借鉴，更重要的是文人士大夫的情志被带入了词坛，词人开始以"诗心"入词、以诗歌精神为词，从而在根本上改变了词之内核。本文的重点之一欲探讨诗歌对词的影响，但在探讨之前，我们有必要对"以诗为词"的概念作一辨析，沈家庄先生在论及"以诗为词"这一创作现象时说："以诗为词或词的诗化，是词学界一个常见的热门话题，也是

---

① （宋）汤衡：《张紫微雅词序》评张孝祥词，《影刊宋金元明本词》。
② （宋）汤衡：《张紫微雅词序》，《影刊宋金元明本词》本。
③ （宋）张炎：《词源》"杂论"节，《词源》、《乐府指迷》合订本，人民文学出版社1963年版，第32页。
④ （宋）黄升：《花庵词选》评张辑词，云山整理辑评《花庵词选》，上海古籍出版社2007年版，第296页。
⑤ （清）刘熙载：《艺概·词曲概》，上海古籍出版社1978年版，第108页。
⑥ （清）纪昀：《四库全书总目》卷二百评后山词，第2813页。

一个有争议的学术问题。但时至今日，这一概念或是命题被人们用得太滥。其中最典型的例子，就是认为中唐白居易、张志和的词作就有了'词的诗化'倾向。为什么说这一说法是'词的诗化'命题被滥用的典型例子呢？是因为这个提法本身对'词的诗化'命题实质还未弄明白。它将早期词带有诗的特征和词作为一种文体成熟后，又逐渐诗化这两桩性质完全不同的事混为一谈了。"①这种说法可谓切中肯綮，"词的诗化"命题只有在词这一文体完全独立之后，才有可能存在。由于词产生的独特背景，早期词所带有的诗歌特征，我们不能认为词已开始"诗化"。村上哲见先生在考察苏轼词的时候也指出："词为了同诗决别而成为独立的样式，曾不得不尖锐地提出其异于诗的独立性加以纯粹化问题。但是到了北宋中期，词作为与诗不相同的文学样式已经在人们的认识中赢得了地位。因此，词朝着重新接近诗的方向扩大领域也成可能的了。"②可见，只有到了北宋中后期，诗歌对词作才有全方位渗透的可能，"以诗为词"的理论命题才可以成立，研究者只有清楚地认识到这一点，问题的探讨才具有意义。

　　文体的影响是相互的，没有一方会是完全地被动接受。由于词在宋代为不登大雅之堂的"小道"，所处位置极低，所以，词对诗的影响很微弱，在诗词两者之中，诗的影响力显然更大。虽然如此，我们通过材料的疏理，还是发现了词影响诗的蛛丝马迹。对此，前人有一些片言只语的评论，诸如：

　　世语云："苏子瞻词如诗，秦少游诗如词。"③

　　（秦观）律诗亦敲点匀净，无偏枯突兀生涩之态。然以其善作词者，多有句近乎词。④

　　白石为词人，其诗亦有词意，绝句一体，尤所擅长。⑤

---

① 沈家庄：《宋词的文化定位》，湖南人民出版社 2005 年版，第 321 页。
② ［日］村上哲见：《唐五代北宋词研究》，陕西人民出版社 1987 年版，第 269—270 页。
③ （宋）王直方：《王直方诗话》，郭绍虞辑《宋诗话辑佚》，中华书局 1980 年版，第 93 页。
④ （元）方回：《瀛奎律髓》卷一二，上海古籍出版社 2005 年版，第 461 页。
⑤ 缪钺：《姜白石之文学批评及其作品》，《诗词散论》，上海古籍出版社 1982 年版，第 84 页。

宋人语如"雪消池馆初晴后，人倚阑干欲暮时"、"寒食园林三日近，落花风雨五更寒"、"小楼一夜听春雨，深巷明朝卖杏花"之类，时咸脍炙，不知已落诗余矣。①

（李清照）诗不甚佳，而善于词，隽雅可颂。即如《春残》绝句"蔷薇风细一帘香"，甚工致，却是词语也。②

（曹勋诗）多缛丽，时有小词香艳之遗。③

范至能《春晚》二绝云："阴阴垂柳闭朱门，一曲阑干一断魂。手把青梅春已去，满城风雨怕黄昏。""夕阳槐影上帘钩，一枕清风梦昔游。梦见钱塘春尽处，碧桃花谢水西流。"声情婉转，微嫌近于词耳。④

前人过分热衷于探讨"以诗为词"之现象，而对词于诗的反向影响则并未过多关注，并不是他们没注意到词对诗的影响，而是和他们的文体观念有关。在众多文体之中，古人认为有正变、雅俗、高下之分。明代吴讷在《文章辨体·凡例》中说："四六为古文之变，律赋为古赋之变，律诗杂体为古诗之变，词曲为古乐府之变。"⑤古人认为变体的地位不能与正体相提并论，就常见的诗、文、词、曲而言，诗文受推崇，而词曲则被看轻。从胡应麟在《诗薮·内篇》中所云就可见一斑：

四言不能不变而五言，古风不能不变而近体，势也，亦时也。然诗至于律，已属俳优，况小词艳曲乎？宋人不能越唐而汉，而以词自名，宋所以弗振也。元人不能越宋而唐，而以曲自喜，元所以弗永也。⑥

---

① （明）胡应麟：《诗薮》外编卷五，第217页。
② （清）陆昶：《历朝名媛诗词》卷七引，清乾隆三十八年陆氏虹树楼本。
③ （清）纪昀：《四库全书总目》卷一五六《松隐文集》提要评曹勋诗，第2096页。
④ （清）潘德舆：《养一斋诗话》卷五评范成大诗，郭绍虞、富寿荪编《清诗话续编》，第2148页。
⑤ （明）吴讷：《文章辨体凡例》，《文章明辨序说》，第10页。
⑥ （明）胡应麟：《诗薮》内编，第23页。

胡应麟认为文体每变愈下，甚至认为宋元诗歌沦落的根源在于词曲之兴。在此文学观念之下，诗正词变，诗体高于词体，以"绮语"见长的词与载道言志之诗文相比，"厥品颇卑"，① 古人当然不愿讨论词对诗之影响。词对诗之影响在理论上就已被否定，清代查礼说："词不同乎诗而后佳，然词不离乎诗方能雅。"② 陈廷焯则说："诗中不可作词语，词中不妨有诗语。"③ 当他们谈论某人之诗有词味时，也颇有鄙夷之意。这种正变雅俗的高下观念影响了他们对诗词互相影响的认识，所以，此处我们并不能旁征博引古人评论来为下文张本。

另一方面，从创作主体来讲，诗词虽分疆，"词之为体如美人，而诗则壮士也"，④ 但同一人的性情气质难免会在不同的文体上打下相同的烙印，"诗词异其体调，不异其性情"，⑤ 同一人作诗与词，其实很难会在诗词里将自我做很好地把握，所以诗词两种文体在创作中互相渗透为创作之必然。正如夏承焘先生所说："唐宋词人兼擅诗词两种文学，他的词风往往和他的诗风相近"，⑥ 诗词互渗不仅在理论上可以成立，而且在具体创作中也的确存在，这是本论题探讨之可行性所在。

第三节　研究概况及选题的价值和意义

"以诗为词"之创作现象已为学界反复探讨研究，此类学术文章已汗牛充栋，但学界已有成果尚多是关于个别作家的单篇论文，目前尚没有更宏观的关

---

① （清）纪昀：《四库全书总目》集部五一"词曲类"，第 2779 页。
② （清）查礼：《铜鼓书堂词话》，《词话丛编》本，中华书局 1986 年版，第 1482 页。
③ （清）陈廷焯：《白雨斋词话》卷五，第 144 页。
④ （清）田同之：《西圃词说》，《词话丛编》本，第 1450 页。
⑤ （清）谢章铤：《赌棋山庄词话》卷五，《词话丛编》本，中华书局 1986 年版，第 3387 页。
⑥ 夏承焘：《唐宋词欣赏》，《夏承焘集》，浙江古籍出版社 1997 年版，第 638 页。

于整个南宋诗对词影响及如何影响的论著面世，所以，全面地考察南宋诗对词的影响具有价值与意义。另一方面，在现有研究成果中，研究者基本集中于苏轼和辛弃疾的探讨，而对陆游、范成大等人的"以诗为词"则有待进一步展开。在对"以诗为词"的研究中，也基本上是就词论词，而没有将词人的诗歌作为重要的参照对象，尚流于"以诗为词"的表面论述，还缺少具体细致的深入研究。在众多"以诗为词"之论述中，王水照先生与莫砺锋师的两篇文章最值得关注。王水照先生的《从苏轼、秦观词看词与诗的分合趋向——兼论苏词革新和传统的关系》将苏轼与秦观题材相同或相近的诗词作了比较对勘，[①] 认为秦观诗虽然有"词化"的倾向，但是他的诗词依然保持着传统的界限；苏轼只是努力使词诗化，但并没有让词与诗同化，取消词固有的重情尚婉的特征，并没有使诗词界限完全泯灭。莫砺锋师的《从苏词苏诗之异同看苏轼"以诗为词"》一文则从写作年限、题材走向、风格倾向等方面把苏词与苏诗进行了对照，[②] 也得出了大体相同的结论。两位先生把苏词与苏诗进行了全面的比较，对苏轼"以诗为词"得出了更为清楚的认识和更为公允的评价，表现出了可贵的实证精神，将"以诗为词"的研究向前推进了一步。本文将沿此思路对南宋词坛诗坛作详细而具体的研究，以期得出更为具体准确的结论。

至于词对诗之反向影响，目前研究界关注者寥寥。吕肖奂先生于《四川大学学报》2002 年第 1 期发表了《宋代词人之诗叙论》一文，该文通过对宋代词人之诗的简略叙写，描画勾勒出了宋代词人之诗的存在状况，得出了宋词始终在影响着宋诗创作的结论。但此文只是浮光掠影式地介绍，尚缺少深入系统的理论探讨研究，这可以说是学界探讨"词对诗之影响"这一论题的起点。张春义先生发表于《宜春学院学报》2002 年第 1 期的《从"诗似小词"看词对宋诗的影响》一文，在理论上则比吕文前进了一步。此文从诗词关系角度分析

---

① 王水照：《从苏轼、秦观词看词与诗的分合趋向——兼论苏词革新和传统的关系》，《复旦学报》1988 年第 1 期。

② 莫砺锋：《从苏词苏诗之异同看苏轼"以诗为词"》，《中国文化研究》2002 年第 2 期。

了词在宋诗艺术构成中的一些作用，认为部分宋诗中"歌妓情结"的凸露和对"富贵态"的追求是受到了同时期或稍前的唐宋词审美范型影响，又认为部分宋诗中的某些句法、字法以及取境构象的特点也是唐宋词影响诗体的结果。同年稍后，赵平在《浙江师范大学学报》2002 年第 4 期上发表了《论词对永嘉四灵的影响》一文，也认为永嘉四灵在句法、声律和意境等方面学词痕迹比较明显，在诗风形成过程中受到词的影响。目前，探讨词对诗之反向影响的文章虽然不多，但此学术判断却具重要价值。张高评先生认为："宋诗为突破唐诗建立之本色当行，本身乃作若干逆转、疏远、开放与创新：以文为诗、以赋为诗、以词为诗、以画入诗、以禅为诗、以戏剧为诗、以老庄为诗，其较著者焉，此诗歌创作运用'破体'、'出位'之情形。"① 同时，他在《宋诗研究的面向和方法》一文中也称："乃至于宋诗与宋词、宋文、宋赋、宋四六、宋戏剧、宋小说间，亦可因交融渗透，而作横向探索，破体研究。"② 综上所述，笔者认为"南宋前期诗词互渗研究"这一论题对整个宋诗及宋词研究都具有一定意义。

南宋诗人词人可谓多矣，若对整个南宋诗词进行总体梳理，考察诗词之间的相互渗透影响，难免会博而不精，所以，本书选取了南宋前期几位有代表性的诗词兼擅的作家进行研究，即：陆游、姜夔、辛弃疾，其中陆游以诗人兼词人身份，而姜夔与辛弃疾则以词人兼诗人身份，欲通过对这几位作家诗词创作的细致的文本分析研究，透析出诗词如何渗透，又如何影响了各自的品质，以典型概括一般，以此描述出南宋前期诗词互渗的复杂现象。

---

① 张高评：《宋诗特色研究》，长春出版社 2002 年版，第 47 页。
② 同上书，第 443 页。

第一章　宋代诗词互渗之现象论

诚如前文所言，诗词各守其本色而又互相影响渗透，此种现象贯穿在整个宋代文学发展过程之中。本章从宏观与微观两方面入手，第一节在宏观上概括勾勒出宋代诗词互渗现象的总体面貌，第二、三、四节则通过对具体作家作品的细致分析，阐明诗词如何互渗及对彼此品质风貌的影响。

第一节　诗词互渗现象鸟瞰

诗词互渗现象在宋代一直存在，在诗话与文人创作中有非常丰富的材料，本节在梳理材料的基础上，概括出以下几种诗词互渗的具体现象：隐括诗意入词、翻词意入诗、诗句与词句相类、诗词创作相互触发等几个方面，以期直观地呈现诗与词在创作中互相影响的具体情况，文章重点较多放在词对诗之影响上。

一　隐括诗意入词

隐括诗意入词是指化用前人（包括自己）诗之意境、词语、句子进入词体创作的修辞手法。此手法早在北宋初年就已为词人所用，寇准、晏殊、柳永等都有此种创作痕迹，后经苏轼、黄庭坚的发展，至辛弃疾发展到高潮。隐括修辞推动了词的雅化进程，使宋词在螺旋上升的同时，在保持词体特质的基础上，不断吸收诗文异质而日趋典雅深厚，词品得以提高，从而使宋词与宋代文学崇尚雅正的审美取向保持一致。隐括诗入词为词之诗化的一大门径，此已为学界所广泛探讨，但通常意义的隐括词都指对前代或前人词的隐括，而本文重点关注在同一场合中先后产生的诗词，词由诗隐括而成，诗成了词产生的机缘。诗与词之创作存在互动关系，隐括诗入词这一文学手法在社会交往中传达着特殊的意义与情感，而不是仅仅在于提升词的品位。如吴曾《能改斋漫录》记载：

　　张才翁风韵不羁，初仕临邛秋官，郡守张公庠待之不厚。会有白鹤之游，郡守率属官同往，才翁不预，乃语官妓杨皎曰："老子到彼，必有诗词，可速寄来。"公庠既到白鹤，便留题云："初眠官柳未成阴，马上聊为拥鼻吟。远宦情怀消壮志，好花时节负归心。别离长恨人南北，会合休辞酒浅深。欲把春愁闲抖擞，乱山高处一登临。"皎录寄才翁，才翁增减作《雨中花》词寄皎云："万缕青青，初眠官柳，向人犹未成阴。据雕鞍马上，拥鼻微吟。远宦情怀谁问，空嗟壮志消沉。正好花时节，山城留滞，忍负归心。别离万里，飘蓬无定，谁念会合难凭。相聚里，休辞金盏，酒浅还深。欲把春愁抖擞，春愁转更难禁。乱山高处，凭阑垂袖，聊寄登临。"公庠在坐，皎歌于侧。公庠问之，皎前禀曰："张司理恰寄来，令皎歌之，以献台座。"公庠遂青顾才翁尤厚。①

本记载中才翁《雨中花》词完全为隐括公库之诗而成，才翁展现了自己的才华，赢得了郡守的青睐，这里，诗歌成了词创作的触媒，也因此，《雨中花》词之抒写内容与公库诗完全一致，词人之情志成了诗人情志的进一步抒写，遂使词介入了士大夫仕宦情怀的抒发，从而使词在不自觉中拥有了诗人这一创作主体的精神与品格，不落痕迹地远离了"艳科""小道"之路。而公库诗与《雨中花》词无论是在内容还是在风格上都表现出趋同性，诗词畛域模糊。吴曾《能改斋漫录》还有另外一则记载云：

> 贺方回眷一姝，别久，姝寄诗云："独倚危栏泪满襟。小园春色懒追寻。深恩纵似丁香结，难展芭蕉一寸心。"贺得诗，初叙分别之景色，后用所寄诗成《石州引》云："薄雨初寒，斜照弄晴，春意空阔。长亭柳色才黄，远客一枝先折。烟横水际，映带几点归鸦，东风销尽龙沙雪。还记出关来，恰而今时节。　将发。画楼芳酒，红泪清歌，顿成轻别。已是经年，杳杳音尘都绝。欲知方寸，共有几许清愁，芭蕉不展丁香结。望断一天涯，两厌厌风月。"②

贺方回的《石州引》词正是源于歌妓情诗的引逗。歌妓情诗传达了对贺铸的爱恋，贺铸的隐括则更添缠绵情致，隐括这一行为传达了贺方回对歌妓更深的爱恋。隐括不再仅仅是一修辞手法，而成了社会交往中传情达意的特殊手段；不再是文字游戏，而是蕴含着更丰富特殊的情感意蕴。

隐括前人的诗人词是为了使词添"风雅"之气，隐括同时人之诗人词或是

---

① （宋）吴曾：《能改斋漫录》，第484页。
② 同上。

为了交游的需要，或是为了表现倾慕，隐括本人的诗作入词则表现出词人将诗词等量齐观的文体观念，说明词人在创作时并未将诗词作有意识的区分。如陆游的《风入松》词：

> 十年裘马锦江滨，酒隐红尘。黄金选胜莺花海，倚疏狂、驱使青春。吹笛鱼龙尽出，题诗风月俱新。　　自怜华发满纱巾，犹是官身。凤楼常记当年语，问浮名、何似身亲？欲写吴笺说与，这回真个闲人。

据周密《齐东野语》卷一五载："陆放翁在蜀日，有所盼，尝赋诗云：'碧玉当年未破瓜，学成歌舞入侯家。如今憔悴蓬窗底，飞上青天妒落花。'出蜀后，每怀旧游，多见之赋咏，有云：'金鞭珠弹忆春游，万里桥东罨画楼。梦倩晓风吹不断，书凭春雁寄无由。镜中颜鬓今如此，席上宾朋好在不？箧有吴笺三百个，拟将细字写春愁。'又云：'裘马清狂锦水滨，最繁华地作闲人。金壶投箭清长日，翠袖传杯领好春。幽鸟语随歌处拍，落花铺作舞时茵。悠然自适君知否？身与浮名孰重轻。'又以此诗隐括作《风入松》云：'……'前辈风流雅韵，犹可想见也。"[1] 陆游《风入松》词由其诗隐括而成，其隐括的动机与目的当然不是为了雅化与交游，而是出于内在情感的涌动。陆游在蜀中有一段风流放纵的生活，日后的诗词多有回忆，这一次他在诗成后情感难以平复，遂乘兴隐括入词。从此例可以看出，在南宋时代，诗与词除了在语言形式上有差距外，其他方面已经几乎没有多大差别，词不再以爱情绮怀为主，而是与诗一样贯注了词人的人生感慨，"诗言志，词抒情"的文体界限已很模糊。笔记中所载另两首诗则写女子命运与情怀，充满了浓重的词体色彩，诗境似词境，鲜明地展示着词对诗歌的反向渗透。陆游这一组诗词具体地展示了他不拘一格的开放的文体观念，我们从中可见诗词在文体功能上的越位与

---

① （宋）周密：《齐东野语》卷一五，中华书局1983年版，第282—283页。

互通。

二 翻词意入诗

在论及诗词的相互影响时，人们多关注诗为词所化用，并认为诗的化用提高了词的品格，使词摆脱了香艳气息，更多清新典雅之味，殊不知，随着词的广泛流播，词也会悄悄地走进诗作，被化用入诗。清人从诗词互动这个新视角出发，也提出了一些新的观点，突出的就是"翻词入诗"。如杜文澜说徐昌图《临江仙》"淡云孤雁远，寒日暮天红"句可入诗，且言"词之五字偶句有可入诗者。"① 的确，"翻词入诗"现象在宋代屡见不鲜。《复斋漫录》有条记载云：

> "亭亭画舸系春潭，只向行人酒半酣，不管烟波与风雨，载将离恨过江南。"张文潜诗也。王平甫尝爱而诵之。然余谓张特取东坡长短句"无情汴水自东流，只载一船离恨向西州"之句。②

张耒之诗其实是化用了苏东坡的词句而成。《苕溪渔隐丛话》还有一则记载：

> 《复斋漫录》云：王逐客《送鲍浩然之浙东长短句》："水是眼波横，山是眉峰聚，欲问行人去哪边，眉眼盈盈处。才始送春归，又送君归去，若到江南赶上春，千万和春住。"韩子苍在海陵送葛亚卿，用其意以为诗，断章云："明月一杯愁送春，后日一杯愁送君，君应万里随春去，若到桃

---

① （清）杜文澜：《憩园词话》卷一，《词话丛编》，中华书局1986年版，第2859—2860页。
② （宋）胡仔：《苕溪渔隐丛话后集》卷三五，人民文学出版社1962年版，第273页。按：胡仔认为《复斋漫录》所引此诗是郑文宝作。清人潘德舆则认为："'亭亭画舸系春潭……'，张文潜绝句也。……《宋人千首绝句》则以为郑文宝，系于寇莱公前，误矣。又改'春潭'为'寒潭'，与三句尤不洽。"（《养一斋诗话》卷五，《清诗话续编》本，第2084页。）诗之作者虽有争议，但《复斋漫录》的判断却见出宋人对词体于诗的影响已有认识，已经承认"翻词入诗"现象之存在。

源记归路。"《苕溪渔隐》曰：山谷词云："春归何处，寂寞无行路。若有知春去处，唤取归来同住。"王逐客云："若到江南赶上春，千万和春住。"体山谷语也。①

这则记载有点复杂，不管词为王观自创还是如胡仔所说"体山谷语"，记载中韩子苍"翻词意入诗"是千真万确的。贺裳《邹水轩词筌》也载：

词家多翻诗意入词，虽名流不免。李后主《一斛珠》末句云："绣床斜凭娇无那。烂嚼红绒，笑向檀郎唾。"杨孟载《春绣》绝句云："闲情正在停针处，笑嚼红绒唾碧窗。"此却翻词入诗。弥子瑕竟效颦于南子。②

《能改斋漫录》也载：

韩子苍题御画鹊扇诗云："君王妙画出神机。弱羽争巢并语时。天上飞来两鸂鶒，一双飞上万年枝。"盖用冯延巳乐府也。"晓月坠，宿云披，银烛锦屏帏。建章钟动玉绳低，宫漏出花迟。春态浅，来双燕。红日初长一线。严妆催罢嗔黄鹂。飞上万年枝。"乃《鹤冲天》也。③

从这些记载中可以看出，虽然，诗在人们观念中以绝对优势占统治地位，并在总体上保持了对词的强劲影响力，但词也并不是毫无作为，它作为一种日益为人所重的文体，也在缓慢地影响着诗歌的创作，王又华之"弥子瑕竟效颦于南子"之语，似有嘲笑之意，反映了人们观念中的诗词地位，但创作实际却不以人的意志为转移。我们或许可以从杨慎《词品》的一则疑问中获得一些启发：

---

① （宋）胡仔：《苕溪渔隐丛话后集》卷三五，第 325 页。
② （清）贺裳：《邹水轩词筌》，唐圭璋：《词话丛编》，中华书局 1986 年版，第 696 页。
③ （宋）吴曾：《能改斋漫录》，第 499 页。

欧阳公词:"平芜尽处是春山,行人更在春山外。"石曼卿诗:"水尽天不尽,人在天尽头。"欧与石同时,且为文字友。其偶同乎,抑相取乎。①

杨慎有点疑惑,欧阳修与石曼卿到底谁借鉴了谁呢?虽难以鉴别,但杨慎并未从诗词之地位高低出发,武断地认为词借鉴诗,而是保持了审慎的态度,认为或是"偶同",或是"相取"。这个例子可以看出,词虽作为"诗余"或"小道"存在,但随着词之发展、地位的提高,词作为一种文体的影响力正日益增强,正缓慢而不经意地影响着诗的创作。我们还可以从宋人诗作中一些未被后人注意的"翻词意入诗"之例中看出一斑,如:王安石《和御制赏花钓鱼二首》"披香殿上留朱辇,太液池边送玉杯"化用了柳永《醉蓬莱》"太液波翻,披香帘卷,月明风细。"辛弃疾《书停云壁》"斜阳草舍迷归路"化用苏轼《点绛唇》词:"归不去,凤楼何处?芳草迷归路";辛弃疾《同杜叔高祝彦集观天保庵瀑布,主人留饮两日,且约牡丹之饮》"竹杖芒鞋看瀑回"化用苏轼《定风波·三月七日沙湖道中遇雨》:"竹杖芒鞋轻胜马,谁怕,一蓑烟雨任平生。"姜夔《古乐府》"令我歌一曲,曲终郎见留。万一不当意,翻作平生羞"翻用韦庄《思帝乡》词:"春日游,杏花吹满头。陌上谁家年少足风流。妾拟将身嫁与,一生休。纵被无情弃,不能羞";范成大《正月十四日雨中与正夫·朋元小集夜归》"客醉都忘马滑时"用周邦彦《少年游》"马滑霜浓,不如休去";《社日独坐》"香篆结云深院静,去年今日燕来时"用晏殊《浣溪沙》"似曾相识燕归来";《次韵子文探梅水西,春已深,犹未开。水西,谓歙溪,而黄君谟州学记云频江地卑。盖此水为浙之源,正可谓之江也》"有情真被无情恼"用苏轼《蝶恋花》:"多情却被无情恼。"由此可见,翻词意入诗已非偶然现象,词正以其自身特有的艺术魅力渗透进诗歌,影响着它的创作。

---

① (明)杨慎:《词品》卷一,《渚山堂词话》、《词品》合订本,人民文学出版社1960年版,第64页。

三　诗句与词句相类

诗和词两种文体的互渗影响，还表现在有时同一句子分别出现在诗与词中，如晏殊的"无可奈何花落去，似曾相识燕归来"既出现在其七言律诗《假中示判官张寺丞王校勘》中，同时也出现在其词《浣溪沙》中。《四库全书总目》云：

> 《浣溪沙》春恨词"无可奈何花落去，似曾相识燕归来"二句乃殊《假中示判官张寺丞王校勘》七言律中腹联，《复斋漫录》尝述之，今复填入词内，岂自爱其造语之工故不嫌复用之矣？①

认为晏殊太爱之，遂两用之。北宋初年，词尚被视为"小道"，根本不能与诗同列，晏殊"爱其造语之工故不嫌复用"的现象说明词人不管如何存在诗词分疆的观念，但在创作中，诗词互相渗透之不可避免。除此之外，其《蝶恋花》（槛菊愁烟兰泣露）："欲寄彩笺兼尺素，山长水阔知何处"两句，与其《无题》律诗尾联"鱼书欲寄何由达，水远山长处处同"词意雷同。其他如"寇莱公'野水无人渡，孤舟尽日横'，乃词中语。"② 这样的现象在苏轼词中也存在，其诗《九日次韵王巩》中有"明日黄花蝶也愁"，而其词《南乡子·重九涵辉楼呈徐君猷》也有相同之句；其词《阳关曲》（暮云收尽溢清寒）中有"明月明年何处看"句，而其诗《右答李公择》中也有此句；其"回首向来萧瑟处，也无风雨也无晴"一联，在《定风波》（莫听穿林打叶声）词和《独觉》诗中两用。相同或相似之句同时出现在诗词之中，在南宋人的诗词创作中

① （清）纪昀：《四库全书总目》之《珠玉词》提要，第2780页。
② （明）胡应麟：《诗薮》，第215页。

更属普遍现象，我们以陆游、范成大、辛弃疾的作品为例进行考察，结果详见下表：

表一   陆游之诗词中相同或相似之句

诗	词
"矮纸斜行闲作草"（《临安春雨初霁》，《诗稿》卷一七）	"弄笔斜行小草"（《乌夜啼》"纨扇婵娟素月"）
"岂信身闲心太平"（《独学》，《诗稿》卷一）	"身闲心太平"（《破阵子》"看破空花尘世"）
"半夜鲸波浴日红"（《梦海山壁间诗不能尽记以其意追补》，《诗稿》卷二三）	"看鲸波瞰日"（《好事近》"挥袖别人间"）
"一棹何妨作水仙"（《书兴》，《诗稿》卷七六）	"不作天仙作水仙"（《渔父·灯下读玄真子渔歌因怀山阴故隐追拟》）
"红螺杯小倾花露"（《林间书意》其一，《诗稿》卷六七）	"满酌玉壶花露，送春归"（《上西楼》"江头绿暗红稀"）
"愁在鞭丝帽影间"（《雪晴行益昌道中颇有春意》，《诗稿》卷三）"塞月征尘身万里"（《记梦》，《诗稿》卷九）	"塞月征尘，鞭丝帽影"（《齐天乐·左绵道中》）
"新凉为醉地，少讼作慵媒"（《得成都诸友书劝少留嘉阳戏作》，《诗稿》卷四）	"邦人讼少文移省，闲院自煎茶"（《乌夜啼·题汉嘉东堂》）
"一点烽传散关信，两行雁带杜陵秋"（《秋晚登城北门》，《诗稿》卷八）	"数声新雁，回首杜陵何处"（《感皇恩》"小阁倚秋空"）
"眼明身健残年足，饭软茶甘万事忘"（《新辟小园》，《诗稿》卷二九）"眼明身健何妨老，饭白茶甘不觉贫"（《书喜》第一，《诗稿》卷四〇）	"幸眼明身健，茶甘饭软"（《沁园春》"孤鹤归飞"）
"短艇湘湖自采蒪"（《寒夜移疾》，《诗稿》卷一九）	"短艇湖中闲采蒪"（《沁园春》"孤鹤归飞"）
"我似人间不系舟，好风好月亦闲游"（《泛舟湖山间有感》，《诗稿》卷三一）	"虚舟泛然不系"（《汉宫春·张园海棠作园故蜀燕王宫也》）
"买断秋光不用钱"（《出游》，《诗稿》卷六八）	"买断烟波不用钱"（《鹧鸪天》"插脚红尘已是颠"）
"服气烧丹总不能"（《赠道友》第四，《诗稿》卷三一）	"慵服气，懒烧丹"（《鹧鸪天·葭萌驿作》）
"无能自号痴顽老，尚健人惊矍铄翁。"（《书叹》，《诗稿》卷六一）	"秘传一字神仙诀，说与君知只是顽"（《鹧鸪天·葭萌驿作》）
"自笑平生醉后狂，千钟使气少年场"（《自笑》，《诗稿》卷二）	"平生豪举少年场"（《鹧鸪天·送叶梦锡》）

续表

诗	词
"夜郎城里叹途穷"（《西楼夕望》《诗稿》卷六）	"那更今年，瘴烟蛮雨，夜郎江畔"（《水龙吟·荣南作》）
"画烛如椽为发辉"（《花时遍游诸家园》）	"如椽画烛"（《汉宫春·张园海棠作园故蜀燕王宫也》）
"著脚红尘已恨深"（《东斋》，《诗稿》卷二〇）"天恐红尘著脚深"（《到家旬余意味甚适戏书》，《诗稿》卷二一）	"插脚红尘已是颠"（《鹧鸪天》"插脚红尘已是颠"）
"华灯纵博声满楼"（《九月一日夜读诗稿有感走笔作歌》，《诗稿》卷二五）	"华灯纵博"（《鹊桥仙》）

表二　　　　　　范成大之诗词中相同或相似之句

诗	词
"一天风露不供香"《次韵马少伊木犀》"一天风露谁惊觉"《孟峤之家姬乞题扇二首》	"一天风露，杏花如雪"《秦楼月》（楼阴缺）
"事如梦断无寻处"《代圣集赠别》	"路长梦短无寻处"《惜分飞》（易散浮云难再聚）
"春风已入片时梦"《二月三日登楼有怀金陵宣城诸友》	"片时春梦"《秦楼月》（楼阴缺）
"尽是泸南肠断句"《题谭德称扇》	"且唱断肠新句"《一落索》（画毂锦车皆雅故）
"梦中傥相见，秉烛听残更"《既离成都故人送者……杨商卿嗣勋李良仲谭德称口占此诗留别》	"秉烛夜阑，又疑梦里"《三登乐》（今夕何期）
"宇宙此身元是客，不须弹铗更思家"《重九独登赏心亭》	"宇宙此身元是客，不须怅望家何许"《满江红》（罨画溪山）
"夕阳庭院锁秋千"《春日三首》	"西园空锁秋千索"《秦楼月》（香罗薄）
"笑拍阑干万事空"《晚集南楼》	"佳期如梦，又把阑干拍"《念奴娇》（双峰叠嶂）

表三　　　　　　辛弃疾之诗词中相同或相似之句

诗	词
"不妨草草有杯盘"《同杜叔高祝彦集观天保庵瀑布，主人留饮两日，且约牡丹之饮二首》其二	"草草杯盘不要收"《武陵春·春兴》
"爱竹不爱肉"《吴克明广文见和再用韵答之》	"饱看修竹何妨肉"《满江红·山居即事》
"折腰曾愧五斗米"《和赵直中提干韵》	"叹折腰五斗赋归来"《鹊桥仙》（少年风月）
"今是昨非当谓梦"《新年团拜主敬韵并呈雪平》	"深自觉昨非今是"《洞仙歌·丁卯八月病中作》
"灵均恨不与同时，欲把幽香赠一枝。堪入离骚文字否？当年何事未相知"《和傅岩叟梅花二首》其二	"灵均千古怀沙恨，记当时匆匆忘把，此仙题品"《贺新郎·赋水仙》

续表

诗	词
"遥知一夜相思后"《和吴克明广文赋梅》	"对梅花一夜苦相思"《满江红》（曲几团蒲）"梅花开后，对月相思"《沁园春答余叔良》"相留昨夜，应是梅花发"《念奴娇》（洞庭春晚）
"老去都无宠辱惊"《偶作三首》其三	"人间宠辱休惊"《临江仙》（钟鼎山林都是梦）"宠辱惊疑"《行香子》（归去来兮）
"高山流水自朱丝"《傅岩叟见和用韵答之》"此时高山与流水，应有钟期知妙旨"《和赵国兴知录赠琴》	"流水高山弦断绝"《谒金门》（遮素月）"袖手高山流水"《满庭芳·和洪丞相景伯韵》"叹高山流水，弦断堪悲"《婆罗门引》（绿阴啼鸟）
"捧心作矉态"《和赵晋臣敷文积翠岩去类石》	"青山却作捧心矉"《浣溪沙》（台倚崩崖玉灭瘢）；"何处捧心矉"《菩萨蛮·和卢国华提刑》
"有生同扰扰，何路出纷纷"《答余叔良韵》	"细看斜日隙中尘，始觉人间何处不纷纷"《南歌子·独坐蔗庵》
"意气平吞万户侯"《丙寅岁山间竞传诸将有下棘寺者》	"气吞万里如虎"《永遇乐·京口北固亭怀古》
"试与挑灯子细看"《送剑与傅岩叟》	"醉里挑灯看剑"《破阵子》
"只今平地怕风波"《庆云桥诗二首》	"长安车马道上，平地起崔嵬"《六州歌头》（君莫赋幽愤）
"林下萧然一秃翁"《丁卯七月题鹤鸣亭三首》其二	"看取萧然林下风"《鹧鸪天》（点尽苍苔色欲空）
"小立西风数过鸦"《郡斋怀隐菴二首》	"独立斜阳数过鸿"《鹧鸪天》（万事纷纷一笑中）
"西风过了菊花秋"《鹤鸣亭绝句》四首其四	"西风黄菊开时"《新荷叶》（物盛还衰）
"千丈参天翠壁高"《鹤鸣亭绝句》四首其五	"千丈翠奁开"《水调歌头·盟鸥》；"傍湖千丈开青壁"《满江红·冷泉亭》
"花开花落无寻处"《游武夷作棹歌呈晦翁十首》其四	"生怕见花开花落"《汉宫春·立春》
"尚疑惊著汝"《哭　十五章十五首》其十三	"怕有愚公惊著汝"《玉楼春》（青山不解乘云去）
"自古蛾眉嫉者多"《再用韵二首》其一	"蛾眉曾有人妒"《摸鱼儿》（更能消）；"蛾眉谁妒"《水龙吟》（玉皇殿阁微凉）
"青山只隔二三里，恰似高人呼不来"《信笔再和二首》其二	"青山欲共高人语"《菩萨蛮·金陵赏心亭为叶丞相赋》
"何处幽人来问讯"《信笔再和二首》其一	"吾庐定有幽人相问"《西河·送钱仲耕自江西漕移守婺州》

续表

诗	词
"溪头千步响如雷"《游武夷作棹歌呈晦翁十首》其一	"千丈冰溪百步雷"《鹧鸪天·元溪不见梅》
"溪山能破几两屐"《和人韵》	"能消几两平生屐"《满江红》"过眼溪山"
"从人唤我虎头痴"《和人韵》	"此语更痴绝，真有虎头风"《水调歌头·和信守郑舜举蔗庵韵》
"暮年筋力倦崔嵬"《同杜叔高祝彦集观天保庵瀑布，主人留饮两日，且约牡丹之饮》	"不知筋力衰多少，但觉新来懒上楼"《鹧鸪天·鹅湖归病起作》
"有时思到难思处，拍碎栏干人不知"《鹤鸣亭绝句四首》其一	"把吴钩看了，栏干拍遍，无人会登临意"《水龙吟·登健康赏心亭》
"闲看蜂衙足官府"《丁卯七月题鹤鸣亭三首》其一	"要看蜂儿晚趁衙"《鹧鸪天》（自古高人多可嗟）"蜂儿辛苦多官府"《鹧鸪天》（出处从来自不齐）
"无奈风吹雨打何"《游武夷作棹歌呈晦翁十首》其七	"雨打风吹何处是"《浪淘沙·山寺夜半闻钟》；"百年雨打风吹却"《鹧鸪天·登一丘一壑偶成》；"风流总被，雨打风吹去"《永遇乐·京口北固亭怀古》

　　从以上列表中不难看出，在陆游笔下，其诗词在句法思想上都没有太大的差别，甚至连齐言体与长短句的形式都没有明显的区分，诗句与词句已完全趋于一致，表现出"诗人作词，往往不能脱尽诗腔"的创作现象，[①]从中可见陆游诗词疆界模糊的一般风貌。而他仿张志和所作的《渔父》五首同时被编入了《剑南诗稿》[②]与《放翁词》中，则更能说明其诗词文体气味之相通。这与苏轼"'济南春好雪初晴，行到龙山马足轻。使君莫忘雪溪女，时作阳关肠断声。'东坡《小秦王》词也，今乃编入诗集"一样，[③]正是诗词面貌雷同的结果。

　　范成大则有的诗句似词，有的词句似诗，这种相同或相似之句出现在诗词两种文体之中，模糊了诗与词之间的界限。如"夕阳庭院锁秋千"为《春日三首》其一中的句子，全诗为：

---

①　唐圭：《读词闲话》，《历代词话续编》下册，大象出版社2005年版，第1299页。
②　钱仲联：《剑南诗稿校注》，上海古籍出版社2005年版，第191页。
③　（清）邓廷桢：《双砚斋词话》，唐圭璋：《词话丛编》，中华书局1986年版，第2527页。

药栏花暖小猧眠，雪白晴云水碧天。煮酒青梅寒食过，夕阳庭院锁秋千。

此诗写春天之温暖闲适，前三句为诗中平常之景，但因"夕阳庭院锁秋千"的存在，而平添寂寥之感，使此诗别具深情韵味。为什么呢？因为"夕阳"、"庭院"、"秋千"为词中常有之意象，且这些意象的情感内涵均指向失落与幽怨，所以，此种具有强烈词体特征的句子入诗则使诗歌的风格情调发生了变化。而将具有诗体特征的"宇宙此身元是客，不须弹铗更思家"之句稍加变化为"宇宙此身元是客，不须怅望家何许"，并以之入词，则使词更疏朗清旷而具有诗的韵味情调。

辛弃疾诗词句法的相类应是辛词诗化的重要表征之一。关于辛弃疾诗句与词句相类，还有一段公案。辛弃疾《鹧鸪天·鹅湖归病起作》有一句"不知筋力衰多少，但觉新来懒上楼"，俞文豹在《吹剑录》中认为是诗人陈秋塘所作，云："古今诗人，间见层出，极有佳句，无人收拾，尽成遗珠。……陈秋塘诗：'不知筋力衰多少，但觉新来懒上楼。'"[1] 此句著作权被划归陈秋塘名下。于此，邓广铭先生注云："陈秋塘名善，字敬甫，号秋塘，里籍不详。"并据张端义《贵耳集》记载推知秋塘行辈稍晚于稼轩，认为俞氏所记，仅摘录其二句而未录全诗，秋塘诗集又不传，其何以与稼轩词句全同，颇不可解。稼轩此词见《稼轩词》甲集，淳熙末已刊布，断无抄袭陈诗之理。最终邓氏认为俞文豹先读稼轩此词，其后误记为陈氏诗句，随手札记，未检原文，故遂不免张冠李戴也。[2] 况周颐《蕙风词话》则云：

按此二句乃稼轩词《鹧鸪天》歇拍。稼轩倚声大家，行辈在秋塘稍

---

① （宋）俞文豹：《吹剑录》，张宗祥校订《吹剑录》，中华书局1959年版。
② 邓广铭：《稼轩词编年笺注》，上海古籍出版社1993年版，第188—189页。

前，何至取材秋塘诗句。秋塘平昔以才气自豪，亦岂肯沿袭近人所作。或者俞文蔚氏误记辛词为陈诗耶？此二句入词则佳，入诗便稍觉未合。诗与词体格不同处，其消息即此参证。[①]

此句究竟为谁所作，邓氏与况氏分别从辛弃疾词集的刊布时间、辛陈二人之行辈与性情作了推测，认为诗是稼轩所作，因俞文豹误记而归入陈秋塘名下，此推测颇有说服力。我们还可以从辛弃疾之词集中再找出点证据，辛弃疾《鹧鸪天·重九席上再赋》云："十分筋力夸强健，只比年时病起时。"按邓氏编年，两词所作时间甚近，从句式与风格上看，此句或为稼轩所作。从此公案中我们可以看出，词到南宋，单从句法上看，诗与词之面貌已然非常模糊，虽然况周颐云："此二句入词则佳，入诗便稍觉未合"，但我们看不出此两句入诗有何不合之处。从上表中，我们也看到"不知筋力衰多少"与辛弃疾诗"暮年筋力倦崔嵬"也甚相似，诗词并无明显区别。从此公案中，我们倒可获知诗词互渗之消息。

从以上所举之例中我们可以看出，词句似诗句反映了词人创作观念的改变，这也是"元祐诸公，嬉弄乐府，寓以诗人句法，无一毫浮靡之气"[②] 之创作精神的进一步发扬光大；而诗句似词句则让我们看到在文体互动中词体本身的积极作为。因此，诗句与词句雷同，或多或少地改变了诗与词的某些体性特点，使诗词在互动中缩小了文体之间的鸿沟，促进了文体间的融合与发展。

四　诗词创作的相互触发

诗词的互动有时表现为诗与词的互相触发，由诗而催生词，或由词而催生

---

① （清）况周颐：《蕙风词话》卷一，《蕙风词话》、《人间词话》合订本，人民文学出版社 1960 年版，第 31 页。

② （宋）汤衡：《张紫微雅词序》，《影刊宋金元明本词》。

诗，或者诗词同时诞生。

（一）诗催生词。姜夔《庆宫春》词就是因其诗触发而成，其《庆宫春》小序云：

> 绍熙辛亥除夕，予别石湖归吴兴，雪后夜过垂虹，尝赋诗云："笠泽茫茫雁影微，玉峰重叠护云衣。长桥寂寞春寒夜，只有诗人一舸归。"后五年冬，复与俞商卿、张平甫、铦朴翁自封禺同载诣梁溪，道经吴松，山寒天迥，云浪四合，中夕相呼步垂虹，星头下垂，错杂渔火，朔风凛凛，厄酒不能支，朴翁以衾自缠，犹相与行吟，因赋此阕，盖过旬涂稿乃定；朴翁咎予无益，然意所耽不能自已也。平甫、商卿、朴翁皆工于诗，所出奇诡，予亦强追逐之。此行既归，各得五十余解。①

本篇词序具体地介绍了此词的写作缘起。绍熙二年除夕，词人从范成大石湖别墅乘船回湖州途中，过垂虹，赏雪景，作诗《除夜自石湖归苕溪》及《过垂虹》诗纪实。五年后，即庆元二年冬，词人反向行进，又经垂虹，于是触景生情，抚今追昔，遂成此词。从词人的介绍中，我们可鲜明地看到姜诗对其《庆宫春》词的产生有一定的影响，这组诗词除了在长短句的形式上有差别外，无论在情感、意境还是风调上都表现出极大的趋同性、相似性，而这种趋同性与相似性正源于诗词创作的相互催生而成。《冷斋夜话》里也有一段诗催生词的记载：

> 华亭船子和尚有偈曰："千尺丝纶直下垂，一波才动万波随。夜静水寒鱼不食，满船空载月明归。"丛林盛传，想见其为人。宜州倚曲音成长短句曰："一波才动万波随，蓑笠一钩丝。金鳞正在深处，千尺也须垂。

---

① 夏承焘：《姜白石词编年笺注》，上海古籍出版社 1981 年版，第 60—61 页。

吞又吐，信还疑，上钩迟。水寒江静，满目青山，载明月归。"①

黄庭坚因爱船子和尚之偈，遂以词的形式重新描写了垂钓的过程。在意趣上，两者区别不大；在具体表现手法上，黄氏之词更加生动具体，而船子和尚之诗更大而化之，更具可意会不可言传的禅趣。此记载非常清楚地表明了诗对词的催生作用。

（二）由词触发而作诗，如魏庆之《诗人玉屑》录《冷斋夜话》一条：

> 贺方回妙于小词，吐语皆蝉蜕尘埃之表。晏叔原、王逐客俱当溟涬然第之。山谷尝手写所作《青玉案》者，置之几研间，时自玩味。曰："凌波不过横塘路。但目送、飞鸿去。锦瑟华年谁与度？小桥幽径，绮窗朱户。只有春知处。　碧云冉冉蘅皋暮，彩笔空题断肠句。试问离愁都几许？一川烟草，满城风絮，梅子黄时雨。"山谷云："此词少游能道之。"作小诗曰："少游醉卧古藤下，无复愁眉唱一杯。解道江南断肠句，而今唯有贺方回。"②

无独有偶，陆游也曾因极赏秦观之词而写诗抒感，杨慎《词品》载：

> 秦少游谪处州日，作《千秋岁》词，有"花影乱，莺声碎"之句。后人慕之，建莺花亭。陆放翁有诗云："沙上春风柳十围，绿阴依旧语黄鹂。故应留与行人恨，不见秦郎半醉时。"③

---

　①　（宋）惠洪：《冷斋夜话》，陈新点校，《冷斋夜话》、《风月堂诗话》、《环溪诗话》合订本，中华书局1988年版，第54页。

　②　（宋）魏庆之：《诗人玉屑》卷二一录惠洪《冷斋夜话》，第472页。中华书局1988年版《冷斋夜话》与张伯伟《稀见本宋人诗话四种》均未见载。

　③　（明）杨慎：《词品》卷三"莺花亭"条，第102页。

黄庭坚与陆游的诗带有词评的性质，均由词催生而成，风貌与原词相差甚远，但从中我们仍然可以看到诗与词在具体创作生活中的交融，原词其实或多或少地影响了诗歌的基调与情感取向，赋予了诗作深于情的特点，使诗富有情韵。

再如，韩元吉有《好事近》词一首：

> 凝碧旧池头，一听管弦凄切。多少梨园声在，总不堪华发。　　杏花无处避春愁，也傍野烟发。惟有御沟声断，似知人呜咽。

陆游看到这首词以后，却作了一首七古《得韩元咎书寄使虏时宴东都驿中所作小阕》：

> 大梁二月杏花开，锦衣公子乘传来。桐阴满地归不得，金辔玲珑上源驿。上源驿中挝画鼓，汉使作客胡作主。舞女不记宣和妆，庐儿尽能女真语。书来寄我宴时词，归骥知添几缕丝？有志未须深感慨，筑城会据拂云祠。

友人寄词，陆游却用诗和，而在内容上，此诗也正是对韩元吉词内容的具体发挥。从中可见诗词之间已没有截然分开的鸿沟，两者处于并驾齐驱之状态。

（三）诗词因同事同情而发，同时诞生。《冷斋夜话》有记载云：

> 予（僧惠洪）谪海外，上元，椰子林中渔火三四而已。中夜闻猿声凄动，作词曰："凝祥宴罢闻歌吹。画毂走，香尘起。冠压花枝驰万骑。马行灯闹，凤楼帘卷，陆海鳌山对。　　当年曾看天颜醉。御杯举，欢声沸。时节虽同悲乐异。海风吹梦，岭猿啼月，一枕思归泪。"又有怀京师

诗云："十分春瘦缘何事，一搦归心未到家。"①

惠洪同时以诗词抒发同一种怀归之情，两者虽然还保留着形式上的差别，但无论是情感意志还是风格，已所差甚微。《能改斋漫录》卷一一载王安石之女见此诗谓惠洪"浪子和尚也"，②从中可以见出惠洪诗通于词的特征。缘于同事同情而发的诗词在创作中基本上保持着同一性与相似性，诗词疆界非常模糊。

《苕溪渔隐丛话》也有一则记载云：

> 江宁章文虎，其妻刘氏名彤，文美其字也，工诗词，尝有词寄文虎云："千里长安名利客，轻离轻散寻常。难禁三月好风光，满阶芳草绿，一片杏花香。记得年时临上马，看人眼泪汪汪。如今不忍更思量，恨无千日酒，空断九回肠。"又云："向日寄去诗曲，非敢为工，盖欲道衷肠万一耳。何不掩恶，辄示他人，适足取笑文虎也。本不复作，然意有所感，不能自已，小草二章，章四句奉寄。"其一云："碧纱窗外一声蝉，牵断愁肠懒昼眠。千里才郎归未得，无言空拨玉炉烟。"其二云："画扇停挥白日长，清风细细袭罗裳。女童来报新篘熟，安得良人共一觞。"③

章文虎妻之词以埋怨之语写她对丈夫深情的思念，由昔至今，情感热烈真挚，而诗则以自己百无聊赖的孤独来写对丈夫的深切想念，除了词更多叙事性与故事性外，诗词在意象、情蕴与作品风调方面均表现出同一性。诗作也以情见长，并没有表现出儒家诗教的"雅正"之风，在情感表达上虽较词含蓄，但情

---

① （宋）惠洪：《冷斋夜话》，陈新点校本"辑佚"条，中华书局1988年版，第92—93页。张伯伟辑校日本五山版未见。
② （宋）吴曾：《能改斋漫录》卷一一，第318页。
③ （宋）胡仔：《苕溪渔隐丛话后集》卷四〇，第335—336页。

感力度并不逊色于词，诗与词由于题材的一致而表现出趋同的状态。

有时，不同作家也会在同一种情况下用诗词写同样事物，如萧德藻、辛弃疾、姜夔俱有吟咏虞美人草之作，萧德藻与姜夔以诗咏，而辛弃疾则以词咏，萧德藻《咏虞美人草》云：

> 鲁公死后一抔土，谁与竿头荐一觞。妾愿得生坟土上，日翻舞袖向君王。

辛弃疾词《浪淘沙·赋虞美人草》云：

> 不肯过江东，玉帐匆匆。只今草木忆英雄。唱着虞兮当日曲，便舞春风。　　儿女此情同，往事朦胧。湘娥竹上泪痕浓。舜盖重瞳堪痛恨，羽又重瞳。

姜夔《咏虞美人草》云：

> 夜阑浩歌起，玉帐生悲风。江东可千里，弃妾蓬蒿中。化石解语，作草犹可舞。陌上望骓来，翻愁不相顾。

陈思《年谱》认为"白石此诗，殆与萧、辛二公分咏者"，[①] 虽然孙玄常《姜白石诗笺注》认为三人同时分咏虞美人草尚缺乏确证，但也没有理由认为此三人之诗与词非一时一地之作，[②] 从三人生前的交往关系来看，姜萧之诗、辛之词为同时同地所作的可能性较大。此三首作品虽然立意不同，但均情调悲壮，

---

① 陈思：《白石道人年谱》谓白石《虞美人草》诗系与萧、辛二公分咏之作，均系于淳熙八年（1181），1933 年刻本。

② 孙玄常：《姜白石诗集笺注》，山西人民出版社 1986 年版，第 16 页。

充满浓郁的悲剧气息，看不出诗词分疆的文体特点，诗词创作表现出互通性，词在社交中已完全与诗分庭抗礼，担当着与诗同样的角色，也正是在这种诗词抒情表达功能不存在障碍的状态下，两者才能在互动中交融与渗透。

我们只要稍微关注一下诗歌的创作情况，就会发现诗词在创作中互相激发的现象并不是偶一为之，如陆游诗《寄题连江陈氏拂石轩》题下小注云："李似之尝有歌词。"李似之《筠谿集》有《蝶恋花·游南山过陈公立后亭作》一首云：

足力穷时山已晦，却上轻舟，急棹穿沙背。云影渐随风力退，一川月白寒光碎。　　唤客主人陶谢辈，拂石移尊，不管游人醉。罗绮丛中无此会，只疑身在烟霞外。

钱仲联先生注曰："自注所谓'李似之尝有歌词者'，疑即此篇。因游此诗有'渔舟来去白鸥飞，上有纶巾隐君子，作诗自许辈陶谢，啸傲烟云弄清泚。……李公过江号高流，逸气凛凛横清秋；沙边一笑偶邂逅，扫石荫松相献酬'等句，情事、词语均合也。《筠溪集》卷一九有《次韵公立承事见贶佳什》诗云：'竹外孤亭思渺然，与君持酒傲壶天。不须五斗称焦遂，一酹高谈骇四筵。'诗下原注，一杯之后，公立诗成，故云。'是当时陈氏主人字公立，其官阶为承事郎。'拂石轩'额或为原有，或其后因李词有'拂石移尊'句而题名，俟考。"① 从中可见，陈公立题名"拂石轩"是因李似之的词"拂石移尊"句而得，此又触发陆游作《寄题连江陈氏拂石轩》诗，并与李词处处吻合。可见，由于诗词可以自由地在社交场合中同场亮相唱酬，所以，两者就有了互相触发的机会，并有可能承担同样的表达功能，两种文体样式遂在自由的唱和中趋于同一。

---

① 钱仲联：《剑南诗稿校注》，第 2361 页。

从以上对诗与词互相影响促进的情况之鸟瞰与描述中，我们可以看到，诗与词虽分疆，但两者在具体创作中以各种方式"细无声"地在互相交融渗透着，它们在交融中互相促进，彼此借鉴，并不断调整以适应和完善对方的品格，宋诗与宋词遂在彼此的互助互动中不断发展。上文是对宋代诗词互动现象的总体考察，至于诗词两种文体在创作中如何彼此渗透，又如何影响了各自的品质，以下几节将作详细论述。

第二节　词学视野下的陆游诗歌

人们在评析陆游诗词时，多关注其诗对词的影响，诸如"（陆游）则是具有诗人之襟抱，……因而乃是以诗人之笔法为词的"①，"放翁词似诗，然较诗浓缛"②，而较少有人论及陆游词对其诗歌创作的影响。无疑，陆游是诗歌创作的大家，有诗九千二百多首，而仅有词 145 首，从规模上看，其词在诗歌面前不足称道，但实际上，由于陆游特定的爱情经历及敏感多情的心灵，在其部分诗歌里，我们能发现诗词相通的消息，有其诗受词影响的蛛丝马迹。陆游诗有词味，明代胡应麟早就指出过：

> 宋人语如"雪消池馆初晴后，人倚阑干欲暮时"、"寒食园林三日近，落花风雨五更寒"、"小楼一夜听春雨，深巷明朝卖杏花"之类，时咸脍炙，不知已落诗余矣。③

---

① 叶嘉莹：《论陆游词》，见《唐宋词名家论稿》，河北教育出版社 1997 年版，第 225 页。
② （清）李调元：《雨村词话》，唐圭璋编《词话丛编》，中华书局 1996 年版，第 1410 页。
③ （明）胡应麟：《诗薮》外编卷五，第 217 页。

胡氏所拈出的陆游诗轻倩柔美，格调流丽，正近于词。事实上，在《剑南诗稿》中，类似的作品有很多，这为我们在词学视野下重新审视陆游的诗歌提供了可能。本节我们欲在陆游诗词比较研究的基础上作进一步研究探讨。

一　诗中词之消息

当我们读《剑南诗稿》时，会不经意地发现陆游有部分诗或部分诗句之风调色泽与词很相近，细析之，大概有以下几种情况：

（一）诗境类词境。这一方面，我们可从前人的一则诗话谈起，王士祺云：

> "玉阶蟋蟀闹清夜，金井梧桐辞故枝。一枕凄凉眠不得，呼灯起作感秋诗。"小说载此为蜀中某驿卒女诗，放翁见之，纳以为妾，为夫人所逐，又有《卜算子》词"不合画春山，依旧留愁住"云云。按《剑南集》此诗乃放翁在蜀时所作，前四句云："西风繁杵捣征衣，客子关情正此时，万事从初聊复尔，百年强伴欲何之。"①

语中所引之诗为陆游《感秋》，原诗下半段为"画堂蟋蟀怨清夜，金井梧桐辞故枝。一枕凄凉眠不得，呼灯起作感秋诗"，情致凄清，格调悲凉，却经好事者点窜成驿卒女之伤心语，附会出陆游与驿卒女之艳遇，赋予此诗浓重的脂粉香泽之气。何故如此？稍作探询，不难发现此诗风调色泽很近词之意味。"画堂"、"金井"、"梧桐"，正为思妇词之典型物象，诗情之凄凉寂寥也正是思妇词之普遍情绪，诗境与词境相近，小说家故事附会，并非空穴来风。其实，陆

---

① （清）王士祺：《带经堂诗话》，人民文学出版社1963年版，第519—520页。

游诗中与词境相类的句子很多，我们不妨举几例："楼上凭栏小立时，淡烟漠漠雨丝丝"（《绮楼》，《剑南诗稿》卷六一）正是秦观"漠漠轻寒上小楼，晓阴无赖似穷秋，淡烟流水画屏幽"[《浣溪沙》（漠漠轻寒上小楼）]之情境韵味；"晓来一雨洗尘痕，浓绿阴阴可一圈。燕子声中寂无事，独穿苔径出篱门"（《晓雨初霁》，《剑南诗稿》卷二二），诗境颇似晏殊"无可奈何花落去，似曾相识燕归来。小园香径独徘徊"[《浣溪沙》（一曲新词酒一杯）]之闲愁；而"小楼一夜听春雨，深巷明朝卖杏花"（《临安春雨初霁》），钱钟书先生指出，其与陆游好友王季夷《夜行船》词"小窗人静，春在卖花声里"（《绝妙好词笺》卷二）"意境相近"[①]。其他如：

"断香漠漠便支枕，芳草离离悔倚阑"——《病起》

"拥被却寻初断梦，掩屏重拨欲残香"——《腊月十九日午睡觉复酣卧至晚戏作》

"秋砧巷陌昏昏日，夜烛帘栊袅袅风。"——《秋夜示儿辈》

"迢迢枕上望明河，帐薄帘疏奈冷何！"——《秋怀》

"香冷灯昏梦自惊，清愁冉冉带余醒。夜长谁作幽人伴，惟是蛩声与月明"——《枕上》

"梦回残烛耿房栊，杳杳江天叫断鸿。病骨不禁风露重，披衣小立月明中。"——《秋夜观月》

等等，不胜枚举！这些诗与词的风貌何其相似！置之词集中，可乱楮叶。从意象看，陆游此类诗的意象多为"淡烟"、"残烛"、"断鸿"、"轻烟"、"小桥"、"断香"、"残香"、"帘栊"等；从抒情主人公的动作看，多为"凭栏"、"倚栏"、"梦回"、"独长吟"、"拨残香"、"自惊"、"小立"、"临风怅望"、"拥被"、

---

① 钱钟书：《宋诗选注》，人民文学出版社 1958 年版，第 184 页。

"寻梦"等；再从诗情看，皆属情感凄恻，深隐幽微。缪钺先生认为词之为词的特征有四端，现录其中两条：

> 一曰其文小，具体言之有如下特征：（诗词俱）铸景于地理山川，借资于鸟兽草木，而词中所用，尤必取其轻灵细巧者。是以言天象，则"微雨""断云"，"疏星""淡月"；言地理，则"远峰""曲岸"，"烟渚""渔汀"；言鸟兽，则"海燕""流莺"，"凉蝉""新雁"；言草木，则"残红""飞絮"，"芳草""垂杨"；言居室，则"藻井""画堂"，"绮疏""雕槛"；言器物，则"银缸""金鸭"，"凤屏""玉钟"；言衣饰，则"彩袖""罗衣"，"瑶簪""翠钿"；言情者，则"闲愁""芳思"，"俊赏""幽怀"。即形况之辞，亦取精美细巧者。譬如亭榭，恒物也，而曰"风亭月榭"，则有一种清美之境界矣；花柳，恒物也，而曰"柳昏花暝"，则有一种幽约之景象矣。……二曰其质轻，……惟其轻灵，故回环宕折，如蜻蜓点水，空际回翔，如平湖受风，微波荡漾，反而更多妍美之姿，……而摇曳生姿，则诗不如词。[1]

比照缪钺先生所归纳出来的词之用语及意象特征，陆游此类诗取资于精美的事物，其面貌特质如春花美人，情感婉约幽怨，虽为诗体，而论其意境与作法，则极近于词，离诗之"庄"与"阔"已相差甚远，其中《病起》诗早就有人评曰"风格颇似词，婉约沉郁，辞浅意深。"[2]

（二）诗词如出一辙。细细对读陆游诗与词，可发现其有诗词面貌极其相似之句，具体见下表：

---

[1]　缪钺：《缪钺说词》，第4—5页。
[2]　段晓华：《陆游诗歌赏析》，陕西人民出版社1988年版，第146页。

陆游之诗词中相同或相似之句

诗句	词句
"梦到画堂人不见,一双轻燕蹴筝弦。"《夏日昼寝,梦游一院……》,《剑南诗稿》卷一二	"帘外蹴花双燕,帘下有人同见。"《昭君怨》(昼永蝉声庭院)
"归来月满廊,惜踏疏梅影"《夜汲井水煮茶》卷一四	"半廊花院月,一帽柳桥风"《临江仙》(鸠雨催成新绿)
"低回半枕梦,萧瑟一窗秋"《初秋夜赋》,《剑南诗稿》卷六二	"悄无人,幽梦自惊。"《恋绣衾》(雨断西山晚照明)
"便拟江头问断鸿"《秋夜》,《剑南诗稿》卷三五	"算沙边、也有断鸿,情谁问得?"《望梅》(寿非金石)
"芳草离离悔倚阑"《病起》,《剑南诗稿》卷一七	"离离芳草长亭暮"《桃源忆故人·应灵道中》(栏干几曲高斋路)
"断香漠漠便支枕"《病起》,《剑南诗稿》卷一七	"静院焚香,闲倚素屏"《绣停针》(叹半纪)

这些意象与语言极其相似的诗句与词句,模糊了陆游诗与词的区别,如果皆为齐言体,很难分辨出它们究竟是诗还是词。

在陆游的诗作里,尚有诗词全篇相似者,如诗《夏日昼寝梦游一院阒然无人帘影满堂惟燕蹴筝弦有声觉而闻铁铎风响璆然殆所梦也邪因得绝句》:

桐阴清润雨余天,檐铎摇风破昼眠。梦到画堂人不见,一双轻燕蹴筝弦。

与词《昭君怨》:

昼永蝉声庭院,人倦懒摇团扇。小景写潇湘,自生凉。 帘外蹴花双燕,帘下有人同见。宝篆折宫黄,炷熏香。

二者真如孪生姊妹,面貌几无差别:诗境是雨余桐阴,檐铎摇风,画堂人梦,轻燕蹴筝；词境是蝉声庭院，熏香静袅，潇湘生凉，双燕蹴花；意境都极静谧，情丝皆如游丝袅袅，似可捕捉又不可捕捉；均用笔轻灵，风格柔细。再如《吴娘曲》：

> 镜奁蚕出千黑蚁，钗梁梅小双青豆。吴娘十四未知愁，罗衣已觉伤春瘦。闲寻女伴过西家，斗草归来日未斜。睡睫濛濛娇欲闭，隔帘微雨压杨花。

虽是乐府古题，却少了乐府的率真古朴，多了宋代婉约词里主人公的娇慵与无聊。首联的外貌描写已带浓腻的脂粉气，"伤春瘦"的吴娘已不再是古乐府中清纯可爱的主人公，而是词中深闺少妇最典型的意态；"斗草归来"，正是晏殊《破阵子》词"疑怪昨宵春梦好，元是今朝斗草赢，笑从双脸生"的女子神态之再现；"睡睫濛濛娇欲闭"令人想起苏轼《水龙吟·次韵章质夫杨花词》中"困酣娇眼，欲开还闭"的思妇形象；"隔帘微雨压杨花"意境迷离朦胧。唐吕温有"隔帘微雨湿梨花"（《道州郡斋卧病寄东馆诸贤》）之句，唐韩偓也有"隔帘微雨杏花香"（《寒食夜有寄》）之吟，陆游以"隔帘微雨"入词却将后三字改成"压杨花"，由于"杨花"与"睡睫濛濛娇欲闭"的女子形象之间的对应关系，遂使诗境更近于苏轼《水龙吟》咏杨花词，而与吕韩二人诗境不类。可见，诗中的吴娘无论是外貌与情思都已染上宋词浓郁的情味。此诗与陆游词《鹧鸪天》：

> 梳发金盘剩一窝，画眉鸾镜晕双蛾。人间何处无春到，只有伊家独占多。 微步处，奈娇何，春衫初换鹔鹴罗，东邻斗草归来晚，忘却新传《子夜歌》。

风貌何其相似尔！《吴娘曲》诗甚至比《鹧鸪天》词情感更纤细，意境更婉约朦胧、幽约丰富。

（三）部分诗翻用词意。诗翻用词意现象在本章第一节已有较详论述，《剑南诗稿》中也有此类现象（详见下表）：

陆游诗	被翻用之词
"误马随车一笑回"《上元》，《剑南诗稿》卷九	"长记误马随车"秦观《望海潮》
"睡睫漾漾娇欲闭"《吴娘曲》，《剑南诗稿》卷一六	"困酣娇眼，欲开还闭"苏轼《水龙吟·次韵章质夫杨花词》
"游宦何如听雨眠"《醉书山亭壁》，《剑南诗稿》卷一三	"画船听雨眠"韦庄《菩萨蛮》
"春色三分二分空"（《春雨》，《剑南诗稿》卷四五）	"春色三分，二分尘土，一分流水"苏轼《水龙吟·次韵章质夫杨花词》
"乞浆得酒人情好，卖剑买牛家事兴"《游近村》，《剑南诗稿》卷六三	"卖剑买牛真欲老，乞浆得酒更何求"苏轼《浣溪沙》
"凌风玉宇寒"《梦中作》，《剑南诗稿》卷六八	"我欲乘风归去，又恐琼楼玉宇，高处不胜寒"苏轼《水调歌头》
"荣悴纷纷醉梦中，转头何事不成空?"《读史》，《剑南诗稿》卷七〇	"休言万事转头空，未转头时皆梦"苏轼《西江月》
"衰草连天塞路愁"《秋晚思梁益旧游》，《剑南诗稿》卷四	"天连衰草"秦观《满庭芳》（山抹微云）

除了一些句子翻用词意外，陆游甚至有整首诗全袭词意者，如《上巳小饮追忆乾道中尝以是日病酒留三泉江月亭凄然有感》：

零落残花一一两枝，绿阴庭院燕差池。隔墙笑语秋千散，惆怅三泉驿里时。

此诗意与苏轼《蝶恋花》词意极近，为了便于对比，现抄录全词如下：

花褪残红青杏小。燕子飞时，绿水人家绕。枝上柳绵吹又少。天涯何处无芳草。　　墙里秋千墙外道。墙外行人，墙里佳人笑。笑渐不闻声渐悄。多情却被无情恼。

陆游诗"零落残花一两枝，绿阴庭院燕差池"与苏轼词的上阕意思全同，以落花将尽写春之阑珊，为春天的逝去叹息，表现惜春与伤春之情，诗之第三句"隔墙笑语秋千散"正是对苏轼下半阕词意的浓缩，所以"惆怅三泉驿里时"的"惆怅"才有了更丰富的意义。苏轼《蝶恋花》词里的主人公走进了陆游诗作，二者同一经历，同一情怀，意象、情感、境界均如出一辙，两者之间的原创与模仿关系显而易见。

另外，陆游诗非常喜欢用"雨滴空阶"意象，如：

　　　"断香萦倦枕，疏雨滴前除。"——《昼睡》

　　　"帐外昏灯伴孤梦，檐前寒雨滴愁心。"——《秋思》（又一首）

　　　"空阶点滴何由止，倦枕凄凉只自知。"——《夜雨有感》

　　　"檐间雨滴愁偏觉，枕畔橙香梦亦闻。"——《十一月夜半枕上口占》

　　　"谁知病客悲秋夜，尽在空阶点滴中。"——《八月一日微雨骤凉》又

一首

"夜雨滴空阶"本出自南朝阴铿"夜雨滴空阶"，温庭筠化用入《更漏子》词中为："梧桐树，三更雨，不道离情正苦。一叶叶，一声声，空阶滴到明"，宋聂胜琼又用入《鹧鸪天》词为："枕前泪共阶前雨，隔个窗儿滴到明"，柳永又一字未改地写入其词《尾犯》之中，所以人曰"阴铿有'夜雨滴空阶'，柳耆卿用其语，人但知为柳词耳。"[1] 自此，"雨滴空阶"遂为词家习用。北宋黄元明词《青玉案》（千峰百嶂宜州路）中就有"夜阑无寐，听尽空阶雨"之句。"雨滴空阶"意象所带给读者的凄凉幽怨的审美情感也就染上了词味，可见，至南

---

① （宋）龚颐正：《芥隐笔记》，上海博古斋 1922 年影印本。

宋,"雨滴空阶"已具有鲜明的词体特征,也正因此,我们说陆游的这部分诗是"翻词入诗"似也可以成立,也正是"雨滴空阶"意象与词的血脉相连,才使陆游这部分诗更添幽细哽咽之情,艺术感染力才比诗胜出一筹。

在南宋诗人中,关于陆游的爱情传说很多,如著名的《钗头凤》与唐氏的凄美爱情,① 还有关于驿卒女的故事,关于四川尼姑的传说,② 后世人也曾以"风流骀荡"目之,③ 假如不是陆游爱国诗人的身份早已确定,他可能早就在传说中改变了模样。那我们不禁要追问,为什么会有如此多的荒诞滑稽的爱情传说附会在陆游身上?我们认为,一方面固然与他在蜀中的一段风流豪纵生活有关;另一方面不可忽视的原因乃是与他的部分情诗有关,甚至更可以说与他那部分具有词味的诗歌有关,正如吴骞《拜经楼诗话》所云:

> 陆放翁前室改适赵某事,载《后村诗话》及《齐东野语》,殆好事者因其诗词而附会之。《野语》所叙岁月前后尤其多参错。且玩诗词中语意,陆或别有所属,未必曾为伉俪者。"玉阶蟋蟀闹清夜"四句本七律,明载《剑南集》,而《随隐漫录》剪去前四句,以为驿卒女题壁,放翁见之,遂纳为妾云云。皆不足信。④

吴骞直指传说附会的本质乃在于诗词本身,这样的一些附会应该有助于我们认识到陆游诗作中所具有的艳情意味,说明陆游的诗歌与词具有割不断的联系。

---

① 关于《钗头凤》词是否是陆游为唐氏所作的问题,自宋刘克庄之后一直有人怀疑,马端临《文献通考》卷一七八、张宗楠纂辑《带经堂诗话》卷一八"附识"、吴骞《拜经楼诗话》等都有怀疑,而袁枚《随园诗话》卷五及陈衍《宋诗精华录》则不置可否,近现代学者夏承焘、周本淳先生进一步阐明了古人之论,现代学者吴熊和先生则在《陆游〈钗头凤〉词本事质疑》一文中详细考述,认为此词非为唐氏所作,而为蜀娼作,(《陆游论集》,吉林文史出版社1987年版,第251—258页)此一说令陆游此词究竟为谁而作扑朔迷离。
② 驿卒女的故事已见前文王士禛《带经堂诗话》,四川尼姑事见周密《齐东野语》卷一一。
③ (清)宋长白:《柳亭诗话》,清康熙天苗园刻本。
④ (清)吴骞:《拜经楼诗话》,王夫之等《清诗话》,上海古籍出版社1978年版,第752页。

二 从有关陆游诗的评论看词的消息

假如我们愿意将目光从陆游的爱国诗中移开,关注他的那部分"闲适细腻,咀嚼出日常生活的深永的滋味,熨帖出当前景物的曲折的情状"的作品,[①] 我们会发现,前人给予的评语多与"丽"、"婉"、"香"有关,如:

"隽丽不可名状"——《唐宋诗醇》评《对酒戏咏》[②]

"笔墨间有香气"——《唐宋诗醇》评《河桥晚归》

"趣极自然,调亦清婉"——《唐宋诗醇》评《探梅》

"遣调流丽,曲尽心手之妙"——《唐宋诗醇》评《秋晴见天际飞鸿有感》

"设色妍丽,似晚唐人佳句"——《唐宋诗醇》评《庵中晨起书触目》

"陆游绝句寄兴绵邈,音节谐美,合于唐人风调。"——齐治平《陆游传论》[③]

这些美丽的评价指出了陆游诗的尽态极妍,并认为此类诗与晚唐诗有丝丝缕缕的联系。钱钟书先生认为陆游"高明之性,不耐沉潜,故作诗工于写景叙事"[④],因而"模山范水,批风抹月,美备妙具"[⑤],王水照先生则认为陆游这部分"清新刻露、灵动婉转的一面也更接近于晚唐诗的风格情调",[⑥] 关于陆

---

① 钱钟书:《宋诗选注》,第 170 页。

② (清)梁诗正等编:《唐宋诗醇》,清光绪七年浙江书局刻本。

③ 齐治平:《陆游传论》,岳麓书社 1984 年版,第 103 页。

④ 钱钟书:《谈艺录》,中华书局 1984 年版,第 30 页。

⑤ 同上书,第 131 页。

⑥ 王水照、熊海英:《陆游诗歌取径探源——钱钟书论陆游之一》,中国陆游研究会编《陆游与越中山水》,人民出版社 2006 年版,第 12 页。

游的部分诗歌与晚唐诗千丝万缕的联系已成为学界共识，① 那么晚唐诗赋予了陆游诗怎样的一种风味？我们或许能从有关晚唐诗的评论中找到答案：

> 晚唐诗失之太巧，只务外华，而气弱格卑，流为词体耳。②
>
> （晚唐有一些诗人的诗歌）是向着词的意境与词藻移动的。③
>
> （晚唐诗歌）面向日常琐事，沉入内心深处，……深邃、幽静、香艳、凄迷。④

从诸家之论中，我们分明看到晚唐诗与词之间的关系，晚唐诗所具有的词之特征及味道，顺着这一论断，我们作一推理认为陆游的诗具有词的味道应该是水到渠成之结论。事实上，"词—晚唐诗—流艳巧侧的南宋诗，无疑是相关的。可以说，词以晚唐诗为中介对南宋诗发生影响"，⑤ 但是，陆游诗所具有的词味与晚唐诗的词味又有很大区别，晚唐诗在词尚未形成自己独立体性之时，因了时代的风会，以自身的纤弱柔美促进了词之为词的体性特点的形成，而陆游的这部分似晚唐的诗歌产生于词体高度成熟的南宋，难道没有词这一成熟文体的影响？我们从历代论者对秦观诗词的评论中，或许能受到点启发。

最先对秦观诗词互相观照的评论者是北宋的陈师道，他首发高论，认为"秦少游诗如词"⑥，秦观的这部分似词的诗面貌如何，我们从后人的评论中可

---

① 钱钟书先生认为陆游"鄙夷晚唐，乃违心作高论耳"（《谈艺录》，中华书局 1984 年版，第 123 页），齐治平先生也认为"他（陆游）鄙夷晚唐……，可是实际上他自己却濡染晚唐，工夫很深。"（《陆游传论》，岳麓书社 1984 年版，第 86 页）莫砺锋师认为他"在理论上对晚唐诗予以严厉的批评，在创作上却又受到了晚唐诗相当深的影响。"（《论陆游对晚唐诗的态度》，《唐宋诗歌论集》，凤凰出版社 2007 年版，第 431 页）。

② （宋）吴可：《藏海诗话》，丁福保辑《历代诗话续编》，中华书局 1983 年版，第 331 页。

③ 闻一多：《唐诗杂论》，上海古籍出版社 1998 年版，第 35 页。

④ 袁行霈：《在沉沦中演进——试论晚唐诗歌创作趋向》，《当代学者自选文库袁行霈卷》，安徽教育出版社 1999 年版，第 537 页。

⑤ 吕肖奂：《宋代词人之诗叙论》，《四川大学学报》2002 年第 1 期。

⑥ （宋）陈师道：《后山诗话》，何文焕辑《历代诗话》本，第 312 页。

窥见一斑。潘德舆《养一斋诗话》卷五：

> 张文潜、秦少游并称，而秦之风骨不逮张也。秦之得意句，如"雨砌堕危芳，风轩纳飞絮"、"菰蒲深处疑无地，忽有人家笑语声"、"林梢一抹青如画，知是淮流转处山"，婉宕有姿矣。较文潜之"新月已生飞鸟外，落霞更在夕阳西"、"斜日两竿眠鸭晚，春波一顷去凫寒"、"欲指吴淞何处是？一行征雁海山头"、"芰荷声里孤舟雨，卧入江南第一州"、"川明半夜雨，卧冷五更秋"、"漱井消午醉，扫花坐晚凉"，力量似逊一筹。盖秦七自是词曲宗工，诗未专门也。[①]

秦少游此类诗获得了"秦少游如时女步春，终伤婉弱"[②]，"思致绵丽，而气体轻弱，非苏黄可比"[③] 的评价。金元好问《论诗绝句》更讥之曰："有情芍药含春泪，无力蔷薇卧晚枝。拈出退之山石句，始知渠是女郎诗。"[④] 秦观此类诗为什么会伤之于"弱"呢？我们可从两则记载中得到答案。据孔平仲《孔氏谈苑》载：

> 元祐中，秘阁上巳日集西池。王仲至有诗，张文潜和最工，云："翠浪有声黄缫动，春风无力彩衫垂。"秦少游云："帘幕千家锦绣垂。"王笑曰："又待入小石调也。"[⑤]

综上两则记载可见，秦观的"诗如小词"正在于其"率多美句，但绮丽太

---

① （清）潘德舆：《养一斋诗话》卷五，郭绍虞、富寿荪编《清诗话续编》，第 2083—2084 页。
② （宋）敖陶孙：《臞翁诗评》，魏庆之《诗人玉屑》，第 18 页。
③ （清）翁方纲：《石洲诗话》卷三，郭绍虞、富寿荪编《清诗话续编》，上海古籍出版社 1983 年版，第 1422 页。
④ （金）元好问：《论诗绝句》，《元遗山诗集笺注》，人民文学出版社 1958 年版。
⑤ （宋）魏庆之：《诗人玉屑》，第 222 页。

胜"①，遂"时入小石调"，方回就曾明确说："（秦观）律诗亦敲点匀净，无偏枯突兀生涩之态。然以其善作词者，多有句近乎词"。② 王水照先生也指出："他（秦观）的诗，特别是近体诗，已有词化的倾向……"③ 我们若将陆游的这部分似晚唐的诗与秦观的诗作一比较，会发现陆游这部分诗歌不是"待入小石调"，而是已入小石调矣！所以，我们说陆游这部分诗似词应该是没有异议的。

陆游虽是"上马击狂胡，下马草军书"之人，却非常喜欢秦观，曾赋诗云："晚生常恨不从公，忽拜英姿绘画中。妄欲步趋端有意，我名公字正相同。"④ 有人说他的名与字是因仰慕秦少游之为人而起的，也有传说云：在他出生的前夕，他的母亲曾梦到秦少游，因而以秦的字为他的名，以秦的名为他的字。⑤ 且不去论证此传说的真实性，但陆游对秦观的仰慕定千真万确，那么陆游熟读秦观集，受到秦观词风与诗风的影响都有可能，无怪杨慎《词品》谓"游纤丽处似淮海"⑥，其词"流丽绵密者，欲出晏叔原、贺方回之上"⑦，"放翁纤浓得中，精粹不少，南宋善学少游者惟陆"⑧，当年陆游的《司马温公布被铭》就被误认为是秦少游的作品，⑨ 所以说，陆游这部分似有词味的诗歌就不仅仅是受到了晚唐诗歌的影响，还有盛行一时之词这一文体的影响因素，假如我们武断地仅仅认为是晚唐诗影响的结果，则没有认识到文学创作的复杂性。

假如我们进一步将陆游学晚唐的诗作与晚唐诗作一比较，我们又会发现，

---

① （清）黄徹：《蛩溪诗话》卷三，丁福保辑《历代诗话》续编上，中华书局1983年版，第360页。

② （元）方回：《瀛奎律髓》卷一二，第461页。

③ 王水照：《从苏轼、秦观词看词与诗的分合趋向——兼论苏词革新和传统的关系》，《复旦学报》1988年第1期。

④ 陆游：《题陈伯予主簿所藏秦少游像》，钱仲联：《剑南诗稿校注》，第3749页。

⑤ 齐治平：《陆游传论》，第1页。

⑥ （明）杨慎：《词品》卷五，第141页。

⑦ （宋）刘克庄：《后村诗话》，中华书局1983年版，第139页。

⑧ （清）谭献：《复堂词话》，唐圭璋编《词话丛编》，中华书局1986年版，第3994页。

⑨ 齐治平：《陆游传论》，第14页。

他的这部分似词的诗歌与其学晚唐的诗歌风貌大相径庭。前人多认为陆游学晚唐许浑，方回说："学唐人丁卯桥诗，逼真而又过之者：王半山、陆放翁。"① 清人潘德舆持相同观点，云："剑南闲居、遣兴七律，时仿许丁卯之流。"② 钱钟书先生则认为陆游不只学许浑一家，他指出："放翁五七律写景叙事之工细圆匀者，与中晚唐人如香山、浪仙、飞卿、表圣、武功、玄英格调皆极相似，又不特近许丁卯而已。"③ 钱先生在《谈艺录》中详细论述了晚唐诗对陆游的影响，并列出很多例句：

> 譬如丁卯《陵阳初春日寄汝洛旧游》云："万里绿波鱼恋钓，九重霄汉鹤愁笼"；放翁反其意《寄赠湖中隐者》云："万顷烟波鸥境界，九天风露鹤精神。"丁卯《赠王山人》云："君臣药在宁忧病，子母钱成岂患贫"；放翁《幽居夏日》仿其体云："子母瓜新间莫俎，公孙竹长映帘栊"；……如《到严州十五晦朔》之"名酒过于求赵璧，异书浑似借荆州"，与表圣之"得剑乍如添健仆，亡书久似忆良朋"，机杼如一。《书房杂书》之"世外乾坤大，林间日月迟"，似杜荀鹤之"日月浮生外，乾坤大醉间"。④

清人潘德舆也举出了数例："数点残灯沽酒市，一声柔舻采菱舟"、"高柳簇桥初转马，数家临水自成村"、"似盖微云才障日，如丝细雨不成泥"、"夜雨长深三尺水，晓寒留得一分花"、"童儿冲雨收鱼网，婢子闻钟上佛香"、"绕庭数竹饶新笋，解带量松长旧围"、"钓收鹭下虚舟立，桥断僧寻别径归"、"瓶花力尽无风堕，炉火灰深到晓温"、"绿叶忽低知鸟立，青萍微动觉鱼行"等九例。莫砺锋师在《陆游对晚唐诗的态度》一文中也举了一些陆游诗近"姚贾"之例，

---

① （元）方回：《沧浪会稽十咏序》，《桐江集》卷一，宛委别藏本。
② （清）潘德舆：《养一斋诗话》卷五，郭绍虞、富寿荪编《清诗话续编》，第2084页。
③ 钱钟书：《谈艺录》卷三四《放翁与中晚唐人》，第123页。
④ 钱钟书：《谈艺录》，第123—124页。

如诗《四月二十三日作》："飐飐荷离水，翩翩燕出巢。苔添雨后晕，笋放露中梢。世路千重浪，生涯一把茅。款门僧亦绝，无句炼推敲。"诗《巢山》："巢山避世纷，身隐万重云。半谷传樵响，中林过鹿群。虫镂叶成篆，风蹙水生纹。不踏溪桥路，仙凡自此分。"此类似晚唐的陆游诗歌并没有太多深情绵邈之味，无论是诗味还是意境上，都与上文我们所举的陆游诗有词意的诗歌风貌相差很大。事实上，在晚唐诸诗人中，也就李贺、李商隐、温庭筠、韩偓、和凝等诗似词，如温庭筠诗《瑶瑟怨》"冰簟银床梦不成，碧天如水夜云轻。雁声远过潇湘去，十二楼中月自明"就与初期词意境极似。很显然，陆游的这部分似词的诗歌与温诗意境极近，而与许浑等人相差甚远，所以说，陆游的这部分似词的诗歌恐怕还是受了词体更多的影响。

陆游为诗词兼擅的大家，他深于情，多于情，向外他以炽热的情感爱着他的国家和人民，向内他以最深挚的情感爱着唐氏，"南郑"与"沈园"几乎已成为他的心理情结，这种多情敏感的特质使得诗人在面对自然的时候，[①] 取材宏富，而出以隽笔，自然的生趣意境与心灵趣味两相契合，便生出无限的怜爱与赏叹，生出一些缠绵的情致，诗人的深情贯注使诗也具有了词味，"南宋人之诗，类可入词，以流艳巧侧故也"[②] 正是对此种情况的说明。

第三节　词学视野下的姜夔诗歌

姜夔为南宋词坛大家，其词的艺术成就一直备受推崇，诸如：

---

① "多情锐感"是叶嘉莹先生对秦观的评语，笔者认为陆游也足可当之。陆游的爱国诗诚然豪壮，但他有相当部分描写自然及日常生活的诗歌，其诗笔涉及面相当之宽，戴复古曾经推崇备至地说："李杜陈黄题不尽，先生模写一无遗。"（《石屏诗集》卷六《读放翁先生剑南诗草》）若无锐感多情的心灵是万不能有如此细致的描绘与感受。

② （清）洪亮吉：《北江诗话》卷三，人民文学出版社 1983 年版，第 49 页。

词莫善于姜夔。①

白石之词，清气盘空，如野云孤飞，去留无迹，其高远峭拔之致，前无古人，后无来者，真词中之圣也。②

词中之有姜白石，犹诗中之有陶渊明也。琢句炼字，归于纯雅，不独冠绝南宋，直欲度越千古，清真集后，首推白石。③

白石道人，南渡诗家名流，词极精妙。④

在清代，他的词达到"家白石"之盛况，夏承焘先生更认为"白石在婉约和豪放两派之外，另树'清刚'一帜"，⑤开创了一个清雅词派。他不仅是一位成功的词人，还是一位成功的诗人，可谓是诗词兼擅的作家，正如王士禛所云："白石，词家大宗，其于诗亦深造自得"，⑥在诗歌艺术方面也取得了令人称道的成绩，类似好评还有很多，诸如：

奇声逸响，率多自然，自成一家，不随近体。⑦

在宋末元初独为翘楚，其诗甚有格韵，雅洁可传。⑧

今观其诗，运思精密，而风格高秀，诚有拔于宋人之外者，傲视诸家，有以也。⑨

等等。清人江春（鹤亭）在《白石道人诗集·序》中言："工于诗者不必兼于

---

①　（清）朱彝尊：《黑蝶斋诗余序》，《曝书亭集》，上海国学整理社 1937 年版，第 488 页。

②　（清）戈载：《宋七家词选》，清光绪十一年（1885）曼陀罗华阁本。

③　（清）陈廷焯：《词坛丛话》，唐圭璋《词话丛编》，中华书局 1986 年版，第 3723 页。

④　（明）杨慎：《词品》卷四，《渚山堂词话》、《词品》合订本，第 118 页。

⑤　夏承焘：《论姜白石的词风》，《姜白石词编年笺校》，上海古籍出版社 1981 年版，第 14 页。

⑥　（清）王士禛：《香祖笔记》卷五，上海古籍出版社 1982 年版，第 90 页。

⑦　（宋）陈郁：《藏一话腴》甲集卷下，适园丛书本。

⑧　（清）朱庭珍：《筱园诗话》卷四，郭绍虞、富寿荪编《清诗话续编》，上海古籍出版社 1983 年版，第 1408 页。

⑨　（清）纪昀：《四库全书总目》卷一六二《白石诗集》提要，第 2160 页。

词，工于词者或不能长于诗，比比然矣。然吾观唐之李太白、白乐天、温飞卿，宋人欧阳永叔、苏子瞻，皆诗词兼工者。……其在南渡，则白石道人实起而继之。"① 在诗词兼擅的角度肯定了姜夔的诗歌创作。缪钺先生在此基础上更看到了白石词创作对诗的影响，认为："白石之诗气格清奇，得力江西；意襟隽澹，本于襟抱；韵致深美，发乎才情。受江西诗派影响者，其末流之弊，为枯涩生硬。白石之诗独饶风韵，盖白石词人，其诗有词意，绝句一体，尤为擅长。"② 清人陈衍在《宋诗精华录》中云："晚宋人多专攻绝句，白石其尤者，与词近也。"③ 也特别指出白石绝句具词体的特点。那么，姜夔诗表现出了何种词体特征呢？词又怎样影响了姜夔诗歌之创作？本节将对此问题作一探讨。

一 诗词俱情深意厚

王国维曾言姜夔"有格而无情"，④ 实际上他是位极多情之人。据夏承焘先生考证，宋孝宗淳熙三年丙申（1176）至十三年丙午（1186），即姜夔二十二岁至三十二岁期间，他年少浪迹，往来江淮，曾在合肥有一段终生难忘的情遇，情人大约是勾阑姐妹二人，由于不可知的原因分离后，再无由见面。⑤ 这段恋情留给了姜夔无限的相思回忆，也因此，其词中有多篇情深意长的作品，如《踏莎行》：

　　燕燕轻盈，莺莺娇软。分明又向华胥见。夜长争得薄情知，春初早被

---

① 转引自夏承焘《姜白石词编年笺校》，第 193 页。

② 缪钺：《姜白石之文学批评及其作品》，《诗词散论》，第 84 页。

③ （清）陈衍：《宋诗精华录》卷四，蔡义江、李梦生《宋诗精华录译注》，上海古籍出版社 1999 年版，第 493 页。

④ 王国维：《人间词话》，《蕙风词话》、《人间词话》合订本，第 213 页。

⑤ 夏承焘：《姜白石词编年笺校》，上海古籍出版社 1981 年版，第 269—282 页。

相思染。　　　别后书辞，别时针线。离魂暗逐郎行远。淮南皓月冷千山，
冥冥归去无人管。

首两句写人之美，"分明"句写相思成梦，"夜长"两句直诉相思之深浓，上片
全言作者深挚的相思之意。过片"别后书辞，别时针线"为醒后回忆，于生活
细节中写真情。"离魂"句延续上片之梦进一步写相思的难以抑止。"淮南皓月
冷千山，冥冥归去无人管"，则"因己之相思，而有人之入梦。因人之入梦，
又怜其离魂远行，冷月千山，踽踽独归之伶俜可念。"① 全词情感极其挚烈。
再如《鹧鸪天·元夕有所梦》：

肥水东流无尽期，当初不合种相思。梦中未比丹青见，暗里忽惊山鸟
啼。　　　春未绿，鬓先丝。人间别久不成悲。谁教岁岁红莲夜，两处沉吟
各自知。

词之上阕以东流无尽期的肥水象征词人无止无休的相思，再以魂梦相逐写想念
之深。下阕则以议论之笔写相思苦状，真是一息尚存，终两心相印。全词写尽
别之久、想之深、念之痛。可谓一往情深！

　　姜夔对爱情的咏叹绵长哀婉、情深意挚，或许由于积聚于心的情感太浓、
太深、太广，当词人落笔写诗时，这份深情也会情不自禁地偷偷泄露于其诗歌
创作之中，我们来看一组姜夔的诗歌：

李陵台

李陵归不得，高筑望乡台。长安一万里，鸿雁隔年回。望望虽不见，
时时一上来。

---

① 沈祖棻：《宋词赏析》，北京出版社 2003 年版，第 213 页。

同潘德久作明妃诗

年年心随雁，日日穹庐中。遥见沙上月，忽忆建章宫。

虞美人草

夜阑浩歌起，玉帐生悲风。江东可千里，弃妾蓬蒿中。化石那解语，作草犹可舞。陌上望骓来，翻愁不相顾。

李陵、王昭君、虞姬古今吟咏者可谓多矣！如王维《李陵咏》：

汉家李将军，三代将门子。结发有奇策，少年成壮士。

长驱塞上儿，深入单于垒。旌旗列相向，箫鼓悲何已。

日暮沙漠陲，战声烟尘里。将令蕃落灭，岂独名王侍？

既失大军援，遂婴穹庐耻。少小蒙汉恩，何堪坐思此？

深衷欲有报，投躯未能死。引领望子卿，非君谁相理。

唐胡曾《李陵台》：

北入单于万里疆，五千兵败滞穷荒。

英雄不伏蛮夷死，更筑高台望故乡。

王维的《李陵咏》以叙事诗的形式介绍了李陵当年落败被俘的全部经过，刻画了一位有勇能谋充满侠气的英雄形象，在客观叙事中不乏悲剧意蕴。胡曾的《李陵台》则以极简练的笔触交代李陵兵败穷荒，因思故乡而筑台望乡之事，也是在客观的叙事中写李陵人生命运的悲剧性。我们将此两首吟咏李陵的诗作与姜夔的诗作一比较则会发现，姜夔关注的不是李陵战败投降的经历，而是李陵内心深处的情思。此首《李陵台》全以情胜，作者集中笔力抒写李陵对故国的思念，刻骨铭心的深沉的祖国情怀与曲折难言的深哀，情感极其深挚沉重、浓烈感人。"望望虽不见，时时一上来"，多么细腻！多么辛酸！"长安一万里"，离故国何其远也！连"鸿雁"都是"隔年"而回，明知无望，明知望而不见，但仍然"时时"登台，全诗笔墨简淡，均是浓情挚语，字里行间充满浓重的悲剧情调。

吟咏王昭君的诗多借王昭君来贬斥汉朝君臣之无能，虽也曾触及王昭君对家乡的思念，但多是点到为止。姜夔此诗则剥落王昭君外在的光环，还她普通弱女子之心灵，"忽忆建章宫"，以不经意笔触写王昭君心底深处的思念，写她对故国难以抹去的相思情怀。全诗也以情胜。《虞美人草》一诗是姜夔与萧德藻、辛弃疾同时而作的诗，现将另两首诗抄录如下：

咏虞美人草

萧德藻

鲁公死后一抔土，谁与竿头荐一觞。妾愿得生坟土上，日翻舞袖向君王。

浪淘沙·赋虞美人草

辛弃疾

不肯过江东，玉帐匆匆。只今草木忆英雄。唱着虞兮当日曲，便舞春风。 儿女此情同，往事朦胧。湘娥竹上泪痕浓。舜盖重瞳，堪痛恨，羽又重瞳。

如前文所论，从三人生前的交往关系来看，姜萧之诗、辛之词应为同时同地所作。[①] 此三篇作品虽然俱着笔于虞姬对项羽的深情，但其中最深情者还属白石之诗。项羽兵败垓下，自身难保，只能选择与骏马、美人相别，虞姬眷念项羽

---

① 陈思：《白石道人年谱》谓白石《虞美人草》诗系与萧、辛二公分咏之作，均系于淳熙八年（1181），1933 年刻本。

对其深情，终以死相报，"霸王别姬"的故事悲壮缠绵。旧时传说虞美人草为虞姬魂魄所化，会随《虞美人曲》摇摆起舞。明朝杨慎《词品》有记载云：

> 《贾氏谭录》云："褒斜谷中有虞美人草，状如鸡冠，花叶相对。"《益州草木记》云："雅州名山县出虞美人草，唱《虞美人》曲，应拍而舞。"……唐人旧曲云："帐中草草军情变，月下旌旗乱。揽衣推枕怆离情，远风吹下楚歌声。正三更。乌骓欲上重相顾，艳态花无主。手中莲锷凛秋霜，九泉归去是仙乡。恨茫茫。"宋黄载万和云："世间离恨何时了，不为英雄少。楚歌声起霸图休，玉帐佳人血泪满东流。 蔓荒葵老芜城暮，玉貌知何处。至今芳草解婆娑，只有当时魂魄未消磨。"①

　　姜夔沿前人情怀进一步抒写虞姬对项羽的怨恨与痴情。首两联写由于项羽兵败失利无颜见江东父老，自刎而死，虞姬的命运也遂如野草飘摇。颈联则以传说中"忘夫石"的故事衬托虞姬对项羽的深情，化石望夫但不能解语，不如做一棵小草在秋风里舞动，就像当年跳舞博项王欢心一样，她每日在路边痴情盼望，却又害怕项王飞驰而过不会为她停留。此诗辞旨凄婉，感情缠绵深厚，给人以九曲回肠之感。得益于对女子心理的深切体察与把握，姜夔以代言体的方式，以虞姬内心独白的形式写尽她对项羽的深切期盼，文笔落在虞姬细腻幽微的心理活动，故感人至深。萧德藻诗也以情胜，但相较姜夔诗而言，萧诗则显平淡客观，《词品》所载唐宋旧曲也是以旁观者的身份对英雄美人的遭遇寄寓同情，难见作者主体情怀，而姜夔诗情幽细曲折，其深沉真挚与辛弃疾词不相上下，极具感动人心的力量。

　　我们只要将姜夔词中所表现的深情与这组咏史诗作一对比就会发现，姜夔在用自己最多情的心灵体味着人世间的悲欢与离合，在用自己最苦痛的情感经

---

① （明）杨慎：《词品》卷五"虞美人草"，《渚山堂词话》、《词品》合订本，第132页。

历感受并咀嚼着历史人物的心灵苦痛，遂能透过小小情事，体察历史人物最深细动人的情感，从而使其诗具有一种情韵悠远的艺术魅力。缪钺先生曾说："白石才情，精细深美，故词胜于诗。此乃才性自然发展之结果，而非有意抑扬轻重于其间。"① 因作者并非有意"抑扬轻重于其间"，所以其"精细深美"的才情同时会在其诗作里打下烙印，使其诗表现出深于情多于情的特点，表现出受词体影响的痕迹，产生一些文体变异的因素，使其在诗词创作实践中出现了抒写功能、审美风格等方面的文体出位和互动，使其诗呈现出特异的风姿。

二　诗词写景皆"隔"

王国维评价姜夔词作时，曾有一著名论断，他说：

> 白石写景之作，如"二十四桥仍在，波心荡、冷月无声"、"数峰清苦，商略黄昏雨"、"高树晚蝉，说西风消息"，虽格韵高绝，然如雾里看花，终隔一层。②

何为"隔"？何为"不隔"？王氏在《人间词话》中以古诗为例继续说：

> 问"隔"与"不隔"之别，曰：陶谢之诗不隔，延年则稍隔矣。东坡之诗不隔，山谷则稍隔矣。"池塘生春草"、"空梁落燕泥"等二句，妙处唯在不隔。词亦如是。即以一人一词论，如欧阳公《少年游》咏春草上半阕云："阑干十二独凭春，晴碧远连云。千里万里，二月三月，行色若愁人"，语语都在目前，便是不隔；至云"谢家池上，江淹浦畔"，则隔矣。

---

① 缪钺：《缪钺说词》，第 147 页。
② 王国维：《人间词话》，《蕙风词话》、《人间词话》合订本，第 210 页。

白石《翠楼吟》："此地。宜有词仙，拥素云黄鹤，与君游戏。玉梯凝望久，叹芳草、萋萋千里"，便是不隔；至"酒祓清愁，花消英气"，则隔矣。然南宋词虽不隔处，比之前人，自有浅深厚薄之别。①

"生年不满百，常怀千岁忧。昼短苦夜长，何不秉烛游"、"服食求神仙，多为药所误。不如饮美酒，被服纨与素"，写情如此，方为不隔。"采菊东篱下，悠然见南山。山气日夕佳，飞鸟相与还"、"天似穹庐，笼盖四野。天苍苍，野茫茫，风吹草低见牛羊"，写景如此，方为不隔。②

自王氏提出"隔"与"不隔"后，后人多有探讨。其中，叶嘉莹先生的解释影响最大，她在《王国维及其文学批评》中说：

> 如果在一篇作品中，作者果然有真切之感受，且能做真切之表达，使读者亦可获致同样真切之感受，如此便是"不隔"。反之，如果作者根本没有真切之感受，或者虽有真切之感受但不能予以真切之表达，而只是因袭陈言或雕饰造作，使读者不能获致真切之感受，如此便是"隔"。③

叶氏以作者感情是否"真切"及艺术表现手法之自然明朗作为评价"隔"与"不隔"的标准，结合王国维所举古诗作品来看，叶氏此说有一定道理。叶氏所谓"真切"更强调读者感受的"真切"，读者感受的"真切"则建立在作者情感的"真切"及表达的"真切"，简单地说即是以浅近自然的语言表达最真挚的情感，此便是王氏所谓"语语都在目前，便是不隔。"以此标准评价姜夔的"二十四桥仍在，波心荡、冷月无声"、"数峰清苦，商略黄昏雨"、"高树晚

---

① 王国维：《人间词话》，《蕙风词话》、《人间词话》合订本，第211页。
② 同上书，第212页。
③ 叶嘉莹：《王国维及其文学批评》，河北教育出版社1997年版，第220页。

蝉，说西风消息"自然会得出"隔"的结论。那么，姜夔的此类诗歌为什么就会"隔"呢？我们来分析一下《点绛唇·丁未过吴松作》：

> 燕雁无心，太湖西畔随云去。数峰清苦，商略黄昏雨。　　第四桥边，拟共天随住。今何许，凭阑怀古，残柳参差舞。

宋淳熙十四年丁未（1187），姜夔依萧德藻寓居湖州，经常往返于湖州、苏州之间，此篇为是年冬路经吴松有感而作。此词几乎全以景构成，唯有"第四桥边，拟共天随住"明确表达了作者的感情趋向，但并不"真切"，其他写景之句抒发了怎样的感情，作者含而不露，欲说还休，读者需要去揣摩体味，而不是如"天苍苍，野茫茫，风吹草低见牛羊"一样明白自然，这就是"隔"产生的原因。夏承焘、吴无闻先生在评此词时说：

> "高柳晚蝉，说西风消息"和《点绛唇》词中的"数峰清苦，商略黄昏雨"一样，是历来传诵的名句，它们之所以成为名句，……在于他说出了一个在凄凉环境和凄凉心境中的落魄江湖词人的凄凉话。[①]

诚如论者所评，细味此词，我们发现，此词所有的意象都融入了作者主观情感色调，隐寓了词人的独特襟绪。无心燕雁随云而去，其踪迹似词人漂泊江湖的人生，有点凄苦，又有点闲适逍遥，不着痕迹。"数峰清苦，商略黄昏雨"写烟雨朦胧的山峰，却又有些许苦涩与凄凉的人生况味。此诚如俞陛云先生所说："欲雨而待'商略'，'商略'而在'清苦'之数峰，乃词人幽渺之思"。[②]"第四桥边，拟共天随住"直率地倾诉衷情，欲追随"性野逸无羁检，好读古

----

① 夏承焘、吴无闻：《姜白石词校注》评《惜红衣》（簟枕邀凉），广东人民出版社1983年版，第41页。

② 俞陛云：《唐五代两宋词选释》，上海古籍出版社1985年版，第407页。

圣人书"的陆龟蒙,①"今何许?"三字感情含量极深,意蕴丰富,浸润着俯仰古今、感伤时事、喟叹身世的复杂情思,而这所有的情感都化入了"凭阑怀古,残柳参差舞"景色之中。俞陛云先生在其《唐五代两宋词选释》中评曰:"'凭阑'二句言其往事烟消,仅余残柳耶?抑谓古今多少感慨,而垂柳无情,犹是临风学舞耶?清虚秀逸,悠然骚雅遗音。"②《白雨斋词话》更推重此篇为短章"绝调":

> 感时伤事,只用"今何许"三字提唱,"凭栏怀古"下仅以"残柳"五字咏叹了之,无穷哀感,都在虚处。令读者吊古伤今,不能自止,洵推绝调。③

可见,"数峰清苦,商略黄昏雨"等词句之所以"隔",正在于其中所蕴含感情之厚、之深,写景却"无穷哀感,都在虚处"。"隔"感与姜夔词"情景交炼,得言外意"的典型特征相关,张炎《词源》曾评姜夔词云:

> 砌情至于离,则哀怨必至,苟能调感怆于融会中,斯为得矣。白石《琵琶仙》云……离情当如此作,全在情景交炼,得言外意。④

前人评姜夔词时也多于此点加以发挥,如:

> 白石《湘月》云:"暗柳萧萧,飞星冉冉,夜久知秋冷。"写夜景高绝。点缀之工,意味之永,他手亦不能到。⑤

---

① 陆龟蒙生当晚唐末世,举进士不第,一生隐沦江湖,有志难伸,追求随顺自然、任天而动。姜夔于诗中多次提及,如:"三生定是陆天随,又向吴松作客归。"(《除夜自石湖归苕溪》)"沉思只羡天随子,蓑笠寒江过一生。"(《三高祠》)杨万里也称赞他:"文无所不工,甚似陆天随。"
② 俞陛云:《唐五代宋词选释》,上海古籍出版社1985年版,第407页。
③ (清)陈廷焯:《白雨斋词话》,第30页。
④ (宋)张炎:《词源》,《词源》、《乐府指迷》合订本,第24页。
⑤ (清)陈廷焯:《白雨斋词话》,第30页。

"惟有"一句，以景拍合，但言池塘自碧，则花落春尽，不言自明。[①]

"燕燕飞来"、"池塘自碧"，淡淡说景，而寥落无人之感见于言外。[②]

神味隽永，意境超妙，耐人三日思。[③]

　　的确，姜夔词作正是"假自我的心绪意念规范对象化的客观景物，使之浸润着浓重的主观色彩"，"在主观感受的基础上创造出物我同一、情景相生的审美境界。"[④] 而因情在景中，欲露不露，表达含蓄，读者需透过数层才能捕捉住一二，所以遂有"隔"感。难怪沈祖棻先生说："'数峰'二句，最是白石本色。"[⑤]

　　姜夔的诗歌创作也表现出了相同的特点，比如他的《姑苏怀古》：

　　　　夜暗归云绕柁牙，江涵星影鹭眠沙。行人怅望苏台柳，曾与吴王扫落花。

写景冷清、缥缈，以一柳贯穿古今，而历史就在这花开花落、柳条飘拂中不经意地滑过，历史的喟叹付于景色描写之中，空灵却又如此沉重，与词之清虚浑厚一致。再比如《过德清》其二：

　　　　溪上佳人看客舟，舟中行客思悠悠。烟波渐远桥东去，犹见阑干一点愁。

写两个孤独人的偶然相遇，人生旅途中的擦肩而过。满怀失意情绪的女子"看

① 唐圭璋：《唐宋词简释》评《淡黄柳》（空城晓角），上海古籍出版社 1981 年版，第 192 页。
② 陈匪石：《宋词举》评《淡黄柳》（空城晓角），金陵书画社 1983 年版，第 41 页。
③ 同上。
④ 乔力：《论姜夔创作心理与艺术表现》，《学术月刊》1987 年第 11 期。
⑤ 沈祖棻：《宋词赏析》，第 209 页。

客舟"正是温庭筠"梳洗罢，独倚望江楼，过尽千帆皆不是，斜晖脉脉水悠悠，肠断白蘋州"的为相思所苦、满怀盼望之情怀的呈现。"舟中行客思悠悠"，此思非为溪上佳人，而是诗人心中的深情与想望，是其刻骨铭心的相思，而同时又有怀才不遇的伤情与落寞、漂泊江湖的人生况味。各怀愁绪的陌路人途中相遇，未交一言，却又似心意相通，最后化成烟波江上各自远去的身影，诗妙在"犹见阑干一点愁"，此句以"一点愁"代具象之人，尽得佳人与诗人之内心意绪！运笔空灵而又厚重，轻灵而又深沉。全诗纯是写景叙事，未有一语言情，却情蕴深长，余韵袅袅不绝。此诗又与姜夔《琵琶仙》词之一部分极似：

> 双桨来时，有人似、旧曲桃根桃叶。歌扇轻约飞花，蛾眉正奇绝。春渐远、汀州自绿，更添了、几声啼鴂。

词人荡舟湖上，偶与佳人相遇，本是萍水相逢，却勾起词人心底的思念，"有人似、旧曲桃根桃叶"，于是思绪飞扬，眼前佳人的眉眼与笑靥仿佛正是旧时恋人的一笑一颦，思绪就在这湖上擦肩而过的刹那飘向了过去，心有所动所期，所思所想遂恍惚如在目前，思念的闸门刚欲打开。词人却笔锋一转"春渐远、汀州自绿，更添了、几声啼鴂"，以景结情，意蕴无穷，正如陈匪石在《宋词举》中所言：

> "春渐远"一转，不说其人之似是实非，但就景物言之："汀州"绿矣，鹈鴂鸣矣。种种皆旧游不堪回首之象，则"旧曲"之"桃根、桃叶"必难重遇，可以推知。妙在构一迷离惝恍之境，欲不说破而又不肯终不说破。①

---

① 陈匪石：《宋词举》，第43页。

唐圭璋先生亦云：

> "春渐远"两句，一气径转，秀逸绝伦；不写人虽似实非之恨，但写出眼前见闻，以见旧游不堪回首之情。[①]

诗词同一情事，同一心怀，同一写法，全以蕴藉之笔写绵邈之情，回环往复，情文兼至。杜牧的《南陵道中》诗也曾描述过类似人生经历，其诗云："南陵水面漫悠悠，风紧云轻欲变秋。正是客心孤迥处，谁家红袖倚江楼？"将此诗与姜夔的《过德清》作一比较就可发现，杜牧诗浅近直白，而姜夔诗深沉含蓄，两诗情蕴意味根本不能同日而语。再比如姜夔诗《除夜自石湖归苕溪》其七：

> 笠泽茫茫雁影微，玉峰重叠护云衣。长桥寂寞春寒夜，只有诗人一舸归。

全诗纯以景物与人组成画面，无一语言情，却又含无限不尽之意见于景外，诗人寂寞凄凉、内心怅惘、人生孤独的情愫尽现其中，不言而言。意象的隐喻性使全诗含思宛转而又风神缥缈。对于姜夔诗词风神气韵之相似，俞平伯先生曾有论云："翁以词人名世，而论诗绝妙。其功于诗盖尤深焉。如《归苕溪》诸诗，又何减《暗香》《疏影》耶？其'笠泽茫茫'一章，境界辽寂，夐轶尘凡，殆胜坡公，岂惟山谷。长怀远慕，非可言宣。"[②] 在与姜夔词的对比中，俞先生充分肯定了姜夔诗的成就。再如《戊午春帖子》：

---

① 唐圭璋：《唐宋词简释》，第 186 页。
② 俞平伯：《姜白石诗集笺注题辞》，孙玄常《姜白石诗集笺注》，第 5 页。

晴窗日日拟雕虫，惆怅明时不易逢。二十五弦人不识，淡黄杨柳舞春风。

深重的怀才不遇之情尽付与"淡黄杨柳舞春风"的景色之中，杨柳于春风中披拂摇曳，如同诗人的心绪缭乱，难以平静，这种忧伤若隐若现，藏而不露。此诗构思婉曲，意境空灵，韵味深美，读来韵味醇厚而不觉纤巧，正如姜夔所言"句中有余味，篇中有余意，善之善者也。"①难怪，清人黄培芳赞曰："宋人七绝，第少风韵，唯姜白石能以韵胜"。②

"意高妙"是姜夔诗歌理论的重要审美追求，即要求诗歌要有言外之意，要蕴含某种藏而不露的微妙情韵。姜夔七言绝句那清虚渺远的境界，清空灵动的笔意，无疑是其"意高妙"诗学理论的具体表现。无怪乎清代主张含蓄蕴藉、标举"神韵"的王渔洋对他推崇备至："余于宋南渡后诗，自陆放翁外，最喜姜夔尧章。"③"借景言情"本是中国诗歌的传统手法，自《诗经·小雅·采薇》"昔我往矣，杨柳依依；今我来思，雨雪霏霏"开始，中国诗歌抒情就与景物不可分离，《诗经·蒹葭》中之"蒹葭苍苍，白露为霜"已情景浑然交融，空灵透脱。此种手法经过漫长的发展，至盛唐与中国诗歌一起走向了繁荣的顶端，"情景相融"遂成为中国诗歌的重要美学境界，成为我们评价诗歌的重要审美标准之一。于此看来，姜夔诗歌的"情景交融"不过是对前代文学遗产的因袭，并未有过人之处。那么，这样的评价是否合适呢？从以上对姜夔诗词的对比分析中，我们可以看出，他的诗词虽然继承了中国"情景交融"的诗学传统，却在因袭中有创造。同样是"情"，姜夔诗词浓度更厚、藏得更深，同样是"景"，其诗词之景更加清虚空灵，所以，这种"情景交融"就不再是

---

① 姜夔：《白石道人诗说》，何文焕辑《历代诗话》，中华书局1981年版，第681页。
② （清）黄培芳：《香石诗话》卷一，上海书店1985年版，第15页。
③ （清）王士禛：《香祖笔记》卷九，第167页。

"池塘生春草，园柳变鸣禽"所带给读者的审美感受，而是"说景微妙"① 所带来的"悠然骚雅遗音"之韵味。这就是王国维评其词"隔"之原因所在。康德曾经说过："模糊观念要比明晰观念更富有表现力……美应当是不可言传的东西。我们并不总是能够用语言表达我们所想的东西。"② 姜夔的诗词借具有高度暗示性的艺术表现手法来表达具有高度浓缩性的思想感情，所以其诗词既清幽空灵却又含蕴深厚，真正达到了刘熙载所说的"空诸所有"而又"包诸所有"的艺术境界。③

那么，姜夔诗歌此种艺术特征之渊源何在呢？从现有研究成果来看，多数学者认为姜夔诗歌与晚唐诗关系密切，夏承焘先生就认为："白石的诗风是从江西派出来走向晚唐的，他的词正复相似，也是出入于江西和晚唐的。"并指出姜夔的《湖上寓居杂咏》十四首，颇近陆龟蒙的《自遣诗》绝句三十首。④ 姜夔自己也曾多次自言：

"三生定是陆天随，又向吴松作客归"——《除夜自石湖归苕溪》

"沉思只羡天随子，蓑笠寒江过一生"——《三高祠》

"第四桥边，拟共天随住"——《点绛唇·丁未冬过吴松作》

以追随晚唐诗人陆龟蒙自许。杨万里也曾称赞他"文无所不工，甚似陆天随。"⑤ 另外，姜夔与推崇晚唐的诗人潘柽往来最密，姜夔曾写诗给潘柽说："囊中只有转庵诗（转庵为潘自号），便当掬水三嗽之"，潘柽也在《书昔游诗后》称赞姜诗："君诗如画图，历历记所尝。……何以舒此怀，转轸弹清商。"从这些材料看来，姜夔这部分诗的风神似乎是对晚唐诗的继承，而不是词的影

---

① 姜夔：《白石道人诗说》，何文焕辑《历代诗话》，第 680 页。
② 阿尔森·古留加：《康德传》，商务印书馆 1981 年版。
③ 刘熙载：《艺概》，第 210 页。
④ 夏承焘：《论姜白石的词风》，《姜白石词编年笺注》，第 5、6 页。
⑤ （宋）周密：《齐东野语》卷一二引《姜尧章自叙》，第 211 页。

响。那么，是否如此呢？宋诗继唐诗之后，却并未承唐诗"情景交融"一路发展，而是另辟蹊径，主理不主景，主事不主情，尤其是江西诗派占诗坛统治地位后，宋诗离"情"与"景"两诗学因素则越来越远，发展至江西派末流已"失山谷之旨"而走向生涩之极端，"情景交炼"、含蓄蕴藉的篇章在姜夔时代已不是文坛主流。① 鉴于此，当时诗人均主张以"晚唐诗"救"江西"之失，如杨万里在《颐庵诗稿序》中说："至于茶也，人病其苦也，然苦味未既而不胜其甘，……三百篇之后，此味绝矣，惟晚唐诸子差近之。"② 主张调和晚唐诸子与黄、陈诸家为一体。当时的叶适和"四灵"也大力提倡晚唐诗。叶适在嘉定八年（1215）作《徐文渊墓志铭》说："初，唐诗废久。君（徐玑，字文渊）与其友徐照、翁卷、赵师秀议曰：'昔人以浮声切响单字只句计巧拙，盖风骚之至精也。近世乃连篇累牍，汗漫而无禁，岂能名家哉！'四人之语遂极其工，而唐诗由此复行矣。"③ 那么，这些倡导晚唐诗风的诗人诗歌风貌如何呢？杨万里虽以七言绝句著称，其"诚斋体"自成一格，但其诗以活泼生动、幽默有趣取胜，以某种世俗化的谐趣打动读者，而像姜夔这样充满文人情味、含蕴深厚而又风流蕴藉的诗篇则相对较少，清人翁方纲《石洲诗话》曾谓："白石诗风致，胜诚斋远矣"，④ 理由是杨诗"俚俗过甚"、"作剑拔弩张之态"⑤。可见，学晚唐诗不是姜夔诗歌"韵"味形成的必然原因。同样学晚唐诗的"四灵"诗歌却如姜夔一样甚有韵致，不过有论者作文指出：

　　于四灵诗歌艺术的渊源，人们往往归之于晚唐体、姚贾诗，四灵"复祖唐律"已成共识。但倘若细细搜检四灵作品，并置于两宋之际诗词发展史中加以考察，就会发现四灵在诗法、格律以及风格等方面，与当时重音

---

① 此处宋诗缺少情味的表述也是相对唐诗而言。
② （宋）杨万里：《诚斋集》卷八三《颐庵诗稿序》，四部丛刊初编本。
③ （宋）叶适：《徐文渊墓志铭》，《水心集》卷二一，四部丛刊初编本。
④ （清）翁方纲：《石洲诗话》卷四，《清诗话续编》本，第1440页。
⑤ 同上书，第1437页。

韵、格律化等词风的演进有着极其相似的轨迹。①

认为"四灵"诗歌难免于词沾溉良多，认为"四灵却从晚唐走来，再用白石派词来矫失江西派诗风。"② 所以说，姜夔诗歌偏于内心世界的自诉，借景物设置或画面之间的承接、突转来寓情寄意，最终能"以韵胜"的特点之形成应更多的与作者个体身份有关，而非时代风潮于个体作家的影响。个中原因或许正如缪钺先生所说："白石之诗独饶风韵，盖白石词人，其诗有词意，绝句一体，尤为擅长。"③ 姜夔诗韵致的形成，与晚唐诗固然有关系，但词的创作习惯与诗人的词心恐怕不免在诗歌创作中留下痕迹，表现出诗词面貌极似的状态。

三　诗词均境幽景冷

词境之清冷幽寂是姜夔词的典型特点，刘熙载云：

> 词家称白石曰"白石老仙"。或问毕竟与何仙相似？曰：藐姑冰雪，盖为近之。④
>
> 姜白石词幽韵冷香，令人把之无尽。拟诸形容，在乐则琴，在花则梅也。⑤

姜夔写词喜欢言"冷"、"清"、"凉"、"寒"、"空"等，比如：

> "二十四桥仍在，波心荡、冷月无声。"——《扬州慢》（淮左名都）

---

① 赵平：《论词对永嘉四灵的影响》，《浙江师范大学学报》2002 年第 4 期。
② 同上。
③ 缪钺：《诗词散论》，第 84 页。
④ （清）刘熙载：《艺概》，第 111 页。
⑤ 同上书，第 110 页。

　　"归禽时度，月上汀州冷。"——《湘月》（五湖旧约）

　　"情怀正恶，更衰草寒烟淡薄。"——《凄凉犯》（绿杨巷陌秋风起）

　　"旧时月色，算几番照我，梅边吹笛。唤起玉人，不管清寒与攀摘。"——《暗香》（旧时月色）

　　"长记曾携手处，千树压、西湖寒碧。"——《暗香》（旧时月色）

　　"但怪得，竹外疏花，香冷入瑶席。"——《暗香》（旧时月色）

据统计，在其 84 首词中，"寒"字用了 25 次，"冷"字用了 12 次，"清"字用了 11 次，"凉"字用了 9 次，① 真正体现出了"白石词以清虚为体"② 的艺术特征，而其诗也表现出与其词作相同或相似的状态，如《过湘阴寄千岩》：

　　渺渺临风思美人，荻花枫叶带离声。夜深吹笛移船去，三十六湾秋月明。

此诗以荻花枫叶萧瑟于秋风中写秋之冷清与寂寥，以秋月映照三十六湾写景之荒凉与清幽，凄苦的相思则使秋景更加冷寂。全诗境界冷清，情调幽凄。再比如《除夜自石湖归苕溪》其一：

　　细草穿沙雪未销，吴宫烟冷水迢迢。梅花竹里无人见，一夜吹香过石桥。

此诗之景清冷、峭寒。首句写残雪半融半有之萧瑟、凄冷、荒索。第二句则在历史的尘烟中赋予了画面更为厚重荒凉之感。同时，"水迢迢"与残雪相映，

----

　　① 本统计数字来自刘维治、刘艳萍《白石词的词语意象特征》，《广东技术师范学院学报》2003 年第 3 期。

　　② （清）陈廷焯：《白雨斋词话》卷二，第 29 页。

见出画面之大而清，大而冷，大而荒。第三句中的梅、竹意象则给画面添了几分清冷的雅致。第四句则在清雅孤独的身影中写出诗人的落寞与伤怀。"衣貌若不胜衣"的姜夔"一夜吹香"的风姿则又如缥缈的孤鸿之影，《除夜自石湖归苕溪》其七云：

> 笠泽茫茫雁影微，玉峰重叠护云衣。长桥寂寞春寒夜，只有诗人一舸归。

"雁影"在"茫茫笠泽"中本已很渺小，着一"微"字，更见渺小与孤独，"雁影"与诗人"一舸归"在天地间遥相呼应，极尽飘零与寂寞之感。玉峰峥嵘，云衣缭绕，沉重、压抑、苍茫，"长桥寂寞"在"春寒"之夜，诗人一舸于此中悄无声息荡过，冷清而凄寂。再比如《湖上寓居杂咏》写微风拂过西湖，素月清辉静洒，云影自由飘映，水如玻璃透明；《雪中六解》写寒冷萧瑟天地中，一行孤雁从天边掠过，三十六峰为雪覆盖如冰清如玉洁。两诗境界均清寂幽冷、空灵澄澈，格调雅洁清虚。可见，姜夔诗歌也常以"空台"、"残雪"、"春寒"、"冷波"、"冷水"、"流冰"等冷寒空远的意象构成画面，境界也多清空幽冷，与词表现出相同的意境与格调，所以，清人李慈铭云："白石道人诗，清绝如啖冰雪。"[1]

姜夔诗境词境均清幽冷寂的特点源于诗人的审美情趣与特定的身世。姜夔布衣终身，依附于公卿之门，鬻字卖文为食，交游虽众，但终身困顿。无奈的清客生涯使他的内心埋藏着深深的孤寂与落寞，而萧条国势所带来的悲凉，恋人今生永无见期的刻骨悲哀，年华虚度、人生短暂的怅惘，飘零江湖的孤独与悲伤，凡此皆加重了姜夔的孤独感与沧桑感。寂寞与荒凉深藏在其心中，诗词则成了他情绪表达的载体，姜夔在《白石道人诗集·自叙》中曾说："余之诗，

---

① （清）李慈铭：《越缦堂读书记》，上海书店出版社 2000 年版。

余之诗耳。穷居而野处，用是陶写寂寞则可。"① 而 "姜夔的感情抒发一直是执著而非超脱的，他对生活的凄凉与苦闷采取的是一种排遣宣泄或吟味咀嚼的方式而非进行高层的哲理思考以求解脱。……他从未有过心境的平静，也没有彻悟后的解脱，而是一往情深，全是人间的悲凉与人间的亲切，他的身世气质规定了他抒发的是一种悲凉怨抑而又力求超然达观的孤独感。"② 骨子里的孤独与寂寞，使他在诗词创作上，则 "以我观物，故物皆着我之色彩"，③ 于是，其诗词中的山水、清风俱是姜夔情绪的载体，诗词遂均偏于一己幽感之表达，句句凝情，篇篇含意，寂寞、清雅遂与山水同在，于是诗词则呈同一境界与格调，所谓的 "诗词分疆" 便在不经意中被打破，表现出文体互相交融 "出位" 的状态。此时，很难说，诗影响了词，或者词影响了诗，但诗却有了词的韵味，词又有了诗的格调。"天之气清，人之品格高者，出笔必清"④，而 "诗词异其体调"，却 "不异其性情"，⑤ 诗心与词心的相通却无意间促成了文体的融合与渗透。

第四节　诗学视野下的姜夔词

以上两节我们侧重于探讨词对诗之影响，此节我们则结合 "江西诗派" 的创作理论及姜夔的诗论《白石道人诗说》来分析研究诗对词之影响。论者在评析姜夔词作时，多认为其以 "江西诗法" 入词，如：

---

① 孙玄常：《姜白石诗集笺注》，第2页。
② 张惠民：《宋代词学审美理想》，人民文学出版社1995年版，第206—210页。
③ 王国维：《人间词话》、《渚山堂词话》、《词品》合订本，第191页。
④ （清）孙麟趾：《词迳》，唐圭璋：《词话丛编》，中华书局1986年版，第2555页。
⑤ （清）谢章铤：《赌棋山庄词话》卷五，唐圭璋：《词话丛编》，第3387页。

　　白石词之特点，即在以江西派诗人作诗之法作词。白石早年学黄山谷诗，用心甚苦，所入颇深，既得其法，而移以作词，遂开新境。①

　　白石以诗法入词，门径浅狭，如孙过庭书，但便后人模仿。②

　　（姜夔）乃糅合北宋诗风于词中，故骨格挺健。③

但他们多未对姜夔怎样以"江西诗法"入词作出具体分析，此问题尚有详细深入地探讨之必要。姜夔之诗濡染"江西"诗风很深，清代江春在陆刻《白石道人诗词合集》序中云："其诗初学江西，已而自出机杼，清婉拔俗。"④ 姜夔自己也曾在其《诗集自叙一》中云："三薰三沐师黄太史氏。居数年，一语噤不敢吐。始大悟学即病，顾不若无所学之为得，虽黄诗亦偃然高阁矣。"⑤ 从中我们可见姜夔以"江西"入而又于"江西"出的学诗过程。他虽然成功地摆脱了江西的束缚，能够于诗中充分自如地发挥自己的心灵与性情之"异韫"，追求"自出机杼"，"又奚以江西为？"⑥ 但是，江西诗派之影响已化入其心灵深处，成为他作诗写词的养料之一。下面我们从章法、句法、典故的使用与重神等几个方面来分析探讨"江西诗法"对姜夔词的影响。

一　"波澜开阖"之章法

　　江西诗派非常讲究章法的布置与安排，黄庭坚曾说："每作一篇先立大意，长篇须曲折三致意乃成章耳。"⑦ 范温《潜溪诗眼》亦载："山谷言文章必谨布

---

　　① 缪钺：《缪钺说词》，第147—148页。

　　② （清）周济：《介存斋论词杂著》，《介存斋论词杂著》、《复堂词话》、《蒿庵论词》合订本，人民文学出版社1959年版，第9页。

　　③ 朱庸斋：《分春馆词话》卷四，张璋等编纂《历代词话续编》下册，大象出版社2005年版，第1210页。

　　④ 转引自夏承焘《姜白石词编年笺校》，第193页。

　　⑤ 姜夔：《诗集自叙一》，孙玄常《姜白石诗集笺注》，第1页。

　　⑥ 同上。

　　⑦ （宋）王直方：《王直方诗话》，郭绍虞《宋诗话辑佚》，第4页。

置；每见后学，多告以《原道》命意曲折。后予以此概考古人法度。"① 认为章法不仅要布置得体，而且"长篇须曲折三致意"，强调章法的布置匀停整齐与曲折变化。莫砺锋师在论及黄庭坚诗风时曾说：

> 黄诗无论长篇还是短制，一般都包含着多层次的意思，诗人在安排这些层次时不是平铺直叙，而是回旋曲折，极吞吐腾挪之妙。②

姜夔论诗亦重章法，其在《诗说》中云：

> 作大篇，尤当布置，首尾匀停，腰腹肥满。多见人前面有余，后面不足；前面极工，后面草草。不可不知也。③

认为一首好的诗歌，在章法上要做到"首尾匀停，腰腹肥满"，同时，他也更强调变化曲折，他曾说："小诗精深，短章蕴藉，大篇有开阖乃妙"，④ "波澜开阖，如在江湖中，一波未平，一波已作。又如兵家之阵，方以为正，又复是奇；方以为奇，忽复是正。出入变化，不可纪极，而法度不可乱。"⑤ 从中不难看出姜夔诗学理论对江西诗派的继承关系。

姜夔词之章法安排也正实践了其《诗说》的艺术追求，如他的《琵琶仙》：

> 双桨来时，有人似、旧曲桃根桃叶。歌扇轻约飞花，蛾眉正奇绝。春渐远，汀洲自绿，更添了、几声啼鴂。十里扬州，三生杜牧，前事休说。
>
> 又还是、宫烛分烟，奈愁里匆匆换时节。都把一襟芳思，与空阶榆

---

① （清）范温：《潜溪诗眼》，郭绍虞《宋诗话辑佚》，中华书局 1980 年版，第 323 页。
② 莫砺锋：《江西诗派研究》，齐鲁书社 1986 年版，第 46 页。
③ 姜夔：《白石道人诗说》，何文焕辑《历代诗话》，第 680 页。
④ 同上。
⑤ 同上书，第 682 页。

英。千万缕、藏鸦细柳，为玉尊、起舞回雪。想见西出阳关，故人初别。

此词为姜夔自度曲，宋淳熙十六年（1189），他在吴兴（今浙江湖州）与萧时父载酒春游时感遇所作，委婉曲折地诉说了其深隐幽微的情感。在章法上极讲究，不仅细密而且曲折，真正做到了"波澜开阖，如在江湖中，一波未平，一波已作。"此词章法之妙，陈匪石《宋词举》有详细分析，陈氏云：

> "双桨来时"，从所遇说起，破空而来，笔势陡健，与他词徐徐引入者不同。……"春渐远"一转，不说其人之似是实非，但就景物言之：汀州绿矣，鹈鴂鸣矣。种种皆旧游不堪回首之象，则旧曲之桃根、桃叶必难重遇，可以推知。妙在构一迷离惝恍之境，欲不说破而又不肯终不说破，故其下即痛快言之曰"十里扬州，三生杜牧，前事休说"，突换老辣之笔。……过变从"前事休说"翻出。"又还是"一转，风景依稀似昔，非不可说；"奈愁里"再转，流年逝水，一去不回，竟无从说。因念"空阶榆荚"忽生忽落，变化随时，不能自主，本一无情之物，"一襟芳思"都付与之而无所萦怀，无是事，亦无是理；然鹈鴂先鸣，众芳皆歇，乃不得不付与之，真所谓"休说"者矣。顾人心之转换无常，见榆荚之飞，则才心灰尽；见杨柳之舞，又情思飘扬。"藏鸦细柳""舞回雪"之容，今日所见，犹是当日别筵所见，其对"西出阳关"之"故人"劝以更进杯酒者，令人不追想而不得，则又如何意绪耶！全篇以跌宕之笔写绵邈之情，往复回环，情文兼至。[1]

真可谓跌宕起伏，"奇正相生"，变化多端。姜夔的很多词作均能见出其匠心独具的章法安排，如《齐天乐·咏蟋蟀》就被人评曰："将蟋蟀与听蟋蟀者，层

---

[1]　陈匪石：《宋词举》评《琵琶仙》（双桨来时），第42—43页。

层夹写，如环无端，真化工之笔也。"① 人评其词"如白云在空，随风变灭，独有千古"② 也非过誉。

细细分析姜夔词，发现其章法之"奇正相生"的效果多是通过"陡起"或"陡转"之法获得。"陡起"之法给人一种腾空而来的感觉，"陡转"之法则没有任何铺垫，突然地转换诗意与诗境，两者均超越了读者的阅读期待而产生一种阅读的新鲜感与冲击力。如《汉宫春》：

> 一顾倾吴，苧萝人不见，烟杳重湖。当时事如对弈，此亦天乎。大夫仙去，笑人间、千古须臾。有倦客扁舟夜泛，犹疑水鸟相呼。　　秦山对楼自绿，怕越王故垒，时下樵苏。只今倚阑一笑，然则非欤。小丛解唱，倩松风、为我吹竽。更坐待千岩月落，城头眇眇啼乌。

此词为辛弃疾《汉宫春·会稽蓬莱阁怀古》的次韵之作，笔力雄健，大有稼轩之风，与其"工力相等"，③ 雄健之风与此词开头的突兀而来不无关系，夏承焘先生云："'一顾倾吴，……'一开头即给人一个'劈空而来'的感觉。"④ 诚然，"一顾倾吴"高屋建瓴，以概括性的笔触写尽西施当年倾国倾城之美，下句"苧萝人不见，烟杳重湖"则转入眼前之景的描写，转入低沉，古与今构成强烈对比，给读者情感上以巨大冲击力。三句话概括了一个事件与一个时代，写尽了历史之变化无常，历史的沉重在此呈现，词意的厚重也由此获得。此前所举《琵琶仙》（双桨来时）也是"破空而来，笔势陡健"⑤ 之作。他的《长亭怨慢》（渐吹尽）在换头处则以"陡转"之法联结上下阕，词人在换头处并未接着上阕"阅人多矣，谁得似长亭树。树若有情时，不会得青青如此"之

---

① （清）许昂霄：《词综偶评》，唐圭璋：《词话丛编》，中华书局1986年版，第1558页。
② （清）陈廷焯：《白雨斋词话》，第29页。
③ 俞陛云：《唐五代两宋词选释》，第415页。
④ 夏承焘、吴无闻：《姜白石词校注》，第154页。
⑤ 陈匪石：《宋词举》评《琵琶仙》（双桨来时），第42—43页。

继续感慨抒情，而是化情语为景语，"日暮，望高城不见，只见乱山无数"，以一组空镜头衔接，起到了"换头，记山程经历，文字如奇峰突起，拔地千丈"① 的艺术效果。其著名的《暗香》则是全篇以"陡起"与"陡转"安排章法的杰作：

> 旧时月色，算几番照我，梅边吹笛。唤起玉人，不管清寒与攀摘。何逊而今渐老，都忘却、春风词笔。但怪得、竹外疏花，香冷入瑶席。
> 江国，正寂寂。叹寄与路遥，夜雪初积。翠樽易泣，红萼无言耿相忆。长记曾携手处，千树压、西湖寒碧。又片片吹尽也，几时见得。

对于此篇章法，许昂霄在《词综偶评》中分析道：

> "旧时月色"二句，倒装起法。"何逊而今渐老"二句，陡转。"但怪得竹外疏花"二句，陡落。"叹寄与路遥"三句，一层。"红萼无言耿相忆"，又一层。"长记曾携手处"二句，转。"又片片吹尽也"二句，收。②

章法极其工稳又变化多姿，诗情随着章法的变化转折而不断推进，跌宕起伏。毫无疑问，这样的章法安排使词容纳更多的内容，使诗情更加丰富曲折，诚可谓"无笔力者未易到。"③ 其他如《水龙吟》（夜深客子移舟处）词也获得了"言愁欲愁，曲折写来，绝无平衍之笔"的评价。④

我们可通过与黄庭坚诗的对比见出姜夔以"江西诗法"为词的特点，"陡起"之法正是黄庭坚所擅长，方东树在其《昭昧詹言》中曾云："大抵山谷所

---

① 唐圭璋：《唐宋词简释》，第191页。
② （清）许昂霄：《词综偶评》，唐圭璋：《词话丛编》，第1558页。
③ 张炎：《词源》，《词源》、《乐府指迷》合订本，第19页。
④ 俞陛云：《唐五代两宋词选释》，第412页。

能，在句法上远，凡起一句，不知其所从何来，断非寻常人胸臆中所有。"①
如他的《双井茶送子瞻》篇即"空中纵起"之作，②《以团茶洮州绿石砚赠无
咎文潜》篇"起溜亮俊逸"，③《以右军书数种赠邱十四》"'问谁'句倒入"，④
《再答陈元舆》"起逆入"，⑤ 类似篇章在黄氏诗中层出不穷，此种"陡起"之
作达到了"奇气杰句，跌宕有势"⑥ 之艺术效果。在行文中他也喜用"陡转"
之法，如他的《戏呈孔毅父》：

> 管城子无食肉相，孔方兄有绝交书。文章功用不经世，何异丝窠缀露
> 珠？校书著作频诏除，犹能上车问何如。忽忆僧床同野饭，梦随秋雁到
> 东湖。

四联八句，一联一转，了不相关，联与联之间呈跳转状态，作者打破了律诗惯
常的"起、承、转、合"之章法及中间两联写景、思想中心在首尾两联的惯
例，而以画面的转换呈现跳动的意象以表达自己的纷纭思绪，在章法上，"起
雄整，接跌宕，俱入妙"。⑦ 再如他的《题落星寺》"笔势往复展拓，顿挫起
落"，⑧ 他的《次韵子瞻题郭熙画秋山》"曲折驰骤，有江海之观、神龙万里之
势"，⑨《道中寄景珍兼简庚元镇》"句句顿挫，不使一直笔顺接"，⑩ 其诗歌章
法真正是：

---

① （清）方东树：《昭昧詹言》卷一二，人民文学出版社1959年版，第314页。
② 同上书，第317页。
③ 同上书，第319页。
④ 同上书，第324页。
⑤ 同上书，第320页。
⑥ 同上。
⑦ 同上书，第318页。
⑧ 同上书，第322页。
⑨ 同上书，第315页。
⑩ 同上书，第453页。

起无端，接无端，大笔如椽，转折如龙虎。扫弃一切，独提精要之语，每每承接处，中亘万里，不相联属，非寻常意计所及。①

通过比较，我们不难发现姜夔正得黄氏诗法三昧。在姜夔之前最善于安排词之章法的为周邦彦，陈廷焯曾云：

美成乐府开合动荡，独前千古。②

词法之密，无过清真。③

最能表现其章法安排严整细密者当首推其《瑞龙吟》：

章台路，还见褪粉梅梢，试花桃树。愔愔坊陌人家，定巢燕子，归来旧处。 黯凝伫，因念个人痴小，乍窥门户。侵晨浅约宫黄，障风映袖，盈盈笑语。 前度刘郎重到，访邻寻里，同时歌舞，唯有旧家秋娘，声价如故。吟笺赋笔，犹记燕台句。知谁伴，名园露饮，东城闲步？事与孤鸿去。探春尽是伤离意绪。官柳低金缕，归骑晚，纤纤池塘飞雨。断肠院落，一帘风絮。

唐圭璋先生对此词章法有细致评述，现引如下：

第一片记地，"章台路"三字，笼罩全篇。"还见"二字，贯下五句，写梅桃景物依稀，燕子归来，而人则不知何往，但徘徊于章台故路、愔愔坊陌，其怅惘之情为何如耶！第二片记人，"黯凝伫"三字，承上启下。

---

① （清）方东树：《昭昧詹言》卷一二，人民文学出版社 1959 年版，第 314 页。
② （清）陈廷焯：《词坛丛话》，唐圭璋：《词话丛编》，第 3723 页。
③ （清）陈廷焯：《白雨斋词话》，第 40 页。

"因念"二字，贯下五句，写当年人之服饰情态，细切生动。第三片写今昔之感，层层深入，极沉郁顿挫缠绵宛转之致。"前度"四句，不明言人不在，但以侧笔衬托。"吟笺"二句，仍不明言人不在，但以"犹记"二字，深致想念之意。"知谁伴"二句，乃叹人去。"事与孤鸿去"一句，顿然咽住，盖前路尽力盘旋，至此乃归结，既以束上三层，且起下意。所谓事者，即歌舞、赋诗、露饮、闲步之事也。"探春"二句，揭出作者作意，唤醒全篇。前言所至之处，所见之景，所念之人，所记之事，无非伤离意绪，"尽是"二字，收拾无遗。"官柳"二句，写归途之景，回应篇首"章台路"。"断肠"二句，仍寓情于景，以风絮之悠扬，触起人情思之悠扬，亦觉空灵，耐人寻味。①

周邦彦此词章法正如唐先生所言，细致严密。在章法方面，陈廷焯还曾言："美成、白石，各有至处，不必过为轩轾。顿挫之妙，理法之精千古词宗，自属美成。"② 认为在章法安排方面，姜夔终让周邦彦一头。我们认为，姜夔词法可能不如周邦彦细密，但在章法的"奇正相生，一波未平，一波又起"方面，周邦彦可能还不如姜夔。就周之《瑞龙吟》来说，其章法安排不过是在"今"与"昔"中来回穿插闪回，改变了过去柳永的上下阕今昔对比的简单模式，但其所有的安排无非"尽是伤离意绪"，缺少动荡与变化，没有平地起波澜的艺术效果，在情感表达上基本是顺势而下，没有突兀不平之感，在章法安排上尚缺少惊人之笔。姜夔的章法安排多陡转与跳荡，此种陡转与跳荡造成了其"感慨全在虚处，无迹可寻"的艺术效果，③ 此种效果也正如莫砺锋师评黄庭坚诗一样：

---

① 唐圭璋：《唐宋词简释》，第 123—124 页。
② （清）陈廷焯：《白雨斋词话》卷二，第 29 页。
③ 同上书，第 28 页。

在诗意的各个层次之间作较大的转折，却又有意把转折的脉络暗藏于文字后面，读者须反复吟咏玩索，才能悟得其中的草蛇灰线。如果说那种在结尾给读者留下较大想象余地的诗能使人回味无穷，那么在这种诗的中间给读者留下多层次想象余地的诗就更耐人咀嚼了。[①]

此是姜夔"硬笔高调写柔情"的风格特色成因之一。

二　"平妥精粹"的句法

黄庭坚论诗十分注重"句法"：

"无人知句法，秋月自澄江。"——《奉答谢公定与荣子邕论狄元规、孙少述诗长韵》

"诗来清吹拂衣巾，句法词锋觉有神。"——《次韵奉答少微纪赠二首》

"一洗万古凡马空，句法如此今谁工。"——《题韦偃马》

黄庭坚对于"句法"的追求是"有精神"与"一洗万古凡马空"，即生、新，出人意表，非平庸之笔所能到。如他的《王允道送水仙花欣然会心为之作咏》之篇"起四句奇思奇句"，[②]《武昌松风阁》之篇"'风鸣'二句奇想。后半直叙，却能扫人凡言，自撰奇重之语"，[③]《题虔州东禅圆照师新作御书阁》之"造句能扫一切人语"。[④] 黄庭坚之句法求奇却不流于生涩，而能达"得意句之妙"境地，宋代普闻说："诗家云炼字莫如炼句，炼句莫若得格，格高本乎琢

---

① 莫砺锋：《江西诗派研究》，第 48 页。
② （清）方东树：《昭昧詹言》卷一二，人民文学出版社 1959 年版，第 321 页。
③ 同上。
④ 同上书，第 324 页。

句，句高则格胜矣。天下之诗，莫出于二句，一曰意句，二曰境句。境句则易琢，意句难制，境句人皆得之，独意句不得其妙者，盖不知其旨也。所以鲁直、荆公之诗出于流辈者，以其得意句之妙也。"① 他还举了《寄黄几复》中"桃李春风一杯酒，江湖夜雨十年灯"一联，说明黄庭坚"得意句之妙"，充分肯定了黄庭坚在"句法"方面的成就。姜夔论诗也重"句法"，其论紧承江西派论诗思想，云：

> 意格欲高，句法欲响。只求工于句、字，亦末矣。故始于意格，成于句、字。句意欲深、欲远，句调欲清、欲古、欲和，是为作者。②

他综合了黄庭坚的句法追求与普闻的"意句"与"境句"之论，强调句法服务于意格，将部分放入整体考虑，立意与格调高才能使句法发光，而句法又是支撑意格的基础与关键。白石作词态度非常认真，反复斟酌修改，"白石赋此词〔《庆宫春》（双桨莼波）〕，几经涂稿而成，知吟安一字之难。以横溢之天才，而审慎如是。"③ 因此，在姜夔词作中多有句法精粹之句，如他的《扬州慢》"二十四桥仍在，波心荡、冷月无声"，看似平淡，却平淡中有句法，张炎曾在《词源》中云：

> 词中句法，要平妥精粹。一曲之中，安能句句高妙？只要拍搭衬副得去，于好发挥笔力处，极要用工，不可轻易放过，读之使人击节可也。如……姜白石《扬州慢》云："二十四桥仍在，波心荡，冷月无声。"此皆平易中有句法。④

---

① （宋）释普闻：《诗论》，上海商务印书馆活字本 1927 年版。
② 姜夔：《白石道人诗说》，何文焕辑《历代诗话》，第 682 页。
③ 俞陛云：《唐五代两宋词选释》，第 410 页。
④ （宋）张炎：《词源》，《词源》、《乐府指迷》合订本，第 14 页。

同样，《扬州慢》"废池乔木，犹厌言兵"句，"包括无限伤乱语，他人累千言，亦无此韵味。"① 其他如：

> 姜白石《鹧鸪天》云："笼纱未出马先嘶。"七字写出华贵气象，却淡隽不涉俗。②
>
> 千树压，西湖寒碧（《暗香》），冷香飞上诗句（《念奴娇》），高树晚蝉，说西风消息（《惜红衣》）警句。③
>
> 《翠楼吟》云："槛曲萦红，檐牙飞翠"，"酒祓清愁，花销英气"。……其腔皆自度曲，传至今，不得其调，难入管弦，只爱其句之奇丽耳。④

明代胡应麟曾云："矜持于句格，则面目可憎，架叠于篇章，则神韵都绝。"⑤认为片面地追求句法会有损于诗歌的总体韵味，姜夔在其词创作中，则将句法很好地与全词的意格结合，非为琢句而炼句，而是句法为全篇之"意"服务，通篇浑然一体，完美地实践了其"意格欲高，句法欲响。只求工于句字，亦末矣。故始于意格，成于句字"的诗法观念，此为词评家所赞赏，诸如：

> 姜白石《鹧鸪天》词二首，如"鸳鸯独宿何曾惯，化作西楼一缕云。"不但韵高，亦由笔妙。何必石湖所赞自制曲之敲金戛玉声，裁云缝月手也。⑥
>
> 落笔得"旧时月色"四字，便欲使千古作者皆出其下。味梅嫌纯是素

---

① （清）陈廷焯：《白雨斋词话》卷一，第 29 页。
② （清）况周颐：《蕙风词话》卷二，《蕙风词话》、《人间词话》合订本，第 36 页。
③ （元）陆辅之：《词旨》，唐圭璋《词话丛编》，中华书局 1986 年版，第 321—322 页。
④ （明）杨慎：《词品》卷四，第 119 页。
⑤ （明）胡应麟：《诗薮》，第 212 页。
⑥ （清）李调元：《雨村词话》卷三，唐圭璋《词话丛编》，第 1428 页。

色，故用"红萼"字，此谓之破色笔。又恐突然，故先出"翠尊"字配之。说来甚浅，然大家亦不外此。用意之妙，总使人不觉。则烹锻之工也。①

"别母情怀，随郎滋味，桃叶渡江时。"白石少年游戏平甫词也，"随郎滋味"四字，似不经心而别有姿态；盖全以神味胜，不在字句之间寻痕迹也。②

在句法方面，黄庭坚常以不相连的意象组织句法获得一种既在情理之中又在意料之外、不落窠臼的立意、想象、构思。据俞文豹《吹剑录》记载：

> 东坡有《赠东村长老》诗："溪声便是广长舌，山色岂非清净身。夜来八万四千偈，他日如何举似人。"山谷改曰："溪声广长舌，山色清净身。八万四千偈，如何举似人。"③

此记载可见黄庭坚的句法追求，他将苏诗连贯的叙述性语言变成了跳宕断续的意象组合，诗歌遂由苏诗的明喻变成了暗喻，句意变得曲折，文气则显跌宕，诗歌更具模糊意味与丰富含蕴，其妙处正如宋曾季貍《艇斋诗话》所言："山谷诗云：'十度欲言九度休，万人丛中一人晓。'曾吉父云：'此正山谷诗法也。'其说尽之。"④ 此种全以意象构成之句在姜夔词作中可谓举不胜举，如其《点绛唇》中："数峰清苦，商略黄昏雨"之句，就表面来看只是一组景色描写，但同时却是词人内心深厚的凄苦情悰的外化，不言而言，蕴含极富，非平

---

① （清）先著、程洪：《词洁辑评》评《暗香》，唐圭璋：《词话丛编》，中华书局1986年版，第1359页。
② （清）陈廷焯：《白雨斋词话》，第210页。
③ （宋）俞文豹：《吹剑录》，张宗祥校订《吹剑录》，中华书局1959年版。
④ （宋）曾季貍：《艇斋诗话》，丁福保辑《历代诗话续编》，中华书局1983年版，第317页。

浅之笔所易到，许昂霄《词综偶评》评曰："《点绛唇》数峰清苦二句，逋峭"，① 明卓人月则赞之为"诞妙"，② 沈祖棻则认为"数峰二句，最是白石本色。"③ 真正达到了姜夔所追求的"人所易言，我寡言之；人所难言，我易言之，自不俗"④ 的艺术效果，此也正如皎然《诗式》所云："取境之时，须至难至险，始见奇句。"⑤ 同时，黄庭坚诗歌之对句往往似不相连，如《寄黄几复》："桃李春风一杯酒，江湖夜雨十年灯"，两句相差甚远，毫无关联。但正是在这种意象似不关联的跳转之中，抒写了其人生的艰难历程，看似轻松，其实沉重，看似通脱，其实蕴藉。此正如葛立方在《韵语阳秋》中所言："律诗中间对联两句，意甚远而中实潜贯者。……与规规然在于媲青对白者，相去万里矣。鲁直如此句甚多，不能概举也。"⑥ 宋人陈长方在其诗话中也注意到了江西诗派此一特点，说："古人作诗，断句辄旁如他意，最为警策。如老杜云'鸡虫得失无了时，注目寒山倚山阁'是也。黄鲁直和《水仙花》诗，亦用此体，云'坐对真成被花恼，出门一笑大江横'。"⑦ 这种一个在天、一个在地的对句，在保持意脉贯通时而翻出新境，片言只句中却有咫尺万里之势。这种意象跳接，形不接而意接之句法深为姜夔所爱，形成了姜夔词作"空际转身"⑧的特点，如《鹧鸪天》中之"鸳鸯独宿何曾惯，化作西楼一缕云"，此两句似毫不关联，意象呈跳接状态，上句言女子之孤独，下句则以缥缈意象含不尽之意。既可以认为是女子之相思像西楼边的云彩一样飘游不定，悠悠荡荡，又可以联想到"巫山神女"的典故，由此见出女子对欢乐幸福生活的渴望，多种情

---

① （清）许昂霄：《词综偶评》，唐圭璋：《词话丛编》，第 1557 页。

② （明）卓人月：《古今词统》，明崇祯六年刻本。

③ 沈祖棻：《宋词赏析》，第 209 页。

④ 姜夔：《白石道人诗说》，何文焕辑《历代诗话》，第 680 页。

⑤ （宋）皎然：《诗式》，第 39 页。

⑥ （宋）葛立方：《韵语阳秋》卷一，上海古籍出版社 1984 年影印本。

⑦ （宋）陈长方：《步里客谈》卷下，墨海金壶本。

⑧ （清）周济：《介存斋论词杂著》，《介存斋论词杂著》、《复堂词话》、《蒿庵论词》合订本，第 7 页。"空际转身"周济用以评吴文英词，实际上姜夔词作也有此特点。

思尽现其中，在意象的跳转中扩大了词作容量。此句也获得了"不但韵高，亦由笔妙。何必石湖所赞自制曲之敲金戛玉声，裁云缝月手也"的高评。① 其他如：

"杨柳夜寒犹自舞，鸳鸯风急不成眠。"——《浣溪沙·辛亥正月二十四日发合肥》

"梦中未比丹青见，暗里忽惊山鸟啼。"——《鹧鸪天·元夕有所梦》

"五日凄凉心事，山雨打船篷。"——《诉衷情·端午宿合路》

清人冯煦在其《蒿庵论词》中曾云："其实石帚所作，超脱蹊径。天籁人力，两臻绝顶。笔之所至，神韵俱到"②，此种艺术境界与姜夔此种跳接的意象组接有很大关系。

姜夔得益于江西诗法而获得的"空际转身"的艺术效果是对秦观"能留"之手法的发展。杨海明先生在《唐宋词史》里论述秦观词之韵味时，认为秦之韵味源于其"能留"，这使其区别于柳永：

秦观终于在慢词的写作方面找到了一条宝贵的经验，那就是：仍以铺叙为主，展开词情；然而在关键的地方，却插入以含蓄优美的景语，使那本欲一泻无余的感情，有所收敛、有所顿挫——然后再让它在比之"直说"远为蕴藉的境界中"透将出来"……如温庭筠词："千万恨，恨极在天涯。山月不知心里事，水风空落眼前花——摇曳碧云斜。"（《梦江南》）前二句先两次明点"恨"字；后两句就转入"山月"、"水风"而又辅之以"不知"、"空落"的"暗点"境界；而最妙的尤在于末句："摇曳碧云斜"，

---

① （清）李调元：《雨村词话》卷三，唐圭璋：《词话丛编》，第 1428 页。

② （清）冯煦：《蒿庵论词》，唐圭璋：《词话丛编》，中华书局 1986 年版，第 3594 页。

并无半个字样触及"恨"字，而人心之"万千"恨态却完全透将过摇曳飘忽的碧云，饱和地呈现在读者眼前。此之谓"不着一字，尽得风流"，此之谓能"留"。①

杨海明先生还举了秦观《满庭芳》为例，现抄全词如下：

山抹微云，天粘衰草，画角声断谯门。暂停征棹，聊共饮离尊。多少蓬莱旧事，空回首，烟霭纷纷。斜阳外，寒鸦万点，流水绕孤村。　销魂！当此际，香囊暗解，罗带轻分。谩赢得青楼，薄倖名存。此去何时见也？襟袖上，空惹啼痕。伤情处，高城望断，灯火已黄昏。

杨先生在分析秦观之能"留"时说：

当它在刚刚提到"回首蓬莱旧事"、抒情之"闸门"正欲开启的时刻，却立即让"烟霭纷纷"涌将上来，"塞"住了似欲"直说"的嘴巴，让离人把满腔的别情转入"斜阳"、"寒鸦"、"流水"、"孤村"的意境中去"暗泄"；又在"此去何时见也"的问句之后，不作正面回答，却"王顾左右而言他"，转入到孤城黄昏的伤情景象中去，用这一片万家灯火的景色来反衬出离人的凄情孤况。这两节融情于景的巧妙写法，就使这首慢词凭空添出隽永的风韵来，从而冲淡了"销魂！当此际……"之类柳永式词句所带来的发露风味，使它显出总体上的精警感来。②

姜夔的"空际转身"乍看上去与秦观能"留"之手法似无差别，但细析之，就

① 杨海明：《唐宋词史》，江苏古籍出版社 1987 年版，第 333 页。
② 同上书，第 334 页。

会发现姜夔尚有发展与创造。同样是以景结情，但秦观的景语为承继情语而来，其景语的情感内涵与上句的情语完全一致，如"多少蓬莱旧事"下接以"空回首，烟霭纷纷"，"烟霭纷纷"正是"蓬莱旧事"往事如烟虚化而具体的表达。"斜阳外，寒鸦万点，流水绕孤村"之景色描写也是作者此种凄凉复杂心绪的进一步抒写，其情蕴内容是一种顺承关系，词情与词境完全是顺流而下。姜夔的"空际转身"表面上保留着化情语为景语的形式，但其景语与情语的关系不是顺承，而是宕开一笔，另辟新境，开启了另外一个情感空间，在层次上是一种递进或陡转关系，往往带给读者一种情感上的巨大跌落。比如其《八归》中的"长恨相从未款，而今何事，又对西风离别"，按照秦观的能"留"手法，应接着"长恨相从未款"说下去，其下的景语应是"长眼相从未款"的情绪表达，二者是一种解释与说明的关系。姜夔却接以"而今何事，又对西风离别"，"西风离别"与"长恨相从未款"构成了一种递进关系，在情感上更进一层，词情更加沉痛。再比如其《翠楼吟》"天涯情味。仗酒祓清愁，花销英气。西山外。晚来还卷，一帘秋霁。""天涯情味。仗酒祓清愁，花销英气"以饮酒赏花来浇愁破闷，消解天涯漂泊之感，词情凄苦，却接以"西山外。晚来还卷，一帘秋霁"之明朗秋色晚景，词境振起，词情陡转，诚如陈廷焯所说："一纵一操，笔如游龙，意味深厚，是白石最高之作。"[1] 姜夔的这种笔法有时也表现在章法的安排方面，如其《琵琶仙》之上阕：

　　双桨来时，有人似、旧曲桃根桃叶。歌扇轻约飞花，蛾眉正奇绝。春渐远，汀洲自绿，更添了几声啼鴂。十里扬州，三生杜牧，前事休说。

此词上阕可分为三层，第一层为"双桨来时"四句，言词人此次的不期而遇，所遇美人与其昔日恋人甚似。末句"蛾眉正奇绝"写女子之美，正当作者思绪

---

① （清）陈廷焯：《白雨斋词话》，第31页。

汹涌之时，却以"春渐远"几句接之，于是离开"歌扇""蛾眉"所言旧曲情事，词境陡转，由清新明艳转向惝恍迷离、低沉凄黯。词境虽宕开，但似离实合。"十里扬州"几句以直抒之笔将心中情骤然说出，词境由"春渐远"三句的迷离、寂寞，陡然转变为歇拍的激烈。正如唐圭璋先生所评："'春渐远'两句，一气径转，秀逸绝伦；不写人虽似实非之恨，但写出眼前见闻，以见旧游不堪回首之情。"① 层与层之间在情感上是不断转换的关系，不是流利的顺承而下，这造成了情感表达的幽深、往复。词人感情表达不断遇到阻碍又不断冲破阻碍，这造成旋折的效果，形成姜夔词"以健笔写柔情"的特点，夏承焘先生曾云：

> 以硬笔高调写柔情，是白石词的一个鲜明的特色。如《琵琶仙》云："春渐远、汀州自绿，更添了、几声啼鴂。"《解连环》云："问后约、空指蔷薇，算如此溪山，甚时重至。"又如此首词［《长亭怨慢》（渐吹尽）］中的"阅人多矣，谁得似、长亭树。树若有情时，不会得、青青如此。"则转折拗怒，尤为奇作。②

也正是由于姜夔词情与词境的不断转折与离合，形成了其词"如野云孤飞，去留无迹"的特征③。

三　奇警传神的字法

所谓"字法"主要指诗歌创作中"讲究炼字，用字……的技法。"④ 古人

---

① 唐圭璋：《唐宋词简释》，第 186 页。
② 夏承焘、吴无闻：《姜白石词校注》，第 71 页。
③ （宋）张炎：《词源》，《词源》、《乐府指迷》合订本，第 16 页。
④ 彭会资：《中国文论大辞典》，百花文艺出版社 1990 年版，第 218 页。

作诗,强调一字传神,追求置一字而使通首光彩的艺术效果。关于字法,唐五代的诗格著作中早有论述,入宋以后,宋初"九僧"之一的僧保暹在《处囊诀》中也有相关议论,并提出了"诗眼"之说,王安石也曾说过:"吟诗要一字两字工夫。"各种诗话中就有不少关于他炼字的记载。以黄庭坚为首的江西诗派师法杜甫,得杜甫"新诗改罢自长吟"、"语不惊人死不休"之作诗精神,更加强调用字的准确、有力、传神。黄庭坚就曾多次明确指出:

"置一字如关门之键。"——《跋高子勉诗》

"子勉作唐律五言数十韵,……置字有力。"——《跋欧阳元老诗》

"覆却万方无准,安排一字有神。"——《荆南签判向和卿用予六言见惠次韵奉酬四首》

范温从黄庭坚学诗,进一步继承与发展了黄庭坚的观点。其《潜溪诗眼》"炼字"条云:"好句要须好字。"① "句法以一字为工"条又云:"句法以一字为工,自然颖异不凡,如灵丹一粒,点铁成金也。"② 从这些论述中,我们可以清楚地看到江西诗派诗人对字法的重视。同时,他们也在创作中努力实践之。如黄庭坚《赠陈师道》诗中的"秋水粘天不自多"、《次韵张询斋中晚春》中的"春去不窥园,黄鹂颇三请"、《晚起临汝》中的"清风荡秋日"、《和庭诲雨后》中的"天青印鸟迹,云黑卷犀渠"等诗中的"粘"、"窥"、"荡"、"印"诸字都敲打得响,可为"诗眼",使全诗生色,达到了"意新语工"③ 的艺术效果。《王直方诗话》也有关于黄庭坚改诗的记载:"山谷与余诗云:'百叶湘桃苦恼人'。又云:'欲作短歌凭阿素,丁宁夸与落花风'。其后改'苦恼'

---

① (宋)范温:《潜溪诗眼》,郭绍虞辑《宋诗话辑佚》,第 321 页。
② 同上书,第 333 页。
③ (宋)欧阳修:《六一诗话》引梅尧臣语,何文焕辑《历代诗话》,中华书局 1981 年版,第 267 页。

为'触拨'，改'歌'作'章'，改'丁宁'作'缓歌'。余以为诗不厌多改。"① 黄庭坚将"苦恼"改为"触拨"，不仅尽现草木横枝之状，而且更将植物撩动人情思之味直观写出，"丁宁"改作"缓歌"，也更写出抒情主体内心欲说难言的情愫。与其句法一样，在字法上，黄庭坚也追求生、新、奇，追求下语用字的陌生化效果，力求突破语言的庸常平俗，以求带给读者新鲜的审美感受。

姜夔的《白石道人诗说》没有专门论"字法"，但从其评语中，我们依然可以窥见他对字法的重视。他说诗歌"始于意格，成于句字。"② 认为诗歌是在"意格"的统率下积字成句、积句成篇的过程，字是诗篇的基础，而"意格"是诗歌的灵魂。同时他又强调"只求工于句字，亦末矣。"③ 认为作者若将全部精神集中于字句的锻造则未为第一流作手。那么，怎样做到工于字句呢？他说："人所易言，我寡言之。人所难言，我易言之。自不俗。"④ 可见，姜夔重视字句的锻炼与敲打，"不俗"是他的诗学追求，正如他在《送项平甫倅池阳》一诗中所说："论文要得文中天，邯郸学步终不然。"关于姜夔词作的用字之妙，前人于此也多有评说：

> "二十四桥仍在，波心荡、冷月无声。"是"荡"字着力。所谓一字得力，通首光彩，非炼字不能然，炼亦未易到。⑤
>
> "清苦"二字，写山容欲活，盖山中沈阴不开，万籁俱寂，故觉群峰都似呈清苦之色也。"商略"二字，亦生动，盖当山雨欲来未来之际，谛观峰与峰之状态，似商略如何降雨也。⑥

---

① （宋）王直方：《王直方诗话》，郭绍虞《宋诗话辑佚》卷上，第 50 页。
② （宋）姜夔：《白石道人诗说》，何文焕辑《历代诗话》，第 682 页。
③ 同上。
④ 同上书，第 680 页。
⑤ 先著、程洪撰，胡念贻辑：《词洁辑评》，《词话丛编》第二册，第 1359 页。
⑥ 唐圭璋：《唐宋词简释》，第 179 页。

　　"商略"二字诞妙。①

　　这些评价充分肯定了姜夔在下语用字方面的成就。作词讲究字法本是词家惯例，张炎在《词源》中说："句法中有字面，盖词中一个生硬字用不得，须是深加锻炼，字字敲打得响，歌诵妥溜，方为本色语。"② 以此论之，姜夔对字法的讲究似乎是作词的基本追求。我们从其词的用字中，依然可以看到江西诗派的痕迹。姜夔作词，下语用字力求平淡中见奇警，以求达到不落凡近的艺术效果。如《玉梅令》中的"便揉春为酒，剪雪作新诗"之"揉"字与"剪"字，使词句奇警清新。再如《一萼红》中的"池面冰胶，墙腰雪老"之句，以"老"字言残雪凝结已久，尚未消融之状态，下字精工新颖，加上"池面"对"墙腰"，颇有江西诗派诗歌瘦硬奇崛之态。再如《惜红衣》中之"簟枕邀凉，琴书换日"句，"邀"字将簟枕拟人化，写出他在夏日躺卧时的清凉惬意；"换"字则写出了自己以琴书度日的高雅生活，下字新鲜生动，使词有深情远致。《念奴娇》中的"嫣然摇动，冷香飞上诗句"中之"飞"字的运用，更是妙语惊人，奇想联翩，令人拍案叫绝。此类着一字使通首光彩之句不胜枚举：

　　　"槛曲萦红，檐牙飞翠。"——《翠楼吟》（月冷龙沙）

　　　"船头生影。"——《夜行船》（略彴横溪人不度）

　　　"东风落屐不成归。"——《浣溪沙》（春点疏梅雨后枝）

　　　"嫩约无凭。"——《秋宵吟》（古帘空）

　　　"青灯摇浪。"——《水龙吟》（夜深客子移舟处）

　　　"人妒垂杨绿。"——《莺声绕红楼》（十亩梅花作雪飞）

① （明）卓人月：《古今词统》，明崇祯六年刻本。
② （宋）张炎：《词源》，《词源》、《乐府指迷》合订本，第15页。

"伤春似旧，荡一点，春心如酒。"——《角招》（为春瘦）

"黛痕低压。"——《庆宫春》（双桨莼波）

"苔侵石井。"——《齐天乐》（庾郎先自吟愁赋）

　　所举之例中的"萦"、"飞"、"生"、"落"、"嫩"、"摇"、"妒"、"荡"、"压"、"侵"等动词和形容词正是以生、新、奇见长，它们与寻常景物构成了不平常的组合，创造出鲜活的艺术形象和独特的意境。

　　对字法讲究与锤炼离不开姜夔的精思。诚如他在《白石道人诗说》中所云："诗之不工，只是不精思耳。不思而作，虽多亦奚为？"① 俞陛云先生曾不无感慨地赞叹道："白石赋此词（《庆宫春》），几经涂稿而成，知吟安一字之难。以横溢之天才，而审慎如是。"② 清人谢章铤也说："白石字雕句刻。"③ 从姜夔对字面的讲究与敲打，对"韵高落落悬清月，铿锵妙语春冰裂"④ 的诗歌境界的追求，我们不难看出"江西诗派"之风范对他词作的影响。如上举《秋宵吟》（古帘空）中"嫩约无凭"之句，以"嫩"字形容两人内心期盼的渺茫无据。既用字出奇，凭生新意，又隽永有味。《暗香》中的"千树压、西湖寒碧"之句，以一个"压"字不仅写出了梅树千株万朵竞芳斗艳的风神，同时也写出了作者清冷的怀抱，浑成里含深隽。此类字正是"神光所聚"，可为"通体之眼"。⑤

　　江西诗派对姜夔词作的影响还表现在虚字的使用上。宋人叶梦得在其《石林诗话》中认为杜甫诗句"江山有巴蜀，栋宇自齐梁"、"粉墙犹竹色，虚阁自松声"中"有""自"等一些虚字的运用使诗句大开大阖，达到了出神入化的效果，强调虚字的使用在诗歌句法中的重要作用。罗大经《鹤林玉露》云：

① （宋）姜夔：《白石道人诗说》，何文焕辑《历代诗话》，第 680 页。

② 俞陛云：《唐五代两宋词选释》，第 410 页。

③ （清）谢章铤：《赌棋山庄词话》卷一二，唐圭璋编《词话丛编》第四册，第 3478 页。

④ （宋）姜夔：《次韵诚斋送仆往见石湖长句》，孙玄常《姜白石诗集笺注》，第 106 页。

⑤ （清）刘熙载：《艺概·词曲概》，第 116 页。

"作诗要健字撑拄，要活字斡旋。……'生理何颜面，忧端且岁时''名岂文章著，官应老病休。''何'与'且'字，'岂'与'应'字，乃斡旋也。"① 也强调虚字在句法中的活动与运转能力。黄庭坚虽不甚强调用虚字，但他的《戏题巫山县用杜子美韵》中的"直知难共语，不是故相违。"方回就在虚字运用角度肯定是"老杜句法"。② 江西诗派三宗之一的陈师道则在诗中大量使用虚字。如他的《赠王聿修商子常》中的"贪逢大敌能无惧，强画修眉每未工。"方回评曰："'能'字、'每'字乃是以虚字为眼，非此二字，精神安在？"③ 方回评陈与义的《眼疾》也认为此诗之要妙也全在"用虚字以斡实事，不可不细味也。"④ 词中本来就讲究用虚字，正如《词源》所云："词与诗不同；……若堆叠实字，读且不通，况付之雪儿乎？……若能尽用虚字，句语自活，必不质实，观者无掩卷之诮。"⑤ 他指出诗可全以实字结构全篇，词则赖虚字上下勾连。姜夔对虚字的运用更加得心应手，出神入化。下面从两方面论述之：

首先，姜夔词中虚字的使用一气旋折，更具灵动之姿。清人沈样龙在《论词随笔》中曾指出："词中虚字，犹曲中衬字，前呼后应，仰承俯注，全赖虚字灵活，其词始妥溜而不板实。不特句首虚字宜讲，句中虚字亦当留意，如白石词云：'庚郎先自吟愁赋，凄凄更闻私语'，'先自''更闻'，互相呼应，余可类推。"⑥ 沈氏认为词是否"妥溜"全得力于"前后呼应"的虚字之运用，因此，他充分肯定了姜夔运用虚字之妙。又如姜夔词《鹧鸪天·元夕有所梦》："肥水东流无尽期，当初不合种相思。梦中未比丹青见，暗里忽惊山鸟啼。春未绿，鬓先丝，人间别久不成悲。谁教岁岁红莲夜，两处沉吟各自知。"也正是由于"不合"、"未比""忽惊"、"未"、"先""不成"、"谁教"等虚字的运

---

① （宋）罗大经：《鹤林玉露》，中华书局 1983 年版，第 108 页。
② （元）方回撰，李庆甲集评校点：《瀛奎律髓》卷四三，第 1546 页。
③ （元）方回撰，李庆甲集评校点：《瀛奎律髓》卷四二，第 1530 页。
④ （元）方回撰，李庆甲集评校点：《瀛奎律髓》卷四四，第 1596 页。
⑤ （宋）张炎：《词源》，《词源》、《乐府指迷》合订本，第 15 页。
⑥ （清）沈样龙：《论词随笔》，唐圭璋编《词话丛编》第五册，中华书局 1986 年版，第 4052 页。

用，使词意纵贯直下，连绵不绝。再如《扬州慢》下片："杜郎俊赏，算而今重到须惊。纵豆范词工，青楼梦好，难赋深情。二十四桥仍在，波心荡，冷月无声。"也是得益于"算而今"、"纵"、"仍"等虚字的运用，使此词在今与昔中穿插徘徊，感慨不尽。《淡黄柳》（空城晓角）："都是江南旧相识。正岑寂，明朝又寒食。……燕燕飞来，问春何在，唯有池塘自碧。"陈匪石在《宋词举》中赞曰："'都是'句一转，则无异江左，差足解嘲者耳。过变'正岑寂'三字。承上启下，然如置前遍之末，则语气未了，不独与下句'又'字呼应也。……'池塘自碧'。寥落无人之感见于言外。"①

其次，姜夔词作中的虚字往往使其词在章法上腾挪跌宕、大开大阖。姜夔词中虚字的使用与词意的旋折顿挫往往紧密相连，使其词别具一种劲硬峭拔之姿。夏承焘、吴无闻在《姜白石词校注》中曾评论云："以硬笔高调写柔情，是白石词的一个鲜明特色。如《琵琶仙》云：'春渐远汀州自绿，更添了几声啼鴂。'《解连环》云：'问后约空指蔷薇，算如此溪山，甚时重至。'又如此首词中的'阅人多矣，谁得似长亭树。树若有情时，不会得青青如此。'则转折拗怒，尤为奇作。"②此评点出了姜夔词作具有"转折拗怒"的特点，但并未说明其词为何会形成此种情感特征。先著、程洪两位先生在《词洁辑评》中揭示了其中的奥妙："意转而句自转，虚字先揉入字内。一词之中，如具问答，抑之沉，扬之浮，玉轸渐调，朱弦应指，不能形容其妙。"③认为虚字的运用正是文气转折的关键。此类作品也举不胜举，如其著名的《暗香》全以虚词"算"、"不管"、"而"、"都"、"但"、"正"、"又"等结构全篇，词篇情绪之陡转陡落全以虚字出之。"何逊而今渐老"之陡转全赖"而今"二字，"但怪得竹外疏花"之陡落也得益于"但"字的运用，"长记曾携手处"的转折也与"曾"密切相关，"又片片吹尽也"之收和"又"不可分割。难怪张炎《词源》云：

---

①　陈匪石编，钟振振校点：《宋词举》，江苏古籍出版社 2002 年版，第 56 页。

②　夏承焘、吴无闻：《姜白石词校注》，广东人民出版社 1983 年版，第 71 页。

③　先著、程洪撰，胡念贻辑：《词洁辑评》，唐圭璋编《词话丛编》第二册，第 1371 页。

"此数词皆清空中有意趣，无笔力者未易到。"① 从诸多分析中可以看出，正是得力于虚字的妙用，使姜夔之词在句与句之间存在着一种开合、吞吐、进退的关系，从而使全词转折跌宕，颇有开阖之妙。

综上所论，姜夔词的章法、句法、字法和江西派诗学血脉相连，不可分割，姜夔正是吸收融合了"江西诗法"的创作精髓而自成风格。从中，我们可以窥见诗歌对词之影响已经远远突破形式与内容之表面因素，而在技法等方面有了更深层次的介入，自苏轼而始的词的诗化现象已经进入另一个层面。

四 "点铁成金"、"夺胎换骨"之典故运用

江西诗法之另一大特点，乃是讲究使用典故，黄庭坚在《答洪驹父书》中说：

> 自作语最难。老杜作诗，退之作文，无一字无来处。盖后人读书少，故谓韩、杜自作此语耳。古之能为文章者，真能陶冶万物，虽取古人之陈言入于翰墨，如灵丹一粒，点铁成金也。②

"江西诗派"还强调作诗要善"夺胎换骨"，惠洪《冷斋夜话》中有记载云：

> 山谷云：诗意无穷，而人之才有限，以有限之才追无穷之思，虽渊明、少陵不得工也。然不易其意而造其语，谓之换骨法；窥篡其意而形容之，谓之夺胎法。③

---

① （宋）张炎：《词源》，《词源》、《乐府指迷》合订本，第19页。
② （宋）黄庭坚：《豫章黄先生文集》卷一九，四部丛刊初编本，上海书店1989年版，第23页。
③ （宋）惠洪：《冷斋夜话》卷一，张伯伟编校《稀见本宋人诗话四种》，江苏古籍出版社2002年版，第17页。

"点铁成金"、"夺胎换骨"是江西诗派的创作法则之一，在诗歌创作中，对前人的句法、句律、典故、艺术之法加以熟参，以心悟入，化为我用，即所谓"诗词高胜要从学问中来。"① 此诗法推动了宋一代"以才学为诗，以议论为诗"的诗歌风貌之形成。姜夔在诗歌理论上也强调使用典故，但他克服了江西诗派"倾囷倒廪，无复余地"②的创作倾向，而是强调得体合理地使用典故。他在《诗说》中云："学有余而约以用之，善用事者也"，③"僻事实用，熟事虚用。"④ 在其具体创作中，则讲究活法和悟入，精于融铸前人诗句或意境，化用前人诗句往往取其意而遗其辞，深得江西诗法"夺胎换骨"、"点铁成金"之妙，使事用典神理妙合，浑然无迹，故而其词骚雅而清空，不以典重为病。如其《疏影》一词：

> 苔枝缀玉。有翠禽小小，枝上同宿。客里相逢，篱角黄昏，无言自倚修竹。昭君不惯胡沙远，但暗忆、江南江北。想佩环，月夜归来，化作此花幽独。　　犹记深宫旧事，那人正睡里，飞近蛾绿。莫似春风，不管盈盈，早与安排金屋。还教一片随波去，又却怨、玉龙哀曲。等恁时，重觅幽香，已入小窗横幅。

词巧妙地融合数则典故，写梅之风姿、品格、命运、遭际，暗喻家国人事之慨。事典有：隋唐赵师雄醉后卧于梅花树下遇花神事，昭君和亲事，寿阳公主之梅花妆事，汉武帝金屋藏娇事。语典有：杜甫"天寒翠袖薄，日暮倚修竹"，"环佩空归月夜魂"，《古诗》"盈盈楼上女"，李白"黄鹤楼中吹玉笛，江城五月落梅花"等。用典不可谓不多，却一意旋折，色相俱空，不留痕迹。其中

① 黄庭坚：《论诗作文》，《山谷别集》卷六，见文渊阁《四库全书》第 1113 册，第 592 页。
② （宋）叶梦得：《石林诗话》卷一七，何文焕辑《历代诗话》，中华书局 1981 年版，第 407 页。
③ 姜夔：《白石道人诗说》，何文焕辑《历代诗话》，第 681 页。
④ 同上书，第 680 页。

"那人正睡里，飞近蛾绿"则是熟事虚用的典范。"想佩环、月夜归来，化作此花幽独"则真正表现了姜夔的"活参"功夫，不落痕迹地写出了昭君的幽怨与高洁，赋予梅花以高洁情愫和悲剧色彩，诚可谓他境暗度、不着色相，"篇中虽隶事，然运气空灵，笔墨飞舞。"① 再比如其《扬州慢》全以杜牧诗境与扬州现境对比，用典又似非用典，自然高妙，浑化无迹。再比如其《霓裳中序第一》（亭皋正望极）全词多用杜甫诗语，下语用事却浑化无迹，而言外情意又绵绵无尽。

　　词中用典基本已为南宋词家的共同创作方式，但真正做到"取古人之陈言入于翰墨，如灵丹一粒，点铁成金"② 的词人并不多，而姜夔就是其中最出色的一位，他常常取古人陈言入于词作，但却能翻出新境，如同其自创一般。如《八归·湘中送胡德华》"送客重寻西去路，问水面、琵琶谁拨。最可惜、一片江山，总付与啼鴂。"此用白居易《琵琶行》典，"最可惜"两句本《琵琶行》"其间旦暮闻何物？杜鹃啼血猿哀鸣"，词人以此典融化成一片凄黯的景物描写，虽包含离思与人生感怀等各种复杂心绪，但字句清空无痕。张炎《词源》云："词用事最难，要体认著题，融化不涩"，③ "用事不为事所使"，④ 姜夔用典正得此妙。再比如其《琵琶仙》："又还是、宫烛分烟，奈愁里、匆匆换时节。都把一襟芳思，与空阶榆荚。千万缕、藏鸦细柳，为玉尊、起舞回雪。想见西出阳关，故人初别。"此词下阕分别化用了韩愈《晚春》诗："草树知春不久归，百般红紫斗芳菲。杨花榆荚无才思，惟解漫天作雪飞。"韩翃《寒食》诗："春城无处不飞花，寒食东风御柳斜。日暮汉宫传蜡烛，轻烟飞入五侯家。"王维《送元二使安西》："劝君更进一杯酒，西出阳关无故人。"但却融铸如同己出，"虽有原诗字句镶嵌词中，但多系师其意不师其辞，作

---

① 唐圭璋：《唐宋词简释》，第195页。
② 黄庭坚：《答洪驹父书》，《豫章黄先生文集》卷一九，第23页。
③ （宋）张炎：《词源》，《词源》、《乐府指迷》合订本，第19页。
④ 同上。

者原出江西诗派，熔铸之功实得于夺胎换骨的传承"，[①] 其"夺胎换骨与自然生发高度结合"，[②] 融典故于抒情写景之中而天衣无缝。对典故的运用以诗法为词这点，不需我们再作过多讨论，前人基本已有定评。本文第三章第二节也将有专门论述，此不赘论。

五　"自然高妙"之神韵

江西诗派论诗主"神"，陈与义云："意足不求颜色似，前身相马九方皋。"[③] 主张写诗只要能得"神"，"颜色"即"形"不是主要的，"意足"则可，所谓能得精则去粗。黄庭坚也云："学者若不见古人用意处，但得其皮毛，所以去之更远。"[④] "覆却万方无准，安排一字有神。"[⑤] 他所企求达到的是一种"句法简易而大巧出焉，平淡而山高水深，似欲不可企及，文章成就，更无斧凿痕"[⑥]、"不烦绳削而自合"[⑦] 的浑成之境。他一方面追求"拾遗句中有眼"[⑧]，另一方面则追求进入"彭泽意在无弦"[⑨] 之境界，由"技"进乎"道"后所具有的"神"味才是他的最终审美追求，如他的《寄黄几复》：

> 我居北海君南海，寄雁传书谢不能。
>
> 桃李春风一杯酒，江湖夜雨十年灯。
>
> 持家但有四立壁，治病不蕲三折肱。

---

① 殷光熹：《姜夔诗词赏析集》，巴蜀书社1994年版，第69页。
② 同上。
③ 陈与义：《和张矩臣水墨梅五绝》之四，《陈与义集》卷四，中华书局1982年版。
④ （宋）范温：《潜溪诗眼》引，郭绍虞《宋诗话辑佚》，第317页。
⑤ 黄庭坚：《荆南签判向和卿用六言见惠次韵奉酬四首》其三，《山谷集》卷一二。
⑥ 黄庭坚：《与王观复书》，《豫章黄先生文集》卷一九，第202页。
⑦ 同上书，第201页。
⑧ 黄庭坚：《赠高子勉四首》其四，《山谷集》卷一二。
⑨ 同上。

想得读书头已白，隔溪猿哭瘴溪藤。

此诗意象众多，时间上古今交替，空间上从南至北，意象与意象之间呈分割状
态，句法独特，章法跌宕起伏，而作者的意念贯穿使跳荡的意象组合成了一个
有序的意义网络，一气呵成、晓畅自然。方东树在《昭昧詹言》卷二○曾评论
说："《寄黄几复》，亦是一起浩然，一气涌出。五、六一顿。结句与前一样笔
法。山谷兀傲纵横，一气涌现。"[①] 正是由于"一气涌出"，才使此诗各不相连
的意象具有了神理，因"气"而有"神"，达到了黄氏所追求的"不烦绳削而
自合"的"浑成之境"。

姜夔在其《诗说》中虽未单独提出"神"作为其美学追求，但他关于"四
种高妙"的阐释正与黄氏所论之"神"相通。其《诗说》二十七则云：

诗有四种高妙。一曰理高妙，二曰意高妙，三曰想高妙，四曰自然高
妙。碍而实通，曰理高妙。出自意外，曰意高妙。写出幽微，如清潭见
底，曰想高妙。非奇非怪，剥落文采，知其妙而不知其所以妙，曰自然
高妙。[②]

在其关于"四种高妙"的论述中，无疑"自然高妙"是创造的极诣，"非奇非
怪，剥落文采，知其妙而不知其所以妙"正是对黄庭坚"不烦绳削而自合"、
"句法简易而大巧出焉"的"浑成之境"的进一步说明与追求。他曾明言"雕
刻伤气，敷衍露骨"，[③] 他也曾赞杨万里诗："箭在的中非尔力，风行水上自成
文。"[④] 无论是江西诗派还是姜夔，应该说，"自然高妙"都是他们所追求的最

---

① （清）方东树：《昭昧詹言》卷二○，人民文学出版社 1961 年版，第 453 页。
② 姜夔：《白石道人诗说》，何文焕辑《历代诗话》本，第 682 页。
③ 同上书，第 680 页。
④ 姜夔：《送〈朝天续集〉归诚斋，时在金陵》，孙玄常《姜白石诗集笺注》卷下，第 128 页。

高境界，所有的"技"最终是为了达到"道"的层面。

姜夔之词如黄庭坚之诗一样，多以跳跃的意象连缀成篇，意象与意象之间多不相连，然其能以神理统摄，清气盘旋，达到浑成之境。如其词《念奴娇》（闹红一舸）：

闹红一舸，记来时、尝与鸳鸯为侣。三十六陂人未到，水佩风裳无数。翠叶吹凉，玉容销酒，更洒菰蒲雨。嫣然摇动，冷香飞上诗句。

日暮青盖亭亭，情人不见，争忍凌波去。只恐舞衣寒易落，愁入西风南浦。高柳垂阴，老鱼吹浪，留我花间住。田田多少，几回沙际归路。

俞陛云在《唐五代两宋词选释》中曾评此词云：

此调工于发端。"闹红"四字，花与人俱在其中。以下三句咏荷及赏荷之人，皆从空际着想。"翠叶"三句略点正面。接以"嫣然"二句，诗意与花香俱摇漾于水烟渺霭之中。下阕怀人而兼惜花，低回不去，而留客赏荷者，托诸"柳阴""鱼浪"，仍在空处落笔。通首如仙人行空，足不履地，宜叔夏读之"神观飞越也。"[1]

再比如其《疏影》，全词意象与意象之间是跳荡的，没有任何过渡，但经过词人精心设置，巧妙构思，把所有意象不落痕迹地连在一起，其中全以"神"接。此词之"神"到底是什么呢？此神即为词人的幽独孤高的情怀。虽然关于此词的说法很多，在论者中不乏以"比兴"之儒家诗教说之的，但此词给读者的阅读感受是一股扑面而来的清气，其清气的内核则是词人的幽怀单绪，[2] 正

---

① 俞陛云：《唐五代两宋词选释》评《念奴娇》（闹红一舸），第406页。

② 傅庚生说《疏影》的主题即"幽独"一词，傅庚生《中国文学欣赏举隅》，开明书局1949年版，第91—92页。

是这难以言说的孤独与幽怨之气将这几个不相干的典故融合到一起，组成了一个艺术整体，形成了一个极其清雅又略带哀怨的艺术境界。姜夔词多数篇章均是以意念情感安排连缀意象，是在严密的情感逻辑下，使意象参差错落，使词于不经意中递进，形成腾挪跌宕之势，最终又能"色相俱空"。此正如姜夔的知音张炎所言："此数词皆清空中有意趣，无笔力者未易到"，① 浑化无迹而达"自然高妙"之境。前人评价姜夔词作，多言及此，如：

> "春渐远"三句叙别后光阴，写愁中闻见，以疏秀之笔出之。下阕感节序而伤离。榆钱柳絮，皆借物怀人，便无滞相，其佳处在空灵也。②
>
> 姜白石词如野云孤飞，去留无迹。……，白石词如《疏影》、《暗香》、《扬州慢》、《一萼红》、《琵琶仙》、《探春》、《八归》、《淡黄柳》等曲，不惟清空，又且骚雅，
>
> 读之使人神观飞越。③
>
> 神味隽永，意境超妙，耐人三日思。④
>
> 白石《石湖仙》一阕，自是有感而作，词亦超妙入神。⑤
>
> 用笔亦别有神味，难以言传。⑥

那么，姜夔词中的"神味"从何而来呢？我们认为这种"神味"全来源姜夔之清健高雅之气。姜夔为人，骨子里和黄庭坚甚似，黄庭坚个性倔强，不肯随俗，故其作诗刻意用语、力求生新，其品格修养之高洁绝尘往往使其诗幽峭高远，境界高华旷逸，有一种"超轶绝尘"之美。方东树在《昭昧詹言》卷二

---

① （宋）张炎：《词源》，《词源》、《乐府指迷》合订本，第19页。
② 俞陛云：《唐五代宋词选释》评《琵琶仙》（双桨来时），第416页。
③ （宋）张炎：《词源》，《词源》、《乐府指迷》合订本，第16页。
④ 陈匪石：《宋词举》，第41页。
⑤ （清）陈廷焯：《白雨斋词话》卷二，第30页。
⑥ 同上。

○评黄庭坚《登快阁》诗曰："起四句，且叙且写，一往浩然。五、六句对意流行。收尤豪放，此所谓寓单行之气于排偶之中者"。他并指出："涪翁以惊创为奇才，其神兀傲，其气崛奇，玄思瑰句，排斥冥筌，自得意表。"① 姜夔亦是不合流俗的狂狷之士，其傲然睥世，属意林泉，胸次清旷，品格高洁，此正与黄庭坚同一机杼。他作词时"一气贯注"，遂使不相干之意象自然融合，"托意隶事处，以意贯串，浑化无痕"，② 使全篇如"野云孤飞，去留无迹"，"清空"却又难以指实。谢章铤曾在《赌棋山庄词话》中言："词家讲琢句而不讲养气，养气至南宋善矣。白石和永，稼轩豪雅。然稼轩易见，而白石难知。"③当代论者也认为：

　　读他的词，如腾蛇乘雾，盘挐前进，如果将"腾蛇"看作主观感受，那么云雾则是他用来抒写情感的景物事件，腾蛇屈伸之间，一个片断盘作一团而向前进，人们只看到它挟带着团团云雾在空中游走，忽隐忽现地露出云雾外一鳞半爪，片断的连接线却被遮挡，给人以神龙见首不见尾之感。然而结在虚空中的"体"仍然是存在的，人们可以感觉到主体的意趣在自由地翻飞游走，如一盘空的"清气"将意象群落"盘"在一起。④

　　但姜夔词之"气"与辛弃疾不同，辛弃疾为豪杰的刚大之气，其欲有所成的英雄之气与报国无门的悲怨之气形成巨大的冲荡力奔腾在他的词作里，使其词"如张乐洞庭之野，无首无尾，不主故常；又如春云浮空，卷舒起灭，随所变态，无非可观。无他，意不在于作词，而其气之所充，蓄之所发，词自不能不尔也。"⑤ 这种"龙腾虎掷"的"刚气"给词坛带来一种"烈性"和"硬性"

---

①　（清）方东树：《昭昧詹言》卷一二，人民文学出版社 1959 年版，第 313 页。

②　（清）李佳：《左庵词话》，唐圭璋：《词话丛编》，中华书局 1986 年版，第 3118 页。

③　（清）谢章铤：《赌棋山庄词话》卷一二，唐圭璋：《词话丛编》，第 3470 页。

④　赵晓岚：《姜夔与南宋文化》，学苑出版社 2001 年版，第 291 页。

⑤　（宋）范开：《稼轩词序》，邓广铭《稼轩词编年笺注》，第 596 页。

的美感。① 而姜夔之气则源于其刻骨的人生之痛，人生"伤痕"的层累构成了其积郁于心的抑郁之气。此种抑郁之气，姜夔不是如辛弃疾一样一口吐之，而是潜气内转，从胸中慢慢嘘出，此气盘旋在其词作中，连缀组合意象，不相干的意象在此种抑郁之气的包围缠绕下，结成一个感情群体，遂使其词"神味隽永，意境超妙，耐人三日思。"② 姜夔的"伤痕"虽然是一种时代的伤痕，但因词人个性的狷洁高雅，使这种气并未向下滑行成为酸腐恶滥之气，而是如"梅"如"琴"如"藐姑射山神人"，独具"清气"之高格雅调。此种"清气"与"清雅"意象两相结合，遂使其词散发出一种"令人神观飞越"的感觉，欲想言说，又不可言说，使其词达到一种"知其妙而不知其所以妙"的"自然高妙"的境界，姜夔也终因其独有的"清刚"风格奠定了他在词坛的位置。

---

① 参杨海明《唐宋词史》，第 445 页。
② 陈匪石：《宋词举》，第 41 页。

第二章　南宋前期诗词互渗之题材论

　　不同的文体具有不同的审美特征，在题材内容、表现手法、结构形式方面有各自的规定性，其中，题材内容又对文体有相当的制约作用。吴承学先生在《辨体与破体》一文中言："'体'的含义，在古代除指文体、风格之外，还可指题材，而题材与文体又有所联系。文学艺术创作反映的客观世界具有纷纭复杂的风貌，创作个性必须适应创作对象的一些本质特征，受到其影响和制约。所以，一定题材的文学作品往往与一定的风格相联系。"① 德国理论家威克纳格在《诗学·修辞学·风格论》一文中说："风格是语言的表现形态，……，一部分则被表现的内容和意图所决定。"② 可见，文体风格与被表现的对象有很大的关系，文体所选择的题材内容直接影响着该文体的审美特征。歌德说："还有什么比题材更重要呢？离开题材还有什么艺术学呢？如果题材不适合，一切才能都会浪费掉。"③ 所以，以题材作为切入点来探讨文体之间的渗透是可行的途径之一。

　　"诗庄词媚"，诗词所具有的体性特征和它们所选择的表现对象有密切关

---

① 吴承学：《辨体与破体》，《中国古代文体形态研究》，中山大学出版社 2002 年版，第 409—410 页。
② 王元化译：《文学风格论》，上海译文出版社 1982 年版。
③ 歌德：《歌德谈话录》，人民文学出版社 1978 年版，第 11 页。

系。词是"绮筵公子，绣幌佳人，递叶叶之花笺，文抽丽锦；举纤纤之玉指，拍案香檀"之作，① 发生于酒宴歌阑之间，词史上第一本总集《花间集》就确定了词的基本抒写对象：抒情则男欢女爱，离别相思；写景则春花秋月，晓风杨柳；写人则游子思妇，含忧带愁，因此，词为艳科。虽然，亡国之君李煜将人生之痛写进词作，"变伶工之词为士大夫之词"，② 但是宋初词坛并未延着李煜一路发展，而是继承了《花间》传统，依然是酒阑花下的浅吟低唱，即使欧阳修、张先、晏殊、柳永等人对词的题材有所开拓，但总的来说，词的主要抒写对象并未有本质突破，直到苏轼横空出世，此种状况才发生改变。苏轼"以诗为词"，用词来表现一切能表现的事物，用词来抒写士大夫的真性情、真感慨，使词"无事不可入，无意不可言"，③ 打破诗词的题材疆界，于是，使"十八岁女郎，执红牙板，歌'杨柳岸，晓风残月'"的纤美之词变成了"关西大汉，执铜琵琶、铁绰板，唱'大江东去'"的壮美之词，④ 使词坛呈现"一洗万古凡马空"的气象。到了南宋，因时代剧变之机缘，词人们又开始用词来抒写收复失地的愿望及壮志难酬的愤懑，"以诗为词"遂成为创作之普遍现象。因此，刘扬忠先生说："近二十多年来，词学研究者和宋词发展史的撰著者在描述从'靖康之变'到南宋前期的词史时，都认同和论证了这样一个基本事实：即随着两宋之交的社会巨变，词坛从根本上转变了词风和词的创作观念，文人士大夫普遍地以诗为词，把原先被视为'小道'、'余事'的词改变为和诗一样可以用来抒情言志，可以写大题材、发大感慨的重要工具。"⑤ 所以，时至南宋，"以诗为词"是否存在的问题已无探讨的必要，我们需要探讨的是"以诗为词"在南宋存在的具体状况，即创作者在进行诗词写作时都选择了怎样的题材？在他们的观念里二者是否有所区分？相同的题材在诗词里将被如何

---

① 欧阳炯：《花间词序》，李一氓：《花间集校》，人民文学出版社 1958 年版，第 1 页。
② 王国维：《人间词话》，《蕙风词话》、《人间词话》合订本，第 197 页。
③ （清）刘熙载：《艺概·词曲概》，第 108 页。
④ （宋）俞文豹：《吹剑录》，张宗祥校订《吹剑录》，古典文学出版社 1958 年版。
⑤ 刘扬忠：《陆游、辛弃疾词内容与风格异同论》，《陆游与越中山水》，第 271 页。

处理？本章我们将从统计数字入手，对陆游、辛弃疾、姜夔这几位诗词兼擅的作家作品进行分析，探讨他们在诗词中的题材选择与处理情况，以此考察南宋初期诗词互渗的具体状态。

第一节　从诗词题材构成解读看诗词互渗

一　陆游诗词的题材构成

陆游"生平精力尽于为诗，填词以其余力"，[①] 他现存诗 9200 多首，而《全宋词》只辑录了其词 145 首，诗词数量差别很大，但两者数量之差距并不妨碍我们对他的诗词作统计与对比分析。通过对钱仲联校注《剑南诗稿》和夏承焘、吴熊和笺注的《陆放翁词》的阅读统计，我们得出陆游诗词题材出现频率的统计数字，具体见下表：

陆游诗题材构成分类统计

序号	题材	数量	千分比	序号	题材	数量	千分比
1	咏怀	3132	0.341	24	时事	52	0.006
2	闲适	1577	0.172	25	人物	46	0.005
3	闲游	440	0.048	26	观花	40	0.004
4	写景	354	0.039	27	怀人	40	0.004
5	田园	319	0.035	28	文学观点	24	0.003
6	寄赠	303	0.033	29	教子	29	0.003
7	自然天象	291	0.032	30	风土	25	0.003

---

① （清）纪昀：《四库全书总目》卷一九八《放翁词》提要，第 2795 页。

续表

序号	题材	数量	千分比	序号	题材	数量	千分比
8	生活琐事	286	0.031	31	边塞	18	0.002
9	节序	273	0.030	32	茶诗	14	0.002
10	咏物	268	0.029	33	哲理	14	0.002
11	行旅	254	0.028	34	家事	21	0.002
12	饮酒	186	0.020	35	军旅	17	0.002
13	读书	172	0.019	36	悯农	11	0.001
14	咏梅	155	0.017	37	妇女	12	0.001
15	记梦	141	0.015	38	政务	7	
16	送别	97	0.011	39	宴饮	4	
17	思归	99	0.011	40	闺情	4	
18	病诗	83	0.009	41	书法	4	
19	题壁	78	0.008	42	狩猎	4	
20	怀古	78	0.008	43	祝寿	2	
21	隐逸	62	0.007	44	宫词	2	
22	祭拜	63	0.007	45	爱情①	1	
23	游仙	65	0.007	46	都市	1	

陆游词题材构成分类统计

序号	题材	数量	千分比	序号	题材	数量	千分比
1	咏怀	33	0.226	9	思归	4	0.027
2	爱情	23	0.158	10	咏梅	3	0.021
3	隐逸	24	0.164	11	宴饮	3	0.021
4	闲适	17	0.116	12	节序	2	0.014
5	行旅	15	0.103	13	观花	1	0.007
6	游仙	7	0.048	14	友谊	1	0.007
7	送别	6	0.041	15	祝寿	1	0.007
8	寄赠	6	0.041				

---

① 陆游写给唐氏和蜀中所恋对象的诗,我们都将之归入为"怀人"类,此处列出的一首为直接描写爱情的篇章。

　　从上表可以看出，陆游的诗歌题材可分为 46 类，而词只有 15 类，两者差别很大，很显然，陆游诗歌的丰富性远远大于其词，诗歌题材几乎覆盖了词的题材，词之题材基本上与其诗歌题材的一部分重合。在陆游诗作里，所占比例最大的为"咏怀"类，占千分之三百四十一，"闲适"类次之，占千分之一百七十二，余下排名分别为：闲游、写景、田园、寄赠、自然天象、生活琐事、节序、咏物、行旅等；而词中所占比例最大的也是"咏怀"类，占千分之二百二十六，第二为"爱情"类，占千分之一百五十八，第三大类为"隐逸"，占千分之一百六十四，余下按所占比例大小分别为：闲适、行旅、游仙、送别、寄赠、思归、咏梅等。从两者的对比可以看出，无论在诗或词中，"咏怀"类都占据着极大的比重，虽然是"诗言志，词言情"，但是在陆游的诗词创作中，词也承担着"言志"功能，这表现出南宋时诗向词的全面渗透，在某种层面上，诗与词之分疆已非常模糊。"闲适"类也在诗词中占着一定比例，陆游的仕宦生活只有 22 年，而他人生的大部分光阴在田园度过，所以，其闲适生活在诗词中都有着共同反映。"行旅"类也分别在诗词中占较大比重，因为陆游一生多有"山程水驿"的经历，出任、赴蜀、归乡等特定的生活经历为他提供了丰富的诗词创作题材。"寄赠"类也不甘示弱，各占据着一定分量。从以上几方面的对比中，我们可以看出，诗词在题材选择上已经基本没有区别，诗所承担的"言志"抒怀功能，词同样有所担当，诗人的人生主要经历及重大主题在词里有着相同分量的表现，诗的应酬与交往功能，词也同样能胜任。至于诗题材类型丰富，而词之题材类型却相对简单，则是因为其诗词数量之差造成的。虽然，戴复古曾推崇备至地赞叹陆游诗歌题材丰富云："李杜陈黄题不尽，先生模写一无遗。"① 赵翼也极赞其诗意丰富："每一首必有一意，就一首中，如近体每首二联，又一句必有一意。凡一草、一木，一鱼、一鸟，无不裁剪入

---

① （宋）戴复古：《读放翁先生剑南诗草》，《石屏诗集》卷六，四部丛刊续编影印明弘治刊本。

诗。是一万首即有一万大意，又有四万小意。"① 但是，陆游的词虽也是以抒情为主，内容却相当广泛，就其所能反映的内容来讲也并不比其诗歌逊色。唯一保持着诗词之体有所区别的还是关于"爱情"的抒写，在陆游诗歌中直接描写爱情的诗歌只有一首，而在词中关于爱情的却有 23 首，占有较大的比重，这说明词虽然已打破了其表现疆界，但其主体特点并未完全丧失，依然保持着词之所以为词的一些基本特点。

二 辛弃疾诗词的题材构成

据邓广铭先生《稼轩词编年笺注》统计，辛弃疾现存词 635 首，据辛更儒先生《辛弃疾诗文笺注》，现存诗 139 首，辛弃疾的词创作明显比诗歌丰富，此正如彭孙遹所言："辛稼轩词极工矣，而诗殊不强人意。"② 在宋代，多数文人以作词为"余事"，而辛弃疾却以作诗为"余事"，至于为什么会如此？我们在刘辰翁的议论中可见出一二，他在其《辛稼轩词序》中言："顾稼轩胸中今古，止用资为词，非不能诗，不事此耳。"③ 可见，辛弃疾喜作词是由于情感表达的需要。因为词具有的灵活曲折、长短参差的特点，非常适合辛弃疾任侠豪纵的性情，而诗讲究格律严谨、结构整齐，他横绝千古的气势与奔涌而出的激情在诗的框架中反受约束，所以辛弃疾本人显然也偏爱词的形式，其诗数量当然远远少于词的数量。另外则是与他重视词之文体观念有关。巩本栋先生认为："问题是辛弃疾何以'胸中今古，止用资为词'，却'不事'诗？个中原因除了其才性、情趣和师承等因素之外，是否还有其他的缘故？我们认为，这又与词人的文体观念，与他对词体的重视，密切相关。"④ 巩先生在《辛弃疾评

---

① （清）赵翼：《瓯北诗话》卷六，人民文学出版社 1963 年版，第 78 页。
② （清）彭孙遹：《衍波集序》，《松桂堂全集》卷三七，文渊阁四库全书本。
③ （宋）刘辰翁：《辛稼轩词序》，《须溪集》卷六，文渊阁四库全书本。
④ 巩本栋：《辛弃疾评传》，南京大学出版社 1998 年版，第 286 页。

传》中多方面论证了辛弃疾对词体推尊而非鄙薄的态度，同时，他认为辛弃疾对词体的重视还在于他有意识地利用了词为小道的观念，为自己的创作大开方便之门。而辛弃疾作诗少也不代表他看不起诗，他曾在《定风波·三山送卢国华提刑约上元重来》云："老来怕作送行诗"，在《鹧鸪天》中云："点尽苍苔色欲空，竹篱茅舍要诗翁。花余歌舞欢娱外，诗在经营惨淡中"，更是直接以诗人自居。下面，我们通过对辛弃疾诗词题材构成的对比，来看辛弃疾诗词之异同，以见出其诗词互相影响渗透的大概状况。现将辛弃疾的诗词题材比较列表如下：

稼轩诗题材分类统计

序号	题材	数量	百分比	序号	题材	数量	百分比
1	咏怀	35	0.25	10	咏梅	5	0.04
2	寄赠	16	0.12	11	寿诗	4	0.03
3	祭拜	16	0.12	12	节序	3	0.02
4	游赏	11	0.08	13	送别	2	0.01
5	闲适	8	0.06	14	怀古	2	0.01
6	写景	7	0.05	15	教子	2	0.01
7	琐事	7	0.05	16	时事	1	0.01
8	咏物	6	0.04	17	咏史	1	0.01
9	哲理	6	0.04	18	饮酒	1	0.01

稼轩词题材分类统计

序号	题材	数量	百分比	序号	题材	数量	百分比
1	送别	77	0.12	17	宴饮	11	0.02
2	寄赠	66	0.10	18	咏梅	11	0.02
3	感怀	53	0.08	19	羁旅	9	0.01
4	咏物	46	0.07	20	田园	9	0.01
5	咏怀	45	0.07	21	自然	8	0.01
6	寿词	40	0.06	22	怀古	7	0.01
7	写景	37	0.06	23	怀人	6	0.01

续表

序号	题材	数量	百分比	序号	题材	数量	百分比
8	游赏	29	0.05	24	登临	4	0.01
9	爱情	26	0.04	25	隐括	4	0.01
10	节序	26	0.04	26	时事	1	
11	闺情	25	0.04	27	人物	1	
12	题咏	25	0.04	28	世相	1	
13	闲适	19	0.03	29	咏史	1	
14	闲愁	17	0.03	30	地理	1	
15	祝颂	16	0.03	31	风俗	1	
16	生活	13	0.02				

在上表中可看出，辛弃疾词之题材共有 31 类，而其诗题材只有 18 类，在题材品种上，其诗明显少于其词，^① 其中，题材重复者 16 类，表现出诗词表现范围的同一性，诗歌中三类"哲理"、"饮酒"、"教子"于词中未见，为诗歌中独有之题材，而词则比诗歌多出 12 种题材，"闺情"、"题咏"、"羁旅"、"田园"、"自然"、"人物"、"世相"、"闲愁"、"宴饮"、"祝颂"、"怀人"、"登临"、"隐括"、"爱情"等题材内容于诗中则未见。虽然，在其诗中有 6 首哲理诗，词中却没有一首哲理词，但他的词却以议论著名，宋人潘紫岩坊曾云："东坡为词诗，稼轩为词论。"^② 可见，在此类题材上诗词互通。其词中"送别"类有 77 首，占全词的百分之十二，"寄赠"类有 66 首，占全词的百分之十，"寿词"有 40 首，占全词的百分之六，这三类总数有 183 首，占全词的四分之一，这说明他很大部分词为社交而作，其词在他的社会交往应酬中占有重要地位与作用。而其诗中"寄赠"类有 16 首，占全诗的百分之十二，所占比例与它在词中的地位不相上下，可见，在诗词功能上，二者在某些方面完全等同。辛诗

---

① 这或许与其诗歌曾经散佚有关，现存的辛弃疾诗歌是清代学者法式善及其唐文馆的同事们在《永乐大典》中搜辑而成，又经辛启泰先生刊刻问世，但其中误收甚多，后又经辛更儒先生辨证剔除而得现今面貌。

② （宋）陈模：《怀古录》卷中引潘紫岩坊语，中华书局 1993 年版，第 61 页。

中"感怀"类有 35 首，占全词的百分之二十五，而在词中则有 53 首，占百分之八，可见，辛弃疾的人生感慨在诗词中均占一定比例，这也表现出诗词两种文体在其文学观念里的相通。"游赏"、"节序"、"闲适"等等题材在诗词中几乎都占大致相同的比例，诗与词未表现出截然分疆的状态。在总体的题材比照中，我们可看出，辛弃疾写词随心所欲，举凡能入诗之题材，他均信手拈来写入其词，"以一种开放性的创作态势容纳一切可以容纳的内容，……空前地解放了词体"，① "使得词的功能、作用和表现力，在他那里得到了空前自由的发挥。"② 单纯从词的角度看的确如此，但我们若从诗词对比入手，则又会发现，辛弃疾并非没有"词别是一家"的认识，在其词中有 26 首关于"爱情"的描写，还有 25 首关于"闺情"的词作，而其诗中却无一点男女情爱的影子。可见，辛弃疾一方面打破了词之疆界；另一方面又固守着词之为词的观念，并未完全忽视诗词之文体分疆。

三　姜夔诗词的题材构成

按照孙玄常笺注《姜白石诗集》，姜夔现存诗 148 首，按照夏承焘《姜白石词编年笺注》，他现存词 81 首，将其诗词按照所写题材进行分类，得到如下表格。

姜夔诗题材分类统计

序号	题材	数量	百分比	序号	题材	数量	百分比
1	写景	21	0.14	15	祭悼	4	0.03
2	寄赠	14	0.09	16	谈艺	3	0.02
3	风俗	14	0.09	17	生活	3	0.02
4	怀古	13	0.09	18	祝颂	3	0.02

---

① 袁行霈：《中国文学史》，高等教育出版社 1999 年版，第 155 页。
② 巩本栋：《辛弃疾评传》，第 290 页。

续表

序号	题材	数量	百分比	序号	题材	数量	百分比
5	咏物	12	0.08	19	妇女	2	0.01
6	送别	12	0.08	20	狩猎	2	0.01
7	行旅	12	0.08	21	爱情	1	0.01
8	咏怀	9	0.06	22	天象	1	0.01
9	友情	6	0.04	23	边塞	1	0.01
10	纪游	6	0.04	24	禽言	1	0.01
11	题咏	5	0.03	25	隐逸	1	0.01
12	咏梅	4	0.03	26	游仙	1	0.01
13	闲适	4	0.03	27	地理	1	0.01
14	闲愁	4	0.03				

姜夔词题材分类统计

序号	题材	数量	百分比	序号	题材	数量	百分比
1	爱情	16	0.20	9	艳情	3	0.04
2	咏梅	16	0.20	10	思归	3	0.04
3	咏物	10	0.12	11	送别	2	0.02
4	节序	8	0.10	12	咏怀	2	0.02
5	写景	8	0.10	13	闲愁	1	0.01
6	纪游	5	0.06	14	人物	1	0.01
7	祝颂	4	0.05	15	风土	1	0.01
8	交游	4	0.05	16	生活	1	0.01

从上表中我们可以看出，姜夔的诗歌所咏范围远远大于其词，其诗可分为27类，而其词则可分为16类，比诗少11类，其中"咏梅"、"咏物"、"写景"、"纪游"、"祝颂"、"交游"、"送别"、"咏怀"、"闲愁"、"爱情"几大类诗词兼有，而"寄赠"、"风俗"、"行旅"、"祭悼"、"游仙"、"地理"等诗中独有，词中则无有，其中，"寄赠"、"风俗"在诗中各有14首，各占百分之九，所占份额甚大，而此两类在词中竟然不见踪迹；"怀古"类有13首，占百分之九，词作中也几乎绝迹；[①] "咏物"类在诗中有12首，占百分之八的比例，而

---

① 就姜夔词来说，其词有怀古内容，但没有专门的怀古篇章。

在词中有十首，占百分之十二，可见，"咏物"对诗词来说都是重要题材；"咏梅"类在诗中有4首，占百分之三，而在词中有16首，占百分之二十，所占比例远远大于它在诗中存在的状态，这其中的具体原因，我们在下文会有具体论述；"纪游"类在诗中有6首，占百分之四，在词中有5首，占百分之六；"咏怀"类在诗中有9首，占百分之六，而在词中则有2首，占百分之二，可见，"诗言志，词抒情"的界限在姜夔之创作里还保持着严格的区分；其中最受关注的是"爱情"类，在148首诗中只有一首，而在词中则有16首之多，在词所有题材类型里独占鳌头，至于词中3首"艳情"之作，在姜夔诗里更是难觅影踪，依然保持着"宋诗不言情"的状态，可见，姜夔"词为艳科"的词体观念依然很强。总体来说，姜夔作为南宋婉约词人的代表，其词的范围已经表现出很大的宽泛性，词人在选择题材时并未有意识地将词限定在"词为艳科"的范围之内，而是反映生活的方方面面，虽然，其词之表现范围与诗比较起来相对仍显狭窄，但我们依然可以看到"以诗为词"观念对南宋词坛的冲击。姜夔诗词题材方面的差异正如赵晓岚在《姜夔与南宋文化》一书中所说：

　　　　姜夔诗词有相通的一面，不仅是风格和表现手法，也包括思想题旨；但正如宋人之胜任多重社会角色一样，宋代文学的均衡发展，也使宋人对不同文学体裁的功能各有其体认。从传统上说，诗主于"言志"，词长于"缘情"，所以姜夔即使是一介书生，终身布衣，但因其兼擅诗词，不似稼轩之只长于词而以词为"陶写之具"，故其诗、词作品仍有显见的题材与功能的分野。如词中屡及合肥情遇，诗中仅七绝《送范仲讷往合肥》有所见；词中较少涉及的与现实政治相关的题材，在诗中则显为增多；词中较少见的朋友交谊及投赠、送别、思念之作，诗中屡见；词中未有的组合式题材，如五古《昔游诗》、七绝《除夜自石湖归苕溪》、《湖上寓居杂咏》、《观灯口号》、《雪中六解》等，诗中亦多见。总之，与其词相较，其诗纪实性更强，与现实的联系更紧密。词似"内向"而多诉个人情感，诗多"外向"且内容丰富。[①]

在姜夔词中，《念奴娇·谢人惠竹榻》特别值得关注，这是他为感谢友人惠赠竹制卧榻而作，全词赞美用竹榻之舒服，表示对友人的感谢与思念之情。朋友赠物，以诗表示感谢，在诗中自杜甫有，杜甫将生活中极琐细的题材写进诗歌，开启了宋诗书写日常生活的新格局，成为宋诗区别唐诗的一个重要特点。而词的题材范围经过苏轼的开拓扩大，已几乎达到"无意不可入，无事不可言"的境地，因此，豪放词人也以词写生活极琐细之事，而姜夔作为婉约词的代表作家，竟然将此生活中细小之事郑重其事地写进词作，此甚能说明问题。从中可见，时至南宋，人们的词学观念已不再固守词之一隅，词的题材范围已如诗一样广阔，只是词体与词风的限制，有的事不便于写进词作，此正如沈祥龙所云："题有不宜于词者，如陈腐也、庄重也、事繁而词不能叙也、意奥而词不能达也。几见论学问、述功德而可施诸词乎？几见少陵之赋《北征》，昌黎之咏石鼓而可以词行之乎？"[②] 像姜夔的《昔游诗》此类题材因其动荡变幻，所以姜在诗中大书特书，而在词里则未见涉及，我们将其《念奴娇·谢人惠竹榻》与《昔游诗》对比则可发现，姜夔诗词的题材选择更多的是文体本身的限制，而不是词人观念的限制。

由对陆游、辛弃疾、姜夔三人诗词题材分类比较可以看出，时至南宋，人们的词体观念已非常开放，词的抒写功能已然与诗歌不相上下，但是，从题材的表现范围来说，词还是远远小于诗，依然表现出受自身体制局限的特点。

---

① 赵晓岚：《姜夔与南宋文化》，第 307—308 页。
② （清）沈祥龙：《论词随笔》，唐圭璋：《词话丛编》，第 4050 页。

第二节　在诗词的具体对比中看诗词互渗

上节我们是从宏观角度考察诗词在题材方面的异同，本节我们则从诗词具体描写内容之微观角度进行对比，以求从另一侧面窥见诗词在题材方面的互通与异同。虽然，"就陆游平生议论看来，他原是瞧不起词这种文学的"，[①] 但是"人们读陆词，有一个鲜明的感觉：陆词很像陆诗的'副册'，他在诗中的未了情，变一种样式，写在词中。"[②] 所以，我们总能发现陆游一些诗所写内容往往与其词相同或相似。而通过对辛弃疾诗词文本的对比阅读，我们也发现，他的诗词在题材内容方面也无截然区分。下面我们从几个方面说明他们的诗词相似之状态：

一　描写对象相同

在陆游的诗词里有许多描写对象相同的篇章，比如其词有《渔家傲·寄仲高》，而其诗则有《仙鱼铺得仲高兄弟书》，诗词均为寄赠杜仲高之作，所寄为同一对象，所反映情感也完全一致，除了语言形式及情感浓淡的区别外，诗词表现出了大致相同的面貌。再比如词有《双头莲·呈范至能待制》（华鬓星星，惊壮志成虚）送范成大，而其《诗稿》卷七则有《和范待制月夜有感》、《和范待制秋兴》、《和范待制秋日书怀二首》诸诗，皆为淳熙三年所作，吴熊和先生认为这些诗"与此词情辞亦同，可资互证"。[③] 再比如陆游《诗稿》卷九有

---

① 夏承焘：《论陆游词》，夏承焘、吴熊和：《放翁词编年笺注》，上海古籍出版社1981年版，第2页。
② 邱鸣皋：《陆游评传》，南京大学出版社2002年版，第441页。
③ 夏承焘、吴熊和：《放翁词编年笺注》，第59页。

《故蜀别苑在成都西南十五六里梅至多有两大树夭矫若龙相传谓之梅龙予初至蜀尝为作诗自此岁常访之今复赋一首丁酉十一月也》诗,词则有《月上海棠·成都城南有蜀王旧苑尤多梅皆二百余年古木》也写成都"梅龙"。

辛弃疾与陆游一样,也常将生活中同一题材以诗词两种形式加以表现抒写,如其诗有《题前冈周氏敬荣堂》,而词则有《最高楼·闻前冈周氏旌表有期》,此两首诗词寄赠对象相同,表达内容相同,所用历史典故相同,区别在于诗为长篇,而词则较简省。关于周氏受朝廷旌表一事,《江西通志》与《广信府志》俱有记载,时间上则稍有出入,《江西通志》谓"庆元三年州以状闻,朝廷旌表其闾",《广信府志》则谓"庆元四年旌表其闾",邓广铭先生将此两首诗词俱编为庆元四年(1198)戊午,更可见诗词均为同事同人而发。再比如诗有《和前人观梅雪有怀见寄》,而词则有《永遇乐·赋梅雪》;诗有《和赵晋臣敷文积翠岩去类石》,词则有《归朝欢·题赵晋臣敷文积翠岩》、《贺新郎·用韵题赵晋臣敷文积翠岩余谓当筑陂于其前》,这些诗词作品俱取材相同,为同一对象而发。下面我们将为寿赵茂嘉郎中而作的诗《寿赵茂嘉郎中二首》与词《满江红·寿赵茂嘉郎中前章记兼济仓事》、《沁园春·寿赵茂嘉郎中时以置兼济仓赈济里中除直秘阁》作一对比。录全诗与词如下:

寿赵茂嘉郎中二首

其一

玉色长身白首郎,当年麾节几甘棠。力贫活物阴功大,未老垂车逸兴长。久矣如今太公望,岿然真是鲁灵光。朝廷正尔尊黄发,稳驾蒲轮觐玉皇。

其二

鹅湖山下湛溪湄,华屋眈眈照绿漪。子侄日为真率会,弟兄剩有唱和诗。杨花榆荚浑如许,苦笋樱桃正是时。待酌西江援北斗,摩挲金狄与君期。

满江红·寿赵茂嘉郎中前章记兼济仓事

我对君侯，怪长见两眉阴德。还梦见玉皇金阙，姓名仙籍。旧岁炊烟浑欲断，被公扶起千人活。算胸中除却五车书，都无物。   山左右，溪南北。花远近，云朝夕。看风流杖屦，苍髯如戟。种柳已成陶令宅，散花更满维摩室。劝人间且住五千年，如金石。

沁园春·寿赵茂嘉郎中时以置兼济仓赈济里中除直秘阁

甲子相高，亥首曾疑，绛县老人。看长身玉立，鹤般风度；方颐须磔，虎样精神。文烂卿云，诗凌鲍谢，笔势骎骎更右军。浑余事，美仙都梦觉，金阙名存。   门前父老忻忻。焕奎阁新褒诏语温。记他年帷幄，须依日月；只今剑屦，快上星辰。人道阴功，天教多寿，看到貂蝉七叶孙。君家里，是几枝丹桂，几树灵椿？

寿词《满江红·寿赵茂嘉郎中前章记兼济仓事》，邓广铭先生编于庆元二、三年（1196、1197）间，认为是辛移居瓢泉之初作。寿词《沁园春·寿赵茂嘉郎中时以置兼济仓赈济里中除直秘阁》邓先生则编为庆元五年（1199）作，寿诗辛更儒先生编为嘉泰元年（1201），四首寿诗与寿词虽然时间有出入，并非为同时所作，但从诗意与词意来看，其所写内容并无太大区别。诗第一首写赵茂嘉一生功业彪炳，作者将赵氏比作廉洁爱民的召公、足智多谋的姜太公，祝愿他愈益尊荣显贵。第二首则写赵氏后继有人，子孙于诗书中寻得乐趣，赞美赵氏安适逸乐而不乏风雅的生活，并祝愿他长生不老。第一首词写赵氏长寿欲入仙籍，满腹诗书，风雅特甚，且赞美赵氏之自然萧散。第二首词则写赵氏风度翩翩，精神矍铄，诗书风流，功业盖世，子孙尊荣，虽在人间却胜神仙。将诗词两相比照，则会发现，两首寿诗与寿词意思全同，无论是现实的赞美，还是美好的祝愿，诗词均分毫不差，甚至连典故使用也几乎没有区别。可见，诗词无论是社会功用还是内容风格都已无明显的疆界。类似的例子还有很多，比如诗有《和傅岩叟梅花二首》其一：

月澹黄昏欲雪时，小窗犹欠岁寒枝。暗香疏影无人处，唯有西湖处士知。

词则有《念奴娇·赋傅岩叟香月堂两梅》：

未须草草，赋梅花，多少骚人词客。总被西湖林处士，不肯分留风月。疏影横斜，暗香浮动，把断春消息。试将花品，细参古今人物。　　看取风月堂前，岁寒相对，楚两龚之洁，自与诗家成一种，不系南昌仙籍。怕是当年，香山老子，姓白来江国。谪仙人字，太白还又名白。

诗有《移竹》："每因种树悲年事，待看成阴是几时！眼见子孙孙又子，不如栽竹绕园池。"词则有《永遇乐·检校停云新种杉松》："投老空山，万松手种，正尔堪叹，何日成阴，吾年有几，似见子孙晚。"诗词所写内容与所抒思想感情几乎一致。再比如诗《咏雪》：

书窗夜生白，城角晓增悲。未奏蔡州捷，先歌梁苑诗。餐毡怀雁使，无酒羡羔儿。农事勤忧国，明年喜可知。

词《苏武慢·雪》：

帐暖金丝，杯干云液，战退夜飔飔。障泥系马，扫路迎宾。……尘世换老尽青山，铺成明月，瑞物已深三尺。丰登意绪，婉娩光阴，都作幕寒堆积。回首驱羊旧节，入蔡奇兵，等闲陈迹。总无如现在，尊前一笑，坐中赢得。

诗词俱从雪景写起，俱因雪而生忧国忧民之念，同时，诗词俱以相同典故写雪。诗中"蔡州捷"典与词中"入蔡奇兵"典均指唐元和十一年十月,隋唐邓节度使李愬夜袭蔡州,生俘叛首吴元济事。而诗中之"餐毡怀雁使"典与词中"回首驱羊时节"典则均指苏武牧羊事。诗词虽面貌不同,体制有别,但从题材的选择、篇章构思与笔法来看,二者却极其相似。

除了以上所举诗词描写对象全同之现象外,陆游在诗词创作中还会将同样的生活经历分别写进诗词之中。如陆游曾于宋孝宗淳熙元年冬"摄知荣州事",于荣州生活了约七十天,此段生活在诗中多有反映,诸如"夜郎城里叹途穷"(《西楼夕望》,《诗稿》卷六),"我虽流落夜郎天"(《醉中怀眉山旧游》),"谪仙未必无遗恨,老欠题诗到夜郎"(《昭德堂晚步》),"白帝夜郎俱不恶,两公补处得凭栏"(《高斋小饮戏作》)。诗中"夜郎"就指荣州,诗人心绪低沉,于现状多有不满,此种情感在词中也有反映,其词《水龙吟·荣南作》云:"那更今年,瘴烟蛮雨,夜郎江畔。"诗与词同一现实,同一感慨,同一情怀。再比如陆游"尝为丞相陈鲁公、史魏公,枢相张魏公草中原及西夏书檄于都堂",《诗稿》卷一八《燕堂春夜》写及此事云:"草檄北征今二纪,山城仍是老书生",而词《诉衷情》也有涉及云:"蜡封夜半传檄,驰骑谕幽并"。再比如,词人心灰意懒时曾欲隐居,词中多有隐居生活的描写,词《秋波媚》(曾散天花蕊珠宫)中云:"垂虹看月,天台采药,更与谁同",此种生活陆游在诗中也多言及,如《月夕》诗云:"我昔隐天台,夜半游句曲。弄月过垂虹,万顷一片玉"(《诗稿》卷五),《幽居记今昔事十首以诗书从宿好林园无俗情为韵》其三云:"我昔挥短楫,终年钓吴松。亦尝携长镵,采药玉霄峰"(《诗稿》卷七六)。再比如词《好事近》:"觅个有缘人,分付玉壶灵药。谁向市尘深处,识辽天孤鹤。月中吹笛下巴陵,条华赴前约。今古废兴何限,叹山川如昨。"抒发了陆游欲隐居华山修道的愿望,此种思想我们在诗中也可以不断读到,如《夏日感旧》其二云:"胡尘扫尽知何日,不隐箕山即华山"(《诗稿》卷六二),《东篱》诗云:"自觉前身隐华山"(《诗稿》卷六五),《闻西师复华州》云:"双鹭斜飞敷水绿,孤云横度华山青"(《诗稿》卷六九),《道院偶述》其二云:

"飘零未忍尘中老，犹待时平隐华山"（《诗稿》卷七六），另有《华山诗》两首。可见，陆游词作也有纪实的特点。

在以上不惮其烦的列举中，我们可以看出，陆游、辛弃疾常常以诗词抒写同样情事，在题材选择上已没有太多文体顾忌，随兴而发，诗词呈现出共通与共融的状态。

另外，在陆游的集子里，还有很多诗词可以互证的例子。同样的描写对象，词所言简单，而诗则详细述之，诗好像成了词的注脚与说明。比如，陆游在《鹊桥仙》词中云："华灯纵博，雕鞍驰射，谁记当年豪举。"概言他在南郑的豪纵生活，并未作过多的笔墨渲染，而在诗《九月一日夜读诗稿有感走笔作歌》中，我们可以见到陆游的"当年豪举"：

> 四十从戎驻南郑，酣宴军中夜连日。打毬筑场一千步，阅马列厩三万匹；华灯纵博声满楼，宝钗艳舞光照席。琵琶弦急冰雹乱，羯鼓手匀风雨疾。

又卷一○《宿鱼梁驿五鼓起行有感》其一云：

> 忆从南郑客成都，身健官闲一事无。分骑霜天伐狐兔，张灯雪夜掷枭庐。

这样，诗所述之事极详细地说明了词作的具体内容，使诗词在内容上呈互补状态。再比如其词《汉宫春·初自南郑来成都作》曾以满腔豪情回忆当年南郑最得意的射虎一事，词云："羽箭雕弓，呼鹰古垒，截虎平川"，以俊迈豪壮之笔写当年的英雄豪举，但于猎虎的过程并未细述，而他的很多首诗中却有更加具体细致的描写，如《三月十七日夜醉中作》"去年射虎南山秋，夜归急雪满貂裘"（《诗稿》卷三），《春感》"叉鱼狼藉漾水浊，猎虎蹴踏南山空"（《诗稿》

卷六），《忆山南》其一"貂裘宝马梁州日，盘槊横戈一世雄。怒虎吼山争雪刃，惊鸿出塞避雕弓"（《诗稿》卷一一），《十月二十六日夜梦行南郑道中既觉恍然揽笔作此诗时且五鼓矣》"雪中痛饮百杯空，蹴踏山林伐狐兔。眈眈北山虎，食人不知数。孤儿寡妇仇不报，日落风生行旅惧。我闻投袂起，大呼闻百步。奋戈直前虎人立，吼裂苍崖血如注。从骑三十皆秦人，面青气夺空相顾"（《诗稿》卷一四），《怀昔》"挺剑刺乳虎，血溅貂裘殷。至今传军中，尚愧壮士颜"（《诗稿》卷二八），《三山杜门作歌》其三"中岁远游蹿剑阁，青衫误入征西幕。南沮水边秋射虎，大散关头夜闻角"（《诗稿》卷三八）。从以上所举之例中可以看出，陆游的词已经与诗一样，"感于哀乐，缘事而发"，具有写实性，但在抒写手法上，词仍侧重抒情，而诗则仍然侧重记叙描写，诗与词仍然保持着相当的分野。

二　立意相同

陆游一生"尚思为国戍轮台"，总想"上马击狂胡"，欲收复祖国山河失地，但最终壮志成空，因此，他写诗是"兴来尚能气吞酒，诗成不觉泪渍笔"（《雨三日歌》，《诗稿》卷三七），"作为诗歌，皆寄意恢复"，[①] 在他的诗中"所奔腾不息的，正是那个时代与诗人无法抚平的深度的痛苦乃至血泪。"[②]他的爱国名篇数不胜数，诸如《书愤》、《感愤》、《雪夜有感》、《关山月》、《雪中忽起从戎之兴戏作四首》、《冬夜闻角声二首》等等，爱国主义无疑是陆游诗"最重大的主题和题材"，[③] 那么，陆游词作于此有何表现呢？邓乔彬先生认为："陆游更因时世之变及个人抱负，'江山'、'尊俎'都赋予了抗敌御侮、收复失地的新含义，无论是表雄心、抒愤怨，皆使词移就于诗，而

---

① （宋）叶绍翁：《四朝闻见录》乙集，中华书局1989年版，第65页。

② 邱鸣皋：《陆游评传》，第394页。

③ 程千帆、吴新雷：《两宋文学史》，上海古籍出版社1991年版，第307页。

多'言志'色彩。"① 如其词《谢池春》(壮岁从戎)、《诉衷情》(青衫初入九重城)、《诉衷情》(当年万里觅封侯)、《夜游宫·记梦寄师伯浑》等。无疑,在此方面,诗词具有高度的一致性,比如词《好事近》与诗《杂题》其二(《诗稿》卷三六),吴熊和先生就明确指出"词意差同,皆是望恢复之作。"② 再比如词《诉衷情》:

> 当年万里觅封侯,匹马戍梁州。关河梦断何处?尘暗旧貂裘。　　胡未灭,鬓先秋,泪空流。此生谁料,心在天山,身老沧洲。

此词为陆游晚年退居故乡期间所作,词人追怀当年匹马从戎,感慨如今退隐沧洲,充满了壮志未酬之慨。所以,邱鸣皋先生说:"至于《诉衷情》(当年万里觅封侯)等词的思想和感愤,在陆诗里简直可以辑录出一本书!"③

不仅爱国诗词如此,表现其他意绪的诗词也存在同样的状况。比如《心太平菴》诗:

> 天下本无事,庸人扰之耳。胸中故湛然,忿欲定谁使?本心倘不失,外物真一螠。困穷何足道,持此端可死。空斋夜方中,窗月淡如水。忽有清磬鸣,老夫从定起。

诗人欲以"定"之心性对抗尘世的繁华荣辱,欲在淡泊闲和中找寻心灵的平静,表现出诗人对人生的思考。此种感情于词中也可见一斑,如《破阵子》词:

---

① 邓乔彬:《骈骑苏秦间——陆游词风格及成因浅议》,《词学二十论》,上海古籍出版社 2005 年版,第 145 页。
② 夏承焘、吴熊和:《放翁词编年笺注》,第 106 页。
③ 邱鸣皋:《陆游评传》,第 441 页。

看破空花尘世，放轻昨梦浮名。蜡屐登山真率饮，筇杖穿林自在行。身闲心太平。　　料峭余寒犹力，廉纤细雨初晴。苔纸闲题溪上句，菱唱遥闻烟外声。与君同醉醒。

陆游看破尘世浮名，自由自在地享受着自然的赐予与真正的逍遥，表现了他对人生价值的思考与选择。诗词无论是在思想情感还是在作品风格上都表现出惊人的一致性。更有全篇几乎完全一致者，如脍炙人口的《卜算子·咏梅》与《城南王氏庄寻梅》，诗词均赞美梅花高洁孤傲的幽贞品格。邱鸣皋先生在《陆游评传》中说："'涸池积槁叶，茆屋围疏篱。可怜庭中梅，开尽无人知。寂寞终自香，孤贞见幽姿。雪点满绿苔，零落尚尔奇。我来不须晴，微雨正相宜。临风两愁绝，日暮倚筇枝。'看这意境和诗人的情绪，和《卜算子·咏梅》还能分得出彼此吗？"[1]

另外，在陆游诗词中还存在几首诗的思想内容共同对应一首词作的思想感情之现象，比如词《桃源忆故人》：

斜阳寂历柴门闭，一点炊烟时起。鸡犬往来林外，俱有萧然意。衰翁老去疏荣利，绝爱山城无事。临去画楼频倚，何日重来此？

此词为淳熙元年除夕，陆游得制司檄，催赴成都幕府，淳熙二年正月十日，别荣州，临行所作。荣州地处川南，偏远冷清，陆游并不喜欢它，曾称之为"穷山孤垒"、"夜郎小国"，但临告别时又有点流连难舍。此词上片写荣州城外平静安闲之景，下片抒写对荣州的依恋。而诗《登城望西崦》、《别荣州》在内容与思想上完全与此词对应，几乎不差分毫。《登城望西崦》诗与词上片意思全同：

---

① 邱鸣皋：《陆游评传》，第441页。

登城望西崦，数家斜照中。柴荆昼亦闭，乃有太古风。惨淡起炊烟，寂历下钓筒。土瘦麦苗短，霜重桑枝空。恐是种桃人，或有采芝翁。何当宿楼上，月明照夜春。

词以极淡笔触写村庄幽静之景，表现词人往来其中的安适心情，而诗则以极细笔触描画此景此情，究其实质，二者无有分别。而《别荣州》诗与词下片全同：

浮生岁岁俱如梦，一枕轻安亦可人。偶落山城无事处，暂还老子自由身。啸台载酒云生屦，仙穴寻梅雨垫巾。便恐清游从此少，锦城车马涨红尘。

词以简练之笔写词人闲适淡泊之心与留恋之意，诗则以直率之笔写此种情感，二者在思想上并无差别。综合此两首诗与词来看，诗词无论是在题材选择，还是语言风格、思想趋向上都完全趋于一致。

另外，词往往会是诗思想内容的总结，诗与词一起构成诗人完整的思想情况。陆游一生抱负成空，想"泽加于民"的愿望未能实现，于是不免消沉欲"穷则独善其身"，因此，在其诗词里多有隐逸之思，如在词《诉衷情》中他说："平章风月，弹压江山，别是功名"，想在自然的清风明月中寻求人生的意义，此种情感在其诗《予十年间两坐斥罪虽擢发莫数而诗为首谓之嘲咏风月既还山遂以风月名小轩且作绝句》：

扁舟又向镜中行，小草清诗取次成。放逐尚非余子比，清风明月入台评。

绿蔬丹果荐瓢尊，身寄城南禹会村。连坐频年到风月，固应无客叩吾门。

虽以反语出之，思想意绪则完全一致。同样的思想情绪在词里概言之，在诗里详言之，两者在精神意绪上完全相同。同样的意愿分别在诗词里表达，诗词构成互补，互相对读，更能加深对词或诗的理解。

辛弃疾之诗词也是如此，部分诗词立意大同小异。如诗《和傅岩叟梅花二首》其二：

> 灵均恨不与同时，欲把幽香赠一枝。堪入《离骚》文字否？当年何事未相知。

词《浣溪沙》：

> 百世孤芳肯自媒，直须诗句与推排。不然唤近酒边来。　　自有渊明方有菊，若无和靖即无梅。只今何处向人开？

此两首诗词在构思立意上完全一致，落笔都是对梅之推尊与扬名。诗歌以梅花不入屈原《离骚》为恨，而词则以梅花能得林和靖之赏而扬名为喜，受到后代推崇。两者吟咏角度貌异而实同，可视为同出一辙的姐妹篇。再比如诗《书渊明诗》：

> 渊明避俗未闻道，此是东坡居士云。身似枯株心似水，此非闻道更谁闻？

词《鹧鸪天·读渊明诗不能去手戏作小词以送之》：

> 晚岁躬耕不怨贫，只鸡斗酒聚比邻。都无晋宋之间事，自是羲皇以上人。　　千载后，百篇存。更无一字不清真。若教王谢诸郎在，未抵柴桑

陌上尘。

诗词均为吟咏渊明之心性风节，表现出辛弃疾对渊明的倾慕，两首立意完全相同，只是诗更概括简练，而词则相对具体。再比如诗《书停云壁》：

学作尧夫自在诗，何曾因物说天机。斜阳草舍迷归路，却与牛羊作伴归。

词《临江仙·停云偶作》：

偶向停云堂上坐，晓猿夜鹤惊猜。主人何事太尘埃？低头还说向："被召又重来。" 多谢北山山下老，殷勤一语佳哉："借君竹杖与芒鞋，径须从此去，深入白云堆。"

此两首同样取材于"停云"，"云"自从陶渊明后已具特殊的文化意味，"云出岫"表示入世竞争，奔走于碌碌红尘之中，"云入岫"则代表入山归隐，清心静性，与红尘隔绝，"停云"之意也无非如此，陶渊明就有《停云》诗。辛弃疾之诗词均就"停云"大发感慨，表示欲于山中淡泊自守的生活态度。再比如诗《和任帅见寄之韵》：

老来功业已蹉跎，买得生涯复不多。十顷芰荷三径菊，醉乡容我住无何。

正是词《满庭芳·和赵章泉赵昌父》"无穷身外事，百年能几，一醉都休"之意。再比如诗《丁卯七月题鹤鸣亭三首》其二：

　　林下萧然一秃翁，斜阳扶杖对西风。功名此去心如水，富贵由来色是空。便好洗心依佛祖，不妨强笑伴儿童。客来闲说那堪听，且喜近来耳渐聋。

其三：

　　种竹栽花猝未休，乐天知命且无忧。百年自运非人力，万事从今与鹤谋。用力何如巧作奏？封侯元自曲如钩！请看鱼鸟飞潜处，更有鸡虫得失不？

与词《水调歌头》：

　　万事一杯酒，长叹且长歌。杜陵有客，刚赋云外筑婆娑。须信功名儿辈，谁识年来心事，古井不生波。种种看余发，积雪就中多。　　二三子，问丹桂，倩素娥。平生萤雪，男儿无奈五车何。看取长安得意，莫恨春风看尽，花柳自蹉跎。今夕且欢笑，明月镜新磨。

诗词均是人生感慨之抒发，百年光景，须臾而逝，青丝堆雪之时，回首平生，功名富贵均成虚空，作者表面上好像参透人生之富贵功名，但诗词均难掩其内心的失落与伤怀。

三　风格相同

　　在陆游诗词中，描写对象的相同决定了诗词在总体风格上的相近性。比如他的《诉衷情》（当年万里觅封侯）词感情幽愤深沉，风格沉雄，诚如邱鸣皋先生所说："陆词在表现它这个主流、主调的时候，和诗一样，用笔风格是沉雄悲壮的。"① 再比如，成都海棠为天下之冠，宋祁在《益部方物略记》中云："蜀之海棠，诚为天下奇艳。"沈立《海棠记序》也说："蜀花称美者有海棠焉。……足与牡丹抗衡，称独步于西州矣。"而蜀之燕王宫海棠又为成都之冠，《诗稿》卷一三《忽忽》诗下自注云："成都故蜀时燕王宫，今属张氏，海棠为一城之冠。"又卷八《张园海棠》诗云："西来始见海棠盛，成都第一推燕宫。"陆游在蜀时日虽短，但却赏尽蜀之海棠风光，诗中有多篇纵情为海棠歌唱。如卷三有《驿舍见故屏风画海棠有感》，卷四有《成都行》，卷六有《花时遍游诸家园》，卷八有《海棠》诗，卷九有《二月十六日赏海棠》、《张园观海棠》、《夜宴赏海棠醉书》，卷一一有《病中止酒有怀成都海棠之盛》诗，等等。杜甫流寓四川，所作甚丰，却无一首诗及海棠，后人多有遗憾，而陆游却不惜笔墨，以满腔热情盛赞海棠之艳与丽，以饱蘸激情之笔描述当年赏花之盛况，笔墨之间恣意地流淌着青春与热情。此种盛赞海棠的诗篇我们在词里同样可以读到，如词《汉宫春·张园赏海棠作园故蜀燕王宫也》下阕：

> 休笑放慵狂眼，看闲坊深院，多少婵娟。燕宫海棠夜宴，花覆金船。如椽画烛，酒阑时、百炬吹烟。凭寄语、京华旧侣，幅巾莫换貂蝉。

词《柳梢青·故蜀燕王宫海棠之盛为成都第一今属张氏》：

> 锦里繁华，环宫故邸，叠萼奇花。俊客妖姬，争飞金勒，齐驻香车。
> 何须幰障帏遮，宝杯浸、红云瑞霞。银烛光中，清歌声里，休恨天涯。

陆游于词作里更加纵情地为海棠歌唱，以汉大赋的夸饰铺叙之笔盛写海棠

---

① 邱鸣皋：《陆游评传》，第 442 页。

之美与赏海棠的豪情。只要我们将海棠诗词作一对比就可发现，诗词在相同题材里逐渐消融了各自的体性，表现出极大的趋同性。比如，写海棠之盛美，词为"宝杯浸、红云瑞霞"、"枝上猩猩血未晞"、"锦里繁华，环宫故邸，叠尊奇花"，诗则为"成都海棠十万株，繁华盛丽天下无"（《成都行》，《剑南诗稿》卷四）、"猩红鹦绿极天巧，叠尊重跗眩朝日"（《驿舍见故屏风画海棠有感》，《剑南诗稿》卷三）、"严妆汉宫晓，一笑初破睡。定知夜宴饮，酒入妖骨醉。低鬟羞不语，困眼娇欲闭"（《张园观海常》，《剑南诗稿》卷九）；写赏花之人，词为"俊客妖姬，争飞金勒，齐驻香车"，诗则为"尊前红袖醉成围"（《花时遍游诸家园》其六，《剑南诗稿》卷六）；写赏花之状，词为"如椽画烛，酒阑时、百炬吹烟"、"银烛光中，清歌声里"，诗则为"应须直到三更看，画烛如椽为发辉"（《花时遍游诸家园》其六，《剑南诗稿》卷六）、"华灯银烛摇花光，翠杓金船豪酒兴"（《二月十六日赏海棠》，《剑南诗稿》卷九）、"绣筵银烛燕宫夜，一饮千钟未是豪"（《琵琶》，《剑南诗稿》卷一四）。从对比来看，二者之描写几乎没有区别，诗词表现出大体相同的风貌。

辛弃疾诗词也有一部分风格相同者，刘克庄曾有如此议论："稼轩五言绝句《元日》云：'老病忘时节，空斋晓尚眠。儿童唤翁起，今日是新年。'《偶题》云：'黄花眼倦开，见酒手频推。不恨吾年老，恨他将病来。'七言云：'错处真成九州铁，乐时能得几绚丝？''酒肠未减长鲸吸，诗思如抽独茧丝。'皆佳句，然为词所掩。"[①]刘氏之所以有如此议论，正是看到了辛弃疾部分诗与词风格一致之处。如诗《送别湖南部曲》：

　　青衫匹马万人呼，幕府当年急急符。愧我明珠成薏苡，负君赤手缚於菟。观书到老眼如镜，论事惊人胆满躯。万里云霄送君去，不妨风雨破

---

① （宋）刘克庄：《后村诗话续集》卷四，《后村先生大全集》卷一八一，四部丛刊初编本，第1614页。

吾庐。

全诗充满豪宕不平、傲岸磊落之气，真可谓悲歌慷慨，壮怀激烈，具有踔厉风发、暗呜沉雄的阳刚美。刘克庄在《后村诗话后集》卷二云："辛稼轩帅湖南，有小官山前宣劳。既上功级，未报而辛去，赏格不下。其人来访，辛有诗别之云：'青衫匹马……'此篇悲壮雄迈，惜为长短句所掩。"① 即认为此诗风格"悲壮雄迈"，"惜为长短句所掩"。辛此诗不仅风格与辛词相同，其立意也似，我们可将此诗与词《鹧鸪天·有客慨然谈功名因追念少年时事戏作》作一对比：

> 壮岁旌旗拥万夫，锦襜突骑渡江初。燕兵夜娖银胡鞬，汉箭朝飞金仆姑。　　追往事，叹今吾，春风不染白髭须。却将万字平戎策，换得东家种树书。

诗"青衫匹马万人呼，幕府当年急急符"正与词"壮岁旌旗拥万夫，锦襜突骑渡江初。燕兵夜娖银胡鞬，汉箭朝飞金仆姑"意同，"愧我明珠成薏苡，负君赤手缚菼菟"正是词"追往事，叹今吾。……却将万字平戎策，换得东家种树书"的具体描画。只是词自抒其情，而诗乃写对方，但实质俱为辛弃疾自我情感的宣泄。此诗"悲壮豪迈"的风格正与"其词慷慨纵横，有不可一世之概"的风格相同。② 再比如《傅岩叟见和用韵答之》：

> 万里鱼龙会有时，壮怀歌罢涕交颐。一毛未许扬朱拔，三战空怀鲍叔知。明月夜光多白眼，高山流水自朱丝。尘埃野马知多少，拟倩撩天鼻

---

① （宋）刘克庄：《后村诗话后集》卷二，《后村先生大全集》卷一七六，第1577页。
② （清）纪昀：《四库全书总目》卷一九八《稼轩词》提要，第2793页。

孔吹。

此诗沉痛激切，托意深沉，格调悲壮苍凉，大有词作雄豪之风。吴惠娟先生在《论稼轩诗的艺术渊源与其宋诗风调》一文中说："论辛诗主导风格的话，则大体可概括为两类：一为雄健俊峭。"[①] 辛弃疾自己也曾言："剩喜风情筋力在，尚能诗似鲍参军。"（《和任帅见寄之韵》）陆游也曾认为"稼轩落笔凌鲍谢。"[②] 而鲍照诗风则"如饥鹰独出，奇矫无前"，[③] 以矫健与俊逸闻名。辛弃疾的诗歌风格诚如论者所言，他在诗中创造了沉雄飞动的艺术境界，不仅那些与火热的理想有关的诗作充满了"豪荡壮烈"之情，就是那些自然山水、日月星辰也充满了磅礴狂宕的气势美、奇矫凌厉的阳刚美。如他的《游武夷作棹歌呈晦翁十首》之一：

> 一水奔流叠嶂开，溪头千步响如雷。扁舟费尽篙师力，咫尺平澜不上来。

诗歌写武夷山水之险，气势惊人。其中"一水奔流叠嶂开，溪头千步响如雷"与其词"叠嶂西驰，万马回旋，众山欲东，正惊湍直下，跳珠倒溅"（《沁园春·灵山斋庵赋时筑偃湖未成》）风格甚为相似！再如其《重午日戏书》："青山吞吐古今月，绿树低昂朝暮风。"作者笔下之"月"具历史风云变幻的沧桑感，"青山"竟能"吞吐""古今月"，雄豪不可一世，绿树"低昂"也颇有不平之气。本为明月青山的秀美形象，但经作者"英雄之气"的着染，青山却极具包容开放的雄性之美，可谓音调高昂，气势雄浑。人们在评稼轩词时言：

①　吴惠娟：《论稼轩诗的艺术渊源与其宋诗风调》，《文学遗产》2007 年第 1 期。
②　陆游：《送辛幼安殿撰早朝》，钱仲联《剑南诗稿校注》，第 3314 页。
③　敖陶孙：《敖陶孙诗话》，吴文治编《宋诗话全编》第七册，江苏古籍出版社 1998 年版，第 7541 页。

"稼轩词，粗粗莽莽，桀傲雄奇。"① "辛稼轩词，思力沉透，笔势纵横，气魄雄伟，境界恢阔，每一下笔，即有笼盖一切之概。"② 将此种评语用来评价辛弃疾的某些诗也完全可以当得。

辛诗另一类的主导风格为"平淡自然"。③ 辛弃疾非常推崇陶渊明、白居易、邵雍，曾在诗中多次表白："饮酒已输陶靖节，作诗犹爱邵尧夫"（《读邵尧夫诗》）、"饭饱且寻三益友：渊明康节乐天诗"（《鹤鸣偶作》）。而在三人中，又首推邵雍，他曾多次表明以邵雍的诗体——"康节体"作为自己的学习楷模，曾云"学作尧夫《自在》诗"（《书停云壁》），也曾云《有以事来请者效康节体作诗以答之》等。邵雍诗风本源于陶渊明、白居易，以平淡浅易著称。《四库全书总目》卷一五三《击壤集》提要云："邵子之诗，其源亦出白居易，而晚年绝意世事，不复以文字为长，意所欲言，自抒胸臆，原脱然于诗法之外。毁之者务以声律绳之，固所谓谬伤海鸟，横斥山木，誉之者以为风雅正传……"④ 另外，邵雍也有诗称自己是陶诗的继承者："可怜六百余年外，复有闲人继后尘。"（《读陶渊明归去来》）邵雍既得白居易之浅易，又得陶渊明之平淡，因而其诗具有"淡"的审美特征，因此，辛弃疾的诗风也有"平淡自然"的一面。此种诗风主要表现在其哲理类诗歌方面。辛弃疾南归后曾被劾退居，前后长达二十年，这二十年最宝贵的时光，本可驰骋疆场，杀敌立功，收复失地，统一祖国河山，但这样一位雄才大略的英雄却只能在带湖的青山绿水里消磨人生，失意彷徨之感在他的内心郁积无处发抒，于是，他以儒家"用之则行，舍之则藏"、道家的"顺物自然，知命任运"的人生态度安慰自己，同时又以邵雍的"以物观物"无思无为的修养论和人生哲学生活着，这段时间，他写下了一些参禅悟道的哲理诗。虽然，我们在对辛弃疾词进行题材统计时没

---

① 陈廷焯：《词坛丛话》，唐圭璋：《词话丛编》，第 3724 页。
② 祝南：《无庵说词》，《历代词话续编》下册，第 1326 页。
③ 吴惠娟：《论稼轩诗的艺术渊源与其宋诗风调》，《文学遗产》2007 年第 1 期。
④ （清）纪昀：《四库全书总目》卷一五三《击壤集》提要，第 2057 页。

有单独列出一类哲理词，但宋人以"东坡为词诗，稼轩为词论"，[①] 他的词具有议论化的特点，词作中的议论部分与他的哲理诗表现出同样的立意与风格。我们试举几例，如诗《偶作》：

　　　至性由来禀太和，善人何少恶人多？君看泻水着平地，正作方圆有几何！

与词《临江仙·再用圆字韵》：

　　　窄样金杯教换了，房栊试听珊珊。莫教秋扇雪团团。古今悲笑事，长付后人看。　　　记取桔槔春雨后，短畦菊艾相连。拙于人处巧于天。君看流地水，难得正方圆。

二者立意全同，诗言"君看泻水着平地，正作方圆有几何！"词则言："君看流地水，难得正方圆"，对于人间所谓的正义、公理等表示怀疑，何为"菊"？何为"艾"？善恶又如何？在议论中表现了辛弃疾对世事善恶不分、贤愚颠倒的黑暗现实的愤慨。再比如诗《偶题》三首其一、二：

　　　人生忧患始于名，且喜无闻过此生。却得少年耽酒力，读书学剑两无成。

　　　人言大道本强名，毕竟名从有处生。昭氏鼓琴谁解听？亦无亏处亦无成。

与词《瑞鹧鸪》：

---

① （宋）陈模：《怀古录》卷中引紫岩潘牥语，第 61 页。

胶胶扰扰几时休？一出山来不自由。秋水观中山月夜，停云堂下菊花秋。　　随缘道理应须会，过分功名莫强求。先自一身愁不了，那堪愁上更添愁。

诗词均是对于人生功名的探讨，也俱以庄子的人生观与价值观为最后的人生依归。作者认为"人生忧患始于名"，人们为了所谓功名而奋斗，实际上结果却是"亦无亏处亦无成"，人最好的生活态度应是"随缘"，"过分功名莫强求"，"秋水观中山月夜，停云堂下菊花秋"的生活才是值得追求之所在。再比如诗《即事二首》其二：

百忧常与事俱来，莫把胸中荆棘栽。但只熙熙闲过日，人间无处不春台。

与词《鹧鸪天·有感》：

出处从来自不齐，后车方载太公归。谁知寂寞空山里，却有高人赋《采薇》。　　黄菊嫩，晚香枝，一般同是采花时。蜂儿辛苦多官府，蝴蝶花间自在飞。

辛弃疾认为"蜂儿辛苦多官府"、"百忧常与事俱来"，最好的生活态度应是"熙熙闲过日"，像蝴蝶一样在花间自在飞来飞去，"人间"始"无处不春台"，人的心灵只有在自然无为中获得平静和谐。诗以"老子"思想作结，而词则以"庄子"观念收束，从中，我们可以看出辛弃疾对于老庄思想的接受与认同，类似的对于人生价值与生活态度的讨论很多，比如诗《和赵直中提干韵》：

万事推移本偶然，无亏何处更求全？折腰曾愧五斗米，负郭元无二顷田。城碣夕阳宜杖履，山供醉眼费云烟。怪君不顾笙歌误，政拟新诗去鸟边。

诗《醉书其壁二首》其一：

颇觉参禅近有功，因空成色色成空。色空静处如何说？且坐清凉境界中。

诗《再用韵》：

欲把身心入太虚，要须勤着净功夫。古人有句须参取，穷到今年锥也无。

诗《书停云壁》其二：

万事随缘无所为，万法皆空无所思。惟有一条生死路，古今来往更无疑。

诗《有以事来请者效康节体作诗以答之》：

未能立得自家身，何暇将身更为人？借使有求能尽兴，也知方笑已生嗔。器才满后须招损，镜太明时易受尘。终日闭门无客至，近来鱼鸟自相亲。

词《鹧鸪天·睡起即事》：

水荇参差动绿波，一池蛇影噤群蛙。因风野鹤饥犹舞，积雨山栀病不花。　　名利处，战争多，门前蛮触日干戈。不知更有槐安国，梦觉南柯日未斜。

《卜算子·饮酒败德》：

盗跖傥名丘，孔子还名跖。跖圣丘愚直到今，美恶无真实。　　简策写虚名，蝼蚁侵枯骨。千古光阴一霎时，且进杯中物。

等等。从以上诗词的对比来看，辛弃疾这部分表现他对人生思考的篇章在题材内容上趋于一致，在风格上也大致相同，不过，诗之情感相对平和客观，而词则较为起伏不平。但辛弃疾始终只是一名英雄，他做不了陶渊明，所以，他再怎样试图以超脱的人生哲理安慰自己也终是徒劳，因此，他这部分哲理诗词在表面的平静下依然隐藏着他不屈不平的拗怒灵魂，依然是英雄"拔剑击柱心茫然"的悲愤与沉郁，"平淡自然"遂成了诗人诗风的暂时假象而已。但不管怎样，这部分诗词都是"他所赖以面对现实，维持心理平衡，自解自慰的思想武器，……是其在毕生萦心恢复却终不能一展抱负的悲剧现实中藉以疗治心灵创伤的一种情感需要。"①。

通过以上比较我们发现，无论是在重大题材的表现上，还是在日常生活的抒写上，陆游与辛弃疾的词均已承担了非常重要的作用。虽然，陆游看不起词，但当他捉笔为文时，并没有有意识地将诗词分疆，而是随心所欲，自然成文。辛弃疾作词也是兴到笔至，"随时遣兴，即事写情，意到语工则为之。岂能一切拘于体格哉？"② 诗词俱是"稼轩本色自见"之作。③ 辛弃疾对于诗词文

①　巩本栋：《作诗犹爱邵尧夫——论辛弃疾的诗歌创作》，《南京大学学报》1999 年第 1 期。

②　（宋）俞文豹：《吹剑录》正录，张宗祥校订，中华书局 1959 年版。

③　（清）冯金伯引顾宋梅语，见《词苑萃编》卷二，唐圭璋：《词话丛编》，第 1794 页。

体的选择完全是由现实环境和其情感抒发的需要决定的，诗词疆界在其笔下已被完全打破，其词表现出与其诗难以区分的交融状态。由陆游、辛弃疾诗词在具体描写内容方面的对比，我们可以看到"'诗以言志，词以抒情'之说，在宋已不尽然"[①] 的真实创作状况。

第三节　从诗词相同题材的对比解读看诗词互渗

以上我们是就陆游、辛弃疾诗词之相同题材概而论之，下面，我们选择陆游、辛弃疾、姜夔诗词中相同题材的作品进行具体的比照分析，看诗词的具体存在情况，以见出诗词渗透的一些痕迹。

一　爱情诗词比较

我们先来看陆游的爱情诗。陆游的爱情主角之一为唐氏。他对唐氏的感情矢志不渝，深入骨髓，这种感情贯穿他一生，这种与生命同在的深切情意在他的怀人诗里得到了最充分的展现，其深度与浓度绝对不亚于宋词言情所能达到的程度，所以说，他不同时期所写的怀念唐氏的诗作可以当作爱情诗看待。如《余年二十时尝作菊枕诗颇传于人今秋偶复采菊缝枕囊凄然有感》诗"采得黄花作枕囊，曲屏深幌闷幽香。唤回四十三年梦，灯暗无人说断肠。"及另一首"少日曾题菊枕诗，蠹编残稿锁蛛丝。人间万事消磨尽，只有清香似旧时。"齐治平曾评曰："这两首诗情词哀怨，低徊欲绝。"[②] 而其《禹迹寺南有沈氏小园

---

① （清）朱庸斋：《分春馆词话》，《历代词话续编》下册，第 1135 页。
② 齐治平：《陆游传论》，第 4 页。

四十年前尝题小阕壁间偶复一到而园已易主刻小阕于石读之怅然》陈衍评曰："古今断肠之作，无如此前后三首者。"① 更言《沈园》："无此绝等伤心之事，亦无此绝等伤心之诗。就百年论，谁愿有此事；就千秋论，不可无此诗。"② 而张完臣也评曰："写得幽艳动人。"③ 又曰："又深一步，其痛愈深。……凄苦不忍多读。"④ 在舒位看来，陆游的沈园之情是《剑南诗稿》的感人之处，他曾在《书剑南诗集后》有所感云："小楼深巷卖花声，七字春愁隔夜生。较可尚书词绝妙，一晴一雨唱红情。""谁遣鸳鸯化杜鹃？伤心如恶五禽言！重来欲唱钗头凤，梦雨潇潇沈氏园。"⑤

陆游《剑南诗稿》中除了这些抒发对唐氏深切怀思的作品外，还有一些作品是写给他不同时期的艳遇对象的，此类作品也可作为爱情诗解读。正如陶喻之先生所言："《渭南文集》卷五〇的《真珠子》和《风流子》词虽无系年，但玩其词意，应当作于杨氏投怀送抱而陆杨两情相悦之时，稍后陆游在嘉州遂有回味这番触电感受的《成都行》、《玻璃江》、《夜雨感怀》、《春愁曲》诸诗。"⑥ 可见，陆游的爱情诗在其诗集中有一定的数量。⑦ 那么，陆游的爱情诗词具体面貌如何？二者有何区别呢？下面我们将他的爱情诗《玻璃江》与爱情词《蝶恋花》作一对比：

玻璃江

玻璃江水千尺深，不如江上离人心。君行未过青衣县，妾心先到峨嵋

---

① （清）陈衍：《宋诗精华录》卷四，蔡义江、李梦生：《宋诗精华录译注》，第467页。所谓"前后三首"，当指本首及《沈园》两首。

② （清）陈衍：《宋诗精华录》卷四，第468页。

③ （清）梁诗正等编：《唐宋诗醇》卷四六引张完臣语，清光绪七年浙江书局刻本。

④ 同上。

⑤ （清）舒位：《书剑南诗集后》，《瓶水斋诗集》卷一，清光绪刊本。

⑥ 陶喻之：《陆游婚外情释证—〈钗头凤〉词背景、本事发微》，《陆游与越中山水》，第285页。

⑦ 据上文对陆游题材的分类统计，陆游现存的爱情诗只有一首，是因为他写给唐氏及其他恋爱对象的诗歌都归入了"怀人"类，而究其实质，此类诗歌还是爱情诗。

阴。金樽共酹不知晓，月落烟渚天横参。车轮无角哪得住，马蹄不方何处寻？空凭尺素寄幽恨，纵有绿绮谁知音？愁来只欲掩屏睡，无奈梦断闻疏砧。

蝶恋花

水漾萍根风卷絮。倩笑娇颦，忍记逢迎处。只有梦魂能再遇，堪嗟梦不由人做。　　　　梦若由人何处去？短帽轻衫，夜夜眉州路。不怕银缸深绣户，只愁风断青衣渡。

《蝶恋花》是陆游对蜀中恋人的深切怀念，以至魂牵梦萦。其情缠绵，其思动人。《玻璃江》是设想女子对心上人的依恋，不忍对方归去，情郎一去，女子从此与寂寞忧愁为伴，情感也极深挚。据吴熊和先生看来，"此词（《蝶恋花》）亦追怀眉州旧游之作，似与《玻璃江》诗同作于乾道九年。"[①] 陆游在诗《玻璃江》下自注云："眉州共饮亭，盖取东坡'共饮玻璃江'之句。追怀旧游，戏作以补西州乐府。"《陆游词新释辑评》一书则认为："所谓'戏作'，是故作轻松、自我解嘲的一种掩饰之词；所谓'西州乐府'，当指他在西蜀时所填的词，具体说就是这首《蝶恋花》。如此看来，《玻璃江》诗和这首词是同一内容，同一命意的姊妹篇章了。"[②] 从诗词内容来看，两者所写为同一种生活，表达的是同一种感情，只是抒情主人公不同而已。从中可看出，陆游的《玻璃江》诗无论是题材选择还是在情感内容上都已与宋词非常接近，与宋诗普遍不言情的总体创作状况不合，诗侵占了词的表现领域。下面，我们再举几首《无题》诗：

①　夏承焘、吴熊和：《放翁词编年笺注》，第43页。
②　王双启编：《陆游词新释辑评》，中国书店2001年版，第103页。

　　辋辌毡车赴密期，追欢最数牡丹时。新春欲近犹贪喜，旧爱潜移不自知。宝镜尘生鸾怅望，钿筝弦绝雁参差。玉壶莫贮胭脂泪，从湿泥金带上诗。

　　画阁无人昼漏稀，离惊病思两依依。钗梁双燕春先到，筝柱羁鸿暖不归。迎得紫姑占近信，裁成白纻寄征衣。晚来更就邻姬问，梦到辽阳果是非。

　　半醉凌风过月旁，水精宫殿桂花香。素娥定赴瑶池宴，侍女皆骑白凤凰。

　　出茧修眉淡薄妆，丁东环佩立西厢。人间浪作新秋感，银阙琼楼夜夜凉。

　　碧玉当年未破瓜，学成歌舞入侯家。如今憔悴蓬窗里，飞上青天妒落花。

　　珠鞲玉指擘箜篌，谁记山南秉烛游。结绮诗成江令醉，囊泉梦断沈郎愁。天涯落日孤鸿没，镜里流年两鬓秋。不用更求驱豆术，人生离合判悠悠。

　　金鞭朱弹忆春游，万里桥东卷画楼。梦倩晚风吹不去，书凭春雁寄无由。镜中颜鬓今如此，幕下朋俦好在不。篚有吴笺三万个，拟将细字写新愁。

再录一组陆游的爱情词：

　　宝钗楼上妆梳晚，懒上秋千，闲拨沈烟，金缕衣宽睡髻偏。　　鳞鸿不寄辽东信，又是经年，弹泪花前，愁入春风十四弦。（《采桑子》）

　　危堞朱栏，登览处、一江秋色。人正似、征鸿社燕，几番轻别。缱绻难忘当日语，凄凉又作他乡客。问鬓边、都有几多丝？真堪织。　　杨柳院，秋千陌。无限事，成虚掷。如今何处也？梦魂难觅。金鸭微温香缥

纱，锦茵初展情萧瑟。料也应、红泪伴秋霖，灯前滴。（《满江红》）

　　樽前凝伫漫魂迷，犹恨负幽期。从来不惯伤春泪，为伊后、滴满罗衣。那堪更是，吹箫池馆，青子绿阴时。　　回廊帘影昼参差，偏共睡相宜。朝云梦断知何处？倩双燕、说与相思。从今判了，十分憔悴，图要个人知。（《一丛花》）

"无题"诗正如《老学庵笔记》卷八所言："唐人诗中有曰无题者，率杯酒狎邪之语，以其不可指言，故谓之无题，非真无题也。"[1]　"无题"多写男女情事，但因自《离骚》以来形成的"香草美人"的传统，男女爱情往往又被指与君臣遇合有关，唐代李商隐的《无题》诗被解读成"楚雨含情皆有托"，陆游的这组"无题"诗是否也为比兴寄托之作？此与本论题无关，不作探讨，我们关心的是它与词的关系。我们先来看看《无题》诗中的人物形象，女子多美丽而慵懒，多为相思离愁所苦："离惊病思"、"憔悴篷窗"、"宝镜尘生"、"玉壶贮泪"、"泪湿泥金带上诗"、"细字写新愁"、"梦到辽阳"，再来看看词中女子形象："懒上秋千，闲拨沈烟"、"红泪伴秋霖，灯前滴"、"弹泪花前"、"樽前凝伫漫魂迷"、"伤春泪滴满罗衣"、"倩双燕、说与相思"、"十分憔悴"。诗词中的女主人公举手投足、一颦一笑俱无有分别。在情感意绪上，"（陆游的）'无题诗'总是对一段已经逝去的旧情的眷念不已，其中时而有难言的隐痛。"[2]"那份牵肠挂肚的思念、哀婉低怨的诉说，都与歌词所抒之情相似"。[3]　虽然，钱仲联先生认为陆游的这组《无题》诗"亦是假托闺情以寓意者。"[4]　但它们与陆游的爱情词抒写同一模式、同一情调、同一手法、同一风格，其诗充满着浓重的词体特质。

①　陆游：《老学庵笔记》卷八，中华书局 1979 年版，第 108 页。
②　诸葛忆兵：《论陆游无题诗》，《陆游与越中山水》，第 186 页。
③　同上。
④　钱仲联：《剑南诗稿校注》，第 386 页。

　　儿女之情本是诗中一大主题，《诗经》首开民间情歌之先河，汉魏六朝时代，乐府情歌与文人爱情诗交相辉映，唐代中后期至五代，爱情诗更加丰富多彩，但自宋以后，爱情逐渐从诗坛淡出而成为词坛的主角，"诗庄词媚"遂成定局。钱钟书先生曾言："宋人在恋爱生活里悲欢离合不反映在他们的诗里，而常常出现在他们的词里。如范仲淹的诗里一字不涉及儿女私情，而他的《御街行》词就有'残灯明灭枕头敧，谙尽孤眠滋味。都来此事，眉间心上，无计相回避'这样悱恻缠绵的情调……据唐宋两代的诗词看来，也许可以说，爱情，尤其是在封建礼教眼开眼闭的监视之下那种公然走私的爱情，从古体诗里差不多全部撤退到近体诗里，又从近体诗里大部分迁移到词里。除掉陆游的几首，宋代数目不多的爱情诗都淡薄、笨拙、套板。"① 在宋人几乎不在诗里言情的状况下，陆游在诗里反复倾诉他对恋人的思念之情则很能说明一些问题。正如诸葛忆兵先生所言："陆游的几首爱情诗，与词的风格相通，委婉多情，在宋代独树一帜，成为宋诗创作中的'另类'。"② "词之为体，要眇宜修，能言诗之所不能言，而不能尽言诗之所能言，诗之境阔，词之言长"，③ 词之区别于诗正在于词能言诗之不能言，正在于词能言"要眇宜修"的情感，而陆游诗具备了词体的抒情功能，爱情从词的王国向诗的王国重新回归，从中我们可以看到词对陆游诗歌的影响，正如诸葛忆兵先生所说："受李商隐诗风影响，陆游'无题'诗的抒情模式也近似歌词。也就是说，从题材内容到艺术风格，陆游的'无题'诗全面向歌词靠拢。苏轼为词人称'以诗为词'，陆游的'无题'诗则可称'以词为诗'。"④ 因此，从陆游对于爱情的抒写中，我们又可以看到词至南宋对于诗歌的反向影响，诗与词的文体渗透是双向的，而不是单向的，陆游既"以诗为词"，同时又"以词为诗"。关于陆游《无题》诗的词体特

---

　　① 钱钟书：《宋诗选注序》，《宋诗选注》，第10页。
　　② 诸葛忆兵：《论陆游无题诗》，第181页。
　　③ 王国维：《人间词话》，《蕙风词话》、《人间词话》合订本，第226页。
　　④ 诸葛忆兵：《论陆游的无题诗》，《陆游与赵中山水》，第188页。

征诸葛忆兵先生在其文章中已有详细论述，此处不再赘论。

再来看看姜夔爱情诗词的区别。据夏承焘先生考证，宋孝宗淳熙三年丙申（1176）至十三年丙午（1186），即姜夔二十二岁至三十二岁期间，漂泊江淮，曾在合肥有一段终生难忘的感情，所恋对象可能为勾栏中的姐妹二人，以后遂再无缘相见，此段恋情刻骨铭心，令他魂牵梦萦。在姜夔词作中有十六首怀人词，所怀即为他曾经的爱恋对象，所以此十六首怀人词也可称为爱情词。姜夔诗作写爱情的只有一首《牛渚》，另有一首与爱情有点关系，此诗即《送范仲讷往合肥三首》其三，诗云："小帘灯火屡题诗，回首青山失后期。未老刘郎定重到，烦君说与故人知。"陈思《白石年谱》云："庆元二年丙辰。……送范仲讷往合肥，寄语小乔宅之意中人。"夏承焘先生亦云："绍熙二年辛亥冬，（姜夔）离合肥客苏州，此后遂无合肥踪迹。卷三《点绛唇》云：'月落潮生，掇送刘郎老。淮南好，甚时重到，陌上生春草。'同卷《江梅引》题云：'丙辰（一一九六）之冬，予留梁溪（无锡），将诣淮南而不得，因梦思以述志。'词云：'歌罢淮南春草赋，又萋萋。漂零客，泪满衣。'诗集下《送范仲讷往合肥》亦云：'小帘灯火屡题诗，……'皆低徊往复之情，不似寻常经行之回忆。"[①] 所以，我们可认定此诗与爱情有关。姜夔这段刻骨铭心的爱情在词中被反复吟咏，并形成了"以硬笔高调写柔情"的特点。[②] 关于姜夔爱情词的此种特点，学界已多有论述。但为了与其诗对比的需要，现就几点论之。

（一）化艳为清。"词为艳科"，它与"绮艳公子"、"绣幌佳人"为伴，宛转于美女莺歌声中，男欢女爱、离别相思为其永恒的主题，勿论"花间鼻祖"温庭筠，更勿提"才子词人，自是白衣卿相"的柳永，即使有"词中老杜"之

---

① 夏承焘：《姜白石系年·附录·白石怀人词考》，《夏承焘集》，浙江古籍出版社1997年版，第448页。

② 夏承焘、吴无闻：《姜白石词校注》，第71页。

称的周邦彦也"当不得个'贞'字"。① 然而，此种状况到了姜夔则被彻底扭转，其爱情词品格与地位正如柴望所言："词起于唐而盛于宋，宋作尤莫盛于宣靖间，美成、伯可各自堂奥，俱号称作者。近世姜白石一洗而更之。《暗香》、《疏影》等作，当别家数也。大抵词以隽永委婉为上，组织涂泽次之，呼嗥叫啸抑末也。唯白石词登高眺远，慨然感今悼往之趣，悠然托物寄兴之思，殆与古《西河》、《桂枝香》同风致。视青楼歌红窗曲万万矣。"② 吴淳云："南宋词至姜氏尧章，如一变《花间》、《草堂》纤秾靡丽之习。野云孤飞，去留无迹，前人称之审矣。"③ 吴熊和先生也认为："（姜夔词）不施朱傅粉如柳、周……韵度高绝，辞语尔雅，为宋词带来了新的意境格调。"④ 他的爱情词摒弃了以往爱情词的热烈俗艳，以隐约委婉之笔出缱绻缠绵之情，选择清雅意象营造冷峭幽渺之境，词的格调从"花间"的"热色"、"热调"转向了"冷色"、"冷调"，有效地避开了花间词至北宋以来的绮靡软媚，从而呈现出一定的刚性色彩和高雅的韵致。比如其《踏莎行》：

> 燕燕轻盈、莺莺娇软，分明又向华胥见。夜长争得薄情知？春初早被相思染！　　别后书辞、别时针线，离魂暗逐郎行远。淮南皓月冷千山，冥冥归去无人管。

起首三句"燕燕轻盈、莺莺娇软"似有传统婉约词之香浓温软，一派旖旎格调，"分明又向华胥见"则以梦的幽约与不可捉摸淡化了前两句的艳情色彩。"夜长争得薄情知？"让夜的黑暗与静谧来包裹浓烈的相思，"春初早被相思染"以夸张笔法写情感之广与浓。下阕"别后书辞、别时针线，离魂暗逐郎行远"，

---

① （清）刘熙载：《艺概》，第110页。

② （宋）柴望：《凉州鼓吹自序》，《彊村丛书》本。

③ 吴淳：《还序武唐俞氏白石词钞》，转引自夏承焘《姜白石词编年笺校》，第191页。

④ 吴熊和：《唐宋词通论》，浙江古籍出版社1985年版，第254页。

因相思太浓，则忆及生活的点点滴滴，甚而至于魂梦相随。"离魂暗逐郎行远"，以生命相随，用全部生命去爱，感情之深、浓、挚无与伦比，最后却以"淮南皓月冷千山，冥冥归去无人管"的幽冷之境统摄全词的热情，遂化艳为清，变热为冷。此正如杨海明先生所说："他常把缠绵、软馨如柳的恋情，用梅花那样清冷幽雅的词品出之，把那些缠绵悱恻的热恋情加以'冷处理'，加以'骚雅化'。"① 因此，写柔情绮怀却具高格雅调。

（二）化情语为景语。姜夔的爱情词能够"化艳为清"不仅与其"冷处理"之手法有关，而且和他化情语为景语也有相当的关系。其词"清空"风格的形成和此种艺术手法密不可分，"所谓清空是'指意念的空灵含蓄，对事物的描写避免直接刻画，而是遗貌取神，虚处着笔，从侧面烘托出来。'"② 因此，"白石的恋情词……，很少有脂腻粉浓的描写，嚼蕊吹香的刻画，而常常通过景物与环境气氛的烘托寄寓冷隽而又深婉的情思"。③ 比如其《解连环》：

> 玉鞍重倚，却沉吟未上，又萦离思。为大乔能拨春风，小乔妙移筝，雁啼秋水。柳怯云松，更何必、十分梳洗。道"郎携羽扇，那日帟帘，半面曾记。" 西窗夜凉雨霁，叹幽欢未足，何事轻弃！问后约、空指蔷薇，算如此溪山，甚时重至？水驿灯昏，又见在、曲屏近底。念唯有夜来皓月，照伊自睡。

此词为姜夔对当年离别情景的追忆，才子佳人难舍难分，感情极其缠绵悱恻，此词之妙全在"问后约、空指蔷薇，算如此溪山，甚时重至"之句，吴衡照在其《莲子居词话》中云："言情之词，必藉景色映托，乃具深婉流美之致。白石'问后约、空指蔷薇，算如此溪山，甚时重至。'……似此造境，觉秦七、

---

① 杨海明：《唐宋词史》，第508页。
② 程千帆、吴新雷：《两宋文学史》，第407页。
③ 陶尔夫、刘敬圻：《南宋词史》，黑龙江人民出版社1992年版，第287页。

黄九尚有未到,何论余子。"① 其词无意于两情欢愉的展现,而是极写相思离别的苦况,以清刚之笔写柔情浓怨,在写景状物中,以冷色幽香之笔表现出萧瑟苍凉的韵致,以致其词"何尝有一语涉于嫣媚?"② 张炎在《词源》中亦于此点肯定了姜夔情词:"矧情至于离,则哀怨必至,苟能调感怆于融会中,斯为得矣。白石《琵琶仙》云⋯⋯离情当如此作,全在情景交炼,得言外意。"③

(三)融入人生悲凉之感。"硬笔高调写柔情"的评语是夏承焘先生发明的,他在下此判断时还举了几个例子,"以硬笔高调写柔情,是白石词的一个鲜明的特色。如《琵琶仙》云:'春渐远,汀洲自绿,更添几声啼鴂。'《解连环》云:'问后约空指蔷薇,算如此江山,甚时重至。'又如此首词中的'阅人多矣,谁得似长亭树。树若有情时,不会得青青如此。'则转折拗怒,尤为奇作。"④ 我们来看看关于这几句词的相关评论:

> "问后约空指蔷薇"三句,深情无限,觉少游"此去何时见也",浅率寡味矣。⑤
>
> "阅人多矣,谁得似长亭树。树若有情时,不会得青青如此。"白石诸词,惟此数语最沉痛迫烈。⑥

从所举之例可以看出,所谓健笔柔情,不仅是指情感的雅洁,更应指情感之深沉。姜夔的爱情词之所以能与"秦、柳之妩媚风流,判然分途,⋯⋯以冲澹秀洁得词之中正",⑦ 还在于他在其爱情词中融入了人生悲凉之感,这种悲凉感不再仅是宦途失意引发的哀怨,而是失意人对整个人生的一种极清冷的感

---

① (清)吴衡照:《莲子居词话》卷二,唐圭璋:《词话丛编》,第2423页。
② (清)沈祥龙:《谈词随笔》,唐圭璋:《词话丛编》,第4056页。
③ (宋)张炎:《词源》,《词源》、《乐府指迷》合订本,第24页。
④ 夏承焘、吴无闻:《姜白石词校注》,第71页。
⑤ (清)许昂霄:《词综偶评》评《解连环》,唐圭璋:《词话丛编》第二册,第1559页。
⑥ (清)陈廷焯:《白雨斋词话》卷八,第210页。
⑦ (清)高佑纪:《湖海楼词序》引顾咸三语,《清名家词》第二册,上海书店1982年版。

受。此种悲凉感与爱情的失意怀想叠加，则形成其词极浓重的悲剧感。词人承受、咀嚼着这份伤感，笔墨间遂缓缓渗出缕缕忧伤意绪。爱情的伤怀与人生失意的结合，此自温庭筠、柳永、周邦彦等早已有之，为什么姜夔的此种情感却具有人生悲剧之感？能赋予其词更浓重的"冷色"？关键在于这种感慨不是一己的功名利禄与失意，而是"在普通的具体的人生悲哀中倾注了历尽沧桑后的苍凉与沉重。这不仅是继承晋宋风流，而是反映了封建后期士大夫梦醒后无路可走的无奈心态。"① 其情感之深沉凝重使姜夔的词具有了普遍意义的人生悲剧之感，遂使他的词凉意袭人，使他的词能"以格胜"。② 如《庆宫春·双桨莼波》：

> 双桨莼波，一蓑松雨，暮愁渐满空阔。呼我盟鸥，翩翩欲下，背人还过木末。那回归去，荡云雪，孤舟夜发。伤心重见，依约眉山，黛痕低压。　　采香径里春寒，老子婆娑，自歌谁答。垂虹西望，飘然引去，此兴平生难遏。酒醒波远，政凝想、明珰素袜。如今安在，唯有阑干，伴人一霎。

夏承焘先生在评此词时说："或谓此词为怀念小红而作，从词序所言的时间和地点来考察，亦差可信，柔情绮怀，能为高调，非周清真、吴梦窗所能及。"③ 此词似是追忆小红，又非为追忆小红，隐隐约约，似是而非。"那回归去，荡云雪，孤舟夜发"之陪同者为小红，当年曾"小红低唱我吹箫"（《过垂虹》），岁月流逝，五年弹指而过，又临旧地，故友不在，小红安在？与词人做伴的唯有湖边静谧远山。"伤心重见，依约眉山，黛痕低压"，烟雨中的山水似是美人

---

① 孙维城：《"晋宋人物"与姜夔其人其词——兼论封建后期士大夫的文化人格》，《文学遗产》1999 年第 2 期。

② （清）蔡宗茂：《拜石山房词钞序》，《清名家词》第八册，上海书店 1982 年版。

③ 夏承焘、吴无闻：《姜白石词校注》，第 120 页。

愁眉不展，这无疑是对小红的追忆，但"采香径里春寒，老子婆娑，自歌谁答"句中的"采香径"是古代吴国的遗迹，所以"政凝想，明珰素袜"中之佳人是小红？还是曾经的吴宫佳丽？好像都是，怀古与忆今结合在一起，对小红的追忆赋予了更多的历史沧桑感。"如今安在，唯有阑干，伴人一霎"，"历史佳话，心中伊人，故旧交游，往日欢乐等等，都恍如云烟过眼，一去不回。眼下唯有当年共倚的亭台阑干做伴，物是人非、尘世犹梦的感伤流溢纸背。"① 对小红的追忆、爱情的怀想、温馨的流连结合了更为丰富的内容，没有艳情的香甜，只有人生的喟叹，情感极柔极厚。姜夔词中的女主人公总如此词中的小红一样，幽约朦胧，如天上飞鸿，空际回翔，却未沾有尘世的艳俗。

姜夔正以其"健笔柔情"之独特的艺术风格获得了他在词坛上应有的位置，对此，前人已有定论："词盛于宋代，自姜、张以格胜，苏、辛以气胜，秦、柳以情胜，而其派乃分。"② "北宋词人原只有艳冶、豪荡两派，自姜夔、张炎、周密、王沂孙方开清空一派，五百年来，以此为正宗。"③ 姜夔当之无愧矣！

以上我们是就姜夔的爱情词论之，那么姜夔唯一的一首爱情诗风貌如何？姜夔作诗时是否用了不一样的艺术手法处理爱情题材？其爱情诗的艺术风格是否与其词截然不同？下面我们试作对比：

牛渚

牛渚矶边渺渺秋，笛声吹月下中流。西风不识张京兆，画得蛾眉如许愁。

夏承焘先生《白石系年》云："绍熙二年（1191）辛亥，三十七岁。……，六

---

① 刘乃昌编：《姜夔词新释辑评》，中国书店 2001 年版，第 135 页。
② （清）蔡宗茂：《拜石山房词钞序》，《清名家词》第八册，上海书店 1982 年版。
③ （清）谢章铤：《赌棋山庄词话》续编四引王鸣盛语，唐圭璋：《词话丛编》，第 3549 页。

月，复过巢湖……，此时情侣似已离合肥他往，故白石此年之后遂无合肥踪迹。……寓合肥，……过牛渚作诗。"① 陈思《白石年谱》认为："二十八字中无限离愁。"② 孙玄常先生也认为"似寄念合肥情人之作。"③ 可见，此为追念日思夜想合肥情侣之爱情诗无疑。"牛渚"为当年袁安听笛之地，经过历史的淘洗，其魏晋名士的风流余韵仿佛还弥散在"牛渚"矶边的青山绿水上，"渺渺秋"一词来源于屈原《湘夫人》"帝子降兮北渚，眇眇兮愁予。嫋嫋兮秋风，洞庭波兮木叶下。"于是，牛渚矶边的秋风好像还带着湘夫人当年恋爱的忧伤与怅惘，因此，"牛渚矶边渺渺秋，笛声吹月下中流"遂在自然景色的清淡描写中融入了更多的历史韵味，既风流萧散又落寞怅惘，情味绵长。"西风不识张京兆，画得蛾眉如许愁"用汉代张敞为妇画眉事，此事本带有极浓艳情色彩，为词中常用之典。此处本意是写自然界两个意象：月与西风，但姜夔以张敞画眉事拟西风吹月之景，既风流蕴藉，又清淡雅致。所以说，此虽为写爱情的诗篇，却无一点艳俗缠绵之语，用张京兆为妇画蛾眉的韵事写心中无法言说的深情，又借着历史的沉重褪去了爱情的色彩，而这一点历史的风流又在瑟瑟秋风与月下笛声里荡漾散开，只留下了一点爱情的怀想与似有若无的深长叹息。全诗可谓"句中有余味，篇中有余意"，④ 风调清远，"能以韵胜"。⑤ 从以上分析可以看出，姜夔爱情诗词俱是"低徊往复之情，不欲明言"，⑥ 无论是用笔手法还是风格境界均无甚区别，运笔空灵风流，又不落纤艳。

通过对姜夔爱情诗的比较，我们发现，姜夔虽以"婉约"词人名世，但其诗词在具体创作的追求与处理上并无明显区别，诗词表现出极其相似的面

---

① 夏承焘：《姜白石系年·行实考》，《姜白石词编年笺校》，第306—307页。
② 陈思：《白石年谱》，1933年刻本。
③ 孙玄常：《姜白石诗集笺注》，第210页。
④ 姜夔：《白石道人诗说》，何文焕辑《历代诗话》，第681页。
⑤ （清）黄培芳：《香石诗话》卷一，第15页。
⑥ 夏承焘、吴无闻：《姜白石词校注》，第26页。

貌特征，但此种特征，我们不能简单说是诗影响了词，或是词影响了诗，而是在诗词之相互影响与渗透中，互相汲取了对方的优点与长处，诗词双方在互动影响中改变了自身的品质，使各自得到了发展。姜夔以江西诗法为词，使其词"一洗华靡，独标清绮"，①；其诗又吸收了词的风神，使其诗尤其是七言绝句具有了宋人诗歌少有的韵味，获得了极高的艺术成就，正如前人所论："宋人七绝，每少风韵，唯姜白石能以韵胜。"② 诗与词取长补短，遂各造其诣。

二　咏梅诗词比较

据说"梅以花贵自战国始"，晋代梅花已见于五言诗歌咏，梁、陈之际，梅花在五、七言诗中成为歌咏主角。从唐至宋，咏梅诗超过千首，宋更是"一代咏梅成正声"。《四库全书〈梅苑〉提要》云："昔屈、宋遍陈香草，独不及梅，六代及唐，篇什亦寥寥可数。自宋人始绝重此花，人人吟咏。"③ 宋人爱梅近痴、近狂，范成大编《梅谱》，黄大舆著《梅苑》，张镃曾植梅三百株于玉照堂，并作《梅品》，南宋人赵紫芝甚至言"但能饱吃梅花数斗，胸次玲珑，自能作诗。"④ 陆游也是这爱梅热潮中的歌咏者，他曾宣称"我与梅花有旧盟，即今白发未忘情"（《梅花》），"一树梅花一放翁"（《梅花绝句》）。清代姚莹在其《论诗绝句》中曾言："平生壮志无人识，却向梅花觅放翁。"⑤ 梅花与陆游同在，是陆游的精神伴侣与寄托。在《剑南诗稿》中共有咏梅诗 155 首，占全诗的千分之十七，在《放翁词》中有咏梅词 3 首，占全词的千分之二十一。姜

---

① （清）郭麐：《灵芬馆词话》，唐圭璋：《词话丛编》，中华书局 1986 年版，第 1503 页。
② （清）黄培芳：《香石诗话》卷一，第 15 页。
③ （清）纪昀：《四库全书总目》卷一九九《梅苑》提要，第 2803 页。
④ （元）韦居安：《梅磵诗话》，《历代诗话续编》本，第 562 页。
⑤ （清）姚莹：《论诗绝句》第六十首其一，见《中复堂全集》卷九《后湘诗集》，清同治六年安福县署刊本。

夔更是与梅花难分彼此,缪钺在《论姜夔词》中说:"姜白石所以独借梅与荷以发抒而不借旁的花,则是由于荷花出淤泥而不染,其品最清;梅花凌冰雪而独开,其格最劲,与自己的性情相合。"① 梅花清幽高洁正是对姜夔孤高狷洁的禀性与襟怀的最佳写照,梅花几乎成了姜夔人品与词品的象征。姜夔一生爱梅,乐此不疲地探梅、寻梅、赏梅,优雅的人生意趣与孤傲的个性在其 4 首咏梅诗、16 首咏梅词里得到了最完美地展现。辛弃疾并没有如陆游、姜夔一样表现出对梅极度的热爱,但他也有咏梅诗五首,占全诗的百分之四,咏梅词十一首,占全词的百分之二。本文无意于论述陆游、辛弃疾、姜夔咏梅诗词的思想内容与艺术风格,仅欲在其咏梅诗词的对比中,分析他们在诗词中对梅花的不同处理,以见出他们的诗词观念,以求发现当时诗词互渗的一般状况。

(一)陆游、姜夔诗词俱喜以美女比梅,辛弃疾之咏梅词也是如此,而其咏梅诗则多直接描写梅之精神。

咏物诗,发源于先秦,形成于六朝,发展于唐代,嬗变于两宋。早期咏物诗注重事物外观形貌的刻画与再现,强调巧构形似、体物浏亮,发展到唐代,则在体物基础上,追求托物兴寄以抒情言志,到了宋代,更蔚成风气。正如清人俞琰在其《咏物诗·自序》中所说:"故咏物一体,三百篇导其源,六朝备其制,唐人擅其美,两宋、元明沿其传。"② 词虽后起,但在咏物方面,也求有所寄托。清蒋敦复在《芬陀利室词话》中说:"词源于诗,即小小咏物,亦贵得风人比兴之旨。唐、五代、北宋人词,不甚咏物。南渡诸公有之,皆有寄托。……即间有咏物,未有无所寄托而可成名作者。"③ 在《花间集》所收录的十八位作者五百首作品中,大概只有牛峤的两首《梦江南》可算是咏物之作。宋初沿袭五代,咏物之作主要表其形相,如林逋《霜天晓角》咏草、梅尧臣《苏幕遮·草》等名为咏物,实为写景。一直到了北宋中后期,到了苏轼与

---

① 缪钺:《论姜夔词》,《灵谿词说》,第 458 页。
② (清)俞琰:《咏物诗选》,成都古籍书店 1984 年版,第 2 页。
③ (清)蒋敦复:《芬陀利室词话》卷三,唐圭璋:《词话丛编》,第 3675 页。

周邦彦手里，才产生真正的咏物词。发展至南宋，咏物之作须有寄托已成为人们共识，同时，如何寄托也是人们议论的热点。张炎《词源》云："诗难于咏物，词为尤难。体认稍真，则拘而不畅；模写差远，则晦而不明。"并认为好的咏物词应是"所咏了然在目，且不留滞于物。"①在艺术手法上，咏物词常将物比喻成美人，借美人之形神命运写物之形态。如苏轼《水龙吟》咏杨花，将杨花比作思妇，借写思妇情怀来写杨花之形神，杨花形象与思妇形象二者绾合于一体，是花是人，几不可分。贺铸《芳心苦》咏荷花也是如此。史达祖《双双燕》本描写燕子之态，却从燕子的"栖香正稳"带出"愁损翠黛双蛾，日日画阑独凭"的闺怨；《绮罗香》咏春雨，则有"记当日门掩梨花，剪灯深夜雨"；姜夔《齐天乐》咏蟋蟀有"正思妇无眠"、"世间儿女，写入琴丝，一声声更苦。"以美人咏物，扩大了咏物词的容量，加深了咏物词的审美层次，同时，也是词区别于诗的特征之一。沈义父的《乐府指迷》曾说："作词与诗不同，纵是花卉之类，亦须略用情意，或要入闺房之意……如直咏花卉，不着些艳语，又不似词家体例。"②至南宋时，词须"着些艳语"已为词人共识。因此，在南宋咏梅词里，词人常将梅花比作美人以歌咏之，借美人之冰肌玉骨写梅花的风流标格，借美人的孤独来写梅花的高洁。陆游、姜夔、辛弃疾的咏梅词俱是如此。如陆游的《朝中措·梅》词：

> 幽姿不入少年场，无语只凄凉。一个飘零身世，十分冷淡心肠。
>
> 江头月底，新诗旧梦，孤恨清香。任是春风不管，也曾先识东皇。

此词将梅比作一位身世飘零有无限凄凉心绪的女子，赞其冰清玉洁、孤高自傲，通篇不见"梅"字，却处处抓住梅的特点，运用拟人手法，梅花与人融为

---

① （宋）张炎：《词源》"咏物"条，《词源》、《乐府指迷》合订本，第 20 页。

② （宋）沈义父：《乐府指迷》，《词源》、《乐府指迷》合订本，人民文学出版社 1963 年版，第 71 页。

一体，同时，借梅自喻，将自己的身世之感寄托其中。全词格调清雅，含蓄蕴藉。

在姜夔笔下，他也喜将梅花比喻成清幽高洁的女子。如《小重山令·赋潭州红梅》：

> 人绕湘皋月坠时。斜横花树下，浸愁漪。一春幽事有谁知？东风冷，香远茜裙归。　　鸥去昔游非。遥怜花可可，梦依依。九疑云杳断魂啼，相思血，都沁绿筠枝。

此词将梅比作含忧带愁的女子，满含幽怨，芳心难诉，以红裙女渐渐远去比喻红梅之脱落。"九疑云杳梦魂啼"，化用舜妃娥皇、女英啼夫之血泪写红梅朵朵，同时写尽此女子内心的忧伤与愁怀。词中既寄寓着作者对伊人的离思，又写出伊人对作者的想念。在词人笔下，是梅是人，物我交会，迷离惝恍，使人寻绎不尽。著名的咏梅篇章《暗香》、《疏影》等都是如此。

辛弃疾的咏梅词如陆游、姜夔一样，也多将梅花比喻成风流高格的美人，她们具有清压群芳的冰魂雪魄，词人倾其热情为之大唱赞歌。比如其词《洞仙歌·红梅》：

> 冰姿玉骨，自是清凉态。此度浓妆为谁改。向竹篱茅舍，几误佳期，招伊怪，满脸颜红微带。　　寿阳妆镜里，应是承恩，纤手重匀异香在。怕等闲春未到，雪里先开，风流煞，说与群芳不解。更总做北人未识伊，据品调难作，杏花看待。

此词赋红梅，作者从"红"字落笔，以多种形象比喻梅之"红"色，"红"是美人脸颊上的一点红晕，是寿阳公主承恩后的羞态，是"冰姿玉骨"美人的偶尔浓妆，是明净白雪里的风流媚姿。"红梅"的风韵在美人的爱情故事里流转呈现。其他如《念奴娇·题梅》将梅比作"骨清香嫩，迥然天与奇绝"，有"当年标格"的女子，《江神子·赋梅寄余叔良》以"粉面朱唇，一半点胭脂"的美女写梅，《鹧鸪天》（病绕梅花酒不空）借"冰作骨，玉为容，常年宫额鬓云松"的美女之姿态写梅之形神，《瑞鹤仙·赋梅》则以"玉肌瘦弱"，"倚东风一笑嫣然，转盼万花羞落"的美女写梅之雅洁孤寒。诸如此类，俱借写人来写花，表现出浓重的艳丽色彩。

咏物词中以美人比物是词自身体性特点所决定的，已成词家惯例，陆游与姜夔的咏梅诗也常以此种艺术表现手法吟咏梅花。如陆游的《浣花赏梅》："带月一枝低弄影，背风千片远随人。石家楼上贪玉笛，肯放明朝玉树新。"也将梅花比喻成满含芳思的女子，低首月下闲弄影，并在哀怨的玉笛声中随风飘逝。此诗借美女写尽梅花幽逸之貌与潇洒超脱的神韵，与词《朝中措·咏梅》同一格调，同一手法。此种写法在陆游诗中并不是独一无二，他的《芳华楼赏梅》也表现出相同的韵致：

> 素娥窃药不奔月，化作江梅寄幽绝。天工丹粉不敢施，雪洗风吹见真色。出篱蔽坞香细细，临水隔烟情脉脉。一春花信二十四，纵有此香无此格。

此诗干脆将梅花比成下凡的嫦娥，借嫦娥之天生丽质写梅花之艳，通过对嫦娥形神之描绘抒发诗人对梅花的赞赏与喜爱。再比如《东园观梅》：

> 出世仙姝下草堂，高标肯学汉宫妆。数苞冷蕊愁浑破，一寸残枝梦亦香。问讯不嫌泥溅屐，端相每到月侵廊。高楼吹角成何事，只替诗人说断肠。

也是如此。其他如《红梅》以"苎萝山下越溪女，戏作长安时世妆"描写梅花开时之艳丽；《探梅》则将梅比作"绝艳岂复施丹铅"之天生丽质的美女，又疑梅花为"凌波仙子"；《射的山观梅》则云梅花"倚竹真成绝代人"等等，不一而足。通过分析可见，在以美人比花这一艺术表现手法方面，陆游的部分诗歌与词表现出高度的一致性。

那么，姜夔的咏梅诗情况如何呢？姜夔现有咏梅诗四首，篇幅不多，我们现将四首抄录如下：

次韵《鸳鸯梅》二首

晴日小溪沙暖，春梦怜渠颈交。只怕笛声惊散，费人月咏风嘲。

漠漠江南烟雨，于飞似报初春。折过女郎山下，料应愁杀佳人。

绿萼梅

黄云承袜知何处，招得冰魂付北枝。金谷楼高愁欲堕，断肠谁把玉龙吹。

项里苔梅

旧国婆娑几树梅，将军逐鹿未归来。江东父老空相忆，枝上年年长绿苔。

这四首咏梅诗都为七言绝句，稍一读之，我们即可发现，姜夔咏梅诗的艺术处理手法与词大同小异，作者也是借人咏梅，梅之心对应着佳人之心，梅之怨对应着佳人之怨。《次韵〈鸳鸯梅〉二首》，作者借"鸳鸯"两字发挥，将梅比成相恋的情侣，他们正做着温馨的梦，笔墨虽少，字里行间却充满怜惜。《次韵〈鸳鸯梅〉二首》其二"料应愁杀佳人"笔墨虽少，却也如此。《绿萼梅》则以石崇之宠姬绿珠为喻，以绿珠爱情之悲剧、灵魂之高洁写梅之冰魂与断肠。《项里苔梅》虽然未出现虞姬的影子，但"旧国婆娑几树梅"似是虞姬深情的呼唤。可见，姜夔咏梅诗一如其词也多艳情色彩。

辛弃疾的咏梅诗虽然也是赞美梅花之幽韵高格，但在艺术手法上，多直接道出，而少借美人比拟作精工细描。如《和吴克明广文赋梅》：

> 谁咏寒枝入国风？广文官冷更诗穷。偶随岸柳春先觉，试比山礬韵不同。十顷清风明月外，一杯疏影暗香中。遥知一夜相思后，铁石心肠也恼翁。

诗直接说梅花"试比山礬韵不同"，在近乎白描的"十顷清风明月外，一杯疏影暗香中"淡淡赞其幽洁清新。再比如《和赵茂嘉郎中赋梅》：

> 空谷春迟懒却梅，年年不肯犯寒开。怕看零落雁先去，欲伴孤高人未来。解后平生惟酒可，风流抵死要诗催。更怜雪屋君家树，三十年来手自栽。

全诗以浅淡流利之笔侧面描写梅花犯寒而开的精神及孤高的品性，并未着意刻画梅花之精神内核。其他如《和傅岩叟梅花二首》则在对林逋与屈原的诗篇回忆中描绘梅花之幽洁。

我们一直认为词至辛弃疾，已完全打破了诗词之间的区别，诗词疆域已不复存在，但在辛弃疾咏梅诗词的对比中，我们仍然可以看出他的诗词分疆之观念。辛弃疾在咏梅词中以美女比梅花，充分地满足了"词为艳科"的体性要求；其咏梅诗却无一语涉及美人，同为咏梅，他在诗词中所作的不同处理，正反映出他的诗词观念。下面我们再将其同咏梅雪的诗词作一对比：

和前人观梅雪有怀见寄

> 相思几欲扣停云，抱疾还嗟老不文。满眼梅花深雪片，何人野鹤在鸡群。诗肩想见高如旧，酒甲如今蘸几分。且向梁园赋清景，自知才思不如君。

永遇乐·赋梅雪

怪底寒梅，一枝雪里，直恁愁绝。问讯无言，依稀似妒，天上飞英白。江上一夜，琼瑶万顷，此段如何妒得。细看来风流添得，自家越样标格。　　晚来楼上，对花临镜，学作半妆宫额。着意争妍，那知却有，人妒花颜色。无情休问，许多般事，且自访梅踏雪。待行过溪桥夜半，更邀素月。

诗《和前人观梅雪有怀见寄》为寄赠之作，并没有对梅雪的正面描写与咏歌，梅雪只是作为寄赠对象之风度与才思的陪衬，作为友谊的载体而存在，在诗歌中占据着次要地位，并没有成为被吟咏的主体。《永遇乐》词则将梅花比成美丽清绝之女子，她含愁带忧，在白雪的映衬下更添别样标格。作者满怀赞美与欣赏之情，以女子之态写梅花之态，以女子之心写梅花之心，词人体察深微，以浓墨重彩之笔细致描摹梅雪之风度与标格。诗词用笔与风格截然不同，很显然，辛弃疾在下笔为诗作词时还是有所顾忌与区分。

那么，陆游、姜夔之咏物诗与词一样以美女比梅花，这又说明了什么问题呢？咏物诗以"美人"比"花"早已有之，惠洪《冷斋夜话》云："前辈作花诗，多用美女比其状。"[①]我们来看几首著名的咏物诗，如陈子昂《感遇三十八首》其二：

兰若生春夏，芊蔚何青青。幽独空林色，朱蕤冒紫茎。迟迟白日晚，嫋嫋秋风生。岁华尽摇落，芳意竟何成？

诗人借兰若的芳华凋零，寄托自己怀才不遇的情怀。全诗工笔细描了兰若形态

---

① （宋）惠洪：《冷斋夜话》卷四，张伯伟《稀见本宋人诗话四种》，江苏古籍出版社 2002 年版，第 38 页。

之美，其间隐隐有美人的影子。再如李商隐的三首咏物诗《野菊》：

> 苦竹园南椒坞边，微香冉冉泪涓涓。已悲节物同寒雁，忍委芳心与暮蝉。细路独来当此夕，清尊相伴省他年。紫云新苑移花处，不取霜栽近御筵。

《落花》：

> 高阁客竟去，小园花乱飞。参差连曲陌，迢递送斜晖。肠断未忍扫，眼穿仍欲稀。芳心向春尽，所得是沾衣。

《柳》：

> 为有桥边拂面香，何曾自敢占流光。后庭玉树承恩泽，不信年华有断肠。

三首诗俱借咏物抒发自己理想幻灭的悲哀与壮志未酬的愤慨。就笔法而言，俱是客观描绘中寓主观情感，其中有美人的艳影。但是，我们若将陆游、姜夔的咏梅诗与此几首咏物诗作一比较就会发现，陆游、姜夔于诗中直接将梅花比成美女，在对美女的精工细描中写出梅的形态神理。陈子昂与李商隐等人之咏物诗并未直接以物比美人，只是在笔墨间摇荡着美人的影子，与惠洪《冷斋夜话》所举之例"若教解语应倾国，任是无情也动人"相同。可见，陆游、姜夔的咏梅诗以美人比梅花，一方面继承了前人咏物诗中的艳影，另一方面则又有所发扬，而这一发扬很可能受到了词体的影响。我们可从陆游的《十二月初一日得梅一枝绝奇戏作长句今年于是四赋此花矣》见出一二：

　　高标已压万花群，尚恐娇春习气存。月兔捣霜供换骨，湘娥鼓瑟为招魂。孤城小驿初飞雪，断角残钟半掩门。尽意端相终有恨，夜寒皱玉倩谁温。

此诗将梅花比成独守冷宫的嫦娥，不仅赞其高标逸韵，而且怜其孤独寂寞，尤其是最末一句"尽意端相终有恨，夜寒皱玉倩谁温"，将素来只能远观、不可亵玩的梅花凡俗化，充满浓重的艳情色彩，遂使咏梅诗表现出与咏梅词相似的风貌。再比如《江上梅花》：

　　老来乐事少关身，犹喜尊前见玉人。岂是凄凉偏薄命，自缘纤瘦不禁春。娟娟月上明江练，黯黯天低糁玉尘，绝磵断桥幽独处，护持应有主林神。

除了首句与末句留下了诗体痕迹之外，其他几乎全与词作如出一辙。从上文分析可以看出，姜夔的咏梅诗词、陆游的部分咏梅诗与词在用笔、立意、构思方面没有明显不同，诗词表现出极为相似的特征，并显示出词影响了诗歌创作的一些痕迹。

　　我们若将陆游、姜夔与辛弃疾的咏梅诗词创作状态作一对比则可发现，在创作咏梅诗词时，陆游、姜夔的诗词分疆观念并不太强，辛弃疾的文体观念则相对明晰。我们向来认为，陆游是南宋"以诗为词"的代表，以"破体"来尊体；姜夔则是婉约词人的代表，以"辨体"来尊体，他们在咏梅诗词创作中却表现出了文体模糊之状态。辛弃疾向被认为是诗词观念模糊的作家，但他的咏梅诗词创作表现出了明晰的文体观念，这让我们看到了作家创作及观念的复杂性。

　　（二）在情感上，诗相对冷静客观，词则浓烈投入。虽然陆游、姜夔的咏梅诗词都有将梅比成美女的特点，但有时诗词还是表现出了文体上的差别，作者在诗中对梅的赞美往往较冷静客观，在词中则往往投入极深的情感。比如陆游的《月上海棠》词：

> 斜阳废苑朱门闭，吊兴亡遗恨泪痕里。淡淡宫梅，也依然点酥剪水。凝愁处，似忆宣华旧事。　行人别有凄凉意，折幽香谁与寄千里。伫立江皋，杳难逢陇头归骑。音尘远，楚天危楼独倚。

词人自注云："成都城南有蜀王旧苑，多梅，皆二百余年古木。宣华，故蜀苑名。"因此，此词为吟咏蜀故苑中的梅花而作。词中的梅花不仅是孤高与幽贞的象征，而且是历史的见证，梅花在废苑里追忆着曾经的繁华，又在凄凉与寂寞中体会着兴衰成败。作者饱含深情咏叹梅花，既有对梅花高洁品格的欣赏，又有对梅花命运的叹息，更有对繁华已逝的无奈，还有对家乡的思念。作者似乎是旁观者，又似乎与梅已融为一体。词的情致意韵非常浓烈。

再来看陆游诗《两大树夭矫若龙相传谓之梅龙予初至蜀尝为作诗自此岁常访之今复赋一首丁酉十一月也》：

> 昔年曾赋西郊梅，茫茫去日如飞埃。即今衰病百事懒，陈迹未忘犹一来。蜀王故苑犁已遍，散落尚有千雪堆。珠楼玉殿一梦破，烟芜牧笛遗民哀。两龙卧稳不飞去，鳞甲脱落生莓苔。精神最遇雪月见，气力苦战冰霜开。羁臣放士耿独立，淑姬静女知谁媒。摧伤虽多意愈厉，直与天地争春回。苍然老气压桃杏，笑我白发心尚孩。微风故为作妩媚，一片吹入黄金罍。

毫无疑问，此诗与《月上海棠》词同一命意，也是借梅咏叹历史之兴衰，但在具体笔法上，诗词表现出了不同的文体特征。诗以直笔描写梅龙历尽风霜之苍劲，以议论之笔写梅龙坚强不屈之精神，更直接将梅比作"羁臣放士"、"淑姬静女"。其中"摧伤虽多意愈厉，直与天地争春回"，前人以为"笔力横绝，实能为此花写出性情气魄者。"论者同时说："不无著力太过。"① 此论正见此首咏梅诗太直太劲，与词的低徊感伤不同。

再来看《蜀苑赏梅》诗：

> 十里温香扑马来，江头还见去年梅。喜开剩欲邀明月，愁落先教扫绿苔。跌宕放翁新醉墨，凄凉废苑旧歌台。盛衰自古无穷事，莫向昆明叹劫灰。

此诗与上两首诗词一样，也为咏叹蜀苑梅花之作。作者以流利之笔借蜀苑之梅咏叹历史的盛衰无常，凄凉中不乏超脱之气。文笔重点不再是梅之姿态神理、性情愁怀，而是作者赏梅的经过，全以议论之笔感慨历史盛衰，而非不着痕迹的深情描绘，主体情感的投入与灌注相对客观冷静，与词的全身心融入、梅人化为一体不同。其他如《梅花绝句》、《落梅》等多数篇章都是直接赞叹梅品之作。我们再来看看词作名篇《卜算子·咏梅》：

> 驿外断桥边，寂寞开无主。已是黄昏独自愁，更著风和雨。　　无意苦争春，一任群芳妒。零落成泥碾作尘，只有香如故。

此词托物寄意，梅花高洁孤傲的性格和精神正是词人高尚人格的写照，此与其诗《城南王氏庄寻梅》同一命意：

> 涧池积槁叶，茆屋围疏篱。可怜庭中梅，开尽无人知。寂寞终自香，孤贞见幽姿。雪点满绿苔，零落尚尔奇。我来不须晴，微雨正相宜。临风

---

① （清）潘德舆：《养一斋诗话》卷五，郭绍虞、富寿荪编《清诗话续编》，第 2076 页。

两愁绝，日暮倚筇枝。

此诗中的梅花无论是命运还是精神品格都与《卜算子》词完全一致，但在具体写法及风味情调方面，诗词却有相当差别。词中梅花的品格与风姿是在与恶劣环境的斗争中呈现的，词人浓墨重彩渲染梅花所处环境的恶劣与结局的不幸，地点是"驿外断桥边"、时间为"已是黄昏"、气候是"更著风和雨"，在此严酷环境下，梅花终至"零落成泥碾作尘"，却还依然留"香如故"。梅花用生命捍卫自己的尊严与节操，词人则以满怀深情赞美之、感叹之、怜爱之！谱写了一曲美被毁灭的崇高悲剧。同样的题材，同样的命意，作者于诗中以冷静与客观的态度写之。"开尽无人知"正是词"寂寞开无主"的状态，"微雨正相宜"对应着"更著风和雨"，"雪点满绿苔，零落尚尔奇"则与"零落成泥碾作尘，只有香如故"同一命运。两相对比，可见诗词在情感投入方面的差异，诗重理性，词重感性，诗重客观描写，词重感性投射。

与陆游一样，姜夔的咏梅词之情感深且厚，倾注了作者全部的人生之爱，人生之痛，人生之怨；咏梅诗之情感则相对单薄，有为咏而咏之意。据夏承焘先生考证，白石与情人两次分别均在梅花时节，"故集中咏梅之词亦如其咏柳，多与此情事有关。"① 如在他的《小重山令·赋潭州红梅》中，我们能感受到作者对梅的一往情深，"人绕湘皋月坠时"，"绕"字写作者反复徘徊于梅树下，尽现作者之深情，"遥怜花可可，梦依依"也充满珍爱与怜惜。夏承焘先生认为："宋人言寄托，乃多空中传恨之语；惟白石情词，皆有本事；梅柳托兴，在他人为余文，在白石是实感；南宋咏物词中，白石以此超然独造，不但篇章特富而已。……怀人各篇，益以真情实感故生新刻至，愈淡愈深。今读《江梅引》、《鹧鸪天》诸词，一往之情，执着如此。"② 其他如《鬲溪梅令》从"春

---

① 夏承焘：《姜白石词编年笺校》，第 273 页。
② 夏承焘：《白石怀人词考》，《唐宋词人年谱》，第 452 页。

风归去"梅花将谢写起，抒发对所恋之人的相思与追寻不得的惆怅。《浣溪沙》（花里春风未觉时）则以"美人呵蕊缀横枝"引出自己的凄清寂寥之感与相思不得的失落与伤感。正是因为姜夔用情太深，所以他的咏梅词总是表现出梅人一体的状态。比如他的《暗香》：

> 旧时月色，算几番照我，梅边吹笛。唤起玉人，不管清寒与攀摘。何逊而今渐老，都忘却春风词笔。但怪得竹外疏花，香冷入瑶席。　　江国，正寂寂。叹寄与路遥，夜雪初积。翠尊易泣，红萼无言耿相忆。长记曾携手处，千树压、西湖寒碧。又片片吹尽也，几时见得。

此词小序云："辛亥之冬，予载雪诣石湖。止既月，授简索句，且征新声。作此两曲，石湖把玩不已，使工妓肄习之，音节谐婉，乃名之曰《暗香》、《疏影》。""辛亥之冬"即宋光宗绍熙二年（1191）暮冬，姜夔冒雪诣访范成大，应范之邀而作此词。关于此词，张炎曾盛赞云："诗之赋梅，惟和靖一联而已；世非无诗，不能与之齐驱耳。词之赋梅，惟姜白石《暗香》、《疏影》二曲，前无古人，后无来者，自立新意，真为绝唱。"[①] 全词梅花、玉人、词人三者融为一体，以梅花之清见玉人之清，以梅花之幽见玉人之幽，以对梅花的怜惜见词人对玉人的眷念。词将咏梅与怀旧、寄慨融为一体，意味深长，情思绵绵不尽，"用意空灵"，[②]"清虚婉约"，[③]"读之使人神观飞越"。[④] 再如其《疏影》，此词巧妙地融合运化数则典故，刻画梅花的风姿、品格、命运、遭遇，在空灵超妙的笔墨中注入了深沉的思理与情悰。作者借典故写美人，借美人写梅花，梅花与美人同一魂魄，美人之怨，梅花之怨，词人之怨，三者难分彼

① 张炎：《词源》"杂论"，《词源》、《乐府指迷》合订本，第29—30页。
② 刘永济：《唐五代两宋词简析》，上海古籍出版社1981年版，第72页。
③ （清）李佳：《左庵词话》卷上，《词话丛编》第四册，第3108页。
④ （宋）张炎：《词源》，《词源》、《乐府指迷》合订本，第16页。

—　161　—

此。这种"怨"又与梅花之香一样，怨到极致却又淡淡传来，令人惝恍莫名，悄然欲泪。其他如："行守西泠有一枝，竹暗人家静"［《卜算子》（月上海云沉）］，"日暮冥冥一见来，略比年时瘦"［《卜算子》（藓干石斜妨）］，"梅雪相兼不见花，月影玲珑彻"［《卜算子》（家在马城西）］等无不是深情贯注之作。

我们再来看看姜夔的咏梅诗，诗《次韵〈鸳鸯梅〉二首》作者也并没有写鸳鸯梅是如何情状，只是就"鸳鸯"两字发挥，将鸳鸯梅拟人化，借咏物写爱情。《绿萼梅》则借绿珠之高洁孤贞写梅之不同凡俗，字里行间有对绿珠悲剧命运的同情。《群芳谱》云："凡梅花跗蒂者皆绛紫色，惟此纯绿，枝梗亦青，特为清高。"绿珠为石崇坠楼身亡，香销玉殒，荡气回肠又充满悲剧色彩，其品之清，其格之高，堪与绿梅相映，玉笛声起，令人情何以堪？《项里苔梅》则是借梅的深情表现对项羽的思念，梅树一如姜夔词里之梅一样，多情而深情。此诗前有小序，录如下："项里，项王之里也，在山阴西南二十余里。地多杨梅、苔梅，皆妙天下。王性之赋项里杨梅云：'只今枝头万颗红，犹似咸阳三月火。'予近得苔梅，古怪特甚，为作七言。"我们只要将王性之的这首杨梅诗与姜夔诗作一比较，就会承认姜夔写梅重情的特点。王性之此诗用极形象却又极粗俗的比喻客观描绘杨梅之红与多，不带一点自我感情色彩。姜夔所得苔梅"古怪特甚"，作者完全可以客观地大书特书其外形，但他将笔墨重点放在苔梅对项王的深情上，这其中可以见出姜夔的审美趋尚与选择。虽然，姜夔咏梅诗也灌注了他的深情，但是相较词而言，诗显然比较单薄。其咏梅诗里所写之人，或是历史人物，或是泛指，与咏梅词中的佳人都是作者所恋之人不同，所以，作者在诗词中所倾注的主体情感有显著差异。虽然，咏梅诗的情韵不及咏梅词，但是，咏梅诗里依然灌注了作者的深情，此种深情与其咏梅词无疑又是相通的。总体看来，姜夔之咏梅诗词在立意、构思、用笔方面区别并不太大，在神理与境界方面，其咏梅诗词也一致。关于其诗词面貌的相似性与相通性，我们若结合第一章第二节《词学视野下的姜夔诗歌》及第四节《诗学视野下的姜夔词》的论述，则会有更鲜明而具体的感受。

辛弃疾之咏梅诗也多随意之笔，时有戏谑，其咏梅词则多深情灌注。梅因其在众芳凋零之时凌寒独开，所以其一直被作为遗世独立、无奴颜媚骨等高洁傲岸精神的象征，前人咏梅也多赞梅之冰魂雪魄。辛弃疾诗中之梅花却与此传统有别，似多为随意抒写，作者并未过多刻意赞美梅花凌寒傲雪的精神。比如其《和傅岩叟梅花二首》：

月澹黄昏欲雪时，小窗犹欠岁寒枝。暗香疏影无人处，唯有西湖处士知。

灵均恨不与同时，欲把幽香赠一枝。堪入《离骚》文字否？当年何事未相知。

此两首诗从表面看来，似乎歌颂了梅花的精神，但细读之，则发现其实也为辛弃疾率意之作。第一首作者无非是说梅花怎么还不开呢？从笔法来讲，因袭成分很大，没有独创之处，纯为作者在社交场合的随意发挥。第二首为梅花未入屈原《离骚》而憾，从侧面歌颂了梅花的性情品格，但显然缺少诗人主体精神之深情投射。再比如诗《和赵茂嘉郎中赋梅》也以随意之笔埋怨梅花太"懒"，不肯犯寒而开，诗人想与其为伴，但梅花并不赏光，诗人认为看来只有写一两首诗赞美梅花，它才肯开放呢！将此咏梅诗与陆游的咏梅诗稍作对比就可发现，辛弃疾的咏梅诗并没有一本正经地为梅花精神大唱赞歌，而是具有更多生活色彩。再比如诗《和吴克明广文赋梅》虽然赞美了梅花"试比山礬韵不同"的独出众芳之韵，但此诗最终的落脚点却是表示对好友吴克明的思念之意，所以，前几句对梅花的赞美也不过是文人下笔为文的惯例，诗中的梅花当然也并没有倾注辛弃疾的主体精神，诗作也有应酬游戏之意。此类咏梅之作在其词中也存在，比如词《浣溪沙》：

　　百世孤芳肯自媒，直须诗句与推排。不然唤起酒边来。　　　　自有渊明
方有菊，若无和靖即无梅。只今何处向人开？

　　毋需多辨，此词很显然与以上所举数首梅花诗面貌相同，并无对梅花精神品格
之深情赞美，为信手拈来之作，随意为文而已。词中类似的还有《生查子·重
叶梅》、《鹧鸪天》（桃李漫山过眼空）、《临江仙·探梅》等。辛弃疾的咏梅词
更多的则是作者主体精神意志的流露，在对梅花的咏叹中倾注了诗人的人格自
期及人生感喟。比如其《念奴娇》词：

　　疏疏淡淡，问阿谁堪比，天真颜色？笑杀东君虚占断，多少朱朱白白。
白。雪里温柔，水边明秀、不借春工力。骨清香嫩，迥然天与奇绝。
尝记宝奁寒轻，琐窗人睡起，玉纤轻摘。漂泊天涯空瘦损，犹有当年标
格。万里风烟，一溪霜月，未怕欺他得。不如归去，阆苑有个人惜。

　　将此词与辛弃疾几首咏梅诗作一比较则可看出，此词为辛弃疾倾心力而作，他
不惜笔墨赞美梅之独出凡花的天然标格。起首"疏疏淡淡"三句以带有强烈感
情色彩的反问语气落笔，对梅花喜爱赞美之情溢于言表。"笑杀"两句则在对
众芳肆意的嘲笑中肯定梅花独出众芳之幽姿。"雪里温柔"四句则全力赞美梅
花"天与奇绝"之风神。下片则亦梅亦人，充满对梅花的怜惜疼爱之意。词里
的抒情主体情真而深，赞美与怜惜之情一泻无余，同时，在对梅花品格的赞美
中满含对自我品格节操的骄傲与肯定，作者赞梅实是赞己，梅花正是作者强烈
的主体精神意志之表现。此类咏梅词甚多，比如《瑞鹤仙·赋梅》以浓墨重彩
之笔极赞梅花之美，作者笔下梅花"倚东风一笑嫣然，转盼万花羞落"，具倾
城之姿，却"伤心冷落黄昏"，在"数声画角"里哀伤。梅花寄寓着作者对自
己人品的自期，命运的叹息，同时又寓托着家国情怀。《临江仙·探梅》写词
人为寻梅花"绕江村"，以"清新"之句品梅之"秀色"，赞美梅花"更无花态

度，全是雪精神"；《江神子·赋梅寄余叔良》以跌宕曲折之笔写白梅冰清玉洁的品格，在白梅的不被欣赏的感叹中寄寓了自己的身世之感。

清人李重华《贞一斋诗说》云："咏物诗有两法：一是将自身放顿在里面，一是将自身站立在旁边。"① 这种论断虽是对咏物诗的总结，但也同样适用于词。陆游、辛弃疾的咏物诗词就是"将自身站立在旁边"，努力让自己的感觉、情感尝试着从所咏物的角度思考和感受，真正的创作主体其实站在外面，"物"与"我"只是在表现形式上完全统一于对象物，其具体创作过程则是二者分离的，所以，他们的咏物诗词"着重通过客观物境呈示审美主体心理人格特征，因而是以客寓主的静态结构。"② 所咏之物是唤起人物内心感情的东西，物是客观存在，读者可以真切地感受的到是词人在观察着对象物，物处于次要的、被观察的位置，作者作为审美主体并没有进入诗的意境。但是，在诗词里，作者作为审美主体的投入程度又有差异，在词里，审美主体基本上是"潜入式"的，③ 所咏之物往往与审美主体处于两相交融的状态。比如陆游的《月上海棠》在对梅花的描画中寄寓着作者的主体情思，表现出梅与人合二为一的状态。在其咏梅诗里，作者作为审美主体则完全游离于所咏物之外，吟咏者与所咏物呈现两相分离之势。如他的《两大树夭矫若龙相传谓之梅龙予初至蜀尝为作诗自此岁常访之今复赋一首丁酉十一月也》诗云："昔年曾赋西郊梅，茫茫去日如飞埃。即今衰病百事懒，陈迹未忘犹一来。"就清楚地把自己置于观赏者之列。再比如其《梅花》诗：

　　家是江南友是兰，水边月底怯新寒。画图省识惊春早，玉笛孤吹怨夜残。冷淡合教闲处著，清臞难遣俗人看。相逢剩作樽前恨，索笑情怀老

① （清）李重华：《贞一斋诗说》第 38 则，清道光刻昭代丛书壬集补编本。
② 方智范：《论宋人咏物词的审美层次》，载《词学》第六辑，华东师范大学出版社 1988 年版，第 176 页。
③ 路成文：《咏物词史上的别调——论稼轩咏物词》，刘庆云、陈庆元主编《稼轩新论》，海风出版社 2005 年版，第 243 页。

渐阑。

从中可以看出，作者完全是以客观叙述者与观察者的身份出现，对于梅花之形神的描画也就更加冷静与客观。《看梅绝句五首》、《平阳驿舍梅花》、《再赋梅花》、《西郊寻梅》等多数诗篇俱是主客分离之作。辛弃疾的咏梅诗词也是如此。这种区别正是陆游、辛弃疾之诗词文体观念在创作中的表现，从中可见，二人对于诗词之文体观念的微妙区别。

姜夔词中的审美主体不再是旁观者，而是与物并存在某一个环境之中，人与物两者密不可分。方智范先生曾将咏物词的发展分成三个阶段，即第一阶段，见山是山，见水是水；第二阶段，见山不是山，见水不是水；第三个阶段，则是见山是山，见水是水。无疑，第三个阶段是咏物词的最高阶段，他认为姜夔的咏物词就属于第三个阶段。① 他认为姜夔词中的审美主体不再是旁观者，而是与物并存，密不可分，达到了物我同一、意境两浑的境地。比如他的《小重山令·潭州红梅》主要围绕着红梅，以多重带有丰富感情色彩的意象结合成一个紧凑的整体，以此表达作者的情感。姜夔本人并没有交代主题，也没有发表对生活的看法，作者不再是抒情中心，所咏之物红梅占据着全词核心位置，词中所表现的种种感情完全寄托在物上面，而与词人的主观感受无关，全词表现出主体意识的消隐，从而也达到了"即梅即人"② 之主客体两相融合的状态。王国维曾批评《暗香》、《疏影》格调虽高，却并无一语道着梅花，实际上这正是姜夔所创造的一种新的艺术形式，标志着中国抒情传统的转变，并将中国的咏物词带入了一个新境界。③ 姜夔的咏物诗相较其词而言，显然不能同日而语，他的咏梅词可谓篇篇精品，其咏梅诗则并不是上乘之作。虽然咏梅诗

---

① 方智范：《论宋人咏物词的审美层次》，《词学》第六辑，华东师范大学出版社 1988 年版，第 176—192 页。

② 沈祖棻：《宋词赏析》，第 207 页。

③ 参考林顺夫《中国抒情传统的转变——姜夔与南宋词》，上海古籍出版社 2005 年版，第 112—121 页。

词俱是以美女比梅，但其内心最深的爱恋全部倾注于词中，并未于诗中有一点泄露，从中我们也可以看到姜夔的诗词观念。

综上所述，我们认为陆游、辛弃疾、姜夔在具体的题材处理上，命意立心，诗词全同，并没有显著区别，但在情感的深微与浓烈方面，词还是远远高于诗歌，它依然保持着"言长"之特点，表现出空灵幽邈的风格特色，而诗更质朴直率，诗词依然保持着"诗显而词隐，诗直而词婉，诗有时质言而词更多比兴，诗尚能敷畅而词尤贵蕴藉"[①] 的文体区别。但是，这种风格区别一方面源于文体自身的限制，另一方面则与作者本人的文体观念有关。

结　语

通过对陆游、辛弃疾、姜夔三位作者之诗词题材的分类统计及分类比较，我们发现，词至南宋，"以诗为词"已被人们普遍接受，不仅是承继苏轼诗风的陆游与辛弃疾如此，作为婉约词大家的姜夔也是如此。表现在题材的选择方面，词已完全突破其传统疆界，可以自由地表现它所能抒写的一切，但是受词自身体性特点的限制，词的题材范围在总体上还是较诗歌狭窄，此正如沈祥龙所言："题有不宜于词者：如陈腐也，庄重也，事繁而词不能叙也，意奥而词不能达也。"[②] 而诗词之题材宽窄已与人们的文体观念无关。词同时也表现出对诗的反向影响，但尚很微弱。虽然，陆游在其诗作中写了一部分爱情诗，但

---

① 缪钺：《缪钺说词》，第 4 页。
② （清）沈祥龙：《论词随笔》，唐圭璋：《词话丛编》，第 4050 页。

辛弃疾的诗作中没有一首爱情诗，写情高手姜夔的诗作中也只有两首爱情诗，诗词在某些方面依然各守藩篱。另外，诗词在对相同题材的处理方面，有一部分表现出高度的一致，表现出文体间完全的融合与渗透；还有相当部分的作品，它们可能立意相同，而在具体写法上，依然表现出诗直词婉的特点。可见，时至南宋，诗词两种文体虽然高度融合，但依然保持着各自的体制特点；尽管"以诗为词"的力量已很强大，但它仍然不能冲破诗词自身体制的限制。此诚如缪钺、叶嘉莹先生所说："经过五代、两宋三百余年之发展变化，词遂由应歌之作而变为言志之篇，然终有其特点与局限，与诗体不尽相同。"[①]

---

① 缪钺、叶嘉莹：《灵谿词说》，上海古籍出版社 1993 年版，第 29 页。

第三章　南宋前期诗词互渗之艺术论

　　文体风貌除了受题材内容制约之外，还受到表现手法的制约。王水照先生认为："'以诗为词'，即是以写诗的态度来填词，把诗的题材内容、手法风格和体制格律引入词的领域。"① 可见，表现手法是"以诗为词"创作中的重要因素之一。从宋代诗对词影响的历史来说，"以诗为词"有各种不同层次和方式，最初为诗之句法的渗透，黄庭坚在《小山词序》中称赞晏几道："独嬉弄于乐府之余，而寓以诗人句法。"② 但这是浅层次的文体渗透，尚未触及文体最核心的因素。苏轼"以诗为词"则强调"词为诗裔"，③ 将诗人之"志"带入词作，以"诗心"入词、以诗歌精神为词，这是最高层次的"以诗为词"。同时，以"诗心"入词必将带来词作表现手法的变化，必定会将作诗之技巧带进词之创作中，在这连锁反应里，"比兴"与"用典"无疑是诗歌奉献给词的最好礼物。本章我们将探讨诗之传统手法"比兴"与"用典"对词创作的影响。

---

　　① 王水照：《从苏轼、秦观词看词与诗的分合趋向——兼论苏词革新和传统的关系》，《王水照自选集》，上海教育出版社 2000 年版，第 615 页。

　　② （宋）黄庭坚：《小山词序》，《彊村丛书》本。

　　③ （宋）苏轼：《祭张子野文》云："微词宛转，盖诗之裔。"孔凡礼点校《苏轼文集》卷六三，中华书局 1986 年版，第 1943 页。

第一节　比兴

中国诗歌"主文而谲谏"，深受儒家温柔敦厚诗教之影响，讥刺社会弊端，往往不直言之，而是言在此而意在彼，以求得"言之者无罪，闻之者足戒"的社会效果，这种讥刺效果得益于"比兴"手法的运用。"比"、"兴"皆属"诗六义"，郑玄在《周礼·春官·大师》中为"六诗"作注时，引了郑众对"比兴"的解释曰："比者，比方于物也。兴者，托事于物。"孔颖达疏云："诸言'如'者，皆比辞也。""兴者，起也，取譬引类，起发己心，诗文诸举草木鸟兽以见意者，皆兴辞也。"朱熹《诗集传》云："比者，以此物比彼物也。""兴者，先言它物以引起所咏之辞也。"黄侃《文心雕龙札记》释"兴"为："兴之为用，触物以起情，节取以托意。"① 可见，"比"实际上就是打比方，本体与喻体往往同时出现；"兴"是言在此而意在彼，作品中只出现喻体，所喻之义则需读者体会把握。因此，"兴"具有不确定性与丰富性，此诚如刘勰所说："兴之托喻，婉而成章，称名也小，取类也大。"② 后世一般都将"比兴"连用。"比兴"作为"诗六义"的重要组成部分，是《诗经》的重要艺术表现手法，但尚限于局部比喻，还没有形成整体的象征。至屈原《离骚》后，"比兴"则形成了具有整体象征意义的意象群，并形成了中国诗歌"美人香草"的传统。此后，诗人言国家大事往往不直言之，而出以"比兴"之法，他们以整个艺术形象或抒情境界来暗喻某种人事，寄寓自己对特定社会政治事件的感慨与看法，"比兴"遂成为中国诗歌的重要表现手法之一，并且促进了中国诗歌蕴

---

① 黄侃：《文心雕龙札记》，上海古籍出版社 2000 年版，第 173 页。
② 周振甫注：《文心雕龙》，第 394 页。

藉含蓄之审美特征的形成。

一 涓涓细流，终成长江大河——宋词"比兴"发展历程

"词为艳科"，本不出闺房，与国家大事无涉。施蛰存先生在《读温飞卿词札记》中言："唐五代人为词，初无比兴之义，大多赋叙闺情而已。读词者亦不求言外之意。"① 虽然，"太白之'西风残照，汉家陵阙'，'黍离行迈'之意也；志和之'桃花流水'，《考槃》《衡门》之旨也。嗣是温歧、韩偓诸人，稍及闺襜，乐而不淫，怨而不怒，亦犹是'摽梅''蔓草'之意"，② 唐五代词总体纯为"言情"之作，北宋初词坛承晚唐五代之习，也无关宏旨，若欲于词中求"比兴"之意，唯王禹偁的《点绛唇》与寇准的《江南春》似有寄托之意。王氏《点绛唇》词下片云："天际征鸿，遥认行如缀。平生事，此时凝睇，谁会凭栏意？"因王氏中进士后为官仅为长州知县，人微位卑，宏图难展，所以，词中的征鸿可以理解为作者自比，在自然景色的描写中不经意间具有一种寄托的情思。寇准的《江南春》"也很可能是政治失意时的寄托之作。"③ 晏几道的《小山词》被黄庭坚认为具有"狎邪之大雅"的意味。但是，这些所谓的"比兴"之意非常微茫，只是一种猜测，只有到了苏轼，因其以诗人的心胸作词，把士大夫的家国身世之感纳入词中，"比兴"手法始不自觉地被引入词中，"比兴"之义才比较明显。苏轼的《卜算子》（黄州定惠院④寓居作）借孤鸿的遭遇写自己"乌台诗案"后惊魂未定的现实境遇以及不愿与当道者同流合污的气节情操，词中作者与孤鸿可谓浑然一体。其后，贺铸之《青玉案》（凌波不过横塘路）中的女主人公"锦瑟华年谁与度？月桥花院，琐窗朱户，只有春知

---

① 施蛰存：《读温飞卿词札记》，华东师范大学古典文学研究组《词学研究论文集》，上海古籍出版社 1982 年版，第 238 页。

② 王昶：《国朝词综序》，《春融堂集》，清光绪十八年刊本。

③ 邓乔彬：《论宋词中的"骚"、"辨"之旨》，《文学遗产》2011 年第 1 期。

④ 同上。

处",充满了一种幽困的气息,颇有"美人迟暮"之感,似为词人自比。他的另一首《踏莎行》中的"断无蜂蝶慕幽香,红衣脱尽芳心苦"也注入了作者沉抑下僚、怀才不遇的人生感慨。杨海明先生曾云:"贺铸是一个很有理想、很有才华的人物,所以他的某些艳情词中,已经自觉或不自觉地出现了'美人香草'式的比兴、寄托。"① 此后,周邦彦词中也时有比兴之义,如其词《满庭芳》(夏日溧水无想山作)中的"年年,如社燕,飘流瀚海,来寄修椽",既是见物起兴,又是以燕自比,感慨自己萍踪如寄的仕宦生涯。其词《渡江云》(晴岚低楚甸)叶嘉莹先生认为:"晴岚低楚甸,暖回雁翼,阵势起平沙"隐喻了时代政治气氛之转变;"骤惊春在眼,借问何时,委曲到山家"有自指之意,暗喻自己在此次政局转变中再度被召还朝之事;"涂香晕色"数句则隐喻时局转变后,新党之人竞相趋进的形势。② 南宋人王灼曾别有会心地说:"世间有《离骚》,唯贺方回、周美成时时得之。"③

靖康之难后,小王朝偏安一隅,不思恢复,词人们壮怀激烈,却惧于朝廷形势,不敢明白道出,于是借"比兴"之法含蓄言之,"比兴"遂成为南宋词作中最普遍的表现手法,如岳飞的《小重山》"昨夜寒蛩不住鸣",陈亮的一些寄托"微言"的词作等。于此,谢章铤在《赌棋山庄词话》中云:

> 词固有兴观群怨,事父事君,而与《雅》、《颂》同文者乎?吾请举近人陆太冲以谦之言曰:"其事关伦纪者甚多,如东坡《水调歌头》(琼楼玉宇,高处不胜寒),神宗以为苏轼终是爱君;欧阳全美《踏莎行》,奉使不还,朝廷录其节,与洪忠宣《江城梅花引》数阕同揆;吴毅夫《满江红》(报国无门,济时有策),其自负何如?岳亦斋《祝英台近》,感慨忠愤,与辛幼安'千古江山'一词相伯仲,文信国'大江东去'气冲斗牛,无一

---

① 杨海明:《唐宋词史》,天津古籍出版社1998年版,第389页。
② 叶嘉莹:《论周邦彦词》,《唐宋词名家论稿》,河北教育出版社2000年版,第170页。
③ (宋)王灼:《碧鸡漫志》,辽宁教育出版社1998年版,第10页。

毫委靡之色；刘须溪《宝鼎现》词意凄婉，与麦秀歌无殊；《兰陵王·送春》词，抑扬悱恻，即以为《小雅》、《楚骚》可也。"①

在谢氏之论中，我们可见南宋词人于词中借"比兴"寓慨的一斑。在其中，辛弃疾、姜夔无疑是具有代表性的人物。我们先来探讨辛弃疾词作中的"比兴"。

二　色貌如花，肝肠似火——辛词之"比兴"

辛弃疾乃"词中之龙"，② 恢复中原、统一中国是其毕生追求，但他的政治抱负未能为不思振起的南宋小朝廷所容，在政治上屡遭谗毁，此正如他在《论盗贼札子》中说："生平则刚拙自信，年来不为众人所容，顾恐言未脱口而祸不旋踵。"现实的残酷令他不能畅所欲言，只能藉"小道"之词言其内心郁结层垒的悲愤与怨抑，以"比兴"之法来抒写他郁勃难平的情思。如他的《摸鱼儿》：

> 更能消几番风雨？匆匆春又归去。惜春长怕花开早，何况落红无数。春且住。见说道天涯芳草无归路。怨春不语。算只有殷勤，画檐蛛网，尽日惹飞絮。　　长门事，准拟佳期又误。蛾眉曾有人妒。千金纵买相如赋，脉脉此情谁诉？君莫舞。君不见玉环飞燕皆尘土！闲愁最苦。休去倚危栏，斜阳正在，烟柳断肠处。

作者问春、惜春、留春、怨春，极写其"断肠"之怀。此词之旨，前人多有

---

① （清）谢章铤：《赌棋山庄词话》卷一一，唐圭璋：《词话丛编》，第 3465 页。
② （清）陈廷焯：《白雨斋词话》卷一，第 20 页。

分析：

> 《摸鱼儿》词中非仅"蛾眉曾有人妒"、"脉脉此情谁诉"分与"众女嫉予之蛾眉兮"、"国无人莫知我兮"相应；而且上片的残春，下片的斜阳烟柳都有一定的象征意义；联系宋孝宗曾数度召见辛弃疾，问政询策，长门买赋，佳期又误，难诉深情云云，亦有"伤灵修之数化"意味。全词在伤春、惜春中表现出"恐美人迟暮"的希求用世之心和"荃不察余之中情"的怨艾。[①]

> 词的上片正是以春为喻，借写惜春怨春之情，把词人对恢复和时局的种种希望与失望、惋惜与忧虑、怨艾而又无奈的复杂心绪，曲折巧妙地传达了出来。下片则连用汉陈皇后、赵飞燕及唐杨玉环数典，以"香草美人"的比兴手法，在表达自己志行高洁的同时，也写出了自己孤危处境和由这种处境引发出的身世之感和忧愤之情。[②]

论者都认为此词以小言大，借惜春抒内心无法慷慨道出的块垒。罗大经《鹤林玉露》卷四评云："辛幼安晚春词云：'更能消、几番风雨，……'词意殊怨。'斜阳'、'烟柳'之句，其与'未须愁日暮，天际乍轻阴'者异矣。使在汉唐时，宁不贾种豆种桃之祸哉。愚闻寿皇见此词，颇不悦，然终不加罪，可谓盛德也已。"[③] 也正是看到了其中深沉的"比兴"之意。也正因此词含蕴丰富，深沉激烈，陈廷焯评此词曰："词意殊怨，然姿态飞动，极沉郁顿挫之致。"[④] 梁启超则赞其"回肠荡气，至于此极。前无古人，后无来者。"[⑤] 正是

---

① 邓乔彬：《唐宋词美学》，齐鲁书社 2004 年版，第 76 页。

② 巩本栋：《辛弃疾评传》，第 170 页。

③ （宋）罗大经：《鹤林玉露》卷一"辛幼安词"，中华书局 1983 年版，第 12 页。按"未须愁日暮，天际乍轻阴"为程颐《和司马光诸人襖饮》诗中句。

④ （清）陈廷焯：《白雨斋词话》卷一，第 23 页。

⑤ 梁启超：《艺蘅馆词选》批语，唐圭璋：《词话丛编》，第 4309 页。

"比兴"手法的运用使此词成为辛词中写得最深切动人的篇章。再比如他的《祝英台近》：

> 宝钗分，桃叶渡，烟柳暗南浦。怕上层楼，十日九风雨。断肠片片飞红，都无人管；更谁劝啼莺声住。　　鬓边觑。试把花卜归期，才簪又重数。罗帐灯昏，哽咽梦中语；是他春带愁来；春归何处，却不解带将愁去。

写女子对所爱之人的刻骨相思，情深义重，极幽怨凄凉。沈谦曾赞之曰："稼轩词以激扬奋厉为工，至'宝钗分，桃叶渡'一曲，昵狎温柔，魂销意尽，才人伎俩，真不可测。"[①] 此词旧说是辛弃疾为吕婆之女所作，南宋张端义《贵耳集》卷下载："吕婆即吕正己之妻。淳熙间，姓名亦达天听。……吕婆有女事辛幼安，因以微事触其怒，竟逐之。今稼轩《桃叶渡》词，因此而作。"[②] 从笔记所载来看，此词为货真价实的爱情词无疑。巩本栋先生认为："虽然目前我们尚缺少足够的材料来证明此事究竟有无，但从辛弃疾南归初至被劾落职这一时期的心态和全部作品来看，此词恐非为吕正己之女所作，而是另有寄托。"[③]《蓼园词选》也认为："此必有所托，而借闺怨以托其志乎！"[④] 巩本栋先生通过对稼轩作此词时的总体创作心态的考察，认为此词为"借写闺阁幽怨、惜春伤别，以抒发作者君臣阻隔、恢复无望的政治感情。"[⑤] 这种解释应该是可信的。此词正是继承了中国诗歌"香草美人"的言志传统，色貌如花却肝肠似火，满腹柔肠却暗藏骏骨，寄寓深沉而又不露痕迹。

"比兴"之作在辛弃疾的作品中可谓比比皆是，其他如《蝶恋花·戊申元

---

① （清）沈谦：《填词杂说》，唐圭璋：《词话丛编》，第 630 页。
② （宋）张端义：《贵耳集》卷下，中华书局上海编辑所 1958 年版。
③ 巩本栋：《辛弃疾评传》，第 215 页。
④ （清）黄苏：《蓼园词选》评《祝英台近》，唐圭璋：《词话丛编》，第 3060 页。
⑤ 巩本栋：《辛弃疾评传》，第 217 页。

月立春席间作》："盖言荣辱不定，迁谪无常。"① 金启华、史双元先生说："通过比兴寄托立意，将人生遭际和政治感受铸为一体，将自然意象与象征意义打成一片，十分含蓄而巧妙。"② 其词《菩萨蛮·书江西造口壁》周济在《宋四家词选》中说："惜山怨水。"③ 万云骏先生则云："以江山比喻当时爱国志士与广大人民群众的恢复中原的愿望与决心，以青山喻当时主和派的阻挠抗金。"④ 陈匪石先生也指出此词"言尽意不尽，比兴之体，深厚之旨，以蕴藉出之。"⑤《水龙吟·过南剑双溪楼》常国武先生分析说："作者笔下的阴森图景，事实上就是险恶官场的形象写照，而'风雷'、'鱼龙'则隐喻那些阻挠北伐、排挤善类的投降派小人。过片两句，再以眼前景象隐喻自己此时的处境和心情。苍江奔腾而下，象征着抗金战士（主要是作者自指）的勇往直前，可是由于受到高峡的束缚，又不得不收敛水势，趋于平缓。不难看出，这实际上写的是当权者对抗金志士的限制和打击。"他又说："全词巧妙地运用了借喻、暗喻等手法，在上片塑造了一个阴森诡谲、清冷幽暗的意境，使读者大有'以其境过清'而'凛乎其不可久留'之感。"⑥《青玉案》（东风夜放花千树）梁启超评论说："自怜幽独，伤心人别有怀抱。"⑦《贺新郎》（赋琵琶）、《贺新郎》（别茂嘉十二弟）等词作，也都是以比兴之法寄托其满腔忠怨的佳作。

词中有比兴，及辛弃疾时已成为风气。辛弃疾大量藉着"比兴"，以宣泄自己掩抑不住的磅礴情思，抒发自己对国家社稷的满腔忠诚，发抒英雄失路的彷徨与失落，赋予了词作更为深厚悲怨的内容，扩大了词的功能和容量，使词

---

① （清）陈廷焯：《白雨斋词话》卷一，第23页。
② 金启华、史双元：《忧风忧雨恨春爱春——〈蝶恋花·戊申，元日立春，席间作〉赏析》，《辛弃疾词鉴赏》，齐鲁书社1986年版，第164页。
③ （清）周济：《宋四家词选》，唐圭璋：《词话丛编》，第1655页。
④ 万云骏：《借水怨山意兴宏远——〈菩萨蛮·书江西造口壁〉赏析》，齐鲁书社编《辛弃疾词赏析》，齐鲁书社1986年版，第38页。
⑤ 陈匪石：《宋词举》卷上，第62页。
⑥ 常国武：《辛稼轩词集导读》，第246页。
⑦ 梁启超：《艺蘅馆词选》批语，唐圭璋：《词话丛编》，第4308页。

从本质上发生了改变，进入了词发展的一个新阶段。邓乔彬先生认为："是辛弃疾，才真正改变了'词为小道'的面目，继承了屈骚'芳草美人'的传统，使词焕发出异彩。"① 巩本栋先生也认为："有意识地将诗歌中传统的比兴手法引入词中，以抒写家国之思，至辛弃疾方进入一个新的境界。"② 至此，宋词大大地发展了《离骚》的由小见大、由近及远的比兴传统，使词能借花卉以发骚人墨客之豪，托闺怨以寓放臣逐子之感，使词的内质发生了根本改变。辛弃疾的词虽以"比兴"之法言天下大事、王政废兴，时寄规讽之旨和忠怨之辞，使"缘情"之词向言志书怀、抒郁泄愤的方向发展，但是，因其抚时感事，情怀慷慨，所以，即使以"比兴"之含蓄笔法言之，仍然会失之"伉"，并未能达到"比兴寄托"的最高境界，未能符合儒家诗教的"温柔敦厚"之要求。陈廷焯就曾言其《摸鱼儿》"词意殊怨"，有失"思无邪"之旨，那种既寄兴深远又能合度中节的艺术境界则有待姜夔方能达到。下面我们来考察"比兴"在姜夔词中存在的状况。

三　寄题言外，包蕴无穷——姜词之"比兴"

姜夔词之"比兴"前人也多有评述，诸如：

> 姜、张诸人，以高贤志士，放迹江湖，其旨远，其词文，托物比兴，因时伤事，即酒食游戏，无不有黍离周道之感，与诗异趣同其工；且清婉窈眇，言者无罪，听者泪落，有如陆文圭所云者，为三百篇之苗裔无可疑也。③

> 其时临安半壁，相率恬熙，白石来往江淮，缘情触绪，百端交集，托

---

① 邓乔彬：《唐宋词美学》，第 73 页。
② 巩本栋：《辛弃疾评传》，第 377 页。
③ （清）王昶：《姚苋汀词雅序》，《春融堂集》卷四一，清光绪十八年刊本。

意哀丝，故舞席歌场，时有击碎唾壶之意。①

姜夔才情过人，却人生失意，心中充满人生价值无法实现的苦闷；他关心国家前途命运，南宋朝廷却内忧外患，摇摇欲坠；他钟情重意，但却与所爱之人相见无期。诸种情感积郁于心，当他下笔为词时，自然"缘情触绪，百端交集"，遂"时有击碎唾壶之意"。如他的《侧犯·咏芍药》以芍药的初而盛、盛而衰比喻自己的一生，寄托着浓重的身世之感。《卜算子·咏梅》则是其一生落寞惆怅情怀的表达。《虞美人·赋牡丹》借古言今，感叹南渡偏安局面。《惜红衣》"维舟试望，故国渺天北""则周京黍离之感也"②《齐天乐》则"伤二帝北狩也。"③《八归》中"最可惜、一片江山，总付与啼䴗"，也于身世之感中包蕴无穷家国之慨。在姜夔作品中，《暗香》《疏影》含蕴丰富，寄托深远，无疑最具代表性。关于此两词所蕴含的深义，历代词论家多有评说，宋翔凤曰："《暗香》《疏影》，恨偏安也。"④ 陈廷焯曰："《暗香》《疏影》二章，发二帝之幽愤，伤在位之无人也。"⑤ 他们均从家国之慨来阐释《暗香》《疏影》之内涵。那么《暗香》《疏影》之内涵是否如论者所云呢？我们试析一二，先来解读《暗香》。"旧时月色，算几番照我，梅边吹笛"，以破空之笔直接进入对往事的回忆，起笔便感慨无限，情思绵邈。"唤起玉人，不管清寒与攀摘"是对往日爱情生活的具体描画，在闲适与优雅中透出感情的热烈缠绵。"何逊而今渐老"两句陡转，写分别后眼前的凄凉与落寞。"但怪得竹外疏花，香冷入瑶席"借写景进一步渲染作者内心的忧伤与孤寂。下片紧承上片，"江国，正寂寂"，借写环境之冷来写内心之寒。"叹寄与路遥"两句，由赏梅而欲折梅寄远以表相思。"红萼无言耿相忆"由物及人，梅花似乎成了恋

① （清）邓廷桢：《双砚斋词话》，唐圭璋：《词话丛编》，第 2530 页。
② 同上书，第 2531 页。
③ （清）宋翔凤：《乐府余论》，唐圭璋：《词话丛编》，第 2503 页。
④ 同上。
⑤ （清）陈廷焯：《白雨斋词话》卷二，第 28 页。

人的化身,借梅写人,写出相思之深。"长记曾携手处"两句,思绪则又飘向往日情事。"又片片吹尽也,何时见得",在相见无期的感叹中结束全词。全篇从梅花落笔,以梅贯穿全篇,咏梅怀人,思今念往,感情深挚浓郁,低徊缠绵,从字面意思看来全是一片相思之意。但因作者是在今与昔的历史对比中写想念之深,所以,在怀人之中不觉又杂有身世之感。陈匪石在《宋词举》中言:

> 盖此章立言,以赏梅之人为主,而言其经历,述其感想,就梅花之盛时、衰时、开时、落时,反复论叙,无限情事,即寓其中。……特其旨隐微,其词浑脱,不见寄托之迹,只运化梅花故实,说看梅者之心事。①

刘永济在《唐五代两宋词简析》中也云:

> 词虽咏梅而非敷衍梅花故实。盖寄身世之感于梅花,故其辞虽不离梅花而又不粘著于梅。……此种写法,在技术上,合于诗人比兴之义,而以身世之感受贯穿于咏梅之中,似咏梅而实非咏梅,非咏梅又句句与梅有关,用意空灵。②

两位论者的评说无疑深得姜夔之心。《暗香》的身世之感显而易见,而《疏影》则见时势之慨、家国之恨。此词全以梅花故实结构全篇,在现实与历史中穿插,在亦梅亦人的意象中,写梅花之形神,但由于所用典故蕴含的特殊意义而使此词寄托遥深。其中,"昭君不惯胡沙远"借唐王建《塞上梅》"昭君以殁汉使回"以立意,同时,因宋徽宗被掳北上时有词《燕山亭·北行见杏花》云:

---

① 陈匪石:《宋词举》卷上,第35—36页。
② 刘永济:《唐五代两宋词简析》,第72页。

"天遥地远，万水千山，知他故宫何处？怎不思量，除梦里有时曾去。"至北地后又有《眼儿媚》之作："花城人去今萧索，春梦绕胡沙。家山何处？忍听羌管，吹彻《梅花》。"词意与姜夔此句相符合，难免引人联想，而昭君远走塞漠之命运也正与宗室后妃沦落北地相合。因而，陈匪石先生在《宋词举》中曾说："徽宗《燕山亭》后遍……可为笺注之资。"① 唐圭璋先生在《唐宋词简释》中也据此评析此词云：

> 此首咏梅，寄托亦深。起写梅花之貌，次写梅花之神；梅之美，梅之孤高，并于六句中写足。"昭君"两句，用王建咏梅诗意抒寄怀二帝之情。"想佩环"两句，用杜诗意，拍到梅花，更见想望二帝之切……。换头，用寿阳公主事，以喻为昔时太平沉酣之状。"莫似"三句，申护花之情，即以申爱君之情。"还教"两句，言空劳爱护，终于随波飘流，但闻笛里梅花，吹出千里关山之怨来，又令人抱恨无限。"等恁时"两句，用崔橹诗，言幽香难觅，惟余幻影在横幅之上，语更沉痛。②

姜夔作此词时，距靖康之变已六十年，靖康之难给国人带来的伤痛似乎已经愈合，但宋朝南渡以后，江河日下，国事日非，作者在曾出使金国不辱使命的范成大席上有所寄慨也有可能，所以，以"比兴"论《疏影》一直是词坛的主流意见。类似的评说还有很多，如刘永济先生也认为："此词更明显为徽、钦二帝作。"③ 夏承焘先生也认为："《疏影》词借咏梅寄托其兴亡之悲。"④ 虽然，以"比兴"评说此两词不乏牵强附会之处，但若想否定其中的"比兴"之义也相当困难。在我们今天看来，姜夔作词未必有"比兴寄托"二字横亘胸中，联

---

① 陈匪石：《宋词举》，第37—38页。
② 唐圭璋：《唐宋词简释》，第194—195页。
③ 刘永济：《唐五代两宋词简析》，第73—74页。
④ 夏承焘、吴无闻：《姜白石词校注》，第96页。

系姜夔当时的政局，以及其特定的人生遭际，读出此词中的更深一层的家国之慨也诚为易事。此诚如陈廷焯在《白雨斋词话》中所言：

> 南渡以后，国势日非，白石目击心伤，多于词中寄慨，不独《暗香》、《疏影》二章发二帝之幽愤，伤在位之无人也。特感慨全在虚处，无迹可寻，人自不察耳。感慨时事，发为诗歌，便已力据上游。特不宜说破，只可用比兴体。即比兴中亦须含蓄不露，斯为沉郁，斯为忠厚。①

姜夔以"比兴"之艺术手法为词，将社会、人生等各种情志熔铸于一起，下笔为词却又不落痕迹，使其词不仅具有"象内"的确定性，而且还具有"象外"的不可捉摸性，从而寄题意外，包蕴无穷，也因此奠定了他在词史上的地位。宋翔凤说："词家之有姜石帚，犹诗家之有杜少陵，继往开来，文中关键。其流落江湖，不忘君国，皆借托比兴，于长短句寄之。"② 指出姜夔始大量以比兴寄托寓家国身世之感，是宋末遗民词人以咏物寄家国之恨的先驱，在词史上具有重要意义。

四　骚雅言情，寄托写词——"比兴"在词中的进一步发展

正是得益于辛弃疾、姜夔等词人的优秀创作，"比兴"这一艺术表现手法遂成功地由诗的王国进入词的王国，成为词王国的主宰。沈祥龙云："诗有赋、比、兴，词则比兴多于赋。"③ 谭献《复堂词话》亦云："（词之）比兴之义，升降之故，视诗较著。"④ 此真为后来者居上！为何会如此？我们从前人的论

---

① （清）陈廷焯：《白雨斋词话》卷二，第 28 页。
② （清）宋翔凤：《乐府余论》，唐圭璋：《词话丛编》，第 2503 页。
③ （清）沈祥龙：《论词随笔》，唐圭璋：《词话丛编》，第 4048 页。
④ （清）谭献：《复堂词话》，《介存斋论词杂著》、《复堂词话》、《蒿庵论词》合订本，第 19 页。

述中可以得到合理的解释。缪钺先生曾言："诗显而词隐，诗直而词婉，诗有时质言而词更多比兴，诗尚能敷畅而词尤贵蕴藉。"① 蔡嵩云："词尚空灵，妙在不离不即，若离若即，故赋少而比兴多。"② 俞樾云："词之大体大率婉媚深切，虽或言及出处大节，以至君臣遇合之间，亦必微言托意，借美人香草寄其缠绵悱恻之思。"③ 诸论家都将词的体性特征作为议论的起点，认为词贵婉转含蓄，词家藉着"比兴"之法，以清风明月、香草美人言家国之慨，使事浅而情深，意蕴深沉，而又低徊要眇，"比兴寄托"之法正与词体的审美要求一致。同时，"比兴"之法由诗向词的全面渗透，使词在保留"艳"体的同时，又更具深厚隽永之意味，这又直接推尊了词体。这正如沈祥龙所云："词有托于闺情者，本诸乐府，须实有寄托，言外自含高妙，始含古意。否则，绮罗香泽之态，适以掩风骨泪心性耳。"④ 这样，"比兴"使词从"小道"卑体登上了大雅之堂，获得了与诗等量齐观的地位，从此，词被纳入了儒家诗教的范围。这一创作倾向在南宋的词学理论里反映出来，"骚雅"概念的提出正是对"比兴"在词中全面开花之创作现象的理论总结。"骚雅"一词最先出现在铜阳居士的《复雅歌词序》中，他说："其韫骚雅之趣者，百一二而已。"⑤ 至张炎《词源》则被反复提及，诸如：

> 白石词如《疏影》、《暗香》、《扬州慢》、《一萼红》、《琵琶仙》、《探春》、《八归》、《淡黄柳》等曲，不惟清空，又且骚雅，读之使人神观飞越。⑥

> 如陆雪溪《瑞鹤仙》云……辛稼轩《祝英台近》云……皆景中带情，

---

① 缪钺：《诗词散论》，第 55 页。

② （清）蔡嵩云：《柯亭词论》，唐圭璋：《词话丛编》，第 4905 页。

③ 俞樾：《顾子山眉绿楼词序》，《春在堂襟文》，清光绪二十五年刻春在堂全书本。

④ （清）沈祥龙：《论词随笔》，唐圭璋：《词话丛编》，第 4053 页。

⑤ （宋）铜阳居士：《复雅歌词序》，（宋）祝穆撰、（元）富大田辑《古今事文类聚》续集卷二四，书目文献出版社 1991 年影印本。

⑥ （宋）张炎：《词源》，《词源》、《乐府指迷》合订本，第 16 页。

而存骚雅。故其燕酣之乐，别离之愁，回文题叶之思，岘首、西州之泪，一寓于词。若能屏去浮艳，乐而不淫，是亦汉魏乐府之遗意。①

以白石骚雅句法润色之，真天机云锦也。②

张炎在《词源》中将"骚雅"一词进一步拈出讨论，并认为姜夔是"骚雅"的代表。那么，何为"骚雅"呢？方智范等著的《中国词学批评史》一书从"骚雅"一词的来源入手，并在对《词源》所举作品的细致分析中认为：

"骚雅"之倡，是欲令作词不忘"志之所之"，不能"为情所役"，要纠"言情或失之俚"的倾向，使之向"言志"靠拢；同时，又要纠言志抒情过度，"使事或失之伉"之偏，使词不忘本位，固守"缘情"之范，不至入于诗文一路。"骚雅"之义在于作品立意不忘天下大事，但在艺术上要出以比兴寄托，继承《离骚》"芳草美人"的传统，取曲而不取直，取温柔敦厚而不取强烈激切。③

可见，"骚雅"一方面要求词固守"言情"本位，勿失词体；另一方面则要求词以"言志"，勿"为情所役"，而"比兴寄托"则是合"言情"与"言志"于一体的重要艺术手法，在思想内容上偏重于士大夫文人的社会人生之感，在艺术表现手法上则以盘旋曲折之含蓄笔法出之。姜夔论诗强调"美刺箴怨皆无迹，当以心会心"，④ 这正合于"骚雅"之义，他在词作中也实践了这种美学追求。我们可以在其《翠楼吟》的解读中见出一二：

---

① （宋）张炎：《词源》，《词源》、《乐府指迷》合订本，第23页。
② 同上书，第30页。
③ 方智范等：《中国词学批评史》，中国社会科学出版社1994年版，第97—98页。
④ 姜夔：《白石道人诗说》，《历代诗话》本，第681页。

月冷龙沙，尘清虎落，今年汉酺初赐。新翻胡部曲，听毡幕元戎歌吹。层楼高峙，看槛曲萦红，檐牙飞翠。人姝丽，粉香吹下，夜寒风细。

此地，宜有词仙，拥素云黄鹤，与君游戏。玉梯凝望久，叹芳草萋萋千里。天涯情味，仗酒祓清愁，花销英气。西山外，晚来还卷，一帘秋霁。

从小序可知，此词作于淳熙丙午年冬（孝宗淳熙十三年），为武昌安远楼落成而赋，姜夔点明此曲为"度曲见志"之作，其中应有深义。"月冷龙沙，尘清虎落"，"龙沙"指匈奴聚居的沙漠地带，"虎落"指为边防而设的工事，前此两句言战事结束，边防安定。"今年汉酺初赐"指宋高宗庆祝八十大寿，犒赐内外诸军共一百六十万缗，天下饮酒足乐之事，借古典来述说近事。此三句交代宋金言和。边境相安之社会状况，与"安远楼"名相合。"新翻"两句写宴会乐曲之盛。"层楼"三句写安远楼之壮丽，"人姝丽"三句写歌妓之妍丽。上片紧贴"安远"，将"安远楼成"四字题目缴足，写尽边防之安定和乐。换头处用黄鹤仙人事写武昌本地风光，在思想脉络上紧承上片欢乐而有升仙之想。"玉梯"五句借唐崔颢之诗意发挥写孤独之感，同时，与上片"汉酺"、"姝丽"呼应，归入安远楼落成之本题。"西山"三句转折宕开，用秋霁晴朗之景抒发展望前途之情。俞陛云评曰："'清愁'、'英气'二句隐有少陵'看镜'、'倚楼'之感，句法倜傥而深郁。"① 陈廷焯称此词"意味深厚，是白石最高之作"，并认为"应有所刺，特不敢穿凿求之。"② 联系姜夔作此词时宋金的边境状况，此词应暗含感慨。当时，宋金虽言和，但边境并不安宁，当权者自以为天下太平，宴安享乐，文恬武嬉，在"安远"的虚幻想象中获得满足。姜夔洞察当时形势，胸中泾渭分明，于是，在表面的赞叹中不免时杂感慨，加以讽

---

① 俞陛云：《唐五代两宋词选释》，第408页。
② （清）陈廷焯：《白雨斋词话》卷二，第31页。

刺。起笔"月冷龙沙",气象非常萧飒,并直贯全篇,使全词充满压抑忧伤之感,全然没有天下太平的欢乐祥和之氛围。"听毡幕元戎歌吹"已含微讽。"天涯情味,仗酒祓清愁,花销英气",无限感慨寄于言外。全词用笔隐微,读者只能隐约得其意旨,正合"骚雅"之义。《暗香》《疏影》等无不都是体现"骚雅"之风的名篇。

从以上分析中可以看出,姜夔以诗法为词,凭借诗歌"比兴"之法将词所擅长的"缘情"、"体物"与诗的"言志"相结合,并使三者有机地统一于某一完整的艺术形式之中,从而使其词"感慨全在虚处,无迹可寻",① "寄情遥远,……怨深文绮,得风人温厚之旨",② 遂使其词作达到"骚雅"之境界。所以,宋翔凤在《乐府余论》中说:"(姜夔词)盖意愈切,则辞愈微,屈宋之心,谁能见之。乃长短句中,复有白石道人也。"③ "骚雅"概念的提出,标志着儒家诗教理论已全面渗入到词创作之中,词终于成为文人们名正言顺的言志抒怀的文体之一,词体的地位得以与诗并驾齐驱。此种趋向至清代之后,则直接促成了常州词派"寄托"说的产生,并成为该诗派重要的理论纲领。张惠言在其《词选》中言:

> 意内而言外谓之词。其缘情造端,兴于微言,以相感动,极命风谣里巷男女哀乐,以道贤人君子幽约怨悱不能自言之情,低徊要眇,以喻其致。④

他"把是否运用比兴寄托方法提高到词的创作和批评原则的高度来认识和对待,把这一方法的运用与词的体性、与提高词的立意相联系,力图通过崇比兴

---

① 陈匪石:《宋词举》卷上,第35—36页。
② 郑文焯校:《白石道人歌曲》,转引自上彊村民编、唐圭璋笺注《宋词三百首笺注》,上海古籍出版社1979年版,第181页。
③ (清)宋翔凤:《乐府余论》,唐圭璋:《词话丛编》,第2503页。
④ (清)张惠言:《词选序》,唐圭璋:《词话丛编》,第1617页。

来推尊词体，从而在词的发展史上首次把比兴寄托作为理论纲领。"① 周济则进一步完善了张惠言的"比兴寄托"说。他从文学创作过程入手，探讨比兴寄托的实际运用，提出"从有寄托入，以无寄托出"的创见，认为作者在创作时应做到物与情的有机结合，而不是单纯地简单概念与物象的比附，做到"从有寄托入"到"无寄托出"，"深情蓄积于内，奇遇薄射于外"，② 使眼前景物与主体心灵完全融合，自然呈露，使词珠圆玉润，四照玲珑，没有寄托的有意安排，没有人工雕琢之痕迹，只有自然融合的一派化机。至此，"比兴"手法在词作中的运用已发展成为一种完整的诗词创作的理论体系，成为词创作的一种审美标准，使词真正成为与诗平起平坐的一种独立的抒情文体，不再作为诗之"小道"与附庸而存在，为清代词学的中兴作出了贡献。从某种意义上说，词正是由于"比兴"手法的引入，才开拓了其更深层次的情感表现能力，才为词的发展开拓了一条更为广阔的道路。此点陈匪石先生曾云："张惠言论词曰：'缘情造端，兴于微言，以相感动。'又曰：'恻隐盱愉，感物而发；触类条鬯，各有所归。'盖托体风骚，一扫纤艳靡曼之习，而词体始尊。清季词风，上追天水，实启于此。"③

第二节　典故

词本源于民间，以自然清新的口语见长，后经文人发展，成一代文学之盛，在起初相当长的时间内，典故并未成为词中的主角。主张"以诗为词"的苏轼在词中用了一些典故，但也并没有成为一种特别明显的创作倾向，后来，

---

① 方智范等：《中国词学批评史》，第 294 页。

② （清）钱谦益：《虞山诗约序》，《牧斋初学集》卷三二，上海古籍出版社 1985 年版，第 923 页。

③ 陈匪石：《声执》卷上，唐圭璋：《词话丛编》，第 4947 页。

贺铸"笔端驱使李商隐、温庭筠，常奔命不暇"，遂使用典渐成趋势，①至周邦彦则开始大量用典和引用前人诗句，至陆游、辛弃疾时，用典则蔚成一代风尚。刘克庄在其《题刘叔安感秋八词》中曾说：

> 长短句昉于唐，盛于本朝。余尝评之：耆卿有教坊丁大使意态；美成颇偷古意，温、李诸人，困于捍扯；近世放翁、稼轩，一扫纤艳，不事斧凿，高则高矣，但时时掉书袋，要是一癖。②

刘克庄虽对辛陆用典颇有微词，但指出了他们于词中大量用典的事实。典故，熔铸前代故实，是凝聚着浓厚历史文化的特殊语码，蕴含着丰富的信息，典故的运用可以增加词的容量，使词在短小的篇幅内容纳更为丰富的信息，同时，运用典故可以避免词语尘下，提高词的品位。沈祥龙在《论词随笔》中曾言："词不能堆垛书卷以夸其博，然须有书卷之气味。胸无书卷，襟怀必不高妙，意趣必不古雅，其词非俗即离，非粗即纤。"③李清照就曾在《词论》中批评秦少游词"专主情致，而少故实"，贺铸词"苦少典重"。④这里，我们要问的是，为什么直至南宋后，典故才会在词中全面绽放，并成为词创作的重要手段？这与"江西诗派"的诗法主张有很大关系。江西诗派为北宋后期重要诗歌流派，该诗派重要主张之一即强调"诗词高胜要从学问中来"，⑤主张"以才学为诗"，其中，"点铁成金"、"夺胎换骨"是该派的纲领性主张。"点铁成金"见于黄庭坚的《答洪驹父书》：

> 自作语最难。老杜作诗，退之作文，无一字无来处。盖后人读书少，

---

①　（元）脱脱：《宋史》卷四四三《贺铸传》，中华书局 2000 年版，第 13103 页。

②　（宋）刘克庄：《题刘叔安感秋八词》，《后村先生大全集》，四部丛刊初编本，第 862 页。

③　（清）沈祥龙：《论词随笔》，唐圭璋：《词话丛编》，第 4058 页。

④　（宋）李清照：《词论》，胡仔《苕溪渔隐丛话后集》卷三三，第 254 页。

⑤　（宋）黄庭坚：《论诗作文》，《山谷别集》卷六，见《文渊阁四库全书》第 1113 册，第 592 页。

故谓韩、杜自作此语耳。古之能为文章者，真能陶冶万物，虽取古人之陈言入于翰墨，如灵丹一粒，点铁成金也。①

"夺胎换骨"见于惠洪《冷斋夜话》之记载：

> 山谷云：诗意无穷，而人之才有限，以有限之才追无穷之思，虽渊明、少陵不得工也。然不易其意而造其语，谓之换骨法；窥篡其意而形容之，谓之夺胎法。②

"夺胎换骨"、"点铁成金"所含内容相当丰富，该派强调通过对前人遗产的创造性继承来改变诗的凡俗与平庸，以使诗歌达到典重、高雅之境，其中不仅包括对前人的句法、句律、艺术之法加以熟参化为己用，还包括典故的使用。因江西诗派在诗坛的领导地位，诗中用典于当时蔚成风气，这种风气也延及了当时的词坛。于此，杨海明先生在其《唐宋词史》中曾有指出：

> 北宋后期，诗坛上出现了以黄庭坚为领袖的"江西诗派"。这一派人论诗的要点便在于讲究"无一字无来处"，其作诗"要诀"即是："取古人之陈言入于翰墨，如灵丹一粒，点铁成金。"所以，周、贺的在词中大量用典和引用前人诗句，就正是这股诗风在词坛中的旁及。③

可见，词中大量用典正是诗歌理论与创作实践对词创作的影响，所以，探讨对比典故在诗词中的使用情况，可以透视出诗词渗透的有关状况。

---

① （宋）黄庭坚：《豫章黄先生文集》卷一九，第23页。
② （宋）惠洪：《冷斋夜话》卷一，第17页。
③ 杨海明：《唐宋词史》，第355—356页。

一　陆游、辛弃疾、姜夔典故来源与使用艺术分析

下面我们分别对陆游、辛弃疾、姜夔诗词中用典情况作一对比分析。具体情况见下面表格：

陆游诗词典故使用情况统计表

用"经"部典故统计表			
诗用"经"部典（516条）			
书目	数量	书目	数量
《论语》	135	《尚书》	11
《左传》	100	《公羊传》	7
《诗经》	92	《穀梁传》	3
《孟子》	91	《周易正义》	1
《礼记》	45	《韩诗外传》	1
《周易》	29		
词用"经"部典（3条）			
书目	数量	书目	数量
《论语》	1	《诗经》	2
用"史"部典故统计表			
诗用"史"部典（1754条）			
书目	数量	书目	数量
《史记》	429	《资治通鉴》	5
《后汉书》	270	《北史》	4
《晋书》	262	《北齐书》	4
《汉书》	258	《新五代史》	3
《三国志》	120	《陈书》	3
《新唐书》	97	《国史补》	3
《战国策》	80	《十六国春秋》	3
《旧唐书》	47	《晏子春秋》	2
《宋书》	33	《吴越春秋》	2

续表

书目	数量	书目	数量
《南史》	31	《东都事略》	2
《吕氏春秋》	24	《顺宗实录》	2
《五代史》	15	《后汉纪》	1
《南唐书》	11	《前汉纪》	1
《春秋》	9	《明皇杂录》	1
《隋书》	9	《宣室志》	1
《国语》	8	《长安志》	1
《梁书》	6	《周书》	1
《高士传》	5	《魏书》	1

词用"史"部典（50条）

书目	数量	书目	数量
《晋书》	15	《新唐书》	4
《汉书》	10	《三国志》	2
《后汉书》	6	《北史》	2
《史记》	5	《三辅黄图》	1
《南史》	4	《战国策》	1

用"子"部典故统计表

诗用"子"部典（1187条）

书目	数量	书目	数量
《庄子》	338	《隋唐嘉话》	1
《世说新语》	272	《树萱录》	1
《列子》	58	《三慧经》	1
《景德传灯录》	52	《关尹子》	1
《搜神记》	39	《六祖大师法宝坛经》	1
《神仙传》	33	《韵语阳秋》	1
《淮南子》	26	《正法眼藏》	1
《维摩诘经》	25	《汉武故事》	1
《本事诗》	19	《搜神后记》	1
《东观汉记》	18	《语林》	1
《开天传信记》	17	《逸士传》	1

续表

书目	数量	书目	数量
《女史箴》	16	《宣和画谱》	1
《楞严经》	13	《杨太真外传》	1
《唐摭言》	12	《册府元龟》	1
《太平广记》	10	《十洲记》	1
《列仙传》	10	《春秋感精符》	1
《韩非子》	10	《晋中州记》	1
《西京杂记》	8	《启颜录》	1
《枕中记》	7	《佛地经论》	1
《大智度论》	7	《遗教经论》	1
《艺文类聚》	6	《芝田录》	1
《抱朴子》	6	《北户录》	1
《博物志》	5	《西王母传》	1
《五灯会元》	5	《云仙杂记》	1
《说苑》	5	《尚德缓刑书》	1
《古今诗话》	5	《龙城录》	1
《杂纂》	5	《书序》	1
《长恨歌传》	4	《管子》	1
《华严经》	4	《金楼子》	1
《小说旧闻》	4	《北堂书钞》	1
《金刚经》	3	《阿毗达摩集论》	1
《山海经》	3	《封氏闻见录》	1
《意林》	3	《俱舍论》	1
《孔子家语》	3	《教坊记》	1
《拾遗记》	3	《卢氏杂说》	1
《大般涅槃经》	3	《白文公年谱》	1
《太平御览》	3	《刘公嘉话》	1
《法苑珠林》	3	《大乘义章》	1
《朝野佥载》	3	《幽怪录》	1
《云笈七签》	3	《法藏》	1
《黄庭经》	2	《耆旧续闻》	1
《林泉结契》	2	《事文类聚》	1

续表

书目	数量	书目	数量
《文中子》	2	《洞仙传》	1
《初学记》	2	《南部新书》	1
《列女传》	2	《佛说观佛三昧海经》	1
《孔丛子》	2	《中书即事》	1
《资暇录》	2	《开元天宝遗事》	1
《忠经》	2	《幽明录》	1
《列仙传》	2	《南柯太守传》	1
《怨歌行》	2	《莲社高贤传》	1
《波罗密经》	2	《因话录》	1
《条灾异封事》	2	《新论》	1
《盐铁论》	2	《异苑》	1
《增壹阿合经》	2	《谈苑》	1
《梦溪笔谈》	2	《中本起经》	1
《酉阳杂俎》	2	《冷斋夜话》	1
《诗品》	2	《桓子新论》	1
《晋语阳秋》	2	《大方广圆觉修》	1
《古今名画记》	1	《楚国先贤传》	1
《妙法华莲经》	1	《烬余录》	1
《续仙传》	1	《唐朝名画录》	1
《邺侯外传》	1	《晋中兴书》	1
《侍讲杂记》	1	《邵氏闻见录》	1
《东城老父传》	1	《唐诗纪事》	1
《黄帝》	1	《新序》	1
《慎子》	1	《五国故事》	1
《玉壶清话》	1	《续传灯录》	1
《续玄怪录》	1		
《颜氏家训》	1	《大唐新语》	1
《上清黄帝内景经》	1	《大梵天王问佛决疑经》	1

词用"子"部典（38条）

书目	数量	书目	数量
《南柯太守传》	7	《列子》	1
《庄子》	4	《淮南子》	1

续表

书目	数量	书目	数量
《太平广记》	3	《侍讲杂记》	1
《本事诗》	2	《西京杂记》	1
《枕中记》	2	《搜神记》	1
《世说新语》	2	《维摩诘经》	1
《搜神后记》	2	《长恨歌传》	1
《拾遗记》	1	《列女传》	1
《楞严经》	1	《荆州记》	1
《列仙传》	1	《华阳国志》	1
《法华经》	1	《封氏闻见录》	1
《大唐新语》	1		

用"集"部典故统计表①

诗用"集"部典（1762条）

著者	数量	著者	数量
杜甫	454	班固	2
韩愈	228	秦观	2
陶渊明	171	薛令之	2
苏轼	118	韩偓	2
屈原	67	何逊	2
李白	52	杨衒之	2
黄庭坚	38	沈约	2
曹操	37	沈佺期	2
杜牧	31	谢庄	1
李商隐	30	王昌龄	1
刘禹锡	30	寇准	1
白居易	27	吕岩	1
陆机	27	于邺	1
柳宗元	25	岑思	1
《古诗十九首》	23	陈叔宝	1

---

①　为了便于看清引自何人著作，这里的集部一律以作者代之，而《乐府诗集》、《玉台新咏》、《文选》等总集类则录书名，属于"清商西曲"的民歌则列为一类。下表同。

续表

著者	数量	著者	数量
宋玉	21	王粲	1
王安石	16	李密	1
王羲之	15	刘叉	1
扬雄	14	贺知章	1
韦应物	13	贯休	1
古乐府	13	孔融	1
孟郊	11	李陵	1
班婕妤	11	范传正	1
王维	10	苏绅	1
诸葛亮	10	潘邠老	1
李贺	10	梅尧臣	1
司马相如	9	张继	1
《乐府诗集》	9	鲍照	1
欧阳修	9	杜秋娘	1
曹植	8	杨徽之	1
傅玄	8	元结	1
古歌	8	应璩	1
《陌上桑》	6	崔护	1
陶弘景	6	刘峻	1
嵇康	5	许浑	1
杨恽	5	牛僧孺	1
元稹	5	枚乘	1
贾岛	5	柳公权	1
司空图	5	李远	1
薛能	5	潘阆	1
皮日休	5	赵嘏	1
窦群	5	谢惠连	1
陈与义	4	王绩	1
左思	4	唐庚	1
贾谊	4	刘伶	1
刘琨	4	宋之问	1

续表

著者	数量	著者	数量
范仲淹	4	李清臣	1
张衡	4	李适之	1
孟浩然	3	鲁褒	1
王褒	3	刘向	1
陈师道	3	丘迟	1
曹丕	3	卢延逊	1
蔡邕	3	宗炳	1
赵壹	3	曹唐	1
陆龟蒙	3	苏涣	1
谢灵运	3	刘方平	1
古诗	3	荆浩	1
李涉	3	吕颐浩	1
司马迁	3	王勃	1
林逋	3	刘睿	1
江淹	3	范泰	1
孔稚圭	3	颜真卿	1
郭璞	3	刘长卿	1
卢仝	2	王建	1
谢朓	2	上官仪	1
郑谷	2	朱庆余	1
东方朔	2	高适	1
张籍	2	张志和	1
颜延之	2		

词用"集"部典（87条）

著者	数量	著者	数量
杜甫	24	杜秋娘	1
苏轼	8	韩偓	1
李贺	6	屈原	1
杜牧	4	赵嘏	1
宋玉	3	沈佺期	1
曹植	3	贾岛	1
李商隐	3	王维	1

续表

著者	数量	著者	数量
李白	2	扬雄	1
韩愈	2	陶渊明	1
黄庭坚	2	陆机	1
方械	1	陈与义	1
班固	1	孟浩然	1
古诗	1	张志和	1
王羲之	1	韩琮	1
傅玄	1	谢灵运	1
冯延巳	1	欧阳修	1
司马相如	1	谢朓	1
张耒	1	贾至	1
颜延年	1	柳永	1
周邦彦	1	薛道衡	1

辛弃疾诗词典故使用情况统计表①

用"经"部典故统计表

诗用"经"部典（38 条）

书目	数量	书目	数量
《诗经》	11	《孟子》	4
《论语》	7	《左传》	4
《礼记》	6	《孝经》	1
《尚书》	4	《周易》	1

词用"经"部典（140 条）

书目	数量	书目	数量
《诗经》	56	《周易》	3
《论语》	32	《春秋公羊传》	2
《左传》	17	《大戴礼》	1

---

① 辛弃疾词之典故使用统计表引用于周炫《稼轩词用典与"以才学为词"》，《广东农工商职业技术学院学报》2006 年第 2 期，但集部典有所改动。

续表

书目	数量	书目	数量
《孟子》	12	《韩诗外传》	1
《礼记》	3	《周礼》	1
《尚书》	7	《尔雅》	1
《五经通义》	3	《尔雅翼》	1

用"史"部典故统计表

诗用"史"部典（66条）

书目	数量	书目	数量
《史记》	20	《南史》	1
《汉书》	19	《宋书》	1
《三国志》	10	《吕氏春秋》	1
《后汉书》	3	《魏书》	1
《晋书》	2	《旧唐书》	1
《新唐书》	2	《晋书》	1
《吴越春秋》	1	《战国策》	1
《十六国春秋》	1	《资治通鉴》	1

词用"史"部典（428条）

书目	数量	书目	数量
《史记》	106	《吴越春秋》	6
《汉书》	79	《梁书》	4
《晋书》	56	《新五代史》	1
《后汉书》	32	《吕氏春秋》	1
《新唐书》	28	《高士传》	1
《三国志》	28	《国语》	1
《南史》	20	《旧五代史》	1
《宋书》	19	《隋书》	1
《战国策》	18	《唐会要》	1
《旧唐书》	14	《北齐书》	1
《南齐书》	9	《资治通鉴》	1

书目	数量	书目	数量
用"子"部典故统计表			
诗用"子"部典（76条）			

书目	数量	书目	数量
《世说新语》	14	《渑水燕谈录》	1
《庄子》	13	《致虚阁杂俎》	1
《老子》	4	《荀子》	1
《圆觉经》	4	《别录》	1
《列子》	3	《云笈七签》	1
《五灯会元》	3	《管子》	1
《孔子家语》	2	《本事诗》	1
《太平广记》	2	《殷芸小说》	1
《襄阳耆旧传》	2	《神农》	1
《逸士传》	2	《新论》	1
《华阳国志》	2	《孔丛子》	1
《般若波密多心经》	2	《玄怪录》	1
《维摩诘经》	2	《列仙传》	1
《鸡跖集》	1	《荆州记》	1
《历代名画记》	1	《金刚经》	1
《肇论》	1	《涅槃经》	1
《淮南子》	1	《仁王经》	1

词用"子"部典（425条）			
书目	数量	书目	数量
《世说新语》	117	《海录碎事》	2
《庄子》	93	《法书要录》	2
《列子》	18	《古文苑》	2
《淮南子》	11	《大唐新语》	2
《佛经》	10	《续齐谐记》	1
《博物志》	10	《搜神记》	1
《艺文类聚》	8	《幽明录》	1
《太平御览》	8	《穆天子传》	1

续表

书目	数量	书目	数量
《本事诗》	7	《异苑》	1
《类说》	7	《真诰》	1
《太平广记》	6	《唐语林》	1
《法言》	6	《剧谈录》	1
《云溪友议》	6	《朝野佥载》	1
《西京杂记》	5	《梅妃传》	1
《列仙传》	5	《幽闲鼓吹》	1
《老子》	5	《唐摭言》	1
《海内十洲记》	5	《说苑》	1
《酉阳杂俎》	4	《嬾真子》	1
《诗品》	4	《杜阳杂编》	1
《拾遗记》	3	《历代小史》	1
《初学记》	3	《青箱杂记》	1
《冷斋夜话》	3	《东坡志林》	1
《风俗通义》	3	《石林燕语》	1
《石林诗话》	3	《三水小牍》	1
《唐诗纪事》	3	《北梦琐言》	1
《韩非子》	3	《鉴戒录》	1
《颖川语小》	2	《义山杂纂》	1
《孔子家语》	2	《笋谱》	1
《松窗杂录》	2	《碧鸡漫志》	1
《荀子》	2	《诗话总龟》	1
《水经注》	2	《五灯会元》	1
《神仙传》	2	《埤雅》	1
《唐国史补》	2	《搜神后记》	1
《归田录》	2	《新序》	1
《古今注》	2	《酒史》	1
《赵飞燕外传》	2	《邵氏见闻录》	1
《苕溪渔隐丛话》	2	《汉武帝内传》	1
《莲社十八高贤传》	2	《次柳氏旧闻》	1
《论衡》	2	《唐朝名画录》	1

续表

书目	数量	书目	数量
用"集"部典故统计表			
诗用"集"部典（119条）			

著者	数量	著者	数量
杜甫	28	李商隐	1
苏轼	22	陈与义	1
韩愈	12	孟观	1
陶渊明	12	邵雍	1
陈师道	5	班固	1
屈原	5	郑谷	1
王安石	4	卢仝	1
白居易	3	皮日休	1
林逋	3	《文选》	1
杜牧	2	司马迁	1
黄庭坚	2	枚乘	1
李白	2	陈尧左	1
孔稚圭	2	王羲之	1
欧阳修	2	《乐府诗集》	1
嵇康	1		

词用"集"部典（430条）			
著者	数量	著者	数量
杜甫	94	李商隐	2
苏轼	90	林逋	2
《文选》	78	《乐府诗集》	2
屈原	63	王绩	2
陶渊明	53	王安石	2
欧阳修	7	元结	1
庾信	6	皮日休	1
《玉台新咏》	6	陈师道	1
韩愈	5	诸葛亮	1
杜牧	3	白居易	1

续表

著者	数量	著者	数量
柳宗元	3	韦庄	1
曹植	2	李白	1
黄庭坚	2	夏倪	1

姜夔诗词典故使用情况统计表

用"经"部典故统计表

诗用"经"部典（25条）

书目	数量	书目	数量
《诗经》	10	《礼》	3
《论语》	7	《穀梁传》	1
《左传》	4		

词用"经"部典（6条）

书目	数量	书目	数量
《诗经》	4	《论语》	1
《左传》	1		

用"史"部典故统计表

诗用"史"部典（62条）

书目	数量	书目	数量
《史记》	15	《北史》	1
《后汉书》	15	《宋书》	1
《汉书》	11	《陈书》	1
《晋书》	9	《高士传》	1
《三国志》	2	《新五代史》	1
《新唐书》	2	《北齐书》	1
《南史》	2		

词用"史"部典（19条）

书目	数量	书目	数量
《汉书》	5	《南史》	1

续表

书目	数量	书目	数量
《晋书》	5	《北史》	1
《史记》	2	《战国策》	1
《隋书》	2	《新唐书》	1
《后汉书》	1		

用"子"部典故统计表

诗用"子"部典（43条）

书目	数量	书目	数量
《庄子》	14	《全唐诗话》	1
《世说新语》	7	《法书要录》	1
《孟子》	3	《列女传》	1
《周易》	3	《陶渊明传》	1
《幽明录》	2	《法言》	1
《列子》	2	《西京杂记》	1
《维摩诘经》	1	《金刚经偈》	1
《抱朴子》	1	《说苑》	1
《北梦琐言》	1	《孔子家语》	1

词用"子"部典（31条）

书目	数量	书目	数量
《世说新语》	6	《搜神后记》	1
《神仙传》	2	《列子》	1
《列仙传》	2	《云斋广录》	1
《碧鸡漫志》	2	《法言》	1
《类说》	1	《西京杂记》	1
《汉武故事》	1	《西阳杂俎》	1
《异闻实录》	1	《述异记》	1
《云溪友议》	1	《孔子家语》	1
《论衡》	1	《老子》	1
《庄子》	1	《南柯太守传》	1
《五灯会元》	1	《博物志》	1
《太平御览》	1		

续表

书目	数量	书目	数量
用"集"部典故统计表			
诗用"集"部典（93条）			

著者	数量	著者	数量
杜甫	20	韦应物	2
《文选》	9	《玉台新咏》	2
黄庭坚	8	《乐府诗集》	2
屈原	6	柳宗元	2
韩愈	5	欧阳修	1
王羲之	5	张衡	1
王安石	4	李白	1
陶渊明	4	孔稚圭	1
曹植	3	韦庄	1
苏轼	3	王维	1
李贺	3	贯休	1
潘岳	2	陆机	1
谢灵运	2	清商西曲	1
白居易	2		

词用"集"部典（87条）			

著者	数量	著者	数量
杜甫	13	王维	1
杜牧	9	王安石	1
李白	6	石孝友	1
白居易	4	《乐府诗集》	1
黄庭坚	4	欧阳詹	1
温庭筠	4	班婕妤	1
林逋	3	韩鄂	1
苏轼	3	杨亿	1
宋玉	3	《古诗十九首》	1
周邦彦	3	元稹	1
屈原	3	陆凯	1

续表

著者	数量	著者	数量
江淹	2	范仲淹	1
曹植	2	谢庄	1
韩愈	2	李端	1
李贺	2	骆宾王	1
刘邈	1	淮南小山	1
李商隐	1	万俟咏	1
李璟	1	简文帝	1
张耒	1	何逊	1
韩翃	1		

由统计表可知，陆游诗歌用典 5219 条，词用典 178 条，而他有诗 9200 首，有词 145 首，诗歌平均用典 0.6 个，词平均用典 1.2 个，词用典频率超过诗歌。辛弃疾诗歌用典 299 个，其词用典 1423 个，而他有诗 139 首，有词 635 首，其诗歌平均用典 2.2 个，词平均用典 2.2 个，诗的用典频率与词相近。姜夔诗一共用典 223 条，词则用典 143 条，他共有诗 148 首，有词 81 首，诗歌平均每首用典 1.5 个，而词平均用典 1.8 个，从数字统计来看，词的用典频率略高于诗歌。从对三位诗词兼擅的作家用典情况统计来看，在词中用典已成为词创作的普遍状态，而且词中用典频率在总体上还高于诗歌。从中可见人们词创作观念的变化，词已吸收诗歌的创作手法并将其成功运用，为提升自己的品味服务。赵仁珪先生在《论宋六家词》中言："据统计，辛词 600 多首中，约有 1500 多条典故，这和北宋初期柳永 200 余首词只用 80 多个典故，真堪称天壤之别。"[①] 这实际上同样也适用于南宋词坛的总体用典状态。

在陆游、辛弃疾、姜夔三人中，辛弃疾向来被认为是善用典的代表，关于辛词之用典，前人多有评述，诸如：

---

① 赵仁珪：《论宋六家词》，北京师范大学出版社 1999 年版，第 208 页。

稼轩词非不运典，然运典虽多，而其气不掩，非放翁所及。①

如淮阴将兵，不以数限，可谓神勇。②

词至稼轩，经子百家，行间笔下，驱斥如意。③

这和他作词非常注重才学修养有关，他多次言："书万卷，笔如神"（《鹧鸪天·发底青青无限春》），"君诗顿觉，胸中万卷藏书"（《汉宫春·答吴子似》），"绝编能自苦，下笔定成章"（《闻科诏勉诸子》）。这样的学问功底，作起词来，自然是"经子百家，行间笔下，驱斥如意"。人们在评论辛弃疾词用典时，多强调其词用典之广博，认为他"合经、史、子而用之。"诸如：

辛稼轩词肝胆激烈，有奇气。腹有诗书，足以运之，故喜用四书成语，如自己出。如"今日既盟之后"、"贤哉回也"、"先觉者贤乎"等句，为词家另一派。④

稼轩能合经、史、子而用之，自有才力绝人处，他人不宜轻效。⑤

辛稼轩别开天地，横绝古今。《论》、《孟》、《诗》小序、《左氏春秋》、《南华》、《离骚》、《史》、《汉》、《世说》、《选》学、李杜诗，拉杂运用，弥见其笔力之峭。⑥

那么，姜夔、陆游使用"经、史、子、集"的情况又如何？他们三人在此方面有何区别呢？下面我们将姜夔、辛弃疾、陆游三人诗词之"经、史、子、集"所用数目及出现频率列表作一对比：

---

① （清）陈廷焯：《词坛丛话》，唐圭璋：《词话丛编》，第 3724 页。

② （清）陈廷焯：《白雨斋词话》卷七，第 193 页。

③ （清）邹祗谟：《远志斋词衷》，唐圭璋：《词话丛编》，第 652 页。

④ （清）李调元：《雨村词话》卷三，唐圭璋：《词话丛编》，第 1420 页。

⑤ （清）沈祥龙：《论词随笔》，唐圭璋：《词话丛编》，第 4059 页。

⑥ （清）吴衡照：《莲子居词话》卷一，唐圭璋：《词话丛编》，第 2408 页。

		经部典		史部典		子部典		集部典	
		词	诗	词	诗	词	诗	词	诗
姜夔	条	25	6	62	19	43	31	93	87
	频率	0.17	0.07	0.42	0.23	0.29	0.38	0.63	1.10
辛弃疾	条	38	140	66	428	76	425	119	430
	频率	0.27	0.22	0.47	0.67	0.55	0.67	0.86	0.68
陆游	条	516	3	1754	50	1187	39	1762	87
	频率	0.06	0.02	0.19	0.34	0.13	0.27	0.19	0.60

由上表可以看出,"经、史、子、集"在三人词中均有使用,在用"经"部典方面,姜夔诗歌高于词,辛弃疾、陆游诗歌均略高于词;在用"史"部典方面,姜夔诗歌远高于词,辛弃疾、陆游的诗歌则低于词;在用"子"部典方面,三人的诗歌均低于词;在用"集"部典方面,姜夔、陆游诗歌远低于词,辛弃疾诗歌则高于词。综合来看,在"经、史、子、集"的使用方面,姜夔、辛弃疾、陆游的词都较诗歌要高一点,可见,于词中用"经、史、子、集"典故已成普遍现象,并非为辛弃疾一人独有。同时,我们发现,于词中用怎样的典故,更多地与作家习惯有关,而与文体观念无关,姜夔、陆游词中用"经"部典频率较低,同时,他们的诗用"经"部典也很少,而辛弃疾于诗中用"经"部、"子"部典的频率与其词同样较高。

诗词同样运用典故,在具体使用方面,则"运用书卷,词难于诗。"[①] 人们在论述诗之用典的最高境界时说:

> 做诗用事,要如释氏语:水中着盐,饮水乃知盐味。[②]
> 陈古讽今,因彼证此,不可著迹,只使影子可也。[③]

---

① (清)沈祥龙:《论词随笔》,唐圭璋:《词话丛编》,第 4058 页。
② (宋)蔡絛:《西清诗话》卷上引杜甫语,张伯伟编校《稀见本宋人诗话四种》,江苏古籍出版社 2002 年版,第 187 页。
③ (元)杨载:《诗法家数》,何文焕辑《历代诗话》下册,第 728 页。

作诗用故实，以不露行迹为高，昔人所谓使事如不使也。①

用成语，贵浑成脱化，如出诸己。②

可见，用典如盐着水、不露痕迹方为高手。而词之特质轻灵幽渺，深微隐婉，词人在用典时须更加小心。在此方面，辛弃疾、陆游、姜夔三人均已达到一定境界。下面，我们各举一例述之，先看辛弃疾《贺新郎》：

　　绿树听鹈鴂。更那堪、鹧鸪声住，杜鹃声切。啼到春归无寻处，苦恨芳菲都歇。算未抵人间离别。马上琵琶关塞黑，更长门翠辇辞金阙，看燕燕，送归妾。　　将军百战声名裂。向河梁回头万里，故人长绝。易水萧萧西风冷，满座衣冠似雪。正壮士悲歌未彻。啼鸟还知如许恨，料不啼清泪长啼血。谁共我，醉明月？

此词小序言："别茂嘉十二弟。"茂嘉为辛弃疾族弟，因事被贬，辛弃疾写此词赠之。全篇借历史典故抒发失意英雄的悲感，壮怀激烈，悲愤沉郁。篇中事典与语典叠用，纯以典故连缀写情。事典由五个生离死别的历史故事构成：第一典为昭君出塞和亲，远走漠北关塞事；第二典为汉武帝皇后陈阿娇失宠之事；第三典为庄姜送归妾之事；第四典为李陵兵败为匈奴所俘，送苏武归汉事；第五典用高渐离击筑高歌送荆轲入秦行刺事。语典有三个：第一为杜甫《梦李白》诗："魂返关塞黑。"第二为李陵送苏武诗："携手上河梁，游子暮何之？"第三为高渐离送荆轲之歌："风萧萧兮易水寒，壮士一去兮不复还。"事典由失意的美人与失败的英雄组成，充满浓重的悲剧意味，同时，又融入辛弃疾自身英雄失意的伤感，对茂嘉人生失意的同情，兄弟分离时的悲伤，使全词极具悲

---

① （清）顾嗣立：《寒厅诗话》之九，王夫之等著《清诗话》，第 85 页。
② （清）沈祥龙：《论词随笔》，唐圭璋：《词话丛编》，第 4059 页。

剧情蕴，同时，三个令人魂销意尽的语典又与事典融合叠加，使全词的感情更加悲怆莫名、慷慨怨抑，这种悲剧氛围在鹈鴂与杜鹃的凄楚啼鸣中被进一步强化。全词多个典故蝉联而下，一气贯注，历史与现实融为一体，送者与被送者融为一体，作者的情感借助含蕴丰富的典故得到了淋漓尽致地呈现，诚如论者所言："以生龙活虎之才，为铸史熔经之作，格调不惮其变，隶事不厌其多，其佳者竟成古今绝唱，却不容人学步。"① 致使此词"沉郁苍凉，跳跃动荡，古今无此笔力"，遂为"稼轩词之冠"。② 此类篇章于辛弃疾词作中尚多，如《贺新郎·赋琵琶》、《沁园春·灵山齐庵赋》、《水龙吟·过南涧双溪楼》、《永遇乐·京口北固亭怀古》等俱是"龙腾虎掷，任古书中理语、廋语，一经运用，便得风流"之作。③ 当然辛词中也有一些作品有堆砌典故之嫌，如《六幺令·用陆氏事送玉山令陆德隆侍亲东归吴中》、《贺新郎·濮上看垂钓》等，但瑕不掩瑜，他的多数篇章用典都是"能品而几于神"的。④ 我们再举陆游《水调歌头·多景楼》一例：

> 江左占形胜，最数古徐州。连山如画，佳处缥缈著危楼，鼓角临风悲壮，烽火连空明灭，往事忆孙刘。千里曜戈甲，万竈宿貔貅。　露沾草，风落木，岁方秋。使君宏放，谈笑洗尽古今愁。不见襄阳登览，磨灭游人无数，遗恨黯难收。叔子独千载，名与汉江流。

此词五处用典，第一典是"佳处缥缈著危楼"，用杜甫《白帝城最高楼》诗："独立缥缈之危楼。"第二典是"鼓角临风悲壮"，用杜甫《阁夜》诗："五更鼓角声悲壮。"第三典是"往事忆孙刘"，用三国时孙权、刘备共谋曹操之事；第

---

① 陈匪石：《宋词举》卷上，第 59 页。

② （清）陈廷焯：《白雨斋词话》卷一，第 21 页。

③ （清）刘熙载：《艺概》，第 110 页。

④ 王国维：《人间词话删稿》，《蕙风词话》、《人间词话》合订本，第 229 页。

四典是"万竈宿貔貅",用苏轼《次韵穆父尚书侍祠郊丘瞻望天光退而相庆引满醉吟》诗:"野宿貔貅万竈烟。"第五典是"不见襄阳登览,磨灭游人无数",用羊祜事,《晋书·羊祜传》载:"羊祜,字叔子。……祜乐山水,每风景,必造岘山,置酒言咏,终日不倦。尝慨然太息,顾谓从事中郎邹湛等曰:'自有宇宙,便有此山。由来贤达胜士,登此远望,如我与卿者多矣!皆湮没无闻,使人悲伤。如百岁后有知,魂魄犹应登此山也。'"词之上阕借杜甫、苏轼之语典写镇江前线危机四伏的形势,又借孙权、刘备之典抒发作者欲建功立业的豪情;下阕则借羊祜登览之事表达作者欲流芳千古而不得的人生失意之感。全词既豪情满怀又抑郁苦闷,情感喷薄而出又抑扬跌宕,典故的运用恰到好处,不落痕迹,使词既豪放又庄重典雅。他的《双头莲》(风卷征尘)、《鹧鸪天·送叶梦锡》等俱是用典佳作,而《大圣乐》(电转雷惊)、《木兰花慢》(阅邯郸梦境)等词确也存在"掉书袋"之病。关于姜夔用典,前人也赞其"用事入妙",[①] 关于此,前文第一章第四节《诗学视野下的姜夔词》已论,此处不再举。总体来说,词至辛弃疾、陆游、姜夔用典成风,"经、史、子、集,拉杂运用"而能"用事而不为事所使",[②] "体认著题,融化不涩",[③] 将词作用典推到一个新的阶段。

综上所述,词中用典体现了诗之手法向词的全面渗透,表现出词在文化品位上向诗日益靠近,词越来越摆脱风花雪月的轻飘空灵而向典雅与厚重接近,同时,由于诗词往往使用同一典故,这进一步促进了诗词在外部面貌与内在意蕴的接近。

---

① (清)刘熙载:《艺概》,第119页。

② (宋)张炎:《词源》,《词源》、《乐府指迷》合订本,第19页。

③ 同上。

二 陆游、辛弃疾、姜夔诗词使用相同典故分析

下面，我们通过对辛弃疾、陆游、姜夔三人在诗词中用相同之典的考察来看诗词的同一性。具体情况见下表。

陆游诗词之用典相同者

诗	词	典故出处
"看镜功名空自许。"（《晚登望云》，《诗稿》卷四）"倚楼看镜俱痴绝。"（《书怀》，《诗稿》卷七）	"看镜倚楼俱已矣。"（《南乡子》"早岁入皇州"）；"岁月惊心，功名看镜。"（《赤壁词·招韩无咎游金山》）	"勋业频看镜，行藏独倚楼。"见杜甫《江上》诗
"难觅锦江双鲤鱼。"（《成都行》，《诗稿》卷四）"独恨故人消息断，寒江谁与倩双鱼？"（《初寒》，《诗稿》卷二三）	"拟觅双鱼，倩传书。"（《月照梨花·闺思》）	"客从远方来，遗我双鲤鱼。呼儿烹鲤鱼，中有尺素书。"见汉乐府《饮马长城窟行》
"一千年外鹤仍归。"（《寓驿舍》，《诗稿》卷五）"华表天高鹤未归"（《感事》，《诗稿》卷七）	"识辽天孤鹤"（《好事近》觅个有缘人）；"华表又千年，谁记驾云孤鹤。"（《好事近》华表又千年）	丁令威化鹤之事。见晋陶潜《搜神记》
"吾生如虚舟，万里常泛泛。"（《憩黄秀才书堂》，《诗稿》卷五）	"虚舟泛然不系，万里江天。"（《汉宫春》"浪迹人间"）	"无能者无所求，饱食终日而敖游，泛若不系之舟，虚而敖游者也。"见《庄子·列御寇》
"身后虚名蠹简青。"（《夜坐》，《剑南诗稿》卷二三）	"身后声名不自知。"（《破阵子》"仕至千钟良易"）	"使我有身后名，不如即时一杯酒。"见《晋书·张翰传》
"愈信人生七十稀。"（《病卧》，《剑南诗稿》卷二五）	"年过七十常稀"（《破阵子》"仕至千钟良易"）	"人生七十古来稀。"见杜甫《曲江》
"流年速似一弹指。"（《亲旧书来多问近况以诗答之》，《剑南诗稿》卷二六）"年光一弹指。"（《怀昔》，《诗稿》卷二七）	"一弹指顷浮生过。"（《桃源忆故人》）	"一弹指顷去来今。"见苏轼《过永乐文长老已卒》
"吾道竟何之。"（《晚秋风雨》，《诗稿》卷二一）	"吾生更欲何之？"（《乌夜啼》"世事从来惯见"）	"吾道欲何之。"见杜甫《秦州杂诗》
"心忆高阳旧酒徒。"（《衰病》，《诗稿》卷一九）	"酒徒一半取封侯。"（《鹊桥仙》"华灯纵博"）	郦食其自称高阳酒徒事。见《史记·郦生陆贾传》
"如丝细生菜。"（《蔬圃》，《诗稿》卷一三）	"正好春盘细生菜。"（《感皇恩·伯礼立春日生日》）	"春日春盘细生菜。"见杜甫《立春》

续表

诗	词	典故出处
"渐老情怀多作恶。"（《梅花绝句》,《诗稿》卷一〇）	"中年作别难。"（《南歌子·送周机宜之益昌》）	"谢太傅语王右军曰:'中年伤于哀乐,与亲友别,辄作数日恶。'"见《世说新语·言语》
"马周憔悴客新丰。"（《山园晚兴》,《诗稿》卷一五）	"老却新丰英俊。"（《桃源忆故人·题华山图》）	马周为唐太宗所赏事。见《新唐书·马周传》
"锦字挑成寄远诗。"（《征夫怨效唐人作》,《诗稿》卷一九）	"鸳机新寄断锦。"（《清商怨·葭萌驿》）	苏蕙寄窦滔锦字以表相思事。见《晋书·列女传》
"它日空浇坟上土。"（《次韵和杨伯子主薄见赠》,《诗稿》卷二一）	"酒不到,刘伶墓。"（《一落索》"满路游丝飞絮"）	"劝君终日酩酊醉,酒不到刘伶坟上土。"见李贺《将进酒》
"青门独无恙,种瓜亦何伤。"（《寓怀》,《诗稿》卷二二）	"懒向青门学种瓜。"（《鹧鸪天》"懒向青门学种瓜"）	邵平东门种瓜事。见《史记·萧相国世家》
"西日同赏油窗明。"（《无咎兄郡斋燕集有诗末章见及敬次元韵》,《诗稿》卷一）	"唤君同赏小窗明,夕阳吹角最关情。"（《浣溪沙·和无咎韵》）	"午醉醒来晚,无人梦自惊。夕阳如有意,长傍小窗明。"见方械《失题》
"醉后吹横笛,鱼龙亦出听。"（《海中醉题时雷雨初霁天水相接也》,《诗稿》卷一）	"吹笛鱼龙尽出。"（《风入松》"十年裘马锦江滨"）	《传奇·江叟》载仙师赠江叟能呼龙之笛事。见《太平广记》
"万斛玉尘来聘归。"（《雪后寻梅偶得绝句十首》其二,《诗稿》卷一四）	"赐玉尘千斛。"（《好事近》"混迹寄人间"）	《玄怪录·巴邛人》载巴邛人橘中有老叟决赌事,胜者云:"君输我瀛州玉尘九斛。"《太平广记》引
"一念无端堕世尘。"（《梦中作》,《诗稿》卷六一）	"一念堕尘中。"（《秋波媚》"曾散天花蕊珠宫"）	"由此一念,又不得居此,复堕下界。"见陈鸿《长恨歌传》
"应有流尘化素衣。"（《寄陈鲁山》,《诗稿》卷一）"素衣虽成缁,不为京路尘。"（《自小云顶上云顶寺》）	"风尘不化衣。"（《生查子》"还山荷主恩"）	"京洛多风尘,素衣化为缁。"见陆机《为顾彦先赠妇诗》
"儒冠未恨终自误。"（《上已临川道中》,《诗稿》卷一）	"笑儒冠自来多误。"（《谢池春》"壮岁从戎"）	"纨袴不饿死,儒冠多误身。"见杜甫《奉赠韦左丞丈二十二韵》
"仕宦螳窠梦。"（《衰病》,《诗稿》卷一）;"嘲笑螳南柯。"（《诗酒》,《诗稿》卷九）	"似梦里,来到南柯。"（《望梅》"寿非金石"）	淳于棼南柯一梦事。见李公佐《南柯太守传》
"百万呼卢事已空。"（《武昌感事》,《诗稿》卷二）;"百万呼卢迹已陈。"（《倚楼》,《诗稿》卷九）	"百万呼卢锦瑟傍。"（《鹧鸪天·送叶梦锡》）	刘毅百万呼卢事。见《晋书·刘毅传》

续表

诗	词	典故出处
"未画凌烟鬓已凋。"（《寓舍书怀》,《诗稿》卷六）	"替却凌烟像。"（《青玉案·与朱景参会北岭》）	太宗图画功臣于凌烟阁事。见刘肃《大唐新语》
"功名堕甑谁能问。"（《三月十六日作》,《诗稿》卷七）	"堕甑元知当破。"（《桃源忆故人》"一弹指顷浮生过"）	孟敏不顾堕甑事。见《后汉书·郭太传》
"人寿定非金石永。"（《病起书怀》,《诗稿》卷七）	"寿非金石。"（《望梅》"寿非金石"）	"人生忽如寄,寿无金石固。"见《古诗十九首》
"严光本是逃名者,安用天文动客星。"（《游学射观次璧间诗韵》,《诗稿》卷七）；"平生笑严子,犹有姓名传。"（《杂兴》,《诗稿》卷五九）	"时人错把比严光,我自是无名渔父。"（《鹊桥仙》"一竿风月"）	严光隐逸不受光武帝官事。见《后汉书·严光传》
"室无摩诘持花女。"（《和范待制秋日书怀二首游自七月病起蔬食止酒故诗中及之》,《诗稿》卷七）	"曾散天花蕊珠宫。"（《秋波媚》"曾散天花蕊珠宫"）	天女散花事。见《维摩诘经》
"醉入东海骑长鲸。"（《长歌行》,《诗稿》卷五）；"便欲骑鲸东海去。"（《眉州作》,《诗稿》卷八）	"东游我醉骑鲸去。"（《秋波媚》"曾散天花蕊珠宫"）	"若逢李白骑鲸鱼。"见杜甫《送孔巢父谢病归游江东兼呈李白》
"退藏只合卧蜗庐。"（《读书》,《诗稿》卷八）	"幽栖莫笑蜗庐小。"（《恋绣衾》"不惜貂裘换钓蓬"）	"自作一蜗牛庐,净扫其中。"见《三国志·魏志》《管宁传》注
"俱是邯郸枕中梦。"（《阆中作》,《诗稿》卷三）	"阅邯郸梦境。"（《木兰花慢·夜登青城山玉华楼》）"请看邯郸当日梦。"（《洞庭春色》"壮岁文章"）	唐卢于邯郸道中舍邸黄粱一梦事。见沈既济《枕中记》
"季子貂裘端已敝。"（《自阆复还汉中次益昌》,《诗稿》卷三）	"尘暗旧貂裘。"（《诉衷情》"当年万里觅封侯"）	苏秦说秦王不成,黑貂之裘敝事。见《战国策》
"击筑悲歌一再行。"（《自阆复还汉中次益昌》,《诗稿》卷三）	"悲歌击筑。"（《秋波媚》"秋到边城角声哀"）	荆轲与高渐离击筑悲歌事。见《史记·游侠列传》
"纯丝老尽归不得。"（《思归引》,《诗稿》卷三）	"鲙美菰香,秋风又起。"（《双头莲·呈范至能待制》）	张翰见秋风起思家乡鲈鱼菰菜事。见《晋书·张翰传》
"那用更为麟阁梦。"（《思归引》,《诗稿》卷三）	"图像麒麟。"（《洞庭春色》"壮岁文章"）	苏武画像入麒麟阁事。见《汉书·苏武传》
"革带频移纱帽宽。"（《成都岁暮始微寒小酌遣兴》,《诗稿》卷三）"带眼频移瘦自惊。"（《早行至江原》,《诗稿》卷八）	"叹围腰带剩。"（《沁园春》"孤鹤归飞"）	沈约言己老病,百日数旬,革带常应移孔。见《南史·沈约传》

续表

诗	词	典故出处
"棘生铜驼陌。"（《先主庙次唐贞元中张俨诗韵》，《诗稿》卷三）	"尚棘暗铜驼空怆神。"（《洞庭春色》"壮岁文章"）"铜驼荆棘。"（《谢池春》"七十衰翁"）	索靖有先识远量，知天下将乱，指洛阳宫门铜驼叹曰："会见汝在荆棘中耳。"见《晋书·索靖传》
"多病文园苦滞留。"（《书叹》，《诗稿》卷一三）	"文园谢病。"（《朝中措·梅》）	司马相如拜为文园令，后病起，家居茂陵。见《史记·司马相如传》
"海鸥曾是信忘机。"（《示客》，《诗稿》卷一五）；"鸥闲谁与共忘机。"（《掩扉》，《诗稿》卷四一）	"鸥鹭共忘机。"（《乌夜啼》"世事从来惯见"）	海上人与鸥鸟游而鸥无防事。见《列子·黄帝》
"咫尺之天今万里，空在长安一城里。"（《长门怨》，《诗稿》卷一七）	"咫尺长门过万里。"（《夜游宫·宫词》）	"孝武皇帝陈皇后，时得幸，颇妒，别在长门宫。"见司马相如《长门赋序》
"见事恨不早。"（《晨读道书》，《诗稿》卷一八）	"见事迟来四十年。"（《恋绣衾》"插脚红尘已是颠"）	"吾闻穰侯智士也，而见事迟。"见《史记·范雎传》
"封侯万里独心在。"（《累日文符沓至怅然有感》，《诗稿》卷一九）	"慕封侯定远。"（《洞庭春色》"壮岁文章"）	班超被封为定远侯事。见《后汉书·班超传》
"已罢向空书咄咄。"（《自咏》，《诗稿》卷三〇）	"书空独语。"（《真珠帘》"山村水馆参差路"）	殷浩被黜向空书"咄咄怪事"之事。见《晋书·殷浩传》
"便面章台事已非。"（《柳》，《诗稿》卷三一）	"空忆前身，便面章台马。"（《安公子》"风雨初经社"）	张敞过章台以扇遮面事。见《汉书·张敞传》
"真是无花空折枝。"（《春初骤暄夕梅尽开明日大风花落成积戏作》，《诗稿》卷三四）	"何日唤宾僚？犹堪折。"（《满江红》"疏蕊幽香"）	"有花堪折直须折，莫待无花空折枝。"见杜秋娘《金缕曲》
"身轻婚嫁毕。"（《南窗》，《诗稿》卷三四）	"趁时婚嫁。"（《绣停针》"叹半纪"）	向长男女婚嫁毕，则游仙不还事。见《后汉书·向长传》
"亦践真率约。"（《岁暮与邻曲饮酒用前辈独酌韵》，《诗稿》卷六〇）	"蜡屐登山真率饮。"（《破阵子》"看破空花尘世"）	司马光居洛与楚正叔通议、王安之朝议等耆老约为真率会事。见《侍讲杂记》
"王侯蝼蚁同丘墟。"（《杂兴》，《诗稿》卷七三）	"王侯蝼蚁，毕竟成尘。"（《沁园春》"孤鹤归飞"）	"王侯与蝼蚁，同尽随丘墟。"见杜甫《谒文公上方》
"敢学高人乞镜湖。"（《梅市暮归三山》卷六五）	"镜湖元自属闲人，又何必官家赐与。"（《鹊桥仙》"华灯纵博"）	贺知章告老向唐玄宗乞镜湖事。见《新唐书·贺知章传》

辛弃疾诗词用典相同者

诗	词	典故
"柴门不用常关著。"（《黄沙书院》）	"人怪我柴门今始开。"（《沁园春·和吴子似县尉》）	"长吟掩柴门。"见陶渊明《癸卯岁始春怀古田舍》
"不妨草草有杯盘。"（《同杜叔高祝彦集庵天保庵瀑布，主人留饮两日，且约牡丹之饮》二首其二）	"草草杯盘不要收。"（《武陵春·春兴》）	"草草杯盘供笑语。"见王安石《示长安君》
"渐识空虚不二门。"（《丙寅九月二十八日作，明年将告老》）	"玄入参同契，禅依不二门。"（《南歌子·独坐蔗庵》）	"如我意者，于一切法无言无说，无示无识，离诸问答，是为入不二法门。"见《维摩诘经入不二法门品》
"爱竹不爱肉。"（《吴克明广文见和再用韵答之》）	"细读离骚还痛饮，饱看修竹何妨肉。"（《满江红·山居即事》）	"可使食无肉，不可使居无竹。无肉令人瘦，无竹令人俗。人瘦尚可肥，士俗不可医。"见苏轼《于潜绿筠轩》
"贤哉首阳子，此粟久不餐。"（《题前冈周氏敬荣堂》）	"谁知寂寞空山里，却有高人赋采薇。"（《鹧鸪天·有感》）	伯夷、叔齐不食周粟事。见《史记·伯夷列传》
"暗香疏影无人处。"（《和傅岩叟梅花》）	"疏影横斜，暗香浮动，把断春消息。"（《念奴娇》"未须草草"）	"疏影横斜水清浅，暗香浮动月黄昏。"见林逋《山园小梅》
"折腰曾愧五斗米。"（《和赵直中提干韵》）	"叹折腰五斗赋归来。"（《鹊桥仙》"少年风月"）	陶渊明不为五斗米折腰事。见《宋书·陶潜传》
"苦无突兀千间庇。"（《和赵昌父问讯新居作》）	"还又要万间寒士，眼前突兀。"（《满江红》"老子平生"）	"安得广厦千万间，大庇天下寒士俱欢颜，风雨不动安如山！呜呼！何时眼前突兀见此屋，吾庐独破受冻死亦足。"见杜甫《茅屋为秋风所破歌》
"此是幽人安乐窝。"（《丁卯七月题鹤鸣亭》）	"羡安乐窝中泰和汤。"（《洞仙歌·丁卯八月病中作》）	邵雍名其居为"安乐窝"事。见《宋史·邵雍传》
"古人有句须参取：穷到今年锥也无。"（《再用韵》）	"莫问家徒四壁，往日置锥无。"（《水调歌头》"我亦卜居者"）	"去年贫犹有卓锥之地，今年贫，锥也无。"见《五灯会元》
"今是昨非当谓梦。"（《新年团拜后和主敬韵并呈雪平》）	"深自觉昨非今是。"（《洞仙歌·丁卯八月病中作》）	"觉今是而昨非。"见陶渊明《归去来辞》
"尘埃野马知多少。"（《傅岩叟见和用韵答之》）	"野马骤空埃。"（《水调歌头》"千古老蟾口"）；"俯人间，尘埃野马。"（《贺新郎》"曾与东山约"）；"野马尘埃。"（《水龙吟》"断崖千丈孤松"）	"野马也，尘埃也。"见《庄子·逍遥游》

续表

诗	词	典故
"渊明爱酒得之天。"（《止酒》）	"爱酒陶元亮。"（《水调歌头》"千古老蟾口"）	陶渊明爱酒事。见《宋书·陶潜传》
"灵均恨不与同时，欲把幽香赠一枝。堪入离骚文字否？当年何事未相知。"（《和傅岩叟梅花》二首其二）	"灵均千古怀沙恨，记当时匆匆忘把此仙题品。"（《贺新郎·赋水仙》）	屈原赋离骚多写芳草而未及梅花事
"先歌梁苑诗。"（《咏雪》）"且向梁园赋清景。"（《和前人观梅雪有怀见寄》）	"兔园旧赏。"（《念奴娇》"兔园旧赏"）	梁王于兔园令文士咏雪事。见谢惠连《雪赋》
"遥知一夜相思后。"（《和吴克明广文赋梅》）	"对梅花一夜苦相思。"（《满江红》"曲几团蒲"）"梅花开后，对月相思"（《沁园春·答余叔良》）"相留昨夜，应是梅花发。"（《念奴娇》"洞庭春晚"）	"相思一夜梅花发，忽到窗前疑似君。"见卢仝《有所思》
"老去都无宠辱惊。"（《偶作三首》其三）	"人间宠辱休惊。"（《临江仙》"钟鼎山林都是梦"）"宠辱惊疑。"（《行香子》"归去来兮"）	"何谓宠辱若惊？宠为下，得之若惊，失之若惊，是谓宠辱若惊。"见《老子》
"我识箪瓢真乐处。"（《偶作三首》）	"人不堪忧，一瓢自乐，贤哉回也。"（《水龙吟·题瓢泉》）	颜回一箪食，一瓢饮，居陋巷，贫也不改其乐事。见《论语·雍也篇》
"终朝抱膝吟。"（《即事示儿》）	"高吟才罢。"（《水龙吟》"被公惊倒瓢泉"）	诸葛亮躬耕陇亩，好为梁父吟事。见《三国志·诸葛亮传》
"旧恨王夷甫。"（《感怀示儿辈》）	"夷甫诸人，神州陆沉，几曾回首。"（《水龙吟·渡江天马南来》）	王夷甫清谈误国事。见《晋书·桓温传》
"岂负辛勤一束书。"（《赵昌父问讯新居之作》）	"试问辛勤携一束。"（《归朝欢》"万里康成西走蜀"）"好在书携一束。"（《水调歌头》"我亦卜居者"）	"昔我来长安，只携一束书。"见韩愈《示儿》
"高山流水自朱丝。"（《傅岩叟见和用韵答之》）"此时高山与流水，应有钟期知妙旨。"（《和赵国兴知录赠琴》）	"流水高山弦断绝。"（《谒金门》"遮素月"）"袖手高山流水。"（《满庭芳·和洪丞相景伯韵》）"叹高山流水，弦断堪悲。"（《婆罗门引》"绿阴啼鸟"）	伯牙与子期高山流水知音事。见《列子·汤问》
"因空成色色成空。"（《醉书其壁》二首）"富贵由来色是空。"（《丁卯七月题鹤鸣亭》）	"毕竟非空非色。"（《好事近》"云气上林梢"）	"色即是空，空即是色。"见《心经》
"捧心作颦态。"（《和赵晋臣敷文积翠岩去类石》）	"青山却作捧心颦。"（《浣溪沙》"台倚崩崖玉灭瘢"）"何外捧心颦。"（《菩萨蛮·和卢国华提刑》）	西施捧心皱眉而愈美之事。见《庄子·天运》

续表

诗	词	典故
"广文官冷更诗穷。"（《和吴克明广文赋梅》）	"平生官冷。"（《水龙吟》"倚栏看碧成朱"）	"广文先生官独冷。"见杜甫《醉时歌》
"唯有西湖处士知。"（《和傅岩叟梅花》二首）	"想钱塘风流处士。"（《贺新郎》"觅句如东野"）"剩有西湖处士风。"（《贺新郎》"桃李漫山过眼空"）"总被西湖林处士，不肯分留风月。"（《念奴娇》"未须草草"）"遥想处士风流。"（《念奴娇·西湖和人韵》）	林逋梅妻鹤子之风流
"清欢哪复笑开口。"（《鹤鸣亭绝句四首》）	"不妨开口笑时频。"（《浣溪沙》"侬是嵚崎可笑人"）	"其中开口而笑者，一月之中不过四五日而已矣。"见《庄子·盗跖》"尘世难逢开口笑。"见杜牧《九日齐山登高》
"何况人生七十少。"（《书清凉境界壁》）	"七十古来稀。"（《感皇恩寿范倅》）	"人生七十古来稀。"见杜甫《曲江》
"欲把幽香赠一枝。"（《和傅岩叟梅花二首》其二）	"君逢驿使，为我攀梅。"（《沁园春》"佇立潇湘"）	盛弘《荆州记》载陆凯赠范晔梅花事
"此身更似沧浪水。"（《再用韵》）	"长向沧浪学。"（《六幺令》"倒冠一笑"）	"沧浪之水清兮，可以濯我缨；沧浪之水浊兮，可以濯我足。"见《孺子歌》

姜夔诗词用典相同者

诗	词	典故
"西风不识张京兆，画得蛾眉如许愁。"（《牛渚》）	"野梅弄眉妩。"（《清波引》"冷云迷浦"）	张敞为妇画眉事，见《汉书·张敞传》
"洛京归后梦犹惊。"（《三高祠》）"勇退深虞祸患遭。"（《三高祠》）	"鲈鱼应好，旧家乐事谁省。"（《湘月》"五湖旧约"）	张翰思家乡鲈鱼、莼菜辞官而归事，其实是为避祸患。见《世说新语·识鉴》
"不贪名爵伐功劳。"（《三高祠》）	"似鸱夷翩然引去。"（《石湖仙·寿石湖居士》）	范蠡功成身退泛舟浮海事。见《史记·越王勾践世家》
"处士风流不并时。"（《湖上寓居杂咏》）	"又过林逋处。"（《卜算子》"江左咏梅人"）；"若使逋仙及见之。"（《卜算子》"家在马城西"）；"问逋仙今在何许？"（《法曲献仙音》"虚阁笼寒"）	林逋以梅为妻，又有《山园小梅》之诗流传，所以林逋遂成咏梅之典。

续表

诗	词	典故
"应念无枝夜飞鹊，月寒风劲羽毛摧。"（《寄上张参政》）	"绕枝三匝，白头歌尽明月。"（《念奴娇》"昔游未远"）	"月明星稀，乌鹊南飞。绕树三匝，何枝可依？"见曹操《短歌行》
"胡啼番曲转声酸。"（《於越亭》）	"昭君不惯胡沙远。"（《疏影》"苔枝缀玉"）	昭君远嫁匈奴事。见《后汉书·南匈奴传》
"断肠谁把玉龙吹？"（《绿萼梅》）	"又却怨玉龙哀曲。"（《疏影》）	均指笛曲《梅花落》，"黄鹤楼中吹玉笛，江城五月落梅花。"见李白《与史郎中钦听黄鹤楼上吹笛》

从以上列表中可以看出，南宋作者大量用典时，同样的典故会分别出现在诗词之中，无论典故意思还是句式表达，诗词均呈现出大致相同的面貌，除了诗词在句式长短方面略有不同外，二者并没有截然不同的差别，有的甚至连句式都完全一致。所以，我们说，词中大量运用典故给词所带来的影响，并不仅仅在于提升了词的品位，使词向诗的典雅与厚重靠近，更重要的还在于，相同典故的运用，不仅造成了诗词在思想情感表达内容方面的接近，更造成了诗词在语言这一本体因素上的接近与雷同，这使词进一步向诗靠拢。可见，在词中用典虽只是一项具体的诗歌手法的引入，但它所带来的对词作风貌的影响却是始料未及的，这似有点"蝴蝶效应"的意思。

第四章　南宋前期诗词互渗之风格论

文各有体，体各有貌，文体凝聚着一种共性的审美倾向，表现着一种稳定的独特风格。此正如陆机在《文赋》中言："诗缘情而绮靡，赋体物而浏亮，碑披文以相质，诔缠绵而凄怆，铭博约而温润，箴顿挫而清壮，颂优游以彬蔚，论精微而朗畅，奏平徹以闲雅，说炜晔而谲诳。"[①] 但是，文体风格又不是凝固不变的，而是处于变化不居的状态之中，其中，相邻的文体在互相渗透过程中总会给对方提供新的质素，形成新的风貌。卡冈说："种类形成的一般规律，就是一种艺术样式的结构在毗邻样式的影响下发生变化。"[②] 就中国传统文学样式诗文来说，"文显而直，诗曲而隐"，[③] 但是在文体的互相影响中，诗文各自完善着对方，"文中有诗，则句话精确；诗中有文，则词调流畅。"[④] 诗词作为两种相邻的文体，在它们互相渗透的过程中，必然也会带给对方一些新的审美特征，赋予对方以新的风貌。

---

① （晋）陆机：《文赋》，李善《文选注》，中华书局 1977 年版，第 241 页。
② ［苏］莫·卡冈：《艺术形态学》，生活·读书·新知三联书店 1986 年版，第 5 页。
③ （明）许学夷：《诗源辨体》卷一，人民文学出版社 1987 年版，第 4 页。
④ （宋）陈善：《扪虱新话》卷九。

第一节　诗对词的风格之影响

唐末宋初之词局限于香闺，题材狭窄，风格绮靡浮艳。花间鼻祖温庭筠"能逐弦吹之音，为侧艳之词。"①《苕溪渔隐丛话》称其："工于造语，极为绮靡。"② 刘熙载也称其："类不出乎绮怨。"③ 范摅《云溪友议》卷下的"温裴黜"条也有相关记载：

　　裴郎中诚，晋国公次弟子也。足情调，善谈谐。举子温岐为友，好作歌曲，迄今饮席多是其词焉。裴君既入台，而为三院所谲，曰能为淫艳之歌，……二人又为新添声《杨柳枝》词，饮筵竞唱其词而打令也。④

顾夐也是"善小辞，有《醉公子》曲，为一时艳称。"王衍亦"浮薄而好轻艳之辞"；⑤ 欧阳炯的《浣溪沙》，《蕙风词话》卷二评曰："自有艳词以来，殆莫艳于此矣。"⑥ 第一部词集《花间集》的命名本身就充满绮艳色彩，因此，其中"不无清绝之词"，也不过是用以"助妖娆之态"而已。唐末五代和宋初，在《花间集》的引领下形成了词坛总体为"艳科"的状态，词也因此被视为"小道卑体"，甚至"方之曲艺，犹不逮也"，⑦ 为人所轻。北宋初的钱惟演只

---

① 刘昫：《旧唐书》卷一九〇下，中华书局 1975 年版，第 5079 页。
② （宋）胡仔：《苕溪渔隐丛话》卷一七，第 125 页。
③ （清）刘熙载：《艺概》卷四，第 107 页。
④ （唐）范摅：《云溪友议》卷下，中华书局 1959 年版。
⑤ （宋）张唐英：《蜀梼杌》卷下，文渊阁《四库全书》本。
⑥ （清）况周颐：《蕙风词话》卷二，《蕙风词话》《人间词话》合订本，第 23 页。
⑦ （宋）胡寅：《酒边集序》，吴讷编《百家词》，商务印书馆刻本 1940 年版。

有如厕时才读词，^① 欧阳修作词也是"敢陈薄技，聊佐清欢"的儿戏态度，并且晚年曾悔少作，欲"收而烧之"。^② 士大夫若专力填词，可能会影响仕途升迁，柳永就深受其害。柳永之词当时盛传四方，以致"凡有井水处，皆能歌柳词"，宋仁宗退朝后也以听柳词解乏为乐，但柳永却在仕途上一挫再挫，究其原因，正在于柳永为专业词手之故。张舜民《画墁录》记载了柳永与晏殊的一段经典对白：

> 柳三变既以词忤仁庙，吏部不放改官。三变不能堪，诣政府。晏公问："贤俊作曲子么？"三变曰："只如相公，亦作曲子。"公曰："殊虽作曲子，不曾道'彩线慵拈伴伊坐'。"柳遂退。^③

看似不经意的对话中，实际上却泄露了玄机。柳永理直气壮而来，却因晏殊道："不曾道'彩线慵拈伴伊坐'"而惭愧退下，个中原因两人心知肚明，问题正在于柳永词之"卑俗"，柳永于是不情愿地过着"才子词人，自是白衣卿相"的生活，一生不达。南宋叶梦得在《石林避暑录话》卷下曾议论曰："永亦善为他文辞而偶先得名，始悔为己累，后改名三变而终不能救，择术不可不慎。"^④ 晏殊在柳永面前居高临下，自觉高雅，却未料在他死后，也差点为词所污，幸亏其子晏几道才思敏捷，及时辩解，才化险为夷。据赵与时《宾退录》记载：

> 晏叔原见蒲传正曰："先公平日小词虽多，未尝作妇人语也。"传正曰："'绿杨芳草长亭路，年少抛人容易去。'岂非妇人语乎？"晏曰："公谓'年少'为何语？"传正曰："岂不谓其所欢乎？"晏曰："因公之

---

① （宋）欧阳修：《归田录》卷二，《渑水燕谈录》《归田录》合订本，中华书局 1981 年版，第 24 页。
② （宋）欧阳修：《欧阳文忠公文集》卷一三一，四部丛刊初编本。
③ （宋）张舜民：《画墁录》，文渊阁《四库全书》本，第 1037 册。
④ （宋）叶梦得：《石林避暑录话》卷下，上海书店 1990 年版。

言，遂晓乐天诗两句，盖'欲留所欢待富贵，富贵不来所欢去。'"传正笑而悟。①

在此记载后，赵与时发表了自己的观点，认为晏殊词"盖真谓'所欢'者"，与乐天诗不同，"叔原之言失之。"晏几道为尊者讳，偷换概念，将其父的儿女言情之作变成了人生感慨之作，确有强词夺理之嫌。在二人的对话中，我们可以看到词体当时所处的非常尴尬之位置。晏几道本人也曾被建议"捐有余之才，补不足之德。"② 从以上记载中可看出，唐末五代至宋初的相当长时间内，词不能登大雅之堂，其作用无非是"析酲解愠"、"为一笑乐"而已。③ 这里，我们无意于探讨词在当时的社会地位，只是想透过这些近似小说家言的记载，看出词起初之风貌："儿女情多，风云气少"，④ 正如王炎在其《双溪诗余自序》中所说："今之为长短句者，字字言闺阃事，故语懦而意卑。"⑤ 虽然，"南唐词人冯延巳、李煜都作出新发展。冯延巳词能写出感情的境界，使词的体式有更多的含蕴。李煜亡国后诸作，'眼界始大，感慨遂深'，更是对《花间》词的一个突破。北宋前期，晏、欧诸公在意境深远、融入哲理方面有新贡献；但风格仍沿南唐之旧。"⑥ 此种状况直到苏轼出现才有了根本的改观。苏轼本无意为词，37 岁才开始涉猎词坛，自此一发而不可收拾。他明确提出了"以诗为词"的观点：

　　　　清诗绝俗，甚典而丽。搜研物情，刮发幽翳。微词宛转，盖诗之裔。⑦

---

① （宋）赵与时：《宾退录》，上海古籍出版社 1983 年版，第 2 页。

② （宋）邵博：《邵氏闻见后录》卷一九，中华书局 1983 年版，第 151 页。

③ （宋）晏几道：《小山词自序》，李明娜《小山词校笺》，文津出版社 1981 年版，第 1 页。

④ （清）刘熙载：《艺概》卷四，第 123 页。

⑤ （宋）王炎：《双溪诗余自序》，《宋元三十一家词》四印斋汇刻本。

⑥ 缪钺：《缪钺说词》，第 45 页。

⑦ （宋）苏轼：《祭张子野文》，孔凡礼点校《苏轼文集》卷六三，第 1943 页。

又惠新词，句句警拔，此诗人之雄，非小词也。①

颁示新词，此古人长短句诗也。得之惊喜。②

在这为数不多的言论中，他分别从词的源流与词的风格面貌上强调了词与诗的关系，并以一系列深蕴其人格与性情的作品实践了他的理论，于是，他在词坛上另立一宗，开创了一个新的词史时代。关于苏轼在词史上的地位，前人论述可谓多矣：

词至东坡，倾荡磊落，如诗如文，如天地奇观。③

东坡先生非心醉于音律者，偶尔作歌，指出向上一路，新天下耳目，弄笔者始知自振。④

唐末词人，非不美也。然粉泽之工，反累正气。东坡虑其不幸而溺乎彼，故援而止之，惟恐不及。其后元祐诸公，嬉弄乐府，寓以诗人句法，无一毫浮靡之气，实自东坡发之。⑤

（词）方之曲艺，犹不逮焉。其去曲礼，则益远矣。然文章豪放之士，鲜不寄意于此者，随亦自扫其迹曰谑浪游戏而已也。唐人为之最工，柳耆卿后出，掩众制而尽其妙，好之者不可复加。及眉山苏氏，一洗绮罗香泽之态，摆脱绸缪宛转之度，使人登高望远，举首高歌，而逸怀浩气，超然乎尘垢之外。于是《花间》为皂隶而柳氏为舆台矣。⑥

苏轼"以诗为词"在词史上的影响是重要而深远的，具体来说，杨海明先生认

---

① （宋）苏轼：《与陈季常书》，《苏轼文集》卷五三，第 1569 页。
② （宋）苏轼：《与蔡景繁书》，《苏轼文集》卷五五，第 1662 页。
③ （宋）刘辰翁：《辛稼轩词序》，邓广铭笺注《稼轩词编年笺注》，第 599 页。
④ （宋）王灼：《碧鸡漫志》卷二《东坡指出向上一路》，岳珍《碧鸡漫志校正》，第 37 页。
⑤ （宋）汤衡：《张紫微雅词序》，吴昌绶辑《影刊宋金元明本词》，中国书店 1981 年版。
⑥ （宋）胡寅：《酒边集序》，吴讷编《百家词》，商务印书馆刻本 1940 年版。

为主要有以下几点："首先，苏词开拓了词的题材内容，向不免有些'枯竭'的'词河'里注入了生活的源源活水，从而使它获得了新的生命力。其次，苏词为词苑提供了新的风格和美感——主要是一种'刚性'的风格和美感。再次，苏轼提高了'词品'，抬高了'词体'。"① 自苏轼始，诗歌遂成功地以其自身特质影响了宋词的创作，词遂在与诗的合流中日益充沛着体力精神，并在发展中不断地提高了社会地位，直到与诗并驾齐驱。关于诗歌对宋词风貌的影响，前人已多有所论，本文仅择其要点略述之。下面从"词品"与"词风"两方面论之。

一 将词变成了文人士大夫抒情诗，提高了词品

如上文所言，始初，词虽言情，但与士大夫文人的政治情怀无涉。虽然，张惠言认为温庭筠词是将"身世之感打并入艳情"，认为其《菩萨蛮》有"离骚初服"之意，但这不过是清代尊体派的过度诠释，并不符合温庭筠的实际创作状况。李煜由于其"天上人间"的身世落差，于词中唱出了亡国之君的苦与痛，欧阳修也在词中抒发了一些文人士大夫的人生感怀，但因其创作的不自觉性，并不具备太多文学史意义。只有到了苏轼，因他自觉地"以诗为词"，并将其人生的悲欢、人生的思考以清丽之笔触写进词作，才使词作第一次摆脱了花间美人的疆域，成为士大夫文人自由抒写情志的文学园地。元好问说："自东坡一出，情性之外，不知有文字。"② 谢章铤说："读苏辛词，知词中有人，词中有品。"③ 以词陶写士大夫的性情志趣是苏轼"以诗为词"的内核，《中国词学批评史》于此点曾大发议论曰：

---

① 杨海明：《唐宋词史》，第318—319页。
② （元）元好问：《新轩乐府引》，见《遗山文集》卷三六，上海涵芬楼影印本1927—1928年版。
③ （清）谢章铤：《赌棋山庄词话》卷九，唐圭璋：《词话丛编》，第3444页。

苏轼注重以词陶写情性，是其倡导词之诗化的一个重要内容，也是其"词为诗裔"理论命题中颇有意义的一个内核。其一，他把士大夫的情性志趣注入词中，改变了五代以来词所缘之情多在相思眷恋的狭隘性，开拓了词的抒情功用，使词于合乐歌唱之外，尚有足以自立的文学价值；其二，他以词为陶写之具，把士大夫的思想情趣与市民喜好的通俗文艺形式结合到一起，予词以诗的清高，提高了词的品位，也增加了词的生命活力；其三，他从人的情感需要出发，以体现主体情性为主的宗旨，与传统诗教偏重社会政治的功利性价值取向又不同途辙，而贴近于一般士大夫文艺生活的歌词创作的实际，是对传统诗教作了合乎人情的修正，因而得到了普遍认同。苏轼之后的词家，对其引诗入词虽然抑扬不一，但对他以词陶写情性却从无非议。这其实是苏轼给词坛带来的富有成效的一个变革。①

以词抒写士大夫的文人情志，靖康事变后，由于时代的风云际会，得到了进一步发展。南宋人以词抒爱国情感、"陈经济之怀"的篇章层出不穷，"以诗为词"成为一种时代风潮，使宋词风貌发生了翻天覆地的变化。向子𝑖将其词分为"江北旧词"与"江南新词"，"江北旧词"多为"花间""尊前"的娱乐品，是地地道道的酒边词；"江南新词"则一改酒边尊前的内容风格，抒写社会动乱带给其心灵的巨大冲击，词风彻底蜕变。陈与义词则"笔意超旷，逼近大苏。"②张嵲词则"平昔为词，未尝著稿，笔酣兴健，顷刻即成，……如《歌头》、《凯歌》、《登无尽藏》、《岳阳楼》诸曲，骏发踔厉，寓以诗人句法者也。"③张孝祥词："至于托物寄情，弄翰戏墨，融取乐府之遗意，铸为毫端之

---

① 方智范等：《中国词学批评史》，第49—50页。
② （清）陈廷焯：《白雨斋词话》卷一评陈与义词《临江仙》，第20页。
③ （宋）汤衡：《紫微雅词序》，吴昌绶辑《影刊宋金元明本词》，中国书店1981年版。

妙词。"① 类似的作家作品很多，下面再列举一二以见一斑：

> （张元干）喜作长短句，其忧国忧君之心，愤世嫉邪之气，间寓于歌咏，……公作长短句送之（胡铨），微而显，哀而不伤，深得三百篇讽刺之义。非若后世靡丽之词，狎邪之语，适足劝淫，不可以训。②

> 其（四名臣）思若怨悱而情弥哀，吁号幽明，剖通精诚，又不欲以为名也。……故其词深微浑雅而情独多。③

> 公（辛弃疾）一世之豪，以气节自负，以功业自许，方将敛藏其用以事清旷，果何意于歌词哉？直陶写之具耳。④

可见，"以诗为词"至南宋初期已成为一股创作潮流，发展至辛弃疾时，已经"激昂措宕，不可一世"，⑤ 词已经完全成为文人士大夫的自我抒情，真正达到了"无事不可言，无意不可入"的境地，在词坛上遂能"异军特起，能于剪红刻翠之外，屹然别立一宗，迄今不废"，⑥ 达到了"以诗为词"的高峰。整个过程正如况周颐在《蕙风词话续编》中所言："语其变则眉山导其源，至稼轩、放翁而尽变，陈、刘其余波也。"⑦

与"以诗为词"相随而生的是南宋的词学理论中出现"骚雅"这一标目。"雅"出《诗经》，据《诗大序》说，"雅"是指如"风"一样"主文谲谏"，但强调"大"（"言天下之事，形四方之风"）和"正"（"雅者，正也，言王政之

① （宋）陈应行：《于湖先生雅词序》，吴昌绶辑《影刊宋金元明本词》，中国书店1981年版。

② （宋）蔡戡：《芦川居士词序》，《定斋集》卷一三，常州先哲遗书本。

③ （清）王鹏运：《南宋四名臣词集跋》评赵鼎、李纲、李光、胡铨词，清光绪十四年至十八年（1888—1892）临桂王氏四印斋刻本。

④ （宋）范开：《稼轩词序》，邓广铭《稼轩词编年笺注》，第596页。

⑤ （清）彭孙遹：《金粟词话》，唐圭璋：《词话丛编》，第724页。

⑥ （清）纪昀：《四库全书总目》卷一九八《稼轩词》提要，第2793页。

⑦ （清）况周颐：《蕙风词话续编》卷一《王文简〈倚声集序〉》，《蕙风词话》、《人间词话》合订本，第148页。

所由废兴也")的特点。"骚"出《楚辞》之《离骚》,《离骚》为"屈平疾王听之不聪也,谗谄之蔽明也,邪曲之害公也,方正之不容也,故忧愁幽思而作。"① 关于"骚雅"前文已有所论,此处我们借张炎在《词源》中所举之例来分析其中所蕴含的特定意义。《词源·杂论》云:

> 词欲雅而正,志之所之,一为情所役,则失其雅正之音;耆卿、伯可不必论,虽美成亦有所不免;如"为伊泪落",如"最苦梦魂,今宵不到伊行",如"天便教人,霎时相见何妨",如"又恐伊,寻消问息,瘦损容光",如"许多烦恼,只为当时,一饷留情",所谓淳厚日变成浇风也。②

可见,"骚雅"之作与"为情所役"的艳情之作是互相对立的,只有艳丽的爱情描写而没有士大夫情怀寄托的作品是为人不齿的"浇风"。可见,"骚雅"论的核心依然是士大夫的情怀,此情怀关系君国,而非儿女之欢,至少也是借儿女之情抒天下之怀。可见,在词最核心的思想情感内容上,"骚雅"论与苏轼的"以诗为词"是一致的,只不过"骚雅"论要求词人在抒情写志时尽量保持词的体性特点,较"以诗为词"在艺术上提出了更高的要求,所以,南宋"骚雅"理论的提出与建立实际上是对苏轼"以诗为词"论的深化。苏轼的"以诗为词",到了南宋豪放词家手里,已流于叫嚣,走向粗豪,并有失去词体特征的危险。后来的一些有识之士,比如李清照、张炎等,则认识到词之所以为词的体性特点之所在,李清照提出了"词别是一家"的理论③,张炎则在其《词源》中提出了"骚雅"论。但无论是李清照还是张炎,实际上都已经接受了苏轼"以诗为词"的思想,他们所做的不过是在艺术上保持词体本质特征的努力,词所抒内容已完全不再是《花间集》的男女情事,而是士大夫文人更广阔

---

① (汉)司马迁:《史记》卷八四《屈原贾生列传》,中华书局1959年版,第2482页。
② (宋)张炎:《词源》,《词源》、《乐府指迷》合订本,第29页。
③ (宋)李清照:《词论》,胡仔《苕溪渔隐丛话后集》卷三三,第254页。

的情怀。词品得到了根本提高，终于成为与诗分庭抗礼的重要文学体裁之一。
我们从南宋人的一些词评中可见一斑：

> 窃尝玩味之，旨趣纯深，中含法度。使人一唱而三叹，盖其得于六义
> 之遗意，纯乎雅正者也。①
>
> 大抵清而不激，和而不流，要其情性则适，揆之礼义而安。非能为词
> 也，道德之美，腴于根而盎于华，不能不为词也。②

至此，诗词已真正合流，词之创作已完全纳入儒家诗教的语境之下。这种潮流
发展到清代，更是蔚为大观，常州派代表人物张惠言、周济专以"比兴寄托"
说词，要求诗词同列，认为词应上承《风》《骚》的文学精神和历史传统，认
为词体应承载起政治教化的社会功能，以此来推尊词体，提高词的地位，究其
源头，俱源于苏轼的"以诗为词"，故而后人认为"词体之尊自东坡始。"③

二 使词风格更加丰富多样

现在人们在谈宋词的流派风格时，多沿明代张綖在《诗余图谱》中的
说法：

> 按词体大略有二：一体婉约，一体豪放。婉约者欲其辞情蕴藉，豪放
> 者欲其气象恢弘。盖亦存乎其人，如秦少游之作多是婉约，苏子瞻之作多
> 是豪放。④

---

① （宋）詹效之：《燕喜词跋》，《宋元三十一家词》，四印斋汇刻本。
② （宋）曾丰：《知稼翁词集序》，《宋金词七种》，汲古阁本。
③ （清）陈洵：《海绡说词》，唐圭璋：《词话丛编》，第4837页。
④ （明）张綖：《诗余图谱》"按语"，明刊本。

此论一出，后人多有称引，如明代徐师曾《文体明辨序说》"诗余"、清初王士祯《花草蒙拾》、清王又华《古今词论》、徐釚《词苑丛谈》卷一、张宗橚《词林纪事》卷六、沈雄《古今词话·词品》卷上、江顺诒《词学集成》卷五、陈廷焯《白雨斋词话》卷一、沈祥龙《论词随笔》、蒋兆兰《词说》等，词分"婉约"与"豪放"成为学界共识。同时，与"婉约""豪放"说相随而来的是词之"正变"的讨论。张綖在提出"婉约"与"豪放"两体时又言"大抵词体以婉约为正。"徐师曾承袭张綖之论，谓词"要当以婉约为正。否则虽极精工，终乖本色。"① 而周济在《介存斋论词杂著》中则将李煜、范仲淹、苏轼、辛弃疾、姜夔、陆游、刘过、蒋捷等列为"正声之次"，依然表现出以"婉约"为正、"豪放"为变的词学观念。其实，"婉约"与"豪放"谁为"正"、谁为"变"并不重要，重要的是，"豪放"词的兴起使词的风格多样化了，使词具有了更丰富的美感。联系词之发展史及后代词学家的评论，"豪放"词风正是苏轼"以诗为词"观念的产物。他逸气旷怀，健笔壮采，将阳刚之美带入词坛，一新天下耳目，打破了"花间"一统天下的格局。清末蒋兆兰说："宋代词家，源出于唐五代，皆以婉约为宗。自东坡以浩瀚之气行之，遂开豪迈一派。"②自苏轼后，一批又一批作者于词中随意挥洒，将他们的人格意志尽情流露于其中，将诗的审美理想带入词之创作，使词坛现出异彩纷呈之风貌。如：

（黄庭坚）以他诗法的特点融入词中，显得朴老、明快、劲折，没有温、韦、冯、李欧、晏诸家的幽约凄馨、烟水迷离之致。③

公（张元干）博览群书，尤好韩集、杜诗，手之不释，故文词雄健，气格豪迈，有唐人风。④

---

① （明）徐师曾：《文体明辨序说》"诗余"条，人民文学出版社1962年版，第165页。
② （清）蒋兆兰：《词说》，唐圭璋：《词话丛编》，第4632页。
③ 缪钺：《缪钺说词》，第78页。
④ （宋）蔡戡：《芦川居士词序》，《定斋集》卷一三。

右丞叶公（叶梦得），……婉丽绰有温、李之风。晚岁落其华而实之，能于简淡时出雄杰，合处不减靖节、东坡之妙，岂近世乐府之流哉？[①]

正是由于风格的繁盛，清人陈廷焯认为词分豪放、婉约是"似是而非不关痛痒语也"，[②] 认为豪放与婉约的划分不能反映宋词风格流派的多样性。于是，谢章铤在《赌棋山庄词话》中将宋词分为婉丽、豪宕、醇雅三类；[③] 顾咸三则将它分为雄放豪宕、妖媚风流、冲淡秀洁三类；[④] 今人詹安泰则将它分为真率明朗、高旷清雄、婉约清新、奇艳俊秀、典丽精工、豪迈奔放、骚雅清劲、密丽险涩八类。[⑤] 在诸家不断探索的分类过程中，我们正可见宋词风格的多样性，其风格之繁富，真令人目不暇接。不仅每个作家风貌各异，同一作家也呈现出风貌的多样性。比如陆游的词风，前人就有各种不同评论：

剑南之词，屏除纤艳，清真绝俗，逋峭沉郁，而出以平淡之词，例以古诗，亦元亮、右丞之匹，此道家之词也。[⑥]

纤艳处似淮海，雄快处似东坡。[⑦]

放翁长短句……其激昂慷慨者，稼轩不能过；飘逸高妙者，与陈简斋、朱希真相颉颃；流丽绵密者，欲出晏叔原、贺方回之上。[⑧]

"纤艳"、"流丽绵密"、"雄快"、"逋峭沉郁"、"激昂慷慨"、"飘逸高妙"等风

① （宋）关注：《石林词跋》，吴讷编《百家词》，商务印书馆刻本 1940 年版。

② （清）陈廷焯：《白雨斋词话》卷一，第 14 页。

③ （清）谢章铤：《赌棋山庄词话》卷九，唐圭璋：《词话丛编》，第 3443 页。

④ （清）高佑纪：《迦陵词全集序》引顾咸三语，《清名家词》，上海书店 1982 年版。

⑤ 詹安泰：《宋词风格流派略谈》，见《宋词散论》，广东人民出版社 1981 年版，第 52—60 页。

⑥ 刘师培：《论文杂记》，《中国中古文学史》、《论文杂记》合订本，人民文学出版社 1959 年版，第 131 页。

⑦ （明）杨慎：《词品》卷五评陆词，《渚山堂词话》、《词品》合订本，第 141 页。

⑧ （宋）刘克庄：《后村先生大全集》卷四，四部丛刊初编本。

格的确是"豪放"无法完全涵盖的，但"激昂慷慨"等无疑又是"豪放"词范围内的某一种风格倾向。由此可见，词虽总体分婉约与豪放两体，但风格已姹紫嫣红，异彩纷呈。

在"以诗为词"的创作阵营里，辛弃疾无疑是苏轼最好的继承者，他与苏轼同以豪放著称，却又豪中见异，苏轼是豪中见旷，而他则是豪中见郁。他才情勃发，志向高远，经历丰富，作为"弓刀游侠"之英雄，志不获骋，壮怀激烈，这赋予了其词一种力度之美，使词呈现有别于"婉约词"的"刚美"特质，并形成了富有个性特色的"稼轩体"。于此，前人多有评论：

> 公所作大声鞺鞳，小声铿锵，横绝六合，扫空万古，自有苍生以来所无。①
> 辛稼轩，词中之龙也。气魄极雄大，意境却极沉郁。②
> 稼轩之词，胸有万卷，笔无点尘，激昂措宕，不可一世。③
> 其词慷慨纵横，有不可一世之概，于倚声家为变调。④

陶尔夫、刘敬圻在《南宋词史》一书中更认为他继东坡之后"以思想与艺术完美结合而登上词史的高峰"，⑤ 并在该书中详细论述了"稼轩体"的特征，⑥ 何为"稼轩体"？他们认为："简而言之，即雄豪、博大、隽峭。……所谓'雄豪'，并非简单地作雄言豪语，而常常是寄雄豪于悲婉之中。所谓'博大'，也非一味地宏博浩大，而常常是展博大于精细之内。同样，所谓'隽峭'，即行隽峭于清丽之外。"⑦ 论者认为"稼轩体"的魅力就在于其将对立的审美特征

---

① （宋）刘克庄：《辛稼轩集序》，《后村先生大全集》卷九八。
② （清）陈廷焯：《白雨斋词话》卷一，第20页。
③ （清）彭孙遹：《金粟词话》，唐圭璋：《词话丛编》，第724页。
④ （清）纪昀：《四库全书总目》卷一九八《稼轩词》提要，第2793页。
⑤ 陶尔夫、刘敬圻：《南宋词史》，第140页。
⑥ 同上书，第141—151页。
⑦ 同上书，第145页。

有机统一于词之创作中。巩本栋先生也认为辛弃疾的词风是"雄奇刚健与深婉雅丽"的结合,[①]"以雄奇刚健为主,而又不缺少深婉雅丽的韵致,二者有机结合,构成了一个难以截然划分的统一体,构成了一种兼容刚柔、博采众家而奄有众长的全新而独特的风格。"[②] 在诸人之论中,我们看到,辛弃疾虽承"豪放"而来,却有效地避免了豪放词的"易"、"浅"、"率",而具有传统婉约词"要眇幽微"的艺术效果。叶嘉莹先生曾高度肯定辛弃疾"诗化词"的这种特美:

> 他写得慷慨激昂,有直接的感发,具有诗的美;同时有幽微曲折的言外之意,具有词的美,这是诗化之词中最高的一种境界。[③]

辛弃疾的满腔爱国热情、收复失地的热望、忠不见用的失落、为人所诼的怨抑,构成了英雄失意的巨大悲感,苍茫深远又无法言说,词的"要眇宜修"与此种情感特征正相契合,因此,辛词既于词中抒发了壮怀激烈的情感,又保持了词的体性特征。他的词因其抱负宏伟、襟怀阔远而具有常人难企之高境,又因情感之浑厚掩抑而具有耐人玩诵的意味美,于豪壮之中却能蕴藉曲折、空灵缠绵,遂成为诗词合流中最成功的典范之作,表现出诗词互相渗透的完美融合。

苏轼、辛弃疾、陆游以其各自的才华与性情使宋词在婉约之外别立一宗,并以他们各自独特的风貌丰富着豪放词的创作,而姜夔的"以诗为词"则是在婉约词内部变革了词风,丰富了婉约词的风格。姜夔为宋词"本色派"的代表,因濡染"江西"很深,不自觉中以"江西诗法"入词,于是,能在充分保持词体特质的基础上使词别开新境,形成了其词"清健拗峭"的风格特点,创

---

① 巩本栋:《辛弃疾评传》,第 206 页。
② 同上书,第 208 页。
③ 叶嘉莹:《说辛弃疾词二》,见《南宋名家词选讲》,北京大学出版社 2007 年版,第 75 页。

立"清刚"一体。[①] 于此，前人也有定评：

> 白石词在南宋，为清空一派开山祖。碧山、玉田皆其法嗣。其词骚雅绝伦，无一点浮烟浪墨绕其笔端。故当时有词仙之目。野云孤飞，去留无迹，有定评矣。[②]
>
> 既不施朱傅粉如柳、周，又不逞才使气似苏、辛，韵度高绝，辞语尔雅，为宋词带来了新的意境格调。[③]
>
> 白石虽脱胎于稼轩，然具南宋词之特点，一洗绮罗香泽、脂粉气息，而成落拓江湖、孤芳自赏之风格。……白石词以清逸幽艳之笔调，写一己身世之情，在豪放与婉约外，宜以"幽劲"称之。予以为词至白石遂不能总括为婉约与豪放两派耳。[④]

正是姜夔融合了诗歌的异量之美，而使他的词于婀娜中含刚健，而别具一种令人心折的词体美感。

综上所述，我们可以看到，正是由于诗歌为词带来了新的质素，为词注入了新的活力，词才具有更加变化多姿的风貌。虽然，历史容不得假设，但我们还是不妨设想一下，假如，宋代没有"以诗为词"，那么，词的面貌将会如何？毫无疑问，假如词没有诗歌的援手相助，那么它可能早就成为枯株朽木，生命力可能早就衰竭，正是由于诗歌的帮助，词才具有了更为蓬勃的生命，才能得到发展提升，并且成为与诗并驾齐驱的文体之一，成为中国诗歌史上的又一奇葩。

---

① 夏承焘：《论姜白石的词风》，《姜白石词编年笺校》，第 14 页。
② （清）蔡嵩云：《柯亭词论》，唐圭璋：《词话丛编》，第 4913 页。
③ 吴熊和：《唐宋词通论》，第 254 页。
④ 朱庸斋：《分春馆词话》卷四，《历代词话续编》下册，第 1210 页。

第二节　词对诗的风格之影响

我们在第一章的第一节《宋代诗词互动现象鸟瞰》、第二节《词学视野下的陆游诗歌》、第三节《词学视野下的姜夔诗歌》中分别从宏观勾勒与微观分析两方面阐述了唐宋词对诗歌可能产生的影响，我们指出陆游等人的诗歌有相当一部分存在"诗境类词境"现象，我们从诗歌的风调色泽、情感意境等方面将他们的诗词作了对比，认为词在某种程度上影响了诗歌创作。但刘扬忠先生曾说过"具有类似于词境、词风之美的诗歌作品，自《诗经》以来即已时有出现"，[①] 据此，陆游等人的"诗境类词境"的诗篇就很难说一定是受到了词的影响，或许应该说是古代诗歌的流响余韵。事情是否如此呢？下面我们试作辨析。

一　词影响诗歌创作的可能性辨析

词本源于诗，是从诗体内部独立出来的新诗体，"自《诗经》以来即已时有出现"的"具有类似于词境、词风之美的诗歌作品"，为词的产生提供了可能，是词的营养之源。在漫长丰富的诗歌之源中，晚唐诗是词最好的营养品，它们为词体的孕育与诞生作了充分的准备。晚唐诗与初期词往往意境极似，如温庭筠《瑶瑟怨》"冰簟银床梦不成，碧天如水夜云轻。雁声远过潇湘去，十二楼中月自明。"俞陛云评曰："飞卿以诗人而兼词手，此诗高浑秀丽，作词境论，亦五代冯、韦之先河也。"[②] 袁行霈先生认为温庭筠的诗歌"一言以蔽之

---

① 刘扬忠：《唐宋词流派史》，福建人民出版社 1999 年版，第 57 页。
② 俞陛云：《诗境浅说》，北京出版社 2003 年版，第 276 页。

就是词化，带有词的韵味与情调。"① "唐代像温庭筠或韦庄词的意境总和他们的一部分诗的意境相同或相互印证。"② 晚唐诗歌与词的确互相渗透。到了宋初，词继承了晚唐五代小令词，创作风貌并没有大的改变，"冯延巳词，晏同叔得其俊，欧阳永叔得其深"③ 正是这一状况的反映。同时，晚唐诗在宋初依然有广泛而深刻的影响，学习贾岛、姚合的"晚唐体"、学习李商隐的"西昆体"与"白体"鼎足而三，成为诗坛主流，宋初诗人鲜有不受此牢笼者。因此，宋初词与诗歌也存在"你中有我，我中有你"的状态，如晏殊名句"无可奈何花落去，似曾相识燕归来"于诗词中同见之例；其《蝶恋花》（槛菊愁烟兰泣露）："欲寄彩笺兼尺素，山长水阔知何处"两句，与其《无题》律诗尾联"鱼书欲寄何由达，水远山长处处同"词意雷同之例。这种现象与前文所举"诗境类词境"之例在表面上似属同一种情况，实际上却相去万里，其性质完全有别。自晚唐至宋初，甚至更早，尽管存在"诗境类词境"现象，但那是词体尚未独立时，词所表现出来的与诗面貌相似之状况，这只能说是词在其自身体制特点尚未成熟之时，词对诗的学习、借鉴与吸收，是母子之间血缘未断时的相通与相似。因此，此时我们绝不能说，词影响了诗歌，如果这样认为，那就搞错了诗词源与流的关系，颠倒了母与子的角色。同样是"诗境类词境"，那为什么到了南宋，我们就可以说是词影响了诗歌的创作，子开始反哺其母呢？首先，我们确实认识到，词至南宋，已完全从诗歌中独立出来，独立的体制特点业已形成，大家、名家辈出，流派风格多姿多彩，词在艺术上已发展成熟，走向繁荣。词在士大夫文人的创作生活中占据着越来越重要的地位，甚至成为文人创作时最重要的文体选择，李清照、辛弃疾、姜夔、吴文英、张炎等人的词创作就是如此。随着优秀词人的崛起，随着优秀词作的广泛传播，深入人心，词的阅读已成为文人们必不可少的文艺积累与储备，成为其知识结构的

① 袁行霈：《当代学者自选文库袁行霈卷》，安徽教育出版社 1999 年版，第 531 页。
② 中国社会科学院文学研究所：《中国文学史》第二卷，人民文学出版社 1962 年版，第 546 页。
③ （清）刘熙载：《艺概》卷四，第 107 页。

一部分。《梦粱录》《武林旧事》《东京梦华录》等一些宋人笔记小说有很多关于唱词、听词、赏词的记载，说明词已进入千家万户。词的专集开始出现，比如曾慥《乐府雅词》、酮阳居士《复雅歌词》、张孝祥《紫微雅词》、赵彦端《介庵雅词》、程正伯《书舟雅词》等，词学理论的探讨成为文人们热衷的话题之一，对于词的体性、作词技巧的探讨已相当深入细致，词学理论批评著作相继问世。词已很大程度上改变它作为"小道末技"、"游戏之作"存在的文学地位，几可与诗分庭抗礼，这一切都为词影响诗提供了可能性，并显示出必然性。仅从我们第一章第一节中之"诗句与词句相类""翻词入诗"两点即可看出，词确实大踏步走进了诗歌领域，成为了诗歌创作的源泉之一，并且对南宋之后的诗歌走向产生了影响。那么，词究竟赋予了南宋诗怎样的新质素？词向诗的反向渗透给南宋初的诗歌风格带来了怎样的影响？我们可以从宋一代诗风特别是南宋诗歌风格的改变，来探讨这一问题。

二　词赋予南宋诗以柔情雅韵

宋诗艺术风貌的形成主要得益于杜甫与韩愈，宋代诗人一方面继承了杜甫忠君爱国的伟大情怀，多于诗中表现社会现实生活，抒发家国之感，立意宏大；另一方面他们又学习杜甫的写实之风，将日常生活的情景事理全面带入诗歌，使诗歌走向日常化。同时，宋代诗人又继承发扬了韩愈的文学观念，在艺术上追求生新独造，奇崛壮伟，这使宋诗形成了完全不同于唐诗的风貌。唐诗主景主情，以丰神情韵见长，而宋诗则主事主理，以筋骨思理称胜。[①] 明人陈子龙说："宋人……其为诗也，言理而不言情……然宋人亦不免于有情也，故凡其欢愉愁怨之致，动于中而不能抑者，类发于'诗余'"，[②] 今人缪钺先生也

---

① 钱钟书：《谈艺录》之《诗分唐宋》，中华书局1984年版，第2页。
② （明）陈子龙：《王介人诗余序》，转引自王国维《人间词话》卷上，《蕙风词话》、《人间词话》合订本，第217页。

指出："宋人情感多入于词，故其诗不得不另辟疆域，刻画事理，于是遂寡神韵"。① 词则恰恰相反，袁行霈先生说："词是抒情细腻的文学；……是感情低徊感伤的文学"，② 以"幽约隐微"的情感见长。当词以自身的独特审美优势独立于吟坛后，当它拥有影响诗这一主流文体的力量后，其自身独有的特点便在南宋诗的创作中留下了痕迹。词的委婉幽约能赋予南宋诗细腻与含蓄，使南宋诗由宏大叙事抒情趋向私人化内心情感的抒发，赋予南宋诗以柔情雅韵，为南宋诗摆脱江西派末流的枯槁瘦硬作出贡献。事实上，诗至南宋初，天下以"江西诗派"为宗，宋诗风貌已鲜明突出，其流弊也日益彰显。当时有所成就的诗人几乎都经历了从"江西人"到"江西出"的过程，陆游、姜夔、范成大、杨万里等俱是如此，也因其能"出江西"，所以他们的诗歌表现出全新的风貌。陆游诗"取材宏富，对仗精工，而出以隽笔，第遇佳句，不啻如杨柳承露，芙蓉出水，天然不加雕饰"，③ "游诗清新刻露，而出以圆润，实能自辟一宗，不袭黄、陈之旧格也"；④ "白石之诗气格清奇，得力江西；意襟隽潇，本于襟抱；韵致深美，发乎才情。受江西诗派影响者，其末流之弊，为枯涩生硬。白石之诗独饶风韵。盖白石词人，其诗有词意，绝句一体，尤为擅长"；⑤ 范成大的诗歌风格"如'典雅标致''端庄婉雅''清新妩丽''奔逸''俊伟''温润''精致''秀淡''婉峭'等不同品目，虽各得其一端，而大率应以清新婉丽、温润精雅为其主要特色"。⑥ 这些评价均在"韵致"这一点上肯定了这几位南宋诗坛大家的创作，这使他们的诗能够自出机杼，跳出江西诗派的藩篱。在上引论述中，缪钺先生就曾明确指出词人身份在宋诗风貌改变中的作用："白石之诗独饶风韵，盖白石词人，其诗有词意，绝

---

① 缪钺：《论宋诗》，《诗词散论》，第50页。
② 袁行霈：《长吉歌诗与词的内在特质》，《当代学者自选文库袁行霈卷》，安徽教育出版社1999年版，第476页。
③ （清）李调元：《陆诗选序》，《童山集》卷五，清乾隆刻函海道光五年增修本。
④ （清）纪昀：《四库全书总目》卷一六〇，第2143页。
⑤ 缪钺：《姜白石之文学批评及其作品》，《诗词散论》，第84页。
⑥ 周汝昌：《〈范石湖集〉前言》，富寿荪标校《范石湖集》，上海古籍出版社2006年版，第5页。

句一体，尤为擅长。"认为正是姜夔"词人"身份使其在诗歌创作中不自觉地引词之作法入诗，从而使其诗"独饶风韵"。见解十分精到！关于姜夔词给其诗带来的"韵致"，可参看第一章第三节《词学视野下的姜夔诗歌》，此处不再赘论。我们主要来看看陆游、范成大的诗歌表现。在陆游这些具有词之痕迹的诗歌里，此类诗中的抒情主人公已不再是"上马草军书，下马击狂胡"的英雄，而是情思惝恍迷离的幽闺佳人，有娇懒之气息，忧愁之心性，一改他风雨逼人的豪放俊迈之风，而于闲适中见情致，更具深长的情味。比如陆游的《雨》诗：

> 映空初作茧丝微，掠地俄成箭镞飞。纸帐光迟饶晓梦，铜炉香润覆春衣。池鱼鳜鳜随沟去，梁燕翩翩接翅归。惟有落花吹不去，数枝红湿自相依。

此是咏雨之作，境界朦胧，诗味隽永纤细。颔联与尾联极具词意，"纸帐光迟"是昏暗之景，"饶晓梦"是惝恍朦胧之境，"铜炉香润"是温馨之居室，"覆春衣"更多一层旖旎与梦幻色彩，给人以幽眇绮丽的联想，"落花"雨中相依，柔弱多情。首联中的"茧丝微"似是主人公那若有若无的情思，难以言说，颈联则相对自然朴素。整个诗境湿润纤艳，透露出浓重的词味。作者用一颗细腻的心体察自然，以纤细之笔，怀着怜爱之情描画之，雨遂成为与主人公心意相通的自然界的性灵之物，使此首《雨》诗不仅仅是纯客观的自然逼真的描绘，而是充满了抒情主体情感意绪，是别具深情的佳作。再比如其《秋怀》其三诗：

> 迢迢枕上望明河，帐薄帘疏奈冷何！不惜衣篝重换火，却缘微润得香多。

《秋怀》是陆游于开禧元年秋作于山阴的一组感怀诗，此为其中一首。此诗表面上看来是一首典型的思妇诗，但从另几首《秋怀》诗及此首题目与诗中意思看来，此诗主人公为陆游本人而非普泛意义的思妇，此诗是诗人的自我抒情而不是代言体的为思妇立言。诗中的主人公无论是动作、心态还是生活环境都与词中所设别无二致，在此种诗境与诗意中，陆游将自己女性化，表现出极温柔细腻的心灵特质，诗呈现出词的艺术心理与审美状态，因此，陆游的诗不再仅仅是宏大，而是还具有深情细腻的一面。再如其《夏日昼寝梦游一院阒然无人帘影满堂惟燕蹴筝弦有声觉而闻铁铎风响璆然殆所梦也邪因得绝句》：

> 桐阴清润雨余天，檐铎摇风破昼眠。梦到画堂人不见，一双轻燕蹴筝弦。

此诗以清新雅淡之笔写惝恍迷离的情思，不见往日之铁骨，只有婉约之柔肠，用词细腻轻柔，充满了空灵的韵致与迷离的情思。其他如《小轩》诗："砧杵声中去日遒，小轩风露一帘秋。人间走遍心如石，分付寒螀替说愁。"都是如此。

陆游诗歌中除了整首诗深具词的韵味外，尚有一些诗只有一联或两联甚有词味，此类句子的存在，调节了陆游诗的整个风貌，使本来比较质朴的诗变得具有深情韵味。比如《不寐》诗：

> 丽谯听尽短长更，幽梦无端故不成。寒雨似从心上滴，孤灯偏向枕边明。读书有味身忘老，报国无期涕每倾。敢为衰残便虚死，誓先邻曲事春耕。

此诗写陆游报国不成的内心忧怨，却一改他一贯的豪纵色彩，充满了幽约深至的情味。马星翼曾评道："至诗中写羁旅之情，尤为陈陈相因，若放翁'寒雨似从心上滴。孤灯偏向枕边明'一联，亦极深至，人莫能及。"① 诗人将词之婉约幽深带入诗中，遂产生极深远真切的情味。再比如其《昼睡》：

眼昏妨读书，不睡复何如？拥被新寒里，伸腰午饭余。断香萦倦枕，疏雨滴前除。未竟华胥乐，茶瓯莫唤渠。

此诗首联、颔联、尾联均以口语写日常生活，诗风朴实无华，颈联"断香萦倦枕，疏雨滴前除"句极其纤细，充满了幽约的情致，诗境类词境。正是由于这一联的存在使整首诗充满浓郁的情味，此诗遂生色不少。再比如《十一月四日夜半枕上口占》：

小室惜惜夜向分，幽人残睡带残醺。檐间雨滴愁偏觉，枕畔橙香梦亦闻。惊雁数声投野泽，悲笳三叠上霜云。年来万事俱抛尽，自笑诗中尚策勋。

此诗除了最末一句尾联可见放翁的风貌之外，其余几联均很幽细婉约，色泽上非常妩媚，若无最后一句，我们完全可以理解为是一位为相思所苦的思妇于半梦半醒之间的恍惚心情，与苏轼的《次韵章质夫杨花》词有异曲同工之妙。再比如陆游《病起》诗：

山村病起帽围宽，春尽江南尚薄寒。志士凄凉闲处老，名花零落雨中看。断香漠漠便支枕，芳草离离悔倚阑。收拾吟笺停酒椀，年来触事动忧端。

---

① （清）马星翼：《东泉诗话》，清光绪十二年（1886）宝仪斋刻本。

诗写陆游理想壮志不能实现的愤懑，按陆游的一贯风格，此诗本应壮怀激烈，或沉郁顿挫，但因风调极似词句的"断香漠漠便支枕，芳草离离悔倚阑"一联的存在，使此诗远离激烈而走向幽渺婉约，"此诗的风格颇似词，婉约沉郁，辞浅意深。"① 再比如他的《秋思又一首》也因"帐外昏灯伴孤梦，檐前寒雨滴愁心"的深挚与浓郁而添了更多的深情，使整首诗从比较质朴的政治诗变成了词人内心幽积的忧国情绪的抒发，使政治叫喊色彩减弱。其他如前文所举诗《临安春雨初霁》词清句丽，"小楼一夜听春雨，深巷明朝卖杏花"的存在则使全诗更添清新隽永之味。此类诗歌很多，下面再列出几首：

秋夜示儿辈

吴下当时薄阿蒙，岂知垂老叹途穷。秋砧巷陌昏昏日，夜烛帘栊袅袅风。缩项鳊鱼收晚钓，长腰粳米出新舂。儿曹幸可团栾语，忧患如山一笑空。

腊月十九日午睡觉复酣卧至晚戏作

枕痕著面眼芒羊，欲起元无抵死忙。拥被却寻初断梦，掩屏重拨欲残香。雪云虽散寒犹紧，春意将回昼已长。老去此身无著处，华胥真恐是吾乡。

寄子布

钓滩耕垅雪盈簪，从入新年病至今。远使有书常洒泪，长宵无梦更伤心。何由老眼迎归棹，空为秋风感暮砧。一纸新诗千万恨，临风怅望独长吟。

此类诗歌中总有一联无论是情调色泽还是情感意境与词均非常相似，使陆游的诗歌平添许多情感意蕴，使本来比较朴素的诗歌多了一些丰神韵致。

---

① 段晓华：《陆游诗歌赏析》，第146页。

　　陆游本以爱国诗人著称，其诗歌往往采用奔突放纵的抒情方式，抒发直率炽热的情感，具有淋漓酣畅、无拘无束的艺术魅力，这些丽辞与丽语的存在，使陆游一部分诗别具一种风貌。前人的一些评论实际上已触及了此种现象，如："（放翁古体诗）意在笔先，力透纸背；有丽语而无险语，有艳词而无淫词；看似华藻，实则雅洁。"① "绝句源出乐府，但取神韵，趣在有意无意之间。唐人推青莲、龙标二家擅场。作者（陆游）妙处，深得风人之致，视唐殆无愧色，此不可以时代拘者也。"② 诸家论述虽未点出词体因素在其中所起的作用，但我们还是可以从中获得一些启发。③ 魏庆之《诗人玉屑》所载的一段议论似乎看到了词体对诗的影响，云："杨诚斋尝称陆放翁之诗敷腴。尤梁溪称其诗俊逸，余观放翁之词，尤其敷腴俊逸者也。"④ 若仅从此句来看，很难说明是诗影响了词还是词影响了诗，但我们在他接着所举的词作之例中可以看出词对诗可能产生的影响。他所举之例为：

　　　　韶光妍媚，海棠如醉，桃花欲暖。挑菜初闲，禁烟将近，一城丝管。（《水龙吟》）

　　　　璧月何妨夜夜满，拥芳柔，恨今年，寒尚浅。（《夜游宫》）

　　　　鸠雨催成新绿，燕泥收尽残红。春光还与美人同。论心空眷眷，分袂却匆匆。　　只道真情易写，那知怨句难工。水流云散各西东。半廊花院月，一帽柳桥风。（《临江仙》）

这些作品都是"思致精妙，超出近世乐府之作"，为传统婉约词之风貌，很显然，非为陆游"以诗为词"的成果，但陆游的部分诗却表现出与此类词一致的

---

　　① （清）赵翼：《瓯北诗话》卷六，第 80 页。
　　② （清）梁诗正等编：《唐宋诗醇》引潘问奇语，清光绪七年浙江书局刻本。
　　③ 关于陆游诗歌此种韵味的取得究竟是源于唐还是得益于词体的影响，第一章第二节《词学视野下的陆游诗歌》已有详细辨析，此不再论。
　　④ （宋）魏庆之：《诗人玉屑》，第 478 页。

风貌，从中，我们可以看到词对诗可能产生的影响。至于"俊逸"与"敷腴"当然与江西派末流风貌异迹殊途，从中可见，词对诗歌风貌所产生的影响。综上所论，我们可以说陆游一部分诗正是融合了一些词体因素而别具丰神情韵。

我们再来看看范成大的诗歌作品。范成大是南宋著名政治家，他的一生"分工秉钺，开府行边，功建式遏，名垂不朽"，[①] 其诗风格竟以"清新婉丽、温润精雅"为主要特色，[②] 这似乎有悖于"风格即人"的观念。杜甫一生饥困流离，忧国忧民，故其诗"寂抑悒恨"，[③]"言志恒多怨"；[④] 李白豪纵不群，故其诗风浪漫纵恣，不可羁勒。以范成大的一生行事及思想高度，其诗的可能风格应慷慨激昂、悲壮沉郁，事实却恰恰相反。风格的形成固然有多种原因，范成大此种风格的形成恐怕和词对他的影响有关。范成大诗有词味，前人早就指出过：

范至能《春晚》二绝云："阴阴垂柳闭朱门，一曲阑干一断魂。手把青梅春已去，满城风雨怕黄昏。""夕阳槐影上帘钩，一枕清风梦昔游。梦见钱塘春尽处，碧桃花谢水西流。"声情婉转，微嫌近于词耳。[⑤]

这种论断可谓慧眼独具，在第一章第一节我们曾列出了范成大一些与词句相类的诗句，从所举之例中，我们可以看到，范成大这部分似词的诗句充满了浓重的词体色彩，表现出近于词的特征，而这些诗句对范成大诗歌风格的形成具有一定关系。如："隙月知无梦，窗梅欲断魂"为《元夜忆群从》诗中之句，蔡义江先生分析说："'隙月知无梦'，则是月白窗隙窥看室内而知道人之不寐，以物拟人，不但曲折有致，还能传达出自己此时此刻'除却天边

① （明）杨慎：《东阜三蜀两游集序》，《升庵合集》文集卷五，清光绪八年刊本。
② 周汝昌：《范石湖集》前言，富寿荪标校《范石湖集》，第5页。
③ （明）杨慎：《东阜三蜀两游集序》，《升庵合集》文集卷五。
④ 同上。
⑤ （清）潘德舆：《养一斋诗话》卷五，郭绍虞、富寿荪编《清诗话续编》，第2148页。

月，没人知'的意思来。"① 并且说："有这一联'隙月'、'窗梅'的景物点
缀，诗才不干枯，才显得丰腴起来。"② 可见，深具词情与词味的诗句改变了
整首诗的风味格调，透露出词对诗风形成的影响。再比如《暮春上塘道中》诗
里的"飞絮著人春共老，片云将梦晚俱还。"诗意缠绵缱绻，诗味幽渺婉约，
颇得词家三昧。人评曰"写情景可谓入妙，所嫌者词不典贵，去风雅益远"，③
此论颇为精到，全诗也因此句更添轻盈幽渺之美。其他如《晚春》其二中的
"炉烟惊扇影，酒面舞花光"，也见恍惚幽渺之妙，与晏几道"舞低杨柳楼心
月，歌罢桃花扇底风"同一意趣。他的一些全篇似词的诗作更是如此，如诗
《落鸿》：

> 落鸿声里怨关山，泪湿秋衣不肯干。只道一番新雨过，谁知双袖倚
> 楼寒。

此诗情思哀怨，落鸿声声，泪湿秋衣，新雨过后，更添凄恻，"双袖倚楼"
见主人公之孤独寥落。"寒"既是客观环境的写照，也是主人公心理状态的
描绘。此"寒"与"怨"呼应，使全诗笼罩在一种凄凉哀怨的情境中，以
"谁知"发问，更添一层哀伤无奈。全诗情致凄婉，境界幽渺。再如《晚春
二首》，其一云：

> 静极闻檐佩，慵来爱枕帏。隟虹飞永昼，帘影碎斜辉。燕踏花枝语，
> 蜂萦柳絮归。轻飔宜白纻，时节近清微。

"静极闻檐佩"，檐佩清响，本似有若无，主人公却能捕捉住，可见小室之静寂

---

① 蔡义江：《元夜忆群从》赏析，《范成大诗歌赏析集》，巴蜀书社 1991 年版，第 3 页。
② 同上。
③ （清）袁守定：《佔毕丛谈》卷五，清光绪刊本。

和主人公的百无聊赖。"隙虹飞永昼",观察窗缝中的阳光以消得永日,也见主人公之无聊闲适。"帘影碎斜晖",帘因有斜晖映照遂有影,添一"碎"字,见风吹帘动分日光为碎片之景。写景状物工妙毕肖,传达出主人公百无聊赖又幽约婉细的心情,韵致极轻灵幽渺。"燕踏花枝语,蜂萦柳絮归",为主人公百无聊赖中所见大自然的轻倩美丽之景,这大自然中的生命活力又衬托了主人公那若有若无的忧愁与失落。诗歌感情轻细深婉,韵味悠长,静景、柔情,有"新清妩媚"①之风,正得词家三昧。再比如诗《晓起》诗:"帘额绣波荡漾,烛盘红泪阑干。梦里五更风急,愁边一半春残。"诗境全似词境,情味深永幽约。其他如:

春思

沙际绿蘋满,楼头芳树多。光风入网户,罗幕生绣波。前年花开忆湘水,今年花开泪如洗。园树伤心三见花,依旧银屏梦千里。

枕上

明月无声满屋梁,梦余分影上人床。素娥脉脉翻愁寂,付与风铃语夜长。

莫将彩笔记朝云,红泪罗巾隔路尘。说与东风无限恨,倩风吹断去年春。

斑骓别后月纤纤,门外疏桐影画帘。留下可怜将不去,西风吹上两眉尖。

其他如《即事》、《春晚即事》、《碧瓦》、《斑骓》、《题传记二首》等等,举不胜举,俱是"清新妩丽"之作,②诗之意境韵味等俱与词相近,表现出词体渗透

---

① (清)吕留良、吴之振、吴自牧:《宋诗钞》,中华书局1986年版,第1709页。

② (清)宋长白:《柳亭诗话》卷六,清康熙天茁园刻本。

的痕迹。我们认为，正是由于范成大在创作时不自觉地以词人之心写诗，才使其诗情感深细渺约，使其诗具有一种特殊的魅力。前人因此也多以"工致""凄婉"等词评之：

> 石湖诗，如"客愁无锦字，乡心有灯火"，"酿泥深巷五更雨，吹酒小楼三面风"，何尝不凄婉；"洛花堆锦暖，吴藕镂冰寒"，"石门柳绿清明雨，调口桃花上巳山"，何尝不工致；……精细则"袖单嫌翠薄，杯冷怯金寒"，"云堆不动山深碧，星出无多月淡黄"；……然所造诣无端，充之而极其致，且各极其致。①

范成大也因其诗的"清新藻丽"而"与放翁齐名"，② 并且获得了其在诗坛上应有的位置。姜宸英曾言："诗之中晚已小变。王元之辈名为以杜诗变西昆之体，而欧、苏各自成家，西江别为宗派。至南渡而街谈巷语竞窜六义，其间能以唐自名其家，自放翁、石湖而外，不可多得。"③ 这里，姜氏认为范成大、陆游得唐诗之助而自名家，是未看到词对诗歌的影响，但从我们第一章第一节《词学视野下的陆游诗歌》一文中可知，词正是随着晚唐风潮的再次来临，悄悄地在其中扮演了一定的角色，并促进了宋诗风貌的转变，为南宋诗注入了新的艺术特质。

---

① （清）周之鳞：《石湖先生诗钞序》，《宋四名家诗钞》，清康熙刊本。
② （清）贲经虞：《雅伦》卷二《体调》，清刊本。
③ （清）姜宸英：《湛园未定稿》，《姜先生全集》卷四，清光绪十五年慈谿冯氏毋自欺斋刊本。

第五章　南宋前期诗词互渗之身份论

德国理论家威克纳格在《诗学·修辞学·风格论》一文中说："风格是语言的表现形态，一部分被表现者的心理特征所决定，一部分则被表现的内容和意图所决定。"① 可见，文学创作与创作主体的身份、性格、气质有很大关系。明代李卓吾在《读律肤说》中也说："性格清彻者音调自然宣畅，性格舒徐者音调自然舒缓，旷达者自然浩荡，雄迈者自然壮烈，沉郁者自然悲酸，古怪者自然奇绝。有是格，便有是调，皆情性自然之谓也。"② 他非常具体地阐明了文体风格与创作者气质、性情的联系。方孝孺《张彦辉文集序》也曾指出："庄周为人，有壶视天地、囊括万物之志，故其文宏博而放肆，飘飘然若云游龙骞不可守"；"司马迁豪迈不羁，宽大易直，故其文峄乎如恒华，浩乎如江河，曲尽周密，如家人父子语，不尚藻饰而终不可学。"③ 从中，我们同样可以看到作家的精神结构与文体风格之间所存在的关系。文体与人的性格气质必然不可分割，歌德说："一个作家的风格是他内心生活的准确标志。"④ 作家的

---

① 王元化译：《文学风格论》，上海译文出版社 1982 年版。
② （明）李贽：《读律肤说》，《焚书》卷三，中华书局 1974 年版，第 369—370 页。
③ （明）方孝孺：《张彦辉文集序》，《逊志斋集》卷一二，民国戊辰年宁海胡氏味善居重刻本。
④ 歌德：《歌德谈话录》，人民文学出版社 1978 年版，第 39 页。

气质、性格、禀赋、文化修养必然会在其创作中自然呈现出来。虽然，在不同的文体中，由于作家文体意识的存在，也会表现出不一样的气质风貌，比如，欧阳修为文俨然宽厚仁者，但他在词中却成了吟风恨月的多情公子，即使如此，在其词创作中，他还是"无意中将自己的性情修养，做了一种深微曲折的流露，既保持了词之特美，又提高了词的意境，在词之拓展的过程中，做出了相当的贡献。"① 此正如谢章铤所说："不知诗词异其体调，不异其性情"，② 作家性情的同一必定会在不同文体中留下相同的印记，于是在不自觉中促成文体的互相渗透影响。陆游、辛弃疾、姜夔三人性情襟抱不一，诗词创作又各有侧重。齐治平先生在《陆游传论》中说："当时作家各以自己的爱好才情更迭使用着这两种艺术形式，所以兼擅诗词的人很多。但其侧重的方面各有不同：有的专力于词，余力为诗；有的专力于诗，余力为词。以南宋论，辛弃疾可为前者的代表，陆游则是后者的代表。"③ 所以，此三人不同的气质禀赋、诗人兼词人与词人兼诗人的不同身份必然会影响他们的诗词创作，也必然会在诗词互渗中起着难以忽视的影响。本章我们来探讨一下作者身份在诗词互渗中的作用。

第一节　诗人兼词人的陆游

罗利说："一切风格都是姿态，心智的姿态和灵魂的姿态。"④ 陆游"天姿慷慨，喜任侠，常以踞鞍草檄自任，且好结中原豪杰以灭敌。"⑤ 他的一生不

---

① 叶嘉莹：《唐宋词名家论稿》，第 216 页。
② （清）谢章铤：《赌棋山庄词话》卷五，唐圭璋：《词话丛编》，第 3387 页。
③ 齐治平：《陆游传论》，第 164 页。
④ 罗利：《论风格》，见《英美近代散文选》，商务印书馆 1986 年版，第 70 页。
⑤ （宋）叶绍翁：《四朝闻见录》，第 65 页。

管是清醒时，还是在醉乡梦中，抗金收复失地总占据其心灵的主要空间，而且坚定不移。陆游的这种人生经历与性情气质必然会在他的诗词创作中打下鲜明的印记。

一　爱国情怀，壮美诗词

陆游为南宋"中兴四大诗人"之一，生于金兵入侵的宣和七年，次年汴京沦陷，北宋灭亡。他生当靖康国耻之时，整个社会弥漫着浓烈的爱国情绪，这种情绪强烈地感染着他，他在《跋傅给事帖》一文中曾回忆道："绍兴初，某甫成童，亲见当时士大夫，相与言及国事，或裂眦嚼齿，或流涕痛哭。"① 这种情绪促成了他终生许国的豪情，他在诗《久无暇近书卷慨然有作》中言："事业期不朽，致君颇自许。"② 然而，由于秦桧的嫉恨和压抑，他的仕途颇为坎坷，《宋史》卷三九五《陆游传》谓其：

> 年十二能诗文，荫补登仕郎，锁厅荐送第一，秦桧孙埙适居其次，桧怒，至罪主司。明年试礼部，主司复置游前列，桧显黜之，由是为所嫉。③

直到秦桧死后，他的人生才有起色，三十四岁时，因人荐举得到一个仕进的机会，至三十八岁，又得到了赐进士的出身。四十八岁时，入宣抚四川的枢密使王炎幕府，开始了一生中非常重要的一段生活——南郑的军旅生涯。南郑位于川陕分界之处，是当时南宋的边防重地。陆游雄心勃勃，想一展宏图，很快便

---

① （宋）陆游：《渭南文集》卷三一，四部丛刊初编本。
② （宋）陆游：《久无暇近书卷慨然有作》，《剑南诗稿》卷一九。
③ （元）脱脱：《宋史》卷三九五《陆游传》，第 12057 页。

向王炎献进攻之策："经略中原，必自长安始；取长安，必自陇右始。"① 期盼能实现收复中原的愿望。然而，南宋朝廷只欲自保，已无重拾山河之心，所以他的报国壮志很快就破灭了。虽然，他在南郑仅生活了八个月，但是"铁马秋风大散关"的生活经历，为他留下了终生难忘的追忆，"南郑"也成为他一生的情结。爱国主义情感于是成为其诗歌的主旋律，在其《剑南诗稿》中随处可见，如《病起书怀》："位卑未敢忘忧国。"《客愁》："消磨未尽胸中事，《梁甫》时时尚一吟。"可谓举不胜举！梁启超在《读陆放翁集》中赞叹道："诗界千年靡靡风，兵魂销尽国魂空。集中什九从军乐，亘古男儿一放翁。"又感慨曰："辜负胸中十万兵，百无聊赖以诗鸣。谁怜爱国千行泪，说到胡尘意不平！"② 明代黄漳于《书陆放翁诗卷后》亦云："盖翁为南渡诗人，遭时之艰，其忠君爱国之心，愤郁不平之气，恢复宇宙之念，往往发之于声诗。"③ 他们均认为陆游的诗歌是他心灵的传声筒。在他的一些表达其文学观点的作品里，我们同样可以看到与他这种身份相一致的表述。从诗歌所表现内容来看，他说：

> 君子之学，盖将尧、舜其君民；若乃放逐憔悴，娱悲舒忧，为风为骚，亦文之不幸也。④

认为文学应有为而作，于国于民有所裨益，而非仅仅是个人喜怒哀乐的抒发，若仅作个人悲苦之吟唱，诚乃文之大不幸。类似的观点在他的作品里不断出现，比如他在《送范西叔赴召》之二中说："自昔文章关治道。"在《上执政书》（《文集》卷一三）中云："夫文章，小技耳，然与至道同一关捩。"他的《示子遹》、《九月一日夜读诗稿走笔作歌》均表达了他主张作家应关心国家命

---

① （元）脱脱：《宋史》卷三九五《陆游传》，第 12058 页。

② （清）梁启超：《读陆放翁集》，《饮冰室文集》卷四五下，中华书局 1926 年版。

③ （明）黄漳：《书陆放翁诗卷后》，（宋）刘辰翁、（宋）罗椅等《精选放翁诗集》，《四部丛刊》影印明初刊本。

④ 陆游：《跋吴梦予诗编》，《渭南文集》卷二七。

运，面向社会现实的文学观点。可见，他的文学观点完全承继儒家诗教观而来。与此文学观点相一致，在诗歌风格上，他追求壮美之雄风，曾于《白鹤馆夜坐》诗中言：

> 兰茗看翡翠，烟雨啼青猿。岂知云海中，九万击鹏鲲。更阑灯欲死，此意与谁论？①

他明确表示文学观点的几首诗歌都可见出他对这种雄壮奔放诗风的追求，如《记梦》：

> 夜梦有客短褐袍，示我文章杂风骚。措辞磊落格力高，浩如秋风驾秋涛，起伏奔蹴何其豪，势尽东注浮千艘。李白杜甫生不遭，英气死岂埋蓬蒿？晚唐诸人战虽鏖，眼暗头白真徒劳。何许老将拥弓刀，遇敌可使空壁逃。肃然起敬竖发毛，伏读百过声嘈嘈。惜未终卷鸡已号，追写尚足惊儿曹。

再如《答郑虞任检法见赠》：

> 文章要须到屈宋，万仞青霄下鸾凤。区区圆美非绝伦，弹九之评方误人。

火热的军旅生活、热烈的爱国激情、干预时政的文学观点，共同形成了陆游文学创作的主要格局，因此，在他的诗中"所奔腾不息的，正是那个时代与诗人

---

① 陆游：《白鹤馆夜坐》，《剑南诗稿》卷八。

无法抚平的深度的痛苦乃至血泪"，① 他用奔突放纵之笔抒发内心炽热的爱国热情，淋漓酣畅，无拘无束。正如前文所言，同一人的性情气质必然会在不同的文体里留下相同的印记，他的一部分词作也表现出与诗相同的内容与风貌。邓乔彬先生说：

> 陆游更因时世之变及个人抱负，"江山"、"尊俎"都赋予了抗敌御侮、收复失地的新含义，无论是表雄心、抒愤怨，皆使词移就于诗，而多"言志"色彩。②

邱鸣皋先生也言：

> 陆词在表现它这个主流、主调的时候，和诗一样，用笔风格是沉雄悲壮的，如《水调歌头·多景楼》，此词气魄之沉雄豪迈，直欲凌驾诸前辈同调名作之上。③

他的诗是"英雄之诗"，词也是"英雄之词"，④ 其词的这种特点正与他的诗人身份有关，此正如叶嘉莹先生所论：

> 陆游又是以诗人之襟抱与诗人之笔法为词的，因此他的词中自然便出现了一些与他的诗相似的意境。⑤

因为，诗人身份在陆游词的创作中占据了很大的比重，所以，他的词"其豪雄

---

① 邱鸣皋：《陆游评传》，第 394 页。
② 邓乔彬：《驿骑苏秦间——陆游词风格及成因浅议》，《词学二十论》，第 9 页。
③ 邱鸣皋：《陆游评传》，第 442 页。
④ （清）田同之：《西圃词说》引王渔洋语，唐圭璋：《词话丛编》，第 1451 页。
⑤ 叶嘉莹：《论陆游词》，《唐宋词名家论稿》，第 225 页。

者，盖抱报国大志，而又数临边燧之地，在此身世经历，而以矫健之笔出之，自必近乎稼轩；至闲适之作，实乃壮志难申，无可奈何寄情于田园山水之间，悲壮之气渐化而为平淡。此皆身世遭遇所至，非学少游、稼轩、东坡而有此手法及风格也。"① 可见，正是由于陆游的诗人身份及身世遭遇使其词的内容、风格以及写作方法，都继承了北宋苏轼以来豪放一派的词风，扩大了词的领域，并以其实际创作进一步发扬了苏轼以来的"以诗为词"，成为豪放词体中一位重要的作家。他在词史上的地位正如况周颐所说："（豪放词风）语其变则眉山导其源，至稼轩、放翁而尽其变。"②

二 轻视词体，以诗为词

陆游"以诗为词"，以他的性情与才气驾驭具有"跌宕"之致的词体，写出了一些颇为出色的作品，成为文学史上一位颇有影响的词人，但是，"就陆游平生议论看来，他原是瞧不起词这种文学的"，③ 他对于词的体性特征并没有明确清晰的认识。他在六十五岁时所写的《长短句序》中云：

> 雅正之乐微，乃有郑卫之音。郑卫虽变，然琴瑟笙磬犹在也。及变而为燕之筑、秦之缶，胡部之琵琶、箜篌，则又郑卫之变矣。风雅颂之后，为骚，为赋，为曲，为引，为行，为谣，为歌。千余年后，乃有倚声制辞，起于唐之季世。则其变愈薄，可胜叹哉！予少时汩于世俗，颇有所为，晚而悔之，然渔歌菱唱，犹不能止；今绝笔已数年，念旧作终不可掩，因书其首以识吾过。淳熙己酉炊熟日，放翁自序。④

① 朱庸斋：《分春馆词话》卷四，《历代词话续编》下册，第 1207 页。
② （清）况周颐：《蕙风词话续编》卷一《王文简〈倚声集序〉》，《蕙风词话》、《人间词话》合订本，第 148 页。
③ 夏承焘：《论陆游词》，夏承焘、吴熊和《放翁词编年笺注》，第 2 页。
④ 陆游：《渭南文集》卷一四，四部丛刊初编本。

他从音乐发展史角度认为词乃"郑卫之变"，且"其变愈薄"，并且很后悔自己"汩于世俗"之作词行径，他作此序的目的是"以识吾过"，表现出非常鲜明的轻视词体之态度。他在八十一岁所作的《跋花间集》二则中又说：

> 《花间集》皆唐末五代时人作。方斯时，天下岌岌，生民救死不暇，士大夫乃流宕如此，可叹也哉！或者亦出于无聊故耶！
>
> 大中以后，诗衰而倚声作。使诸人以其所长格力施于所短，则后世孰得而议？笔墨驰骋则一，能此不能彼，未易以理推也。①

对唐末五代之人在动乱时代沉湎于作词非常不满，感慨当时"士大夫乃流宕如此"，简直是自甘堕落！同时，他认为若当时诗人能以作词的才能去写诗，那么后世谁又敢讥评他们呢？言语中深为晚唐五代人可惜。从陆游的这些议论看来，他完全是以诗人的身份与眼光来看待词的发生与发展的，并未将词当作一种独立的、具有自身特美的文体看待，也没有认识到词之为词在文学史上的存在价值与意义。因此，他在词之风格方面，更欣赏苏轼的清雄高逸之美，他说：

> 昔人作七夕诗，率不免有珠栊绮疏惜别之意，惟东坡此篇，居然是星汉上语，歌之曲终，觉天风海雨逼人。学诗者当以是求之。②

他对词的期待是高韵绝响，而不是"珠栊绮疏"，认为上品词作应能于"惜别"之儿女情态中见出词人自身不同凡俗的精神力量，并希望"学诗者"（此处显然指"学词者"）当以苏轼七夕词为楷模，高其格调，不作泛泛纤艳之词。由

---

① 陆游：《跋〈花间集〉》，《渭南文集》卷三〇，四部丛刊初编本。
② 陆游：《跋东坡七夕词后》，《渭南文集》卷二八，四部丛刊初编本。

于他没有认识到诗词的体性差别，没有认识到诗词对作者的性情品格有不同要求，因此，他在评价陈师道词时就陷入了迷惑不解之途，他在《跋后山居士长短句》中说：

> 唐末，诗益卑，而乐府词高古工妙，庶几汉、魏。陈无己诗妙天下，以其余作辞，宜其工矣；顾乃不然，殆未易晓也。①

在他看来，陈师道以高妙诗才作词，词作之工应易如反掌，结果却是"顾乃不然"。可见，他认为诗才之高下会影响词作水平之高下，诗人作词，词自会有所受惠，这是陆游预设之心理期待，也是他持有的文学观点。然而陈师道词的创作却未能证实他的判断，所以，他感到迷惑，言"殆未易晓也"，但是，他疑惑中并未改变对诗人作词的看法。从他的这些议论中，我们可看到陆游对词体的艺术特质与魅力尚缺少深透的领悟与把握。陆游既有此词学观点，又以诗笔为词，所以他的词作往往会伤于浅率质直，难免"有气而乏韵"，②少委曲含蕴之美。比如他的《汉宫春·初自南郑来成都作》一首：

> 羽箭雕弓，忆呼鹰古垒，截虎平川。吹笳暮归野帐，雪压青毡。淋漓醉墨，看龙蛇、飞落蛮笺。人误许、诗情将略，一时才气超然。　　何事又作南来，看重阳药市，元夕灯山。花时万人乐处，欹帽垂鞭。闻歌感旧，尚时时、流涕尊前。君记取、封侯事在，功名不信由天。

词为陆游自南郑初至成都时作，全词抒发爱国豪情及雄心壮志未得实现的忧伤，风格与其诗几无二致。此词以四字句为主，句式整齐，铺排而下，气势惊

---

① 陆游：《跋后山居士长短句》，《渭南文集》卷二八，四部丛刊初编本。
② 王国维：《人间词话》，《蕙风词话》、《人间词话》合订本，第213页。

人，句法近诗，甚至颇近于文，于诗应为好诗，于词却缺少盘折含蓄之美，而显得直白发露。① 此正如《四库全书总目》所云：

> 游生平精力，尽于为诗，填词乃其余力，故今所传者，仅及诗集百分之一。刘克庄《后村诗话》谓其时掉书袋，要是一病。杨慎《词品》则谓其纤丽似淮海，雄快处似东坡。平心而论，游之本意，盖欲驿骑于二家之间，故奄有其胜，而皆不能造其极。要之诗人之言，终为近雅，与词人之冶荡有殊。其短其长，故具在是也。②

此评深得陆游成败得失之肯綮，陆游以诗人之身份作词，他作为诗人的文艺观念影响了他的词体创作，故其词只能徘徊于诗与词之间，终不能达词人之胜境。真是"成也萧何，败也萧何"！陆游词的佳处源于他的诗人身份，其败处也在于他的诗人身份，最终，"上不能如苏之'以诗为词'，下不能如辛之'以文为词'，'蹭蹬乃去作诗人'的陆游毕竟只是以余力为词，'以其所长格力施于所短'，终未能使自己成为词坛大家。"③

三　天生情多，诗具词味

陆游的词学观点与其实际创作又是违背的，刘扬忠先生说："陆游对词的创作一直抱着一种既暗自喜欢又十分鄙薄的矛盾态度。"④ 叶嘉莹先生也看到了陆游对待词体的矛盾态度，她说："陆游对词之所以加以否定者，盖由于就理性而言，则其所见之《花间集》中之作品，其内容所写大多不过为流连歌酒

---

① 参叶嘉莹《论陆游词》，《唐宋词名家论稿》，第 185 页。
② （清）纪昀：《四库全书总目》卷一九八《放翁词》提要，第 2795 页。
③ 邓乔彬：《驿骑苏秦间——陆游词风格及成因浅议》，《词学二十论》，第 152 页。
④ 刘扬忠：《陆游、辛弃疾词内容与风格异同论》，《陆游与越中山水》，第 265 页。

男女欢爱之辞，并无一语及于国政及民事者，这与陆游平生之以国事自许的为人志意，自然极不相合。……然而另一方面，则就感性而言，词之为体却又确实有一种特美，足以引起人内心中一种深微窈眇之情思。……他在感性上已经下意识地受了词之此种特美所吸引的缘故。"① 人本有情，陆游也是如此，正因其多情，平日信步出游，才能在生活中触处皆诗。他的诗多是生活中信口吟来之作，他于《剑南诗稿》中多言："但能与物俱无著，小草新诗取次成。"② "题诗本是闲中趣，却为吟哦占却闲。我欲从今焚笔砚，兴来随分看青山。"③ "作诗未必能传后，要是幽怀得小抒。"④ "秋风岂必关人事，自是衰翁感慨深。"⑤ 虽然总的来说，他重诗轻词，视词为"小道"、"余事"，但在他一百多首词中，他却有一组专门模仿《花间集》而写的词作，魏庆之《诗人玉屑》于此曾有评价云：

> 至于《月照梨花》一词云："霁景风软，烟江春涨。小阁无人，绣帘半上。花外姊妹相呼，约樗蒲。　　修蛾忘了当时样。细思一饷，感事添惆怅。胸酥臂玉消减，拟觅双鱼，倩传书。"此篇杂之唐人《花间集》中，虽具眼未知乌之雌雄也。⑥

从《月照梨花》词之题材内容及风格来看，该词与《花间》作品完全一致，他在《跋〈花间集〉》中对《花间》甚为鄙薄，在创作上却尽心尽力模仿之，此中，我们可以窥见陆游复杂的创作心态。欧阳修曾言："人生自是有情痴，此恨不关风与月"，陆游不幸的婚姻爱情生活是他一生的痛，在他的心里留下了

---

① 叶嘉莹：《论陆游词》，《唐宋词名家论稿》，第 219—220 页。
② 陆游：《初夏闲居》，《剑南诗稿》卷六六。
③ 陆游：《村居闲甚戏作》，《剑南诗稿》卷六九。
④ 陆游：《幽居遣怀》，《剑南诗稿》卷六九。
⑤ 陆游：《秋思绝句》，《剑南诗稿》卷六三。
⑥ （宋）魏庆之：《诗人玉屑》卷二一，第 478 页。

难以抚平的创伤。他二十岁时娶表妹唐氏为妻，唐氏才貌双全，又有很好的诗词修养，二人两小无猜，情趣相投，婚后两人吟诗赏词，举案齐眉，感情甚笃。但是，因陆母不喜唐氏，陆游的美好姻缘终成悲剧，他最终只能休妻再娶，有情之人劳燕分飞，只能于心中默存一份思念。后若干年，陆游于沈园巧遇唐氏夫妇，唐氏赠予食物以寄相思，陆游内心百感交集，情难自抑，提笔于沈园粉墙留词一首《钗头凤》。此事最早见于陈鹄的《耆旧续闻》，刘克庄、周密等俱有记载，众书情节相仿而细节稍有出入。"沈园"与"南郑"遂一起成为陆游心中的两大情结。"南郑"情结是陆游士大夫的英雄意气，"沈园"情结则是他作为男人的儿女情怀。二者缺一不可，少了"沈园"，陆游成了政治符号；少了"南郑"，陆游成了爱情剧中多愁善感的男主角。"南郑"与"沈园"共同构成了陆游壮美而又凄凉的人生。陆游是多情的，否则他不会一生忆念唐氏，魂里梦中，不舍不弃。怀念唐氏的诗他写了又写，凄凉低徊，令人情难以堪！叶嘉莹先生说："陆游是一位有'真性情'的诗人。其感情之专一深挚，无论是对国之许身，或是对前妻之悼念，都是至死不渝的。"[1] 因此，在他一百多首词作中，除了抒写士大夫情怀志意的作品外，还有 23 首爱情词，有一部分词被人评为"纤浓得中"[2]，"其纤丽处似淮海"[3]，"流丽绵密者，欲出晏叔原、贺方回之上"[4]。其《临江仙》（鸠雨催成新绿）情感真挚热切，黄昇认为"思致精妙，超出近世乐府。"[5] 他的《一丛花》（尊前凝伫漫魂迷）情感也深厚动人，其中"倩双燕、说与相思。从今判了，十分憔悴，图要个人知"，贺裳《皱水轩词筌》曰："其情加切矣。"[6] 朱庸斋在其《分春馆词话》中也说："放翁小令佳者，多为怀念前妻唐琬及相恋之作，缠绵真挚，动人心坎。

①　叶嘉莹：《论陆游词》，《唐宋词名家论稿》，第 229 页。

②　（清）谭献：《复堂词话》，唐圭璋：《词话丛编》，第 3994 页。

③　（明）杨慎：《词品》卷五，《渚山堂词话》、《词品》合订本，第 141 页。

④　（宋）刘克庄：《后村诗话》，第 139 页。

⑤　（宋）魏庆之：《诗人玉屑》卷二一《中兴词话》引，第 478 页。

⑥　（清）贺裳：《皱水轩词筌》，唐圭璋：《词话丛编》，第 702 页。

旖旎近情，近乎小山。"① 从这些深切动人的辞章和他对《花间》的模仿中，我们可以看到陆游内心深处多情的一面。他不仅仅是一位爱国诗人，他还有更丰富的情感与生活，他那被传统诗教压抑住的情怀，忍不住会从某一缝隙中流泄出来，对《花间集》的模仿如此，于诗中不自觉地呈现出词之味道与意境也是如此。陆游其实是一个矛盾的统一体，在中国文学史中，没有哪一个诗人像他这样表现出如此严重的两面性，在文学创作中，总是理论上一套，而创作实践又是一套。这种矛盾不仅表现在他表面上鄙视词，暗地里却非常喜欢，还表现在他表面上鄙视晚唐诗，暗地里却深受晚唐诗的影响。陆游多次在他的诗作中表现出对晚唐诗鄙视的态度，如《记梦》云：

> 李白杜甫生不遭，英气死岂埋蓬蒿。晚唐诸人战虽鏖，眼暗头白真徒劳。

《示子遹》云：

> 数仞李杜墙，常恨欠领会。元白才倚门，温李真自邻。

《宋都曹屡寄诗且督和答作此示之》有云：

> 天未丧斯文，杜老乃独出。陵迟至元白，固已可愤疾。及观晚唐作，令人欲焚笔。

钱钟书先生认为陆游"鄙夷晚唐，乃违心作高论耳"②，齐治平先生也认为

---

① 朱庸斋：《分春馆词话》，《历代词话续编》下册，第1207页。
② 钱钟书：《谈艺录》，第123页。

"他（陆游）鄙夷晚唐……，可是实际上他自己却濡染晚唐，工夫很深。"① 莫砺锋师也持相同观点，认为他"在理论上对晚唐诗予以严厉的批评，在创作上却又受到了晚唐诗相当深的影响。"② 为什么会如此？为什么会有如此严重的心口不一？钱钟书先生在《谈艺录》中曾有一段关于陆游的经典议论：

> （放翁诗）复有二官腔：好谈匡救之略，心性之学……盖生于韩侂胄、朱元晦之世，立言而外，遂并欲立功立德，亦一时风气也。放翁爱国诗中功名之念，胜于君国之思。铺张排场，危事而易言之。③

陆游诗词中的爱国热情感染打动了一代又一代人，他一部分作品确有"铺张排场，危事而易言之"的特点。从中可见，陆游更愿意与主流观点及时代潮流保持一致的言行特点。士风以欲收复失地表示爱国，陆游则于诗中反复高唱；诗坛鄙薄晚唐诗风，于是，他也高声鄙视之；词坛受苏轼"以诗为词"观念影响，强调"词与乐府"同出，追求词合"风""骚"之义，他则对《花间》多有指斥。莫砺锋师在《陆游对晚唐诗的态度》一文中认为陆游之所以鄙薄晚唐诗，并不是"违心作高论"，而是"出于南宋初期的现实政治斗争及诗坛风气之争的需要。"④ 从中，我们同样可见陆游文学观点的现实功利性。我们说评价一个人不能仅听他说了什么，而是要看他做了什么，陆游言语和行动分裂的个中原因恐怕在于他的功名之念。他与苏轼比起来，"缺乏忧生意识，多的是忧世意识"，⑤"功名之念，胜于君国之思"，所以，在生活中不知不觉埋藏了自己的真实喜好而不知。虽然人说"亘古男儿一放翁"，但是，实质上陆游是软弱的，他太屈从于所谓的正统与主流，从他的爱情悲剧里就可

---

① 邱鸣皋：《陆游传论》，岳麓书社 1984 年版，第 86 页。
② 莫砺锋：《陆游对晚唐诗的态度》，《唐宋诗歌论集》，第 431 页。
③ 钱钟书：《谈艺录》，第 132 页。
④ 莫砺锋：《陆游对晚唐诗的态度》，《唐宋诗歌论集》，第 449 页。
⑤ 胡元翎：《陆游未能成为词中大家原因探析》，《陆游与越中山水》，第 358 页。

看出他的软弱性，他的身与心总是在社会规范的压制下分离，所以，他嘴里不喜欢词却"渔歌菱唱不能止"，不喜欢词却在他的诗歌里留下较浓的词之意味。时下论者在评价陆游时都认为陆游"疏放"，与秦观比缺少"词心"，并以此来解释陆游词之韵味的缺失。① 何谓"词心"？邓乔彬先生认为："一在于真切的深情，二在于难以移易的独特性。"② 况周颐在《蕙风词话》卷一中说：

> 吾听风雨，吾览江山，常觉风雨江山外有万不得已者在。此万不得已者，即词心也。而能以吾言写吾心，即吾词也。此万不得已者，由吾心酝酿而出，即吾词之真也，非可强为，亦无庸强求。视吾心之酝酿何如耳。③

况氏也认为"词心"是万不得已的真情。那么，陆游是否有"词心"呢？从他对唐氏的一往情深，从他的《沈园二首》等怀念唐氏的诗作，从他随笔即书的描写日常情味的诗作，从他满怀绮情的词作来看，陆游也具有"真切的深情"，也有万不得已的真情。虽然，他在词中写给唐氏的只有一首《钗头凤》，那是因为"陆游对唐氏之感情的严肃深挚，他是并不愿将此一段感情写入他所视为'渔歌菱唱'的流宕嬉游的歌词之中的。"④ 但是，他的内心确有万不得已的真情存在。这份真情于词中未尽情泻出，却在诗歌里不自觉地流露出来，因此，在不自觉中，为他的诗歌注入了词体之因素，使他的诗具有词的情调与风味。

---

① 胡元翎：《陆游未能成为词中大家原因探析》就持此种观点，《陆游与越中山水》，第358页。
② 邓乔彬：《秦观"词心"析论》，《词学二十论》，第123页。
③ （清）况周颐：《蕙风词话》卷一，《蕙风词话》、《人间词话》合订本，第10页。
④ 叶嘉莹：《论陆游词》，《唐宋词名家论稿》，第230页。

第二节　"以词名家"的辛弃疾

清人田同之说："填词亦各见其性情。性情豪放者强作婉约语，毕竟豪气未除；性情婉约者强作豪放语，不觉婉态毕露。"[1] 每个人的性情都会在其作品中留下印记，陈岩在其《燕喜词叙》中云：

> 东坡平日耿介直谅，故其为文似其为人。歌《赤壁》之词，使人抵掌激昂而有击楫中流之心；歌《哨遍》之词，使人心甘澹泊而有种菊东篱之兴；俗士则酣寐而不闻。少游情意妩媚，见于词则秾艳纤丽，类多脂粉气味，至今脍炙人口，宁不有愧于东坡耶？[2]

此正是对性情与作品风貌关系的说明，而在诗词两者中，词更见作者真性情。清人谢章铤认为："诗以道性情尚矣，顾余谓言情之作，诗不如词。……，故工诗者余于性，工词者余于情。"[3] 在众多词人中，辛弃疾无疑是余于情之人，因为此"情"的雄壮阔大，而使他的词别开天地，登峰造极。

一　词中之龙，失意悲鸣

辛弃疾少年就已建立奇勋，二十岁出头，即率众起义，聚兵反金，又生缚张安国，千里归宋，充满了英雄叱咤风云的豪情。洪迈说他年轻时"壮声英

---

① （清）田同之：《西圃词说》，唐圭璋：《词话丛编》，第 1455 页。
② （宋）陈岩：《燕喜词叙》，《宋元三十一家词》，四印斋汇刻本。
③ （清）谢章铤：《眠琴小筑词序》，载《赌棋山庄集》，清光绪刻本。

概，懦士为之兴起。"① 同时，他谋略超群，胆识过人，一生数任帅府，治军有方，政绩斐然，被公认为是谙晓兵事的帅才。朱熹认为他有"经纶股肱之才，负胆四方之用"。他也曾自云："家本秦人真将种。"（《新居上梁文》）他是一位"以气为智勇，是真足办天下之事，而不肯以身就人"的"智勇之士"（《九议》其一），一生心心念念欲收复中原，殚精竭虑地为南宋朝廷献计献策，却始终未被当权者采用。相反，因他自北南来的"归正人"身份，在他南渡以后的四十五年中，与他形影相随的却是不断地谗毁与摒斥。在人生的盛年，被投闲置散，闲居江西上饶，与清风明月为伍，最终怀抱着满腔愤懑与失意，赍志以殁。刘克庄在论及《美芹十论》和《九议》时，曾慨叹道："以孝皇之神武，及公盛壮之时，行其说而尽其才，纵未封狼居胥，岂遂置中原于度外哉？机会一差，至于开禧，则向之文武名臣欲尽，而公亦老矣。余读其书而深悲焉。"② 周密也感叹"惜乎斯人之不用于乱世也"。③ "文武兼资，公忠自许，胸次九流之不杂，目中万马之皆空"之辛弃疾，④ 只想做一名有所成就的英雄，本无意做词人，但是，因为英雄豪情与失意悲怀太多太深，无处言说，只能诉诸词。清人黄梨庄说：

> 辛稼轩当弱宋末造，负管乐之才，不能尽展其用，一腔忠愤，无处发泄。……故其悲歌慷慨抑郁无聊之气，一寄之于词。⑤

事功之望全部落空，词遂成为他抒发壮怀与寄托悲慨的通道，成为他抒发恢复之志难成之失落与痛苦的工具，词中投注了他所有的生命体验和精神志意。叶

---

① （宋）洪迈：《稼轩记》，（宋）祝穆撰、（元）富大田辑《古今事文类聚》前集卷三六，书目文献出版社 1991 年影印本。

② （宋）刘克庄：《辛稼轩集序》，《后村先生大全集》九八，四部丛刊初编本。

③ （宋）周密：《浩然斋意抄》，《说郛》本，中国书店 1986 年版。

④ （宋）罗愿：《谢辛大卿启》，《鄂州小集》卷五，文渊阁《四库全书》本。

⑤ （清）徐釚：《词苑丛谈》卷四引黄梨庄语，上海古籍出版社 1981 年版，第 79 页。

嘉莹先生说："在中国之诗歌传统中，则第一流之最伟大的作者，其作品之所叙写者，却往往也就正是其性情襟抱中志意与理念的本体的呈现。……辛弃疾不仅将其全部才力都完全投注于词之写作，……在其作品中，表现有一种生命中之志意与理念的本体之呈现的一位作者。"① 理想难成的焦虑，无人理解的孤独，为人谗毁的无奈，种种愤懑和不平郁结胸中，使得他的"不平之鸣，随处辄发"，② 刘熙载在《艺概》中议论辛弃疾之为人与作品时说：

> 辛稼轩风节建竖，卓绝一时，惜每有成功，辄为议者所沮。观其《踏莎行·和赵兴国》有云："吾道悠悠，忧心悄悄。"其志与遇概可知矣。《宋史》本传称其"雅善长短句，悲壮激烈"，又称"谢校勘过其墓旁，有疾声大呼于堂上，若鸣其不平。"然则其长短句之作，固莫非假之鸣者哉？③

指出辛弃疾之词俱是英雄于现实中遇阻的不得不鸣的情志抒发。韩愈说："士不平则鸣"，欧阳修说："诗穷而后工"，但是读书人多为人生失意、仕途不达而鸣，辛弃疾却是忠心报国而又无路可走的英雄失意之悲鸣。

二　郁塞之气，摧刚为柔

因其志之大，其愁之广，其愤之急，而使他的词充满了一种奔放而又郁塞之"气"。于此，前人多有评论：

---

① 叶嘉莹：《论辛弃疾词》，《唐宋词名家论稿》，第 193 页。
② （清）周济：《介存斋论词杂著》论稼轩语，《介存斋论词杂著》、《复堂词话》、《蒿庵词话》合订本，第 8 页。
③ （清）刘熙载：《艺概》，第 110 页。

稼轩《水调歌头》诸阕，直是飞行绝迹。一种悲愤慷慨，郁结于中。①

幼安之佳处，在有性情，有境界，即以气象论，亦有傍素波、干青云之概。②

辛稼轩词，思力沉透，笔势纵横，气魄雄伟，境界恢扩，每下一笔，即有笼盖一切之概。③

"气"是辛弃疾的壮志豪情之凝聚，是其怨抑忧愤之体现，汇聚着他的人格、胸怀，凝结着他的悲伤与失意。此"气"深沉厚重、慷慨激越，它盘旋于辛弃疾词中，使之具有一种雄奇刚健之美。辛弃疾自己也曾多次于词中提到"气"：

"少年横槊，气凭陵，酒圣诗豪余事。"——《念奴娇》

"坐中豪气，看公一饮千石。"——《念奴娇》

"更觉元龙楼百尺，湖海平生豪气。"——《念奴娇》

"想当年，金戈铁马，气吞万里如虎。"——《永遇乐》

中国文论向来重"气"，曹丕认为"文以气为主，气之清浊有体，不可力强而致。"④刘勰《文心雕龙·风骨》云"缀虑裁篇，务盈守气"，也认为文学创作以"气"为根本，并有《养气》篇专论如何养气。此种文学观点至唐后得到进一步发展，韩愈明确提出："气，水也；言，浮物也。水大而物之浮者大小毕浮。气之与言犹是也。气盛，则言之短长与声之高下者皆宜。"⑤认为

---

① (清)陈廷焯：《白雨斋词话》卷一，第 21 页。
② 王国维：《人间词话》，《蕙风词话》、《人间词话》合订本，第 213 页。
③ 詹安泰：《读词偶记》，《宋词散论》，第 125 页。
④ (魏)曹丕：《典论·论文》，郭绍虞编《中国历代文论选》，上海古籍出版社 1979 年版，第 60 页。
⑤ (唐)韩愈：《答李翊书》，钱仲联、马茂元校点《韩愈全集》，上海古籍出版社 1997 年版，第 177 页。

"气"是文章成败的关键，后代论者也都持此论，诸如：

> 为文必在养气，气与天地同，苟能充之，则可配序三灵，管摄万汇。①

> 气者，文之帅也。②

> 凡文不足以动人，所以动人者气也；凡文不足以入人，所以入人者情也。气积而文昌，情深而文挚；气昌而情挚，天下之至文也。③

> 诗文家……尤必以气为主，有气则生，无气则死。④

"气"是为文之根本，"气"是作家的精神生命，而文学则是这种生命及生命体验的一种表现。"气"之根本为人之"志"，孟子云："夫志，气之帅也；气，体之充也。夫志至焉，气次焉。故云：持其志，无暴其气。"又说："其为气也，至大至刚，以直养而无害，则塞于天地之间。"⑤ 辛弃疾抱负宏伟、襟怀阔远，内心自然"真气充盈"。于此，前人纷纷赞叹，黄榦说他："果毅之资，刚大之气，真一世之雄也。"⑥ 陈文蔚则曰："志气之激昂，风烈之峻拔，忠君孝父，舍生取义，有如秋霜烈日。"⑦ 谢枋得也说："公有英雄之才，忠义之心，刚大之气。"⑧ 这种以"志"与人格力量为基础的刚大之"气"激昂排宕于他的词作中，使他的词"如张乐洞庭之野，无首无尾，不主故常；又如春云浮空，卷舒起灭，随所变态，无非可观。"⑨ 不仅是那些龙腾虎跃、硬语盘空

---

① （明）宋濂：《文原》，《宋学士文集》，四部丛刊初编本。
② （明）方孝孺：《与舒君书》，《逊志斋集》，四部丛刊初编本。
③ （清）章学诚：《文史通义》，中华书局1985年版，第220页。
④ （明）钱泳：《履园丛话》卷八，中华书局1979年版，第549页。
⑤ 杨伯峻：《孟子译注》"公孙丑上"，中华书局1960年版，第62页。
⑥ （宋）黄榦：《与辛稼轩侍郎书》，《黄勉斋先生文集》卷四，文渊阁《四库全书》本。
⑦ （宋）陈文蔚：《铅山西湖群贤堂记》，《克斋集》卷一〇，文渊阁《四库全书》本。
⑧ （宋）谢枋得：《祭辛稼轩先生墓记》，《叠山集》卷七，四部丛刊续编本。
⑨ （宋）范开：《稼轩词序》，邓广铭《稼轩词编年笺注》，第596页。

的作品，即使是"艳语亦以气行之"。① 正是这股"气"给词坛注入了一种"刚性"与"烈性"之美，② 使他的词或慷慨、或愤激、或悲凉，他无意变革词体词风，却能承继苏轼余绪，使诗化词登上一个新的高峰。苏、辛两人相距百年，却能相承相接，这完全得益于辛弃疾超凡的情性胸襟。况周颐认为"填词第一要襟抱，唯此事不可强，并非学力所能到。"③ 陈洵也认为"词莫难于气息。气息有雅俗，有厚薄，全视其人平日所养，至下笔时则殊，不自知也。"④ 辛弃疾与苏轼一样，"皆至情至性人"，⑤ 他们"所养者大，所言者真，表里相符，声实相应"，⑥ 其他词家因为没有他们的胸襟怀抱，所以往往豪放有余，韵致不足，而不能至词之高境。所以，陈廷焯在《白雨斋词话》中云："东坡心地光明磊落，忠爱根于性生，故词极超旷，而意极和平。稼轩有吞吐八荒之概，而机会不来，正则可以为郭李，为岳韩，变则即桓温之流亚，故词极豪雄，而意极悲郁。苏辛两家，各自不同，后人无东坡胸襟，又无稼轩气概，漫为规橅，适形粗鄙耳。"⑦

的确，"稼轩词仿佛魏武诗，自是有大本领大作用人语。"⑧ 其"气"禀天地而生，非一般人物可得，所以，陈洵说："学稼轩者无其真气，而欲袭其盛气，鲜有不败者矣。"⑨ 谭献也说"非稼轩之盛气，勿轻染指也。"⑩ 气盛往往言率，被誉为"词中之龙"与"词坛飞将军"的辛弃疾之词并未流于叫嚣，而是充满了一种回环往复的含蓄之美，既雄奇刚健又深婉雅丽，这使他的词既不

---

① （清）陈廷焯：《词则》，上海古籍出版社 1984 年版。
② 杨海明：《唐宋词史》，第 468 页。
③ （清）况周颐：《餐樱庑词话》，《历代词话续编》上册，第 50 页。
④ （清）陈洵：《海绡说词》，唐圭璋：《词话丛编》，第 4840 页。
⑤ （清）刘熙载：《艺概》，第 110 页。
⑥ （宋）曾噩：《芦川归来集原序》，《芦川归来集》附录，清康熙十年（1671）吴氏鉴古堂刻本。
⑦ （清）陈廷焯：《白雨斋词话》卷六，第 166 页。
⑧ （清）陈廷焯：《白雨斋词话》卷一，第 22 页。
⑨ （清）陈洵：《海绡说词》，唐圭璋：《词话丛编》，1986 年版，第 4859 页。
⑩ （清）谭献：《复堂词话》评审之《永遇乐·京口北固亭怀古》，《介存斋论词杂著》、《复堂词话》、《蒿庵论词》合订本，第 26 页。

同于传统的婉约词，又保持了婉约词的特有的艺术美感，为什么能如此呢？除了上文所言与政治环境的严峻有关外，还与辛弃疾本人的气质禀赋有关。刘扬忠先生在《辛弃疾词心探微》一书中说：

> 他既是英雄，又是雅士；既是军人，又是情种；既有政治抱负与政治生活，又有闲情逸致和儿女之态。因而他的词既发豪情，又不废柔情；既富有沉雄悲壮之慨，也不乏婉丽轻柔之调。
>
> 评价稼轩词的艺术创新，首要之点当然在于"识其大"，但"大"字尚未能道尽其胜处，还须懂得它的"深"与"全"。这种与"大"紧密相连的"深"与"全"，是由辛弃疾本人主体意识之宽广与深沉所决定的。①

政治环境的压力，主体意识的"深"、"广"，个人性格的复杂等多种因素，使辛弃疾的理想意志往往不喷薄而出，而是"潜气内转"，② 以含蓄婉转之法言之，这样，悲壮刚烈的感情被艺术化处理，他"敛雄心，抗高调，变温婉，成悲凉。"③ 摧刚为柔，寄劲于婉，感情表达既惊湍直泻而又曲折回旋，使其词看似雄奇恣肆，却又具深细典雅、曲折蕴藉之美，使他的词遂"尤与粗犷一派，判若秦越。"④ 陈洵在《海绡说词》说："东坡独崇气格，箴规柳秦，词体之尊，自东坡始。"⑤ 而辛弃疾则将苏轼的"以诗为词"带入另一个胜境，"破体"却又能保持词作本身的艺术特征，诚所谓"词胜于宋，自姜、张以格胜，苏、辛以气胜，秦、柳以情胜，而其派乃分。……异曲同工，要在各造其

　① 刘扬忠：《辛弃疾词心探微》，第 224、226 页。
　② （清）谭献：《复堂词话》评辛弃疾之《水龙吟·登建康赏心亭》，见《介存斋论词杂著》、《复堂词话》、《蒿庵论词》合订本，第 26 页。
　③ （清）周济：《宋四家词选目录序论》，《介存斋论词杂著》、《复堂词话》、《蒿庵词话》合订本，第 12 页。
　④ （清）冯煦：《蒿庵论词》，《介存斋论词杂著》、《复堂词话》、《蒿庵论词》合订本，第 67 页。
　⑤ （清）陈洵：《海绡说词》，唐圭璋：《词话丛编》，第 4837 页。

极。"① 而这所有的一切正得益于辛弃疾非同一般的性情襟抱，所以前人说："有稼轩之心胸，始可为稼轩之词。"②

第三节　诗词兼擅的姜夔

陆游以诗名家，辛弃疾以词名家，姜夔则诗词兼擅；陆游为爱国主义诗人，辛弃疾为爱国主义词人，姜夔则是"晋宋雅士"；陆游与辛弃疾都有一定的社会地位，有壮怀激烈的人生抱负，充满了男子汉的豪情与悲愤，而姜夔则以"布衣清客"的身份沉沦下僚，终身不遇，人生极其清苦，充满了悲剧色彩。

一　一生失意，诗词言志

周密《齐东野语》卷一二录姜夔《姜尧章自叙》云：

> 某早孤不振，幸不坠先人之绪业，少日奔走，凡世之所谓名公钜儒，皆尝受其知矣。内翰梁公于某为乡曲，爱其诗似唐人，谓长短句妙天下。枢使郑公，爱其文，使坐上为之，因击节称赏。参政范公，以为翰墨人品皆似晋、宋之雅士。待制杨公，以为"于文无所不工，甚似陆天随。"于是为忘年友。复州萧公，世所谓千岩先生者也，以为"四十年作诗始得此友。"待制朱公，既爱其文，又爱其深于礼乐。丞相京公，不特称其礼乐

---

① （清）江顺诒：《词学集成》卷五引蔡宗茂语，唐圭璋：《词话丛编》，第 3272 页。
② （清）徐釚：《词苑丛谈》引黄梨庄语，上海古籍出版社 1981 年版，第 79 页。

之书，又爱其骈俪之文。丞相谢公，爱其乐书，使次子来诣焉。稼轩辛公，深服其长短句如二卿。孙公从之，胡氏应期，江陵杨公，南州张公，金陵吴公及吴德夫、项平甫、徐子渊、曾幼度、商翚仲、王晦叔、易彦章之徒，皆当世俊士，不可悉数。或爱其人，或爱其诗，或爱其文，或爱其字，或折节交之。若东州之士则楼公大防、叶公正则，则尤所激赏者。嗟乎，四海之内，知己者不为少矣，而未有能振之于窭困无聊之地者。旧所依倚，惟有张兄平甫，其人甚贤。十年相处，情甚骨肉；而某亦竭诚尽力，忧乐同念。平甫念其困踬场屋，至欲输资以拜爵，某辞谢不愿，又欲割锡山之膏腴以养其山林无用之身。惜乎平甫下世，今惘惘然若有所失。人生百年有几，宾主如某与平甫复有几。抚事感慨，不能为怀。①

从《自叙》及夏承焘先生《姜白石年谱》我们可知姜夔一生之大概。他幼年随父亲姜噩辗转宦途，父殁，十四岁后依倚已出嫁的姐姐，三十二岁后依靠萧德藻，四十二岁后，萧德藻离开湖州，他依靠好友张鉴接济度日。张鉴是北宋抗金名将张俊的后代，富有家产，姜夔此时生活相对稳定，但张鉴亡故后，他贫困难以自存，死时竟无以为殓，幸亏有好友吴潜（官至参知政事，右承相兼枢密使，进左丞相，封许国公）的帮助才得以入土为安，后葬于杭州钱塘门外西马塍。从《自叙》中可知，他才华出众，能诗善词，在书法、音律方面也极有造诣，又是骈文的行家里手，是一位兼擅各门专业的艺术家。他同所有封建时代的知识分子一样，内心深处有着极深的入世渴望，希望凭己之才得逞青云之志，他曾进献《大乐议》以期被赏识拔擢，但所有努力均以失败告终，即使"四海之内，知己者不为少矣，而未有能振之于窭困无聊之地者。"仕途的无望，使姜夔的人生充满失意之感，他在《奉别沔鄂亲友》之十中感叹："士生有如此，储粟不满瓶。著书穷愁滨，可续《离骚》经。"在《临安旅邸答苏

---

① （宋）周密：《齐东野语》卷一二所载《姜尧章自叙》，第211—212页。

虞叟》中说："万里青山无处隐，可怜投老客长安。"在《卜算子》之六中曰：
"惆怅西村一坞春，开遍无人赏"。他幻想"天工应不负才名"（《寄时父》），但
直至临终，也还是个漂泊江湖的游士，与他相伴的只有"乐书"及"一琴一砚
一兰亭"①。终其一生，他本质上还是一位深受儒家思想影响的诗人。家国之
忧，身世之感，欲有所为而不得的苦闷，浸透着他的身心，所以，尽管他严守
词之"本色当行"，但是，这种深沉的淑世情怀与身世之感，还是会在其词中
不经意地流露抒发，使其词不再沿袭传统婉约词的风花雪月，而是注入了更为
深邃丰富的士大夫情志，从而，在不自觉中促进了词的诗化。正如王昶在《春
融堂集》中所说：

> 后惟姜、张诸人，以高贤志士，放迹江湖，其旨远，其词文，托物比
> 兴，因时伤事，即酒席游戏，无不有黍离周道之感，与诗异曲同其工。且
> 清婉窈渺，言者无罪，听者泪落，有如陆文圭所云者，为三百篇之苗裔无
> 可疑也。②

二 野云孤鹤，幽韵冷香

姜夔一生漂泊，辗转江湖，结交清雅之士，所以他的生活又表现出清雅萧
散的特征，时人及后人遂均以"翰墨人品皆似晋宋雅士"论之。南宋朝廷"错
把杭州作汴州"，士人们沉迷于太平时代的幻梦，陶醉于江南的湖光山色，结
社宴饮，啸傲湖山。姜夔也经常与志趣相投者寻幽访胜，我们从其词作的一些
小序中可见一斑，如姜词《湘月》小序云：

---

① （宋）苏泂：《到马塍吊尧章》，《泠然斋诗集》卷四，文渊阁《四库全书》本。
② （清）王昶：《姚苣汀词雅序》，《春融堂集》卷四一，清光绪十八年刊本。

丙午七月既望，声伯约予与赵景鲁、景望、萧和父、裕父、时父、恭父，大舟浮湘，放乎中流，山水空寒，烟月交映，凄然其为秋也。坐客皆小冠綀服，或弹琴，或浩歌，或自酌，或援笔搜句。

又《念奴娇》小序云：

予客武陵，湖北宪治在焉。古城野水，乔木参天，予与二三友日荡舟其间，薄荷花而饮，意象幽闲，不类人境。秋水且涸，荷叶出地寻丈，因列坐其下，上不见日，清风徐来，绿云自动，间于疏处窥见游人画船，亦一乐也。揭来吴兴，数得相羊荷花中。又夜泛西湖，光景奇绝；故以此句写之。

其他如《清波引》小序、《莺声绕红楼》小序、《角招》小序、《庆宫春》小序等都可见姜夔的清赏之趣。明人张羽《白石道人传》也说他：

（夔）性孤僻，常遇溪山清绝处，纵情深诣。人莫知其所入；或夜深星月满垂，朗吟独步，每寒涛朔吹，凛蔽迫人，夷犹自若也。

他流连于湖光山色，品文弄墨，极尽"晋宋雅士"的旷放与萧散，同时，他又具有"清"与"狷"的品格。他依附显宦，过着"豪门清客"的生活，但他又不同于一般的清客。比如，他虽然穷困潦倒，却不以钱财萦心，陈郁在《藏一话腴》中说："白石道人姜尧章气貌若不胜衣，而笔力足以扛百斛之鼎，家无立锥而一饭未尝无食客。"[①] 并曾拒绝过好友张鉴为他买官的提议。从当时南宋的社会潮流来看，游士与显宦名流交游的目的，无非欲以才华风流获得他们

---

① （宋）陈郁：《藏一话腴》内编卷下，文渊阁《四库全书》本。

的赏誉，以谋营生之资。比如刘过就是如此，据宋张世南《游宦纪闻》载：

> 其诗篇警策者已载《江湖集》。尤好作《沁园春》。……今又得数篇；
> 其一，黄书子由帅蜀，中阃乃胡给事晋臣之女。过雪堂行书《赤壁赋》于
> 壁间。改之从后题一阕，其词云……后黄知刘所作，厚有馈贶。①

以才华乞赠为当时社会普遍现象，后来方回感慨道："近世为诗者……又且借
是以为游走乞索之具，而诗道丧矣。"② 然而，姜夔虽寄人篱下，却不卑躬屈
膝，充满了"布衣何用揖王公"（《湖上寓居杂咏》之三）的高傲，他完全以其
清高的人格与高妙的艺术创作，赢得豪门的友情与尊重，表现出清高绝俗的风
姿。陈撰在《玉几山房听雨录》中赞曰："先生事事精习，率妙绝神品，虽终
身草莱，而风流气韵，足以标映后世。"③ 王国维在《人间词话》中也叹曰：
"古今词人格调之高，无如白石"。④ 刘熙载《艺概》则云："词家称白石曰
'白石老仙'。或问毕竟与何仙相似？曰：藐姑冰雪，盖为近之。"⑤ 这种飘逸
不群的风度和"狷洁清冷"的气质，赋予了其词清雅峭拔的韵味，使其词"意
到语工，不期于高远而自高远"，⑥ 又如"幽韵冷香，令人挹之不尽，拟诸形
容，在乐则琴，在花则梅"，⑦ 使婉约词的品格意度有所提高。

　　姜夔不仅是一位失意的士子、一位流落江湖的雅士，同时，他还是一位饱
尝相思之苦的爱情悲剧主人公。他在合肥的那段刻骨铭心的爱情，是他内心深
处的一大伤痕，令他永难释怀，并成为他性情品格的一部分。故国河山之思，
漂泊江湖之痛，人生不遇的无奈，爱情的难以圆满，一起构成了姜夔浓重的人

---

① （宋）张世南：《游宦纪闻》卷一，中华书局 1981 年版。
② （元）方回：《滕元秀诗集序》，《桐江集》卷一，宛委别藏本。
③ 转引自唐圭璋：《宋词三百首笺注》，上海古籍出版社 1979 年版，第 165 页。
④ 王国维：《人间词话》，《蕙风词话》、《人间词话》合订本，第 212 页。
⑤ （清）刘熙载：《艺概》，第 111 页。
⑥ （宋）陈郁：《藏一话腴》内编卷下，文渊阁《四库全书》本。
⑦ （清）刘熙载：《艺概》，上海古籍出版社 1978 年版，第 110 页。

生悲剧之感，所有的一切又使他兼具了诗人与词人两种特质。他一方面深具儒家知识分子的情怀，另一方面又具有魏晋士大夫的出世之姿，同时，又对人生满怀深情，这使他的诗和词表现出融合的态势，诗有词意，词中又有诗意，他以诗人的身份作词，提高了词的诗性品质；他以词人身份写诗，又使其诗具有了词的深情与韵味。

刘勰曾说："才有庸隽，气有刚柔，学有浅深，习有雅郑，并情性所铄，陶染所凝，是以笔区云谲，文苑波诡者矣。故辞理庸隽，莫能翻其才；风趣刚柔，宁或改其气；事义浅深，未闻乖其学；体式雅郑，鲜有反其习；各师成心，其异如面。"① 陆游、辛弃疾、姜夔各以自己之才能、气质、学养改变着诗词创作的面貌，各以其性情襟抱不经意地改变了诗歌与词的品质，为诗坛与词坛带来一些新质素，促进了文体之间的交融与渗透，此诚可谓"若夫八体屡迁，功以学成，才力居中，肇自血气，气以实志，志以定言，吐纳英华，莫非情性。"②

---

① 刘勰：《文心雕龙》，周振甫注本，第 308 页。
② 同上书，第 308—309 页。

第六章　南宋前期诗词互渗之文化论

　　刘勰在《文心雕龙》篇中云："故知文变染乎世情，兴废系乎时序，原始以要终，虽百世可知也。"[①] 他认为社会境况和现实环境影响和推动着文学的发展。卡冈在《文化系统中的艺术》一文中也认为："风格的结构直接取决于时代的处世态度，时代社会意识的深刻需求，从而成为该文化精神内容的符号。"[②] 可见，文体风格本身就是社会历史的产物，具有深厚的文化与意识形态意味，特定的文体总是繁荣鼎盛于某个特定的时代，特定的文体规范总是与特定时代的精神结构、心理结构相对应。日新月异的社会文化环境改变了人类体验世界的方式，同时也改变了文学家的审美心理结构和艺术感受方式，若相对保守的文学传统没有相应的变化，新的文学艺术手段尚未产生，这时，文学家的内心情感就会和传统的艺术惯例产生尖锐的冲突，于是，文学家不断地尝试创造新的艺术手段，打破、超越传统的惯例，于是新的文体或新的文体风格诞生。[③] 诗词的发展也不例外，田同之在《西圃词

---

　　① 刘勰：《文心雕龙》，周振甫注本，第 479 页。
　　② 卡冈：《文化系统中的艺术》，载《世界艺术与美学》第六辑，文化艺术出版社 1983 年版，第 129 页。
　　③ 参考陶东风《文体演变及其文化意味》，第 134—135 页。

说》中说："词始于唐，盛于宋。南北历二百余年，畸人代出，分路扬镳，各有其妙。至南宋诸名家，倍极变化。盖文章气运不能不变者，时为之也。"① 诗词的渗透变化也与时代风气密切相关，本章将探讨时代文化对诗词渗透所产生的影响。

第一节　宋代文人的淑世情怀

宋朝是文人的理想王朝之一，中国历史上没有哪一个朝代可以使文人如此扬眉吐气。它自建国之日起，便将优待士大夫作为基本国策，兴学、尊儒为一时社会风尚。如宋代广开科举考试，给有才之士提供个人发展的康庄之路。据马端临《文献通考》"选举"二至五统计，唐代 289 年间科举取士总计约 8500 名，平均每年不足 30 人。而宋代则从太祖建隆元年（960）到理宗嘉熙二年（1238）279 年间科举取士约 49300 名，平均每年约 176 人。② 同时，宋太祖主张"宰相须用读书人"，"以儒臣知州事"，③ "朕欲武臣尽读书，以通治道"④。这样的科举规模与用人政策形成了"满朝朱紫贵，尽是读书人"的盛况，⑤ 形成了"三百余年元臣硕辅、鸿博之儒、清疆之吏皆自此出"⑥ 的崇文尊儒局面。因此，宋代文人读书蔚成风尚，苏辙在其《上皇帝书》中说："今世之取人，诵文书，习程课，未有不可为吏者也。其求之不难，而得之甚乐，是以群

---

① （清）田同之：《西圃词说》，唐圭璋：《词话丛编》，第 1454 页。

② 此后至度宗咸淳十年（1274）36 年间尚有 12 次科举，但只记录咸淳四年进士 665 人，余皆无数字记录。

③ （宋）李焘：《续资治通鉴长编》卷七乾德四年五月；卷一三开宝五年十二月，上海古籍出版社 1986 年影印本。

④ （元）脱脱：《宋史》卷一《太祖本纪》，中华书局 2000 年版。

⑤ （宋）张端义：《贵耳集》卷下，中华书局 1958 年版。

⑥ （元）脱脱：《宋史》卷一五五《选举志》。

起而趋之，凡今农工商贾之家，未有不舍其旧而为士者也。"① 同时，由于宋代科举采取封弥、糊名、誊录等制度，考试的公平性得到保证，使大批底层读书人有了晋升的机会。宋太祖曾说："向者登科名级，多为势家所取，致塞孤寒之路，甚无谓也。今朕躬亲临试以可否进退，尽革畴昔之弊矣。"② 从宋代布衣入仕的人数比例来看，据统计，在《宋史》有传的北宋 166 年间的 1533人中，以布衣入仕者占 55.2%，比例甚高；北宋一至三品官中来自布衣者约占 53.67%，且自宋初逐渐上升，至北宋末已达 64.44%。在宋代宰辅中，布衣出身者竟达 53.3%，像赵普、寇准、范仲淹、王安石等名相，均出身寒素或低级品官之家。③ 因此，王水照先生说：

（宋代士人）从其政治心态而言，则大都富有对政治、社会的关注热情，怀有"以天下为己任"的责任感与使命感，努力于经世济时的功业建树中，实现自我的生命价值。这是宋代士人，尤其是杰出精英们的一致追求。④

"学而优则仕"成为读书人孜孜以求的最终目标，形成了宋代士人普遍的淑世精神与情怀。他们"开口揽时事，议论争煌煌"，⑤ 积极参政议政，诗文成为士人干预时政的有力工具。他们以诗文反映重大政治社会题材，发表对国事民生的关心，士人们的从政热情在宋人诗文别集中随处可见，这使宋代文学具有强烈的政治品格，也直接导致了宋代文学对儒家重教化之文学观的强调和发扬。

---

① （宋）苏辙：《栾城集》卷二一，上海古籍出版社 1987 年版，以上参考张海鸥《宋代文化与文学研究》，中国社会科学出版社 2002 年版，第 36—37 页。
② （宋）李焘：《续资治通鉴长编》卷一一六，开宝八年二月条，上海古籍出版社 1986 年影印本。
③ 以上参考王水照主编《宋代文学通论》，河南大学出版社 1997 年版，第 7 页。
④ 王水照主编：《宋代文学通论》，河南大学出版社 1997 年版，第 13 页。
⑤ （宋）欧阳修：《镇阳读书》，《欧阳文忠公文集》卷二，四部丛刊初编本。

与此时代风气相生，宋人的文学批评往往以"道"为根本，以文为"道"之载体。欧阳修云："道胜者文不难而自至"，^① "我所谓文，必与道俱"，^② 苏轼亦云："诗文皆有为而作"，"言必中当世之过"。^③ 朱熹对于"文道合一"的明确论述在宋代文论中无疑具有典范意义，他说："道者，文之根本。文者，道之枝叶。惟其根本乎道，所以发之于文，皆道也。三代圣贤文章，皆从此心写出，文便是道。"^④ 宋人此种很强烈的重儒家教化的文学思想，渗透到了原与封建伦理相违背的词学领域中。词本为风花雪月之作，是士大夫冠冕堂皇的外表下难以与人言说的婉变情怀，与儒家"言志"、"载道"本相去甚远。但随着词的发展，"雅正"、"骚雅"越来越成为词作思想评价的标准，词最终与儒家"诗言志"的诗教传统接轨。早在北宋，黄庭坚就在《小山词序》中肯定晏几道词："可谓狎邪之大雅，豪士之鼓吹，其合者，《高唐》、《洛神》之流。"^⑤ 张耒也在《贺方回乐府序》中评价贺铸词："幽洁如屈宋，悲壮如苏、李。"^⑥ 至南宋，人们更明白宣称："诗与乐府同出，岂当分异？"^⑦ 曾丰更明确说：

> 本朝太平二百年，乐章名家纷如也。……凡感发而输写，大抵清而不激，和而不流，要其情性则适，揆之礼义则安，非能为词也，道德之美腴于根而盎于华，不能不为词也。^⑧

"推尊词体"的过程就是儒家诗教观念不断进入词体的过程，词从自娱的"小

---

① （宋）欧阳修：《答吴充秀才书》，《欧阳文忠公文集》卷四七。
② （宋）苏轼：《祭欧阳文忠公夫人文》引，孔凡礼点校《苏轼文集》卷六三，第 1956 页。
③ （宋）苏轼：《凫绎先生诗集叙》，《苏轼文集》卷一〇，第 313 页。
④ （宋）朱熹：《朱子语类》卷一三九《论文》上，中华书局 1986 年版，第 3319 页。
⑤ （宋）黄庭坚：《小山词序》，《彊村丛书》本。
⑥ （宋）张耒：《贺方回乐府序》，转引自钟振振校笺《东山词》，上海古籍出版社 1989 年版，第 549 页。
⑦ （宋）王灼：《碧鸡漫志》卷二，第 34 页。
⑧ （宋）曾丰：《知稼翁词序》，《宋金词七种》，汲古阁本。

道"文学日益发展成为有益于世道人心、道德教化之作，从内心世界的抒写转向对社会民生的关注。词体最终向诗本体复位回归，从以娱乐功能为主而日益兼重审美功能和认识劝惩功能。由此我们可以看出，诗词由分工而合流是中国文学注重社会功利性的民族特点所决定的，是先秦以来中国知识分子所形成的强烈的忧患意识和干政意识所决定的，是文学以"载道"、"言志"为根本目的之传统观念所决定的。"以诗为词"虽发端于东坡，却正是时代风气在文学上的反映与呈现。

第二节　宋人喜"通"求"变"

吴承学先生在《破体的通例》一文中说："破体为文是宋代以后才形成的风气"，① 为什么会这样呢？这也和宋人的时代精神有关。宋人极具开拓创造精神，求新变、期自立、超越传统是他们共同的追求。著名的政治家王安石昂然曰："天变不足畏，祖宗不足法，人言不足恤"，② 这正是一代宋人创造精神的宣言，他不仅在政治上如此，文学上也强调独创，他说：

　　孟子曰："君子欲其自得之也，自得之则居之安，居之安则资之深，资之深则取诸左右逢其原。"孟子之云尔，非直施于文而已，然亦可托以为作文之本意。③

这种独创精神是宋人普遍遵循的诗学原则，宋人诗论中随处可见欲"自成一

---

① 吴承学：《破体的通例》，《中国古代文体形态研究》，中山大学出版社 2002 年版，第 440 页。
② （元）脱脱：《宋史》卷三二七《王安石传》，第 10550 页。
③ （宋）王安石：《上人书》，见《临川先生文集》卷七七，中华书局 1959 年版。

家"的论述：

> 凡造语，贵成就，成就则方能自名一家。①

> 宋子京《笔记》云："文章必自名一家，然后可以传不朽。若体规画圆，准方作矩，终为人之臣仆。古人讥屋下架屋，信然。陆机曰：'谢朝花于已披，启夕秀于未振。'韩愈曰：'惟陈言之务去。'此乃为文之要。"苕溪渔隐曰："学诗亦然，若循习陈言，规摹旧作，不能变化，自出新意，亦何以名家？鲁直诗云：'随人作计终后人。'又云：'文章最忌随人后。'诚至论也。"②

> 老杜诗云："诗清立意新。"最是作诗用力处，盖不可循习陈言，只规摹旧作也。……近世人学老杜多矣，左规右矩，不能稍出新意，终成屋下架屋，无所取长。独鲁直下语，未尝似前人而卒与之合，此为善学。③

> 善为文者因事以出奇。江河之行，顺下而已。至其触山赴谷，风抟物激，然后尽天下之变。④

> 老坡作文工于命意，必超然独立于众人之上。⑤

宋祁强调"自名一家"，苏轼推崇"贵成就"，胡仔要求"自出新意"，他们的追求都指向了文学创作的创造性与开拓性。黄庭坚、吕本中反对"随人作计"、"循习陈言"、"规摹旧作"，其目标也在于超越传统，自立门户。姜夔、杨万里、戴复古等诗人都有强烈的求变求新意识：

> 一家之语，自有一家之风味。……，模仿者语虽似之，韵亦无矣。鸡

---

①　（宋）李之仪：《姑溪居士文集》卷三《跋吴思道诗》引苏轼言，清宣统三年金陵督粮道署刊本。
②　（宋）胡仔：《苕溪渔隐丛话》前集卷四九引，第333页。
③　（宋）吕本中：《童蒙诗训》，郭绍虞辑《宋诗话辑佚》，中华书局1980年版，第596页。
④　（宋）陈师道：《后山诗话》，何文焕辑《历代诗话》本，第309页。
⑤　（宋）吕本中：《吕氏童蒙训》，文渊阁《四库全书》本。

林其可欺哉？①

　　传派传宗我替羞，作家各自一风流。黄陈篱下休安脚，陶谢行前更出头。②

　　意匠如神变化生，笔端有力任纵横。须教自我胸中出，切忌随人脚后行。③

可见，求变、求新、求超越为宋人的共同认识与共同追求，为一代诗学之精神。正是"变"才能"进"，诚如杨万里言其诗时所说："每变每进。"④

　　宋人之"变"又建立在"和通化成"之基础上，他们在对前人的学习综合，在对其他相关艺术之艺术经验的汲取基础上，兼容众体，而又自成一家，"变"以"通"为基石。黄庭坚论诗强调读书万卷以得规矩准绳；然后追求超越法度，"不烦绳削而自合"；⑤吕本中认为东坡文章之妙在于"广备众体，出奇无穷"，而山谷之妙在于"极风雅之变，尽比兴之体，包括众作，本以新意"，⑥他认为诗人要于法度之外，尽心致力"遍考精取，悉为吾用"；⑦《宣和画谱》称李公麟之绘画"集众所善，以为己有，更自立意，专为一家；若不蹈袭前人，实阴法其要"；⑧吴可认为："贯穿出入诸家之诗，与诸体俱化，便自成一家，而诸体皆备。若只守一家，则无变态，虽千百首，皆只一体耳。"⑨东坡于《书黄子思诗集后》中认为颜真卿、柳公权书法之妙在于"始集古今之笔法而尽发之，极书之变"，认为柳公权长于化成会通而"天下翕然以为宗

①　（宋）姜夔：《白石道人诗说》，何文焕辑《历代诗话》本，第683页。
②　（宋）杨万里：《跋徐恭仲省干近诗》之三，《诚斋集》卷二六，四部丛刊初编本。
③　（宋）戴复古：《论诗十绝》之四，《石屏诗集》卷七，四部丛刊续编本。
④　（宋）杨万里：《诚斋南海诗集序》，《诚斋集》卷八〇，四部丛刊初编本。
⑤　（宋）黄庭坚：《与王观复书》，《豫章黄先生文集》卷一九，第201页。
⑥　（宋）吕本中：《童蒙诗训》，郭绍虞辑《宋诗话辑佚》，第604页。
⑦　（宋）魏庆之：《诗人玉屑》卷五，第115页。
⑧　俞剑华标点：《宣和画谱》卷七，人民美术出版社1964年版，第130页。
⑨　（宋）吴可：《藏海诗话》，《历代诗话续编》本，第333页。

师。"① 山谷论书法，称颜鲁公"奄有"历代名家之风流气骨，"萧然出于绳墨之外，而卒与之合"；② 郭熙论画，亦强调"兼收并览，广议博取"，他称"我之耳目，喜新厌故，故专门之学。出于一律，自古为病。"③ 宋人和合化成众善，以为己有，会通兼容诸家，便能新变代雄，自成一家。

　　"通"与"变"的观念表现在文学上，则多"出位之思"，④ 吴承学先生说："宋人喜欢在文体融合方面进行一些实验。……以各种文体的融合开拓艺术表现的领域。"⑤ 因为，宋代文人多精通各种艺术门类，许多文人集诗人、词家、散文家、画家等于一身，在其创作过程中，他们常常会有意无意地打破文体之间的界限，不自觉地将不同文体进行整合，将不同文体的艺术精神进行贯通，身份的模糊导致创作的不专一性，不自觉地移植则可能促成一种新的"有意味的形式"之诞生，不守疆域而能另辟一宗。因此，"破体"是宋文学创作中共有之现象，"以文为诗、以文为词、以文为赋、以文为四六、以诗为词、以诗为文、以词为诗、以赋为诗、以赋为词、以赋为文、以赋为四六等创作倾向，这些文学现象皆在尝试打破旧体、创立新格。"⑥ 比如，在诗歌方面，宋人正是未固守唐诗业已形成的以丰神情韵见长的特点，而是"以文为诗"，将散文的章法、笔法、句法带入诗歌创作中，才形成了一代新风貌，从而形成了宋诗与唐诗双峰并峙的诗史局面。在宋人关于"以文为诗"的争论中，我们可以领略到宋人的通达。在北宋治平年间，沈括、吕惠卿等人同在史馆谈诗，沈括以为："韩退之诗，乃押韵之文耳，虽健美富赡，而格不近诗。"吕惠卿却认为："诗正当如是，我谓诗人以来，未有如退之也。"⑦ 欧阳修在《六一诗话》

---

① （宋）苏轼：《书黄子思诗集后》，《苏轼文集》卷六七，第2124页。

② （宋）黄庭坚：《题颜鲁公帖》，《豫章黄先生文集》卷二八，第317页。

③ （宋）郭熙：《林泉高致》，赵敏俐主编《国学备览》本，华夏出版社2007年版。

④ 参见叶维廉《中国诗学"出位之思"：媒体及超媒体的美学》，生活·读书·新知三联书店1992年版。

⑤ 吴承学：《宋代櫽括词》，《中国古代文体形态研究》，第210页。

⑥ 参张高评《宋诗特色研究》，第15—16页。

⑦ （宋）魏泰：《临汉隐居诗话》，何文焕辑《历代诗话》，第323页。

中更称赞韩愈诗歌："资谈笑，助谐谑，叙人情，状物态，一寓于诗，而曲尽其妙。"① 谢谔则认为诗文"盖本一致"，诗和文之区别仅在形式，他在《卢溪文集序》中说："即是而为诗，即是而为文，文即无韵之诗，诗即有韵之文。所以三百篇之美刺，即十二公之褒贬，盖本一致。"② 陈善则认为，诗与文在语言形式上可以给对方提供更富有美感的文学因子，互相可以寻求审美因素的融合和互补，他说："文中有诗，则句语精确；诗中有文，则词调流畅。"③ 在肯定诗文体制的前提下，并未严守文体界限，而是肯定不同文体之间的"相生"甚至"越体"。黄庭坚教人学诗，也每每以《原道》一文作示范教人诗歌章法之安排布置。④ 宋人曾季貍也是从作品是否具备高度的艺术性评判东坡的文学创作，而非以是否合体制加以评价，他说："东坡之文妙天下，然皆非本色，与其他文人之文、诗人之诗不同。文非欧曾之文，诗非山谷之诗，四六非荆公之四六，然皆自极其妙。"⑤ 刘辰翁则认为：

> 后村谓文人之诗与诗人之诗不同，味其言外似多有所不满，而不知其所乏适在此也。吾尝谓诗至建安，五七言始生，而长篇反复，多有所未达，则政以其不足为文耳。文人兼诗，诗不兼文也。杜虽诗翁，散语可见。惟韩、苏倾竭变化，如雷霆河汉，可惊可快，必无复可憾者，盖以其文人之诗也。诗犹文也，尽如口语，岂不更胜！彼一偏一曲，自擅诗人，诗局局焉，靡靡焉，无所用其四体，而其施于文也，亦复恐泥，则亦可以瞭然而悯哉！⑥

----

① （宋）欧阳修：《六一诗话》，何文焕辑《历代诗话》，第 272 页。
② （宋）谢谔：《卢溪文集序》，《卢溪文集》，文渊阁《四库全书》本。
③ （宋）陈善：《扪虱新话》上集卷一。
④ （宋）范温：《潜溪诗眼》云："山谷言文章必谨布置，每见后学，多告以《原道》命意曲折。"见郭绍虞《宋诗话辑佚》，第 323 页。
⑤ （宋）曾季貍：《艇斋诗话》，《历代诗话续编》，第 323 页。
⑥ （宋）刘辰翁：《赵仲仁诗序》，《须溪集》卷六，文渊阁《四库全书》本。

公然肯定"文人之诗"的价值并肯定以"文"之方法入诗给诗歌注入了新鲜活力，同时，明确指出假如诗歌拘守体制本位则"局局焉"、"靡靡焉"！画地为牢，无异于死路一条。正是这种开放通脱的文体观念，使宋代诗歌别具风味，达至另一胜境。袁宏道在《雪涛阁集序》评欧、苏诗时云："有宋欧、苏辈出，大变晚习，于物无所不收，于法无所不有，于情无所不畅，于境无所不取，滔滔莽莽，有若江河。"① 整个宋诗的发展正如赵翼在《瓯北诗话》卷五中所云："以文为诗，自昌黎始；至东坡益大放厥词，别开生面，成一代之大观。"②

再比如，宋代以传奇为文，《后山诗话》云：

范文正公为《岳阳楼记》，用对语说时景，世以为奇。尹师鲁读之曰："《传奇》体尔！"《传奇》，唐裴铏所著小说也。③

宋人还以论为记，黄庭坚在《书王元之〈竹楼记〉后》中云：

荆公评文章，常先体制而后文之工拙。盖尝观苏子瞻《醉白堂记》，戏曰："文词虽极工，然不是《醉白堂记》，乃是《韩白优劣论》耳。"④

王安石是主张尊体的，认为苏轼的《醉白堂记》不合"记"之规范，但他自己的《游褒禅山记》实质却是一篇通过记游而说理的《治学论》，却是"今之记乃论也。"⑤

宋人还以赋为文，朱弁《曲洧旧闻》卷三云：

---

① （明）袁宏道：《袁中郎全集》卷一，《有不为斋丛书》本。
② （清）赵翼：《瓯北诗话》卷五，第56页。
③ （宋）陈师道：《后山诗话》，何文焕辑《历代诗话》，第310页。
④ （宋）黄庭坚：《书王元之〈竹楼记〉后》引，《豫章黄先生文集》卷二六，第293页。
⑤ （宋）陈师道：《后山诗话》，何文焕辑《历代诗话》，第309页。

《醉翁亭记》初成，天下莫不传颂。家至户到，当时为之纸贵。宋子京得其本，读之数过，曰："只目为《醉翁亭赋》，有何不可！"①

秦观也与宋祁持相同看法，《后山诗话》载："少游谓《醉翁亭记》亦用赋体。"所以，元代祝尧在《古赋辨体》中说："今观《秋声》、《赤壁》等赋，以文视之，诚非古今所及，若以赋论之，恐教坊雷大使之舞剑，终非本色。"②

另外，宋人骈文与散文相通，《后山诗话》云：

国初士大夫例能四六，然用散语与故事尔。杨文公刀笔豪赡，体亦多变，而不脱唐末与五代之气。又喜用古语，以切对为工，乃进士赋体尔。欧阳少师始以文体为对属，又善叙事，不用故事陈言而文益高……。③

指出欧阳修以散文笔法入骈文的创作特征。清人孙梅《四六丛话》卷三三于此现象曾议论说：

宋初诸公，骈体精敏工切，不失唐人矩矱。至欧公倡为古文，而骈体亦一变其格，始以排奡古雅争胜古人。④

认为欧阳修以散体之法入骈文，打破了骈文的浮靡堆砌之风。

宋代诗学如此，四六、辞赋、散文如此，推而至于书道、画艺，亦大体皆然！⑤ 他们的"会通融合"各种艺术的"出位之思"，还表现在语言艺术（文、诗、词）与造型艺术（书、画、篆刻）之间的交流与整合。宋人是绘画的行

---

① （宋）朱弁：《曲洧旧闻》卷三，中华书局2002年版，第120页。
② （元）祝尧：《古赋辨体》卷八，文渊阁《四库全书》本。
③ （宋）陈师道：《后山诗话》，何文焕辑《历代诗话》，第309—310页。
④ （清）孙梅：《四六丛话》卷三三，上海崇新书局1924年版。
⑤ 以上参考张高评《会通化成与宋诗之文学史地位》，《宋诗特色研究》，第6—9页。

家，他们热衷绘画的创作、鉴赏与品评，他们的审美趣味与艺术眼光往往能超越媒质的局限性，而达到不同媒质之间的沟通与融合。宋诗学中就有"诗画相通"的命题，如苏轼在《书鄢陵王主簿所画折枝》诗中，就曾明确指出："诗画本一律，天工与清新。"① 在《书摩诘蓝田烟雨图》文中，他更举出诗画媒体界线相互超越的实例："味摩诘之诗，诗中有画；观摩诘之画，画中有诗。"② 虽然唐人早已提出过"诗画相通"的命题，但正是在苏轼时代，"诗画相通"的概念才得到完善。"丹青吟咏，妙处相资"，宋代题画诗的兴盛与诗意画的流行也是这种会通融合观念在创作上的表现。类似论述很多，孔武仲云："文者无形之画，画者有形之文，二者异迹而同趋。"③ 诗画相通，宋人认为书画也相通，葛立方云："书画用笔，同一三昧……而丹青之妙，乃复如诗，当是书法三昧中流出。"④ 诗书也相通，范温云："古人律诗亦是一片文章，语或似无伦次，而意若贯珠。……非唯文章，书亦如是。……故唐文皇称右军书云：'烟霏云敛，状若断而还连；凤翥龙盘，势如斜而反直。'与文章真一理也。"⑤ 从这些论述中，都可以见到宋人试图超越表现材料的局限性，而欲融合各种艺术形式的努力，表现出通达的艺术观念，在对各种不同艺术之间的共相与规律认识的基础上，努力融通与打破艺术壁垒的尝试。⑥

可见，在宋人眼里，各种艺术之间无论是语言形式，还是艺术手法、思维方式都是可以彼此借鉴，互为所用的，文、诗、词等艺术形式都可以穿越界限，不必死守"当行本色"。因此，词的诗化现象、诗的词化现象都是宋人"出位"之思整体风潮的一部分，"以水济水，谁能食之？琴瑟专一，谁

---

① （宋）苏轼：《书鄢陵王主簿所画折枝》，孔凡礼点校《苏轼诗集》卷二九，中华书局1982年版，第1526页。

② （宋）苏轼：《书摩诘蓝田烟雨图》，孔凡礼点校《苏轼文集》卷七〇，第2209页。

③ （宋）孔武仲：《东坡居士画怪石赋》，《宗伯集》卷一，《清江三孔集》，齐鲁书社2002年版，第67页。

④ （宋）葛立方：《韵语阳秋》卷一四，上海古籍出版社1984年影印本。

⑤ （宋）范温：《潜溪诗眼》，郭绍虞辑《宋诗话辑佚》，第319—320页。

⑥ 参考周裕锴《宋代诗学通论》，巴蜀书社1997年版，第263—282页。

能听之?"① 正是在各种不同文体的互相渗透中,相济为用,接受、融合,突破窠臼,立足于本位体制,向外借镜融通,使传统诗词形成新的面貌与特质。

第三节　宋人重"格"讲"韵"

周裕锴先生在《宋代诗学通论》中曾言:"宋诗学中有一个突出命题,即崇扬一种至大至刚、充实完善的人格力量。这种人格力量通过'治心养气'而获得,并通过'命意造语'而转化为一种诗歌的审美特质。这种审美特质就是宋人崇尚的'格',或曰'气格'、'格力'。'格'作为一个审美范畴,在宋诗学中占有极为重要的地位,它是测定诗歌是否有价值的最根本的标准。"②"格"作为一个传统美学术语,经过了一个较长的发展过程才进入文学评论领域。最初,它在汉代时仅作为品评人物行为的一个标准,如《礼记·缁衣》:"言有物而行有格也。"《抱朴子·审举》:"夫衡量小器,犹不可使往往而有异,况士人之格可参差无检乎?"至魏晋时,"格"往往用来评价人物的风度仪态,如《世说新语·德行》:"李元礼风格秀整,高自标持,欲以天下名教为己任。"大约在南北朝时期,"格"开始进入文学评论领域,如《颜氏家训·文章》云:"陆平原多为死人自叹之言,诗格既无此例,又乖制作本意。"此时"格"字并不带有任何评论高下之意。到了唐代,"格"开始成为品评作品好坏的审美标准之一,但那时的"格"主要指诗歌形式、风格的标准。而到了宋代,"格"不仅被当作衡量诗歌价值的美的标准,而且被视为诗歌创作所应追求的标准的美。宋诗学中的"格"已超越形式层面,甚至超越风格层面,而成为宋代士人

---

① 杨伯峻:《春秋左传注》,中华书局1990年版,第1419—1420页。
② 周裕锴:《宋代诗学通论》,第287页。

精神风貌的艺术结晶。宋人衡文论艺多言"格",如:

> 晚唐诗失之太巧,只务外华,而气弱格卑,流为词体耳。①
>
> 唐末诗人,虽格致卑浅,然谓其非诗则不可。②

> 唐诗外物长,内性弱,故格卑气弱。③
>
> 许氏世工诗,浑、棠格力微。④
>
> 郑谷诗名盛于唐末……其诗极有意思,亦多佳句,但其格不甚高。⑤
>
> 今太白诸集犹兼行,独彦谦殆罕有知其姓名者,诗亦不多,格力极卑弱,仅与罗隐相先后。⑥
>
> 唐王建《牡丹》诗云:"可怜零落蕊,收取作香烧。"虽工而格卑。⑦

宋人相信诗品即人品,诗之品格高下与人之品行高低完全一致。所以"格"也常与"气"连在一起,宋人论诗标举"气格",气盛则格高,气衰则格卑。"气格"这一审美标准与价值判断之文学范畴,正是宋儒崇尚人格修养在文学审美评论领域中的体现。宋人以范仲淹、欧阳修为代表,奋厉有当世志,以改革天下为己任,以犯颜直谏为忠诚,树立了一代积极进取的挺立士风,"气格"是诗人们主体人格、精神品位在文学作品中的呈现,因而,"格"是精神内容与艺术形式的统一体,具有崇雅反俗的内涵。宋人这种重人格修养的整体社会氛围,追求"格"的审美价值观念,也一直在词坛回荡。正是由于宋人重"格",所以,"花间"、柳永等人之作才不断地招致批评:

---

① (宋)吴可:《藏海诗话》,丁福保辑《历代诗话续编》,中华书局1983年版,第331页。

② (宋)魏庆之:《诗人玉屑》卷一六引《室中语》,第359页。

③ (宋)叶适:《习学记言序目》,中华书局1977年版。

④ (宋)梅尧臣:《许仲途屯田以新诗见访》,《宛陵先生集》卷五五,四部丛刊初编本。

⑤ (宋)欧阳修:《六一诗话》,何文焕辑《历代诗话》,第265页。

⑥ (宋)蔡启:《蔡宽夫诗话》,郭绍虞辑《宋诗话辑佚》,第399页。

⑦ (宋)陆游:《老学庵笔记》卷一,第130页。

夫镂玉雕琼、裁花剪叶，唐末诗人非不美也。然为粉泽之工，反累正气。①

《花间集》皆唐末五代时人作。方斯时，天下岌岌，生民救死不暇，士大夫乃流宕如此，可叹也哉！②

（柳永词）大得声称于世。虽协音律，而词语尘下。③

（柳永）日与獧子纵游娼馆酒楼间，无复检约，自称云："奉圣旨填词柳三变。"呜呼！小有才而无德以将之，亦士君子之所宜戒也。柳之《乐章》，人多称之，然大概非羁旅穷愁之词，则闺门淫媟之语。若以欧阳永叔、晏叔原、苏子瞻、黄鲁直、张子野、秦少游辈较之，万万相辽。④

其词虽极工致，然多杂以鄙语，故流俗人尤喜道之。其后欧、苏诸公继出，文格一变，至为歌词，体制高雅。⑤

论者均以"俗"否定"花间"、柳永之词，同时他们认为柳永之"俗"源于其"无德"，正因他内在道德修养的缺陷而造成其词之"俗"，使其词"格固不高"，⑥"花间"诸人不救生民，沉湎风月，遂"反累正气"，在论者崇雅黜俗的评价背后正是对"格"的强调与坚持。苏轼"以诗为词"也因其气格超出尘俗而获认同。所以，清人陈洵认为正是"东坡独尊气格"，才使词体得以推尊。⑦南宋陈应行也是在肯定张孝祥"潇洒出尘之姿，自在如神之笔，迈往凌云之气"⑧的人格的基础上肯定其词；范开认为辛弃疾词"器大者声必闳，志高者意必远"，也是完全从人格角度肯定辛词之创作。他们都强调作者胸襟怀

---

① （宋）汤衡：《张紫微雅词序》，《影刊宋金元明本词》本。

② （宋）陆游：《跋〈花间集〉》，《渭南文集》卷三〇，四部丛刊初编本。

③ （宋）李清照：《词论》，胡仔《苕溪渔隐丛话后集》卷三三，第 254 页。

④ （宋）严有翼：《艺苑雌黄》，郭绍虞《宋诗话辑佚》，第 579 页。

⑤ （宋）徐度：《却扫篇》卷五，文渊阁《四库全书》本。

⑥ （宋）陈振孙：《直斋书录解题》卷二一，上海古籍出版社 1987 年版，第 616 页。

⑦ （清）陈洵：《海绡说词》，唐圭璋：《词话丛编》，第 4837 页。

⑧ （宋）陈应行：《于湖先生雅词序》，《影刊宋金元明本词》本。

抱对词作的决定性作用，将作者的人格修养看成作品成败的关键。宋代"词的诗化"过程，就是士大夫的主体意志不断进入词体的过程，"词中有品，词中有人"正是宋词诗化的深层内核，这正与整个宋代重"格"之思潮相吻合。宋词由男欢女爱的沉迷转向对社会人生的关注，由私人化的情感体验转向对整体的人生感怀的抒发，艺术风格由绮丽冶荡转向清雄、悲郁、清刚，俱是宋代士人对"格"之追求在词坛的反响与回应。

宋人同时崇韵，"格"只有和"韵"结合才能臻于诗的最高境界。黄庭坚论"韵"之说甚多，如：

> 陈元达，千载人也，惜乎创业作画者，胸中无千载韵耳。[1]
>
> 凡书画当观韵。……此与文章同一关纽。[2]
>
> 故人物虽有佳处，而行布无韵，此画之沉疴也。[3]
>
> 论人物要是韵胜为尤难得，蓄书者能以韵观之，当得仿佛。[4]

李廌认为：

> 凡文之不可无者有四：一曰体，二曰志，三曰气，四曰韵。……文章之无韵，譬之壮夫，其躯干枵然，骨强气盛，而神色昏瞢，言动凡浊，则庸俗鄙人而已。[5]

陈善在《扪虱新话》上集卷一云：

---

① （宋）黄庭坚：《题摹锁谏图》，《豫章黄先生文集》卷二七，四部丛刊初编本。
② （宋）黄庭坚：《题摹燕郭尚父图》，同上。
③ （宋）黄庭坚：《题明皇真妃图》，同上。
④ （宋）黄庭坚：《题绛本法帖》，同上。
⑤ （宋）李廌：《答赵士舞德茂宣义论弘词书》，《苏门六君子文粹》卷四七，文渊阁《四库全书》本。

文章以气韵为主，气韵不足，虽有辞藻，要非佳作也。乍读渊明诗，颇似枯淡，久之有味。东坡晚年酷好之，谓李、杜不及也。此无他，韵胜而已。①

张戒在《岁寒堂诗话》中也将"韵胜"作为诗歌的最高境界：

阮嗣宗诗，专以意胜；陶渊明诗，专以味胜；曹子建诗，专以韵胜；杜子美诗，专以气胜。然意可学也，味亦可学也。若夫韵有高下，气有强弱，则不可强矣。此韩退之之文，曹子建之诗，后世所以莫能及也。②

范温则在《潜溪诗眼》中对"韵"的主要内涵作了具体阐述：

王偁定观好论书画，常诵山谷之言曰："书画以韵为主。"予谓之曰："夫书画文章，盖一理也。然而巧、吾知其为巧，奇，吾知其为奇；布置关阖，皆有法度；高妙古澹，亦可指陈。独韵者，果何形貌耶？"定观曰："不俗之谓韵。"余曰："夫俗者、恶之先；韵者、美之极。书画之不俗，譬如人之不为恶。自不为恶至于圣贤，其间等级固多，则不俗之去韵也远矣。"定观曰："潇洒之谓韵。"予曰："夫潇洒者、清也。清乃一长，安得为尽美之韵乎？"定观曰："古人谓气韵生动，若吴生笔势飞动，可以为韵乎？"予曰："夫生动者，是得其神；曰神则尽之，不必谓之韵也。"定观曰："如陆探微数笔作狻猊，可以为韵乎？"余曰："夫数笔作狻猊，是简而穷其理；曰理则尽之，亦不必谓之韵也。"定观请余发其端，乃告之曰："有余意之谓韵。"定观曰："余得之矣。盖尝闻之撞钟，大声已去，余音

---

① （宋）陈善：《扪虱新话》上集卷一。
② （宋）张戒：《岁寒堂诗话》卷上，陈应鸾《岁寒堂诗话校笺》，巴蜀书社 2000 年版，第 1—2 页。

复来，悠扬宛转，声外之音，其是之谓矣。"①

范温认为"有余意之谓韵"，犹如撞钟，"大声已去，余音复来，悠扬宛转"，"韵"是超越于风格之上的最高境界。同时，范温更把"韵"这一审美范畴从艺术推衍到人生："然所谓有余之韵，岂独文章哉！自圣贤出处、古人功业，皆如是矣。"认为"韵"也是人生的最高境界。可见，是否有"韵"取决于人的精神气度。黄庭坚在论书法时就直接说："（王著）若使胸中有书数千卷，不随世碌碌，则书不病韵，自胜李西台、林和静矣。"②"韵"与"格"一样也是以宋人的人生哲学为其诗学底蕴和旨归的理论范畴。③宋人情感较唐人内敛，强调内心的宁静与平和，重视内心体验的品味，宋人的"韵"正是艺术创造主体生命存在的显现，而这种主体生命的显现不是直露的、暴发的，而是含蓄的、冲淡的，它是一种幽深微妙的意绪而非强烈深重的感慨。陈伯海先生就认为："（韵）确有内在的生命容涵（或备众妙，或有一长，或具识见），而又不尽情发露出来，反倒以简易闲淡、行若无事的姿态展呈，从而给人以深远无穷的回味。"④宋人之"韵"论遍及各个艺术领域，词坛也是如此。如吴曾《能改斋漫录》载晁补之语云："张子野与柳耆卿齐名，而时以子野不及耆卿。然子野韵高，是耆卿所乏处。"⑤李之仪在《跋吴思道小词》中亦云："至柳耆卿，始铺叙展衍，备足无余，形容盛明，千载如逢当日，较之《花间》所集，韵终不胜。"同时，他认为："晏元献、欧阳文忠、宋景文，则以其余力游戏，而风流闲雅，超出意表。……其妙见于卒章，语尽而意不尽，意尽而情不尽。"⑥柴望在《凉州鼓吹自序》中亦云："大抵词以隽永委婉为上，组织涂泽

---

① （宋）范温：《潜溪诗眼》，郭绍虞辑《宋诗话辑佚》，第372—373页。
② （宋）黄庭坚：《跋周子发帖》，《豫章黄先生文集》卷二〇。
③ 以上有关"格"、"韵"论述参考周裕锴《宋代诗学通论》，第287—296页。
④ 陈伯海：《论气与韵》，《中国诗学之现代观》，上海古籍出版社2006年版，第210页。
⑤ （宋）吴曾：《能改斋漫录》卷一六载晁补之语，第469页。
⑥ （宋）李之仪：《跋吴思道小词》，《姑溪居士文集》卷四〇。

次之，呼嗥叫嚣抑末也。"① 姜夔在评史达组词时说："梅溪词奇秀清逸，有李长吉之韵，盖能融情景于一家，会句意于两得也。"② 他在其《白石道人诗说》中，则再三强调"含蓄"之诗法，标榜"言有尽而意无穷"之诗美，极力推崇"句中有余味，篇中有余意"之诗作，其诗学追求与诗词创作实际也正与宋代思潮一致。

在"格""韵"两者中，"格"近于阳刚之美，"韵"则近于阴柔之美，"格"偏重于道德评价，"韵"则偏重于美学评价，"格"往往指向刚健质直，而缺少含蓄隽永之味，"韵"是对"格"的补充。叶梦得在《石林诗话》中批评欧阳修"专以气格为主，故其言多平易疏畅，律诗意所到处，虽语有不伦，亦不复问"，"而学之者往往遂失于快直，倾困倒廪，无复余地。"③ 正是看到了欧诗"格"有余而"韵"不足的缺点。陈师道之七言律诗也是"风骨磊落，而间失之太快太尽。"④ 辛弃疾的词作"格"固高矣！然往往失之于"伉"与"粗豪"，只有他那些吞吐掩抑之作才兼具"格""韵"之美。姜夔人品"狷介高洁"，其诗词"感慨全在虚处，无迹可寻"，俱是"神味隽永，意境超妙"之作，"以格胜"而又"韵度飘逸"。清人"家白石"之盛况绝非偶然现象，正是其词"格"高"韵"永被后世的认同。于诗坛而言，北宋后期，"江西诗派"独主诗坛，诗歌格高气清，但同时失之枯淡，陆游、姜夔、范成大等人则救之以"韵"，他们不自觉中藉着晚唐诗以词笔入诗，促进了宋诗面貌的转变。这一看似自然的文坛转向，也正是宋人对"韵"的追求之表现，在理论界，"韵"是对"格"的补充和改造，在创作上，宋诗济以晚唐及词笔也正是这一理论思潮的表现。

---

① （宋）柴望：《凉州鼓吹自序》，《彊村丛书》本。
② （宋）姜夔：《题梅溪词》，《百家词》本。
③ （宋）叶梦得：《石林诗话》，《历代诗话》本，第407页。
④ （清）纪昀：《四库全书总目》卷一五四《后山集》提要，第2068页。

参考文献

著作：

敖陶孙：《敖陶孙诗话》，《宋诗话全编》本，凤凰出版社 1998 年版。

（宋）王灼撰，岳珍点校：《碧鸡漫志》，巴蜀书社 2000 年版。

（宋）陈长方撰：《步里客谈》，墨海金壶本。

（宋）叶梦得撰：《避暑录话》，上海书店 1990 年版。

（宋）赵与时撰：《宾退录》，上海古籍出版社 1983 年版。

（宋）姜夔：《白石道人诗说》，《历代诗话》本，中华书局 1981 年版。

（清）陈廷焯：《白雨斋词话》，人民文学出版社 1959 年版。

（清）吴骞：《拜经楼诗话》，《清诗话》本，上海古籍出版社 1978 年版。

（清）洪亮吉：《北江诗话》，人民文学出版社 1983 年版。

陈思：《白石道人年谱》，1933 年刻本。

（宋）严羽撰，郭绍虞校释：《沧浪诗话》，人民文学出版社 1961 年版。

（宋）俞文豹撰，张宗祥校订：《吹剑录》，古典文学出版社 1958 年版。

（宋）陈郁：《藏一话腴》，适园丛书本。

（宋）陈与义：《陈与义集》，中华书局 1982 年版。

（宋）杨万里：《诚斋集》，《四部丛刊》初编本。

（宋）张炎：《词源》，人民文学出版社 1963 年版。

（元）陆辅之：《词旨》，《词话丛编》本。

（明）杨慎：《词品》，人民文学出版社 1960 年版。

（清）蒋兆兰：《词说》，《词话丛编》本。

（清）徐釚撰：《词苑丛谈》，上海古籍出版社 1981 年版。

（清）冯金伯撰：《词苑萃编》，《词话丛编》本。

（清）王昶：《春融堂集》，清光绪十八年刊本。

（清）陈廷焯：《词则》，上海古籍出版社 1984 年版。

（清）况周颐：《餐樱庑词话》，《历代词话续编》本。

（清）江顺诒撰：《词学集成》，《词话丛编》本。

（清）陈廷焯：《词坛丛话》，《历代词话》本。

（清）许昂霄：《词综偶评》，《词话丛编》本。

（清）孙麟趾：《词迳》，《词话丛编》本。

（清）先著、程洪：《词洁辑评》，《词话丛编》本。

邓乔彬：《词学二十论》，上海古籍出版社 2005 年版。

唐圭璋编：《词话丛编》，中华书局 1986 年版。

（宋）蔡戡：《定斋集》，常州先哲遗书本。

（宋）谢枋得：《叠山集》，《四部丛刊》续编本

（清）马星翼：《东泉诗话》，清光绪十二年（1886）宝仪斋刻本。

（清）谢章铤：《赌棋山庄词话》，《词话丛编》本。

（清）王士禛：《带经堂诗话》，人民文学出版社 1963 年版。

唐弢：《读词闲话》，《历代词话续编》本。

袁行霈：《当代学者自选文库袁行霈卷》，安徽教育出版社 1999 年版。

（宋）罗愿：《鄂州小集》，文渊阁《四库全书》本。

（明）李贽：《焚书》，中华书局 1974 年版。

（清）谭献：《复堂词话》，《词话丛编》本。

（清）蒋敦复：《芬陀利室词话》，《词话丛编》本。

朱庸斋：《分春馆词话》，《历代词话续编》本。

吴熊和：《放翁词编年笺注》，上海古籍出版社 1981 年版。

富寿荪标校：《范石湖集》，上海古籍出版社 2006 年版。

顾志兴主编：《范成大诗歌赏析集》，巴蜀书社 1991 年版。

（宋）张端义撰：《贵耳集》，中华书局上海编辑所 1958 年版。

（宋）欧阳修撰：《归田录》，中华书局 1981 年版。

（宋）李之仪：《姑溪居士文集》，清宣统三年金陵督粮道署刊本。

（元）祝尧：《古赋辨体》，文渊阁《四库全书》本。

（明）卓人月：《古今词统》，明崇祯六年刻本。

钱钟书：《管锥篇》，中华书局 1979 年版。

上海师范大学古籍整理组校点：《国语》，上海古籍出版社 1978 年版。

［德］歌德：《歌德谈话录》，人民文学出版社 1978 年版。

莫砺锋：《古典诗学的文化观照》，中华书局 2005 年版。

（唐）韩愈：《韩愈全集》，钱仲联、马茂元校点，上海古籍出版社 1997 年版。

（五代）欧阳炯：《花间词序》，李一氓校，人民文学出版社 1958 年版。

（宋）陈师道：《后山诗话》，《历代诗话》本。

（宋）黄升编，云山整理辑评：《花庵词选》，上海古籍出版社 2007 年版。

（宋）刘克庄：《后村诗话》，中华书局 1983 年版。

（宋）刘克庄：《后村先生大全集》，四部丛刊初编本。

（宋）陈模撰：《怀古录》，中华书局 1993 年版。

（宋）张舜民撰：《画墁录》，文渊阁《四库全书》本。

（宋）罗大经撰：《鹤林玉露》，中华书局 1983 年版。

（宋）周密撰：《浩然斋意抄》，《说郛》本。

（宋）黄榦：《黄勉斋先生文集》，文渊阁《四库全书》本。

（明）李东阳：《怀麓堂集》，文渊阁《四库全书》本。

（清）黄宗羲：《黄宗羲全集》，浙江古籍出版社1990年版。

（清）况周颐：《蕙风词话》，人民文学出版社1960年版。

（清）冯煦：《蒿庵论词》，《词话丛编》本。

（清）顾嗣立：《寒厅诗话》，《清诗话》本。

（五代）刘昫：《旧唐书》，中华书局1975年版。

（宋）龚颐正：《芥隐笔记》，民国十一年（1922）上海博古斋影印本。

（宋）刘辰翁、（宋）罗椅等编：《精选放翁诗集》，《四部丛刊》影印明初刊本。

（清）彭孙遹：《金粟词话》，《词话丛编》本。

（清）周济：《介存斋论词杂著》，人民文学出版社1959年版。

（清）姜宸英：《姜先生全集》，清光绪十五年慈谿冯氏毋自欺斋刊本。

邓广铭：《稼轩词编年笺注》，上海古籍出版社1993年版。

钱仲联：《剑南诗稿校注》，上海古籍出版社2005年版。

夏承焘：《姜白石词编年笺注》，上海古籍出版社1981年版。

夏承焘、吴无闻：《姜白石词校注》，广东人民出版社1983年版。

莫砺锋：《江西诗派研究》，齐鲁书社1986年版。

孙玄常：《姜白石诗集笺注》，山西人民出版社1986年版。

殷光熹：《姜夔诗词赏析集》，巴蜀书社1994年版。

赵晓岚：《姜夔与南宋文化》，学苑出版社2001年版。

（宋）陈文蔚：《克斋集》，文渊阁《四库全书》本。

（清）蔡嵩云：《柯亭词论》，《词话丛编》本。

（宋）陆游撰：《老学庵笔记》，中华书局1979年版。

（宋）欧阳修：《六一诗话》，《历代诗话》本。

（宋）王安石：《临川先生文集》，中华书局1959年版。

（宋）苏洞：《泠然斋诗集》，文渊阁《四库全书》本。

（宋）苏辙：《栾城集》，上海古籍出版社 1987 年版。

（宋）惠洪撰：《冷斋夜话》，中华书局 1988 年版。

（宋）吕本中：《吕氏童蒙训》，文渊阁《四库全书》本。

（宋）魏泰：《临汉隐居诗话》，《历代诗话》本。

（明）钱泳：《履园丛话》，中华书局 1979 年版。

（清）陆昶编：《历朝名媛诗词》，清乾隆三十八年陆氏虹树楼本。

（清）宋长白：《柳亭诗话》，清康熙天茁园刻本。

（清）郭麐：《灵芬馆词话》，《词话丛编》本。

（清）吴衡照：《莲子居词话》，《词话丛编》本。

（清）黄苏：《蓼园词选》，《词话丛编》本。

刘师培：《论文杂记》，人民文学出版社 1959 年版。

程千帆、吴新雷：《两宋文学史》，上海古籍出版社 1991 年版。

齐治平：《陆游传论》，岳麓书社 1984 年版。

缪钺：《缪钺说词》，上海古籍出版社 1999 年版。

叶嘉莹：《南宋名家词选讲》，北京大学出版社 2007 年版。

邱鸣皋：《陆游评传》，南京大学出版社 2002 年版。

王双启编：《陆游词新释辑评》，中国书店 2001 年版。

段晓华：《陆游诗歌赏析》，陕西人民出版社 1988 年版。

赵仁珪：《论宋六家词》，北京师范大学出版社 1999 年版。

孔凡礼、齐治平编：《陆游资料汇编》，中华书局 1962 年版。

张璋等编：《历代词话》，大象出版社 2002 年版。

张璋等编：《历代词话续编》，大象出版社 2005 年版。

何文焕辑：《历代诗话》，中华书局 1981 年版。

丁福保辑：《历代诗话续编》，中华书局 1983 年版。

郭绍虞编：《中国历代文论选》，上海古籍出版社 1979 年版。

中国陆游研究会编：《陆游与越中山水》，人民出版社 2006 年版。

孟子：《孟子》，杨伯峻译注，中华书局 1960 年版。

（宋）陈善：《扪虱新话》，上海书店 1990 年版。

（元）韦居安：《梅磵诗话》，《历代诗话续编》本。

（宋）吴曾：《能改斋漫录》，上海古籍出版社 1960 年版。

陶尔夫、刘敬圻：《南宋词史》，黑龙江人民出版社 1992 年版。

（宋）欧阳修：《欧阳文忠公文集》，《四部丛刊》初编本。

（清）赵翼：《瓯北诗话》，人民文学出版社 1963 年版。

（清）舒位：《瓶水斋诗集》，清光绪刊本。

（清）朱彝尊：《曝书亭集》，上海—国学整理社 1937 年版。

（宋）范温：《潜溪诗眼》，《宋诗话辑佚》本。

（宋）周密撰：《齐东野语》，中华书局 1983 年版。

（宋）朱弁撰：《曲洧旧闻》，中华书局 2002 年版。

（清）黄徹：《䂮溪诗话》，《历代诗话续编》本。

（清）杜文澜：《憩园词话》，《词话丛编》本。

（清）王夫之等：《清诗话》，上海古籍出版社 1978 年版。

陈乃乾辑：《清名家词》，上海书店 1982 年版。

郭绍虞、富寿荪编：《清诗话续编》，上海古籍出版社 1983 年版。

（清）王国维：《人间词话》，人民文学出版社 1960 年版。

（汉）司马迁：《史记》，中华书局 1959 年版。

（宋）张唐英：《蜀梼杌》，文渊阁《四库全书》本。

（宋）苏轼，孔凡礼点校：《苏轼文集》，中华书局 1986 年版。

（宋）张戒，陈应鸾校笺：《岁寒堂诗话》，巴蜀书社 2000 年版。

（宋）黄庭坚：《山谷别集》，文渊阁《四库全书》本。

（宋）戴复古：《石屏诗集》，四部丛刊续编影印明弘治刊本。

（宋）魏庆之撰：《诗人玉屑》，上海古籍出版社 1978 年版。

（宋）叶梦得：《石林诗话》，《历代诗话》本。

（宋）叶绍翁撰：《四朝闻见录》，中华书局 1989 年版。

（宋）邵博撰：《邵氏闻见后录》，中华书局 1983 年版。

（宋）李廌：《苏门六君子文粹》，文渊阁《四库全书》本。

（宋）释普闻：《诗论》，上海商务印书馆活字本 1927 年版。

（元）脱脱：《宋史》，中华书局 2000 年版。

（元）杨载：《诗法家数》，《历代诗话》本。

（明）胡应麟：《诗薮》，上海古籍出版社 1958 年版。

（明）张綖：《诗余图谱》，明刊本。

（明）宋濂：《宋学士文集》，《四部丛刊》初编本。

（明）杨慎：《升庵合集》，清光绪八年刊本。

（明）许学夷：《诗源辨体》，人民文学出版社 1987 年版。

（清）孙梅：《四六丛话》，上海崇新书局 1924 年版。

（唐）皎然撰，李壮鹰校注：《诗式》，人民文学出版社 2003 年版。

（清）邓廷桢：《双砚斋词话》，《词话丛编》本。

（清）纪昀：《四库全书总目》，中华书局 1997 年版。

（清）翁方纲：《石洲诗话》，《清诗话续编》本。

（清）戈载编：《宋七家词选》，清光绪十一年（1885）曼陀罗华阁。

（清）陈衍：《宋诗精华录》，蔡义江、李梦生译注，上海古籍出版社 1999 年版。

（清）彭孙遹：《松桂堂全集》，文渊阁《四库全书》本。

（清）周济编：《宋四家词选》，《词话丛编》本。

（清）吕留良、吴之振、吴自牧等编：《宋诗钞》，中华书局 1986 年版。

周裕锴：《宋代诗学通论》，巴蜀书社 1997 年版。

陈匪石：《宋词举》，金陵书画社 1983 年版。

陈匪石：《声执》，《词话丛编》本。

缪钺：《诗词散论》，上海古籍出版社 1982 年版。

钱钟书：《宋诗选注》，人民文学出版社 1958 年版。

沈祖棻：《宋词赏析》，北京出版社 2003 年版。

周振甫：《诗词例话》，中国青年出版社 1979 年版。

詹安泰：《宋词散论》，广东人民出版社 1981 年版。

张高评：《宋诗特色研究》，长春出版社 2002 年版。

张惠民编：《宋代词学资料汇编》，汕头大学出版社 1993 年版。

张惠民：《宋代词学审美理想》，人民文学出版社 1995 年版。

唐圭璋：《宋词三百首笺注》，上海古籍出版社 1979 年版。

张海鸥：《宋代文化与文学研究》，中国社会科学出版社 2002 年版。

沈家庄：《宋词的文化定位》，湖南人民出版社 2005 年版。

王水照主编：《宋代文学通论》，河南大学出版社 1997 年版。

郭绍虞辑：《宋诗话辑佚》，中华书局 1980 年版。

吴文治编：《宋诗话全编》，江苏古籍出版社 1998 年版。

（宋）胡仔撰：《苕溪渔隐丛话》，人民文学出版社 1962 年版。

（宋）曾季貍：《艇斋诗话》，《历代诗话续编》本。

（清）查礼：《铜鼓书堂词话》，《词话丛编》本。

（清）梁诗正等编：《唐宋诗醇》，清光绪七年浙江书局刻本。

（清）沈谦：《填词杂说》，《词话丛编》本。

（清）沈祥龙：《谈词随笔》，《词话丛编》本。

闻一多：《唐诗杂论》，上海古籍出版社 1998 年版。

俞陛云：《唐五代两宋词选释》，上海古籍出版社 1985 年版。

唐圭璋：《唐宋词简释》，上海古籍出版社 1981 年版。

刘永济：《唐五代两宋词简析》，上海古籍出版社 1981 年版。

钱钟书：《谈艺录》，中华书局 1984 年版。

杨海明：《唐宋词史》，江苏古籍出版社 1987 年版。

刘扬忠：《唐宋词流派史》，福建人民出版社 1999 年版。

［日］村上哲见：《唐五代北宋词研究》，陕西人民出版社 1987 年版。

叶嘉莹：《唐宋词名家论稿》，河北教育出版社 1997 年版。

吴熊和：《唐宋词通论》，浙江古籍出版社 1985 年版。

邓乔彬：《唐宋词美学》，齐鲁书社 2004 年版。

莫砺锋：《唐宋诗歌论集》，凤凰出版社 2007 年版。

（梁）刘勰，周振甫注：《文心雕龙》，人民文学出版社 1984 年版。

（唐）李善注：《文选》，中华书局 1977 年版。

遍照金刚：《文镜秘府论》，人民文学出版社 1975 年版。

（宋）王直方：《王直方诗话》，《宋诗话辑佚》本。

（宋）陆游：《渭南文集》，《四部丛刊》初编本。

（明）吴讷：《文章辨体序说》，人民文学出版社 1962 年版。

（明）徐师曾：《文体明辨序说》，人民文学出版社 1962 年版。

（宋）梅尧臣：《宛陵先生集》，《四部丛刊》初编本。

章学诚：《文史通义》，中华书局 1985 年版。

祝南：《无庵说词》，《历代词话续编》本。

王元化译：《文学风格论》，上海译文出版社 1982 年版。

陶东风：《文体演变及其文化意味》，云南人民出版社 1994 年版。

（宋）刘辰翁：《须溪集》，文渊阁《四库全书》本。

（宋）蔡绦：《西清诗话》，《宋人稀见本诗话四种》本。

（宋）李焘：《续资治通鉴长编》，上海古籍出版社 1986 年影印本。

（宋）叶适：《习学记言序目》，中华书局 1977 年版。

（明）方孝孺：《逊志斋集》，民国戊辰年宁海胡氏味善居重刻本。

（清）田同之：《西圃词说》，《词话丛编》本。

（清）王士禛：《香祖笔记》，上海古籍出版社 1982 年版。

（清）黄培芳：《香石诗话》，上海书店 1985 年版。

（清）朱庭珍：《筱园诗话》，《清诗话续编》本。

夏承焘：《夏承焘集》，浙江古籍出版社 1997 年版。

张伯伟编校：《稀见本宋人诗话四种》，江苏古籍出版社 2002 年版。

刘扬忠：《辛弃疾词心探微》，齐鲁书社 1989 年版。

巩本栋：《辛弃疾评传》，南京大学出版社 1998 年版。

辛更儒编：《辛弃疾资料汇编》，中华书局 2005 年版。

辛更儒笺注：《辛稼轩诗文笺注》，上海古籍出版社 1995 年版。

齐鲁书社编辑：《辛弃疾词鉴赏》，齐鲁书社 1986 年版。

常国武：《辛稼轩词集导读》，巴蜀书社 1988 年版。

（唐）范摅：《云溪友议》，中华书局 1959 年版。

（宋）黄庭坚：《豫章黄先生文集》，《四部丛刊初编》本。

（宋）葛立方：《韵语阳秋》，上海古籍出版社 1984 年影印本。

（宋）沈义父：《乐府指迷》，人民文学出版社 1963 年版。

（宋）张世南：《游宦纪闻》，中华书局 1981 年版。

（元）方回：《瀛奎律髓》，上海古籍出版社 2005 年版。

（元）元好问：《遗山文集》，上海涵芬楼影印本。

（明）袁宏道：《袁中郎全集》，《有不为斋丛书》本。

（清）薛雪：《一瓢诗话》，人民文学出版社 1979 年版。

（清）潘德舆：《养一斋诗话》，《清诗话续编》本。

（清）李慈铭：《越缦堂读书记》，上海书店出版社 2000 年版。

（清）刘熙载：《艺概》，上海古籍出版社 1978 年版。

（清）李调元：《雨村词话》，《词话丛编》本。

（清）宋翔凤：《乐府余论》，《词话丛编》本。

（清）邹祗谟：《远志斋词衷》，《词话丛编》本。

梁启超：《艺蘅馆词选》，《词话丛编》本。

梁启超：《饮冰室文集》，中华书局 1926 年版。

湛之编：《杨万里、范成大研究资料汇编》，中华书局 1964 年版。

〔苏〕莫·卡冈：《艺术形态学》，生活·读书·新知三联书店 1986 年版。

（宋）朱熹：《朱子语类》，中华书局 1986 年版。

（清）贺裳：《邹水轩词笙》，《词话丛编》本。

（清）方东树：《昭昧詹言》，人民文学出版社 1959 年版。

（清）李佳：《左庵词话》，《词话丛编》本。

（清）姚莹：《中复堂全集》，清同治六年安福县署刊本。

（清）袁守定：《佔毕丛谈》，清光绪刊本。

（清）李重华：《贞一斋诗说》，清道光刻昭代丛书壬集补编本。

袁行霈：《中国文学史》，高等教育出版社 1999 年版。

方智范等：《中国词学批评史》，中国社会科学出版社 1994 年版。

吴承学：《中国古代文体形态研究》，中山大学出版社 2002 年版。

林顺夫：《中国抒情传统的转变——姜夔与南宋词》，上海古籍出版社 2005 年版。

中国社科院文研所编：《中国文学史》，人民文学出版社 1962 年版。

论文：

王水照、熊海英：《陆游诗歌取径探源——钱钟书论陆游之一》，中国陆游研究会编《陆游与越中山水》，人民出版社 2006 年版。

刘扬忠：《陆游、辛弃疾词内容与风格异同论》，中国陆游研究会编《陆游与越中山水》，人民出版社 2006 年版。

胡元翎：《陆游未能成为词中大家原因探析》，中国陆游研究会编《陆游与越中山水》，人民出版社 2006 年版。

方智范：《论宋人咏物词的审美层次》，载《词学》第六辑，华东师范大学出版社 1988 年版。

路成文：《咏物词史上的别调——论稼轩咏物词》，刘庆云、陈庆元主编《稼轩新论》，海风出版社 2005 年版。

卡冈：《文化系统中的艺术》，载《世界艺术与美学》第六辑，文化艺术出版社 1983 年版。

王水照：《从苏轼、秦观词看词与诗的分合趋向——兼论苏词革新和传统的关系》，《复旦学报》1988 年第 1 期。

吕肖奂：《宋代词人之诗叙论》，《四川大学学报》2002 年第 1 期。

乔力：《论姜夔创作心理与艺术表现》，《学术月刊》1987 年第 11 期。

邓乔彬：《论姜夔词的清空》，《文学遗产》1982 年第 1 期。

邓乔彬：《驿骑苏秦间——陆游词风格及成因浅议》，《杭州大学学报》1998 年第 3 期。

吴惠娟：《论稼轩诗的艺术渊源与其宋诗风调》，《文学遗产》2007 年第 1 期。

孙维城：《"晋宋人物"与姜夔其人其词——兼论封建后期士大夫的文化人格》，《文学遗产》1999 年第 2 期。

刘维治、刘艳萍：《白石词的词语意象特征》，《广东技术师范学院学报》2003 年第 3 期。

周炫：《稼轩词用典与"以才学为词"》，《广东农工商职业技术学院学报》2006 年第 2 期。

致　谢

2005 年，桂子飘香时节，满怀对学术的期盼与渴望，我踏入了南京大学的校门，师从莫砺锋教授研习中国古典文学。三年磨砺，收获颇丰！此书正是三年学习成果的结晶。在该书付梓之际，向所有帮助过我的老师、朋友和家人表示衷心的感谢。

师莫砺锋教授学识渊博，治学有方。上课时，条分缕析，八面来风，千头万绪交汇于一点，终豁然开朗，时间总在莫师严密的推理中悄然滑过，知识、治学之方法与门径联袂而来，听者每有酣畅淋漓之感！见面会时，老师则随题发挥，侃侃道来，我们则又如沐春风！莫师性谨严，写文章滴水不漏，其推理之周密别人几无从置喙！改学生文章也目光如炬，每阅为师所改之文，总觉后背隐然有汗意。师颇有声名，却儒雅淡泊，风标独持，道德文章俱堪称典范！师与师母，珠联璧合，相濡以沫，私心羡矣！于此衷心祷之！

"诚实、敦厚、朴实、雄伟"是南大精神的最佳概括，也是南大老师风格的最佳写照。徐有富老师识见高远，又谦逊随和，诚可亲可敬！巩本栋老师素笃实平淡，但"平淡却山高水深"，学问人品俱有宋人之风！张伯伟老师意气飞扬，个性才情随意挥洒，颇为"风流自赏"！张宏生老师细腻情多，为人为文温润雅致！许结老师一片童心，自然流出，韵度天成！徐兴无老师性豪才多，真率自然！武秀成老师忠厚严谨，却也常常自得自赏！程章灿老师勤勉精严，一片才性却总收拾不住！曹虹老师巾帼不让须眉，良可敬也！南京大学古典文学学科诚可谓人文荟萃，于历史长河中必成一段佳话！女子何幸？得躬逢其盛！

南京师范大学的陈书录老师与程杰老师，学识渊博，为人谦和，风度儒雅，论文答辩会上，二师之论如和风细雨，令我茅塞顿开。于此鞠躬致谢！

子曰："三人行，必有我师！"同门舍友罗莹，于学术贪多务得，倾心竭力，其学也日精进，朝夕相处，颇受其惠！小友颜丽，聪明可爱，博学敏行，电脑技术更遥遥领先我辈，多次义务帮工，无怨无悔，堪称我的"技术后台"！同门师友，各有所长，每每屡得其助，于此衷心谢之！年近不惑，离夫别子，求学异地，幸有家人无私相助，才能得从所愿，于此衷心感之！

"切实功夫须从难处做去，真正学问都自苦中得来。"未来的学术之路还很长，我将坚定不移地走下去！

许芳红写于南京大学陶园，改于淮安

2011 年 6 月 28 日